O IMPERADOR
SANGUE DOS DEUSES

OBRAS DO AUTOR PUBLICADAS PELA EDITORA RECORD

O livro perigoso para garotos (com Hal Iggulden)
Tollins – histórias explosivas para crianças

Série O Imperador
Os portões de Roma (vol. 1)
A morte dos reis (vol. 2)
Campo de espadas (vol. 3)
Os deuses da guerra (vol. 4)
Sangue dos deuses (vol. 5)

Série O conquistador
O lobo das planícies (vol.1)
Os senhores do arco (vol.2)
Os ossos das colinas (vol.3)
Império da prata (vol. 4)
Conquistador (vol. 5)

Série *Guerra das Rosas*

Pássaro da tempestade

CONN IGGULDEN

O IMPERADOR
SANGUE DOS DEUSES

Tradução de
ALVES CALADO

3ª edição

EDITORA RECORD
RIO DE JANEIRO • SÃO PAULO
2025

CIP-BRASIL. CATALOGAÇÃO NA FONTE
SINDICATO NACIONAL DOS EDITORES DE LIVROS, RJ

I26s
  Iggulden, Conn
  Sangue dos deuses / Conn Iggulden; tradução de Alves Calado. – 3ª ed. – Rio de Janeiro: 3ª ed. Record, 2025.
    Tradução de: Emperor: The Blood of Gods
    Sequência de: Os deuses da guerra
    ISBN 978-85-01-40381-0

  1. Ficção inglesa. I. Calado, Alves Ivanir, 1953-. II. Título.

13-05145
CDD: 823
CDU: 821.111-3

Título original em inglês:
EMPEROR: THE BLOOD OF GODS

Copyright © Conn Iggulden, 2013

Texto revisado segundo o novo Acordo Ortográfico da Língua Portuguesa.

Todos os direitos reservados. Proibida a reprodução, no todo ou em parte, através de quaisquer meios. Os direitos morais do autor foram assegurados.

Direitos exclusivos de publicação em língua portuguesa somente para o Brasil adquiridos pela
EDITORA RECORD LTDA.
Rua Argentina, 171 – Rio de Janeiro, RJ – 20921-380 – Tel.: (21) 2585-2000, que se reserva a propriedade literária desta tradução.

Impresso no Brasil

ISBN 978-85-01-40381-0

Seja um leitor preferencial Record.
Cadastre-se e receba informações sobre nossos lançamentos e nossas promoções.

EDITORA AFILIADA

Atendimento e venda direta ao leitor:
sac@record.com.br

Para George Romanis

AGRADECIMENTOS

Agradeço, de novo, ao talentoso grupo que leu, releu, discutiu fervorosamente e editou este livro comigo. Em particular: Katie Espiner, Tim Waller, Tracy Devine e Victoria Hobbs. Obrigado a todos vocês.

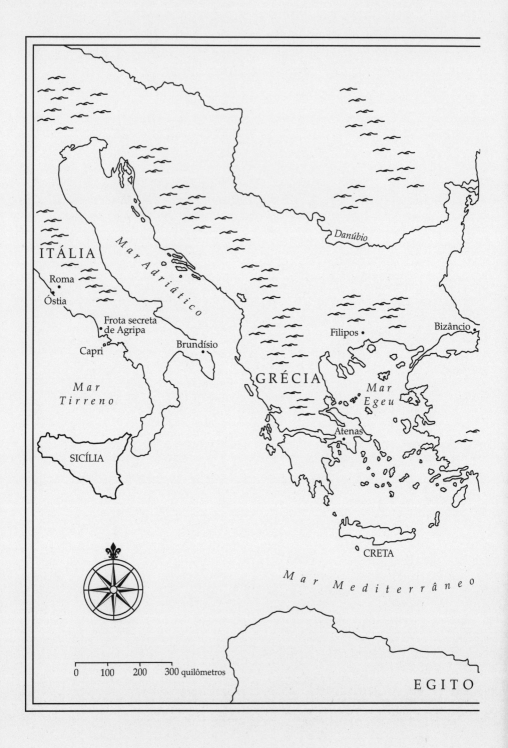

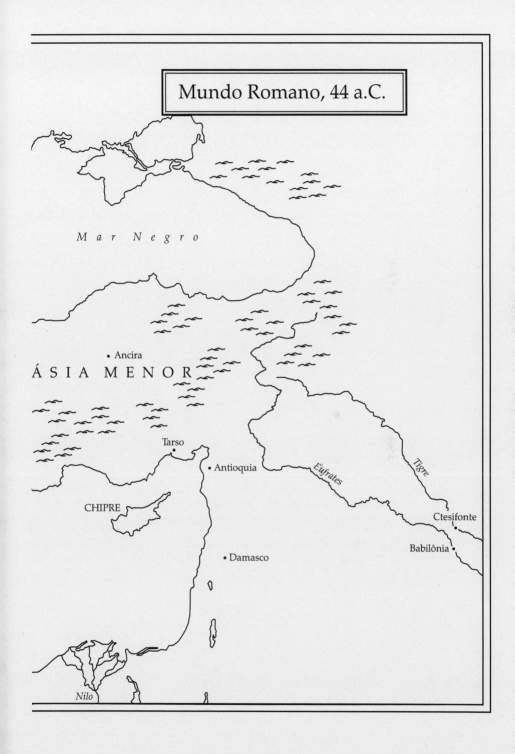

"Sou o mais pacífico dos homens. Só peço uma cabana humilde com teto de palha, uma boa cama, boa comida, leite e manteiga frescos, flores diante da janela e algumas belas árvores junto à porta; e, se o prezado Senhor quiser completar minha felicidade, conceder-me-á o júbilo de ver cerca de seis ou sete dos meus inimigos pendurados nessas árvores. Antes da morte deles vou perdoá-los por tudo de errado que me fizeram durante a vida. Precisamos perdoar os inimigos — mas não antes de serem enforcados."

Heinrich Heine

PRÓLOGO

Nem todos foram marcados com sangue. O corpo dele estava deitado no mármore frio, a pedra, como prova, contrastando com as linhas vermelhas que pingavam pelos bancos. Os que se afastavam olharam de volta pelo menos uma vez, quase sem acreditar que o tirano não se levantaria. César havia lutado, mas eles tinham sido muitos, e determinados demais.

Não podiam ver seu rosto. Nos últimos instantes o líder de Roma havia puxado as dobras soltas da toga, passando o tecido sobre a cabeça enquanto o agarravam e esfaqueavam. A brancura do pano ficou marcada com rasgos. Suas entranhas tinham se esvaziado enquanto ele se afrouxava e tombava de lado. O cheiro subiu pelo ar no teatro. Não havia dignidade naquela atrocidade que haviam feito.

Mais de vinte homens estavam manchados pela violência, alguns ainda ofegando em grandes haustos. Ao redor havia um número duas vezes maior, os que não tinham usado facas, mas permaneceram e olharam, sem se mexer para salvar César. Os que tinham feito parte ainda estavam atordoados com a violência e a sensação do sangue quente na pele. Muitos haviam servido no Exército. Viram morte antes, mas em terras estrangeiras e cidades exóticas. Não em Roma, não ali.

Marco Brutus encostou a lâmina na palma de cada uma das mãos, deixando uma mancha vermelha. Décimo Júnio o viu fazer isso e, depois de um momento de espanto, marcou as próprias mãos com sangue fresco. Quase com reverência, os outros copiaram o gesto. Brutus tinha dito a eles que não iriam caminhar com culpa. Havia dito que tinham salvado a nação de um tirano. Atrás dele, deram os primeiros passos em direção a um largo facho de luz que levava para o exterior.

Brutus respirou fundo quando chegou ao sol, parando na soleira e deixando o calor penetrar no corpo. Estava vestido de soldado, o único homem ali que usava armadura e um gládio no cinto. À beira dos 60 anos, suas pernas continuavam fortes, enraizadas na terra. Havia lágrimas em seus olhos, e sentia que as sombras da idade e da traição foram afastadas, que as cicatrizes tinham sido lavadas da pele, de modo que ele estava renovado.

Ouviu os homens vestidos com togas se reunirem às suas costas. Cássio chegou ao lado, tocando-o de leve no ombro numa atitude de conforto ou apoio. Brutus não olhou para ele. Seus olhos estavam erguidos para o sol.

— Agora podemos homenageá-lo — declarou quase que para si mesmo. — Podemos amontoar a glória em sua memória até que ele seja esmagado sob tudo isso.

Cássio ouviu e suspirou, e no humor em que Brutus se encontrava o som pareceu um zumbido ininteligível.

— Os senadores estarão esperando a notícia, amigo — murmurou Cássio. — Vamos deixar o velho mundo para trás neste local.

Brutus o encarou, e o senador magro quase se encolheu com o que viu naqueles olhos. O momento se alongou, e nenhum dos que estavam atrás emitiu qualquer som. Apesar de terem matado, só então começaram a temer a cidade ao redor. Foram levados como folhas num vendaval, deixando de lado a razão para acompanhar homens mais fortes. A realidade pairava no ar, Roma refeita em grãos de poeira dourada. Sem mais palavras, Brutus saiu ao sol, e eles foram atrás.

A princípio as ruas estavam movimentadas, os milhares de negociantes e mercadorias à mostra em cada espaço disponível bloqueando o calçamento de pedras. Uma onda de silêncio vinha do Teatro de Pompeu, desvanecendo-se atrás dos senadores, mas pairando sobre eles enquanto viravam para o fórum. Os vendedores ambulantes, os servos e os cidadãos de Roma se imobilizavam ao ver quase sessenta homens usando togas brancas, comandados por um de armadura cuja mão direita foi até o punho da espada enquanto caminhava.

Roma tinha visto desfiles antes, milhares, porém não havia alegria entre aqueles que subiam o monte Capitolino. Sussurros e cutucões indicavam as manchas vermelhas nas mãos dos homens, os borrões de sangue ainda brilhantes nos mantos. Estrangeiros balançavam a cabeça com medo e ficavam bem atrás, como se o grupo carregasse perigo ou uma doença.

Brutus foi andando para o oeste e para cima. Sentia uma ansiedade estranha, a primeira emoção verdadeira desde que havia cravado o ferro em seu maior amigo e sentido o tremor que lhe revelou que tinha alcançado o coração. Ansiava por olhar o fórum e a sede do Senado, o centro de pedra da vasta República. Precisava lutar para não acelerar o passo, manter o ritmo lento que servia ao mesmo tempo como dignidade e proteção a eles. Não fugiriam do que tinham feito. Sua sobrevivência dependia de não demonstrar culpa nem medo. Entraria no fórum como libertador.

No topo do Capitolino, Brutus parou. Podia ver o espaço aberto do fórum, cercado de templos. A sede do Senado reluzia em branco, imaculada, os guardas junto à porta eram figuras minúsculas a distância. O sol estava esquentando, e ele podia sentir o suor escorrer por dentro do peitoral ornamentado. Os senadores às suas costas subiam lentamente, sem entender por que haviam parado. A fileira ao redor dele se alargou, porém a autoridade daqueles homens havia sido exaurida naquela manhã, e nenhum deles, nem mesmo Cássio ou Suetônio, ousava descer o morro sem que Brutus fosse à frente.

— Somos os Liberatores — anunciou Brutus, de súbito. — Naquele lugar há muitos que não receberão bem o que fizemos. Há outras centenas de pessoas que respirarão aliviadas ao saber que o tirano está morto e Roma em segurança, que a República está em segurança. Haverá uma proposta de anistia que será aprovada. Tudo já foi decidido. Até lá, lembrem-se de sua dignidade, de sua honra. Não há vergonha no que fizemos.

Ao redor os senadores se empertigaram mais um pouco, muitos levantando as mãos ensanguentadas que antes haviam estado apertadas e escondidas junto ao corpo.

Brutus olhou de novo para Cássio, e desta vez sua expressão foi afável.

— Eu fiz minha parte, senador. Você deve fazer o resto. Conduza os homens pequenos e dê cada passo com cuidado, caso contrário seremos caçados.

Cássio fez que sim, dando um sorriso torto.

— Eu tenho os votos, general. Tudo está combinado. Vamos entrar livres e seremos homenageados.

Brutus olhou intensamente o senador que carregava nas mãos o futuro de todos eles. Cássio era um homem de vigor, sem fraqueza evidente.

— Então nos guie, senador. Estarei às suas costas.

A boca de Cássio se firmou com a suspeita de uma ameaça, mas ergueu a cabeça e desceu para o coração de Roma.

Enquanto se aproximavam do Senado, Brutus e Cássio escutaram vozes exaltadas, um leve rugido de som indisciplinado. A grande porta dupla de bronze estava aberta, e uma voz se erguia acima das outras. O ruído se desvaneceu no silêncio.

Brutus tremeu ao pisar nos degraus, sabendo que as poucas horas que restavam antes do meio-dia estariam entre as mais importantes de sua vida. Eles tinham o sangue de César nas mãos. Bastaria uma palavra errada ou um ato impensado e o deles seria derramado antes do pôr do sol. Olhou para Cássio e se tranquilizou de novo com a confiança do outro. Não havia dúvidas no senador. Ele tinha trabalhado longa e duramente por aquele dia.

Dois legionários ficaram em posição de sentido enquanto Cássio e Brutus subiam a escadaria. Os soldados estavam perplexos e hesitaram quando o senador levantou a mão direita ensanguentada, certificando-se de que a vissem, antes de inclinar a palma, num gesto incluindo Brutus.

— O general Brutus é meu convidado — anunciou Cássio, com a mente já nas pessoas que estavam lá dentro.

— Ele terá que deixar o gládio aqui fora, senhor — respondeu o soldado.

Algo no modo como Brutus olhou para ele o fez baixar a mão para o punho de sua arma, mas Cássio deu um risinho.

— Ah, entregue-a, Brutus. Não deixe o sujeito sem graça.

De má vontade, Brutus desamarrou a bainha da arma, de forma que não desembainhasse a lâmina e amedrontasse o soldado. Entregou a espada e foi alcançar Cássio, subitamente sentindo-se com raiva, mas não poderia dizer exatamente o motivo. Júlio nunca fora parado à porta daquele prédio. Era irritante ser lembrado de sua falta de status no instante do triunfo. Na sede do Senado, Brutus não passava de um oficial de Roma, um homem importante sem posto civil. Bom, isso poderia ser consertado. Agora que César estava morto, todos os fracassos e reveses de sua vida poderiam ser consertados.

Mais de quatrocentos homens haviam se espremido na sede do Senado naquela manhã, os corpos aquecendo o ar, de modo que havia uma diferença perceptível do lado de dentro, apesar das portas abertas. Brutus procurou rostos que reconhecesse. Conhecia a maior parte, após muitos anos ao lado de Júlio, mas um rosto novo atraiu seu olhar. Bíbilo. Anos antes o sujeito havia estado com César, trabalhando como cônsul, porém algo acontecera entre eles e Bíbilo nunca mais havia aparecido no Senado. Seu retorno súbito dizia muitíssimo sobre a mudança de poder — e sobre quantos já sabiam. Brutus viu que Bíbilo tinha envelhecido terrivelmente nos anos de isolamento. Havia engordado ainda mais, com bolsas escuras e inchadas embaixo dos olhos e uma teia de vasos sanguíneos partidos nas bochechas. As papadas estavam esfoladas e vermelhas como se ele tivesse se barbeado pela primeira vez em meses. O olhar do sujeito era febril, e Brutus se perguntou se andara bebendo, já comemorando a morte de um velho inimigo.

Não parecia que a notícia dada por Cássio causaria muito choque naquela câmara. Um número grande demais de senadores tinha expressões presunçosas e sagazes, trocando olhares e acenando uns para os outros como virgens compartilhando um segredo. Brutus desprezava todos, odiava-os por seus modos afetados e seu pomposo sentimento de importância. Tinha visto o Egito, a Espanha e a Gália. Havia lutado pela República, assassinado por ela, enquanto eles permaneciam sentados e falavam por dias e dias sem entender nada dos homens que sangravam por eles no campo de batalha.

Cássio se aproximou da tribuna. Antigamente havia sido um artefato do poder romano, esculpida a partir da proa de um navio de guerra de

Cartago. Aquela versão fora queimada em tumultos e, como tantas outras coisas no prédio, agora era apenas uma cópia inferior. Brutus levantou os olhos para o homem parado atrás dela e se imobilizou. Percebeu que havia sido objeto de um frio escrutínio desde que entrara na câmara.

O último ano consular de Marco Antônio ainda não tinha terminado. Antes dos acontecimentos daquela manhã ele fora pouco mais do que uma figura de proa para César, mas isso havia mudado. A República fora restaurada, e Marco Antônio segurava as rédeas. Dominava a sala de um modo que Brutus foi obrigado a admitir que o homem tinha a aparência certa para o papel. Alto e musculoso, Marco Antônio tinha as feições e o nariz forte das antigas linhagens sanguíneas de Roma. Nenhum dos Liberatores soubera para que lado ele iria pular enquanto planejavam o assassinato. Um deles, Caio Trebônio, havia recebido a tarefa de distrair o cônsul. Brutus viu o jovem senador num assento ali perto, parecendo tão satisfeito consigo mesmo que fez o estômago de Brutus se revirar.

Marco Antônio olhou por cima da cabeça das pessoas sentadas ao redor, e Brutus percebeu seu conhecimento e seu choque. O cônsul tinha sido informado ou havia ouvido a notícia enquanto os sussurros percorriam a câmara. César estava morto. O tirano estava morto. Todos sabiam, subitamente Brutus teve certeza. No entanto as palavras ainda precisavam ser ditas.

Cássio assumiu sua posição na base da tribuna, uma cabeça mais baixo do que o cônsul que se erguia acima. Enquanto Brutus observava, Cássio levantou o braço direito e tocou a madeira como um talismã. No silêncio, o senador falou:

— Neste dia, nos Idos de Março, Roma foi libertada de um opressor. Que a notícia voe daqui para todas as nações. César está morto e a República foi restaurada. Que as sombras de nossos pais se regozijem. Que a cidade se regozije. César está morto e Roma está livre.

As palavras provocaram uma onda de sons enquanto os senadores aplaudiam, cada qual se esforçando para superar os homens ao redor pelo volume. Seus rostos estavam vermelhos enquanto rugiam e batiam os pés, fazendo as pedras tremerem. Marco Antônio ficou parado de cabeça baixa, os músculos do maxilar projetando-se como tumores.

Brutus pensou subitamente na rainha egípcia que estava na bela casa romana dada por César. Cleópatra ainda não saberia o que havia acontecido com o pai de seu filho. Imaginou o pânico dela quando ouvisse notícia. Não duvidava que empacotaria as joias e sairia de Roma o mais rápido que bons cavalos pudessem correr. A ideia o fez sorrir pela primeira vez naquela manhã. Muitas coisas seriam renovadas nos meses seguintes. César fora como um peso sobre a cidade, oprimindo a todos. Agora eles se ergueriam, mais fortes e melhores do que antes. Brutus podia sentir isso no ar. Finalmente havia chegado a sua hora.

Os senadores quase haviam se esquecido de como as coisas eram antigamente. Brutus podia ver os homenzinhos revisando as opiniões sobre o próprio poder. Tinham sido meros serviçais. Numa manhã, com um grito rouco, tornaram-se homens de novo. Ele lhes dera isso. Baixou a cabeça, refletindo, mas, ao ouvir Marco Antônio começando a falar, levantou-a de novo, com a suspeita crescendo.

— Senadores, silêncio — pediu Marco Antônio. — Há muito o que fazer hoje, agora que recebemos esta notícia.

Brutus franziu a testa. O sujeito era um famoso partidário de César. Seu tempo havia *acabado*. O máximo que poderia fazer era sair da câmara com dignidade e tirar a própria vida.

— Há legiões no Campo de Marte esperando que César as lidere contra Pártia — continuou Marco Antônio, sem perceber a irritação de Brutus. — Elas devem ser controladas antes de receber a notícia. Eram leais a César. Devem ser abordadas com cuidado, caso contrário veremos um motim. Só a autoridade do Senado está entre todos nós e a anarquia nesta cidade. Senadores, *silêncio*. — As últimas palavras foram uma ordem, mais profunda e em voz mais alta, para calar os restos de conversas agitadas.

Junto à porta, Brutus balançou a cabeça numa perplexidade azeda. Marco Antônio não era idiota, porém estava passando do limite. Talvez achasse que poderia fazer parte da nova era, apesar de bajular César por tantos anos. Era politicagem, mas Brutus sabia que os senadores ainda estavam entorpecidos, ainda tateavam no mundo novo que fora jogado sobre eles. O cônsul poderia até se salvar, mas teria que dar cada passo com cuidado. Havia antigos ressentimentos a serem resolvidos, e Antônio receberia o impacto de muitos deles. Mesmo assim, pelo menos durante aquela manhã, ainda era cônsul.

— Deve haver uma votação formal antes de qualquer um de nós sair — prosseguiu Marco Antônio, a voz forte ecoando pela câmara. — Se concedermos anistia aos assassinos de César, isso sufocará uma rebelião antes que ela comece. Os cidadãos e as legiões verão que restauramos a justiça e a lei, anteriormente esmagada por um único homem. Peço essa votação.

Brutus se imobilizou, com um verme de inquietação coçando na cabeça. Cássio ficou parado na tribuna com a boca ligeiramente aberta. Ele é quem deveria ter pedido o voto de anistia. Tudo havia sido combinado, e os Liberatores sabiam que venceriam. O fato de o favorito de César ter sido mais rápido que eles naquele passo vital fez Brutus sentir vontade de berrar uma acusação. As palavras borbulhavam dentro dele, nítidas na mente. César dava Roma a Antônio quando saía da cidade para atacar seus inimigos. Antônio tinha sido seu cônsul e marionete, a máscara que lhe permitira esconder a tirania por trás das antigas fórmulas. Que *direito* aquele homem tinha de falar como se agora comandasse a República? Brutus deu meio passo adiante, mas a voz de Marco Antônio continuou a ecoar acima deles:

— Só peço uma coisa: que César receba sua dignidade na morte. Ele foi o primeiro em Roma. As legiões e o povo esperarão vê-lo homenageado. Será que os homens que o derrubaram irão lhe negar isso? Não deve haver suspeita de vergonha, nenhum enterro secreto. Vamos tratar o divino Júlio com respeito, agora que se foi do mundo. Agora que se foi de Roma.

Frustrado, Cássio subiu até a plataforma elevada, de modo a ficar ao lado de Marco Antônio. Mesmo assim, o cônsul era uma figura poderosa ao lado da pequena estatura dele. Antes que pudesse falar, Marco Antônio aproximou-se e murmurou:

— Você teve sua vitória, Cássio. Não é o momento para homens pequenos e vingança pequena. As legiões vão esperar um funeral no fórum.

Cássio permaneceu imóvel, pensando. Por fim, concordou. Brutus ficou onde estava, o punho direito fechado acima do espaço vazio no quadril.

— Agradeço a Marco Antônio por seu pensamento claro — disse Cássio. — E concordo. Primeiro deve haver ordem, antes da lei, antes da paz. Que esta votação aconteça e depois estaremos livres para cuidar dos cidadãos comuns, com suas emoções mesquinhas. Vamos homenagear César na morte.

Os senadores olharam para Cássio, e Brutus balançou a cabeça ferozmente vendo o modo como ele havia assumido o controle. Havia autoridades legais cuja tarefa era anunciar as votações e os debates naquele local, mas, enquanto elas se levantavam de seus lugares ao redor da tribuna, Cássio falou de novo, ignorando sua presença. Não permitiria um atraso naquela manhã, nem que alguém falasse antes que ele tivesse terminado. Brutus começou a relaxar.

— Os que são a favor de conceder a anistia completa aos libertadores de Roma levantem-se para ser contados.

Brutus viu o corpanzil do suarento Bíbilo saltar de pé com a energia de um homem mais jovem. O resto o acompanhou um instante depois. Os que já estavam de pé, como Marco Antônio, levantaram a mão direita. Houve um instante de silêncio, e Cássio fez que sim, com a tensão se esvaindo.

— Alguém é contra?

A assembleia sentou-se como se fosse um homem só, e ninguém se levantou. De algum modo Brutus se sentiu ferido ao ver isso. Metade deles devia a César a própria vida e fortuna. Suas famílias tinham sido ligadas à dele, sua ascensão à dele. Ele os havia escolhido um a um no correr dos anos, homens que queria honrar em sua esteira. No entanto não o defendiam, nem mesmo na morte. Brutus se pegou obscuramente desapontado, apesar de entender tudo aquilo. Eram sobreviventes, capazes de ler o vento melhor do que a maioria. No entanto César merecia coisa melhor por parte de Roma, principalmente naquele dia.

Balançou a cabeça, confuso, de novo cônscio do sangue que secava e rachava em suas mãos. Havia uma fonte não muito longe, no fórum, e ele queria ficar limpo. Enquanto Cássio parabenizava o Senado, Brutus saiu ao sol. Pegou sua espada com os guardas e desceu a escadaria rigidamente, atravessando o terreno aberto.

Já havia uma multidão ao redor da fonte, homens e mulheres da cidade usando mantos coloridos. Brutus sentiu os olhares enquanto se aproximava, mas não os retribuiu. Sabia que a notícia já estaria circulando. Eles não tentaram esconder.

Esfregou as mãos na água gélida, trazida de montanhas distantes pelo aqueduto, correndo por canos de chumbo cada vez mais finos até jorrar límpida e doce no fórum. Alguém ofegou ao ver a mancha vermelha se espalhar de sua pele para a água, mas ele ignorou a pessoa.

— É verdade? — perguntou uma mulher de repente.

Brutus levantou a cabeça, depois esfregou as mãos molhadas no rosto, sentindo a barba cheia. A estola da mulher era fina, revelando um ombro nu e bronzeado, a elegância acentuada pelo cabelo preso no alto com alfinetes de prata. Era linda, com olhos pintados de preto como uma cortesã. Ele se perguntou quantas outras pessoas na cidade estariam fazendo a mesma pergunta naquele momento.

— O que é verdade? — perguntou ele.

— Que o divino César está morto, que foi assassinado. O senhor sabe? — Os olhos escuros da mulher estavam marejados de lágrimas enquanto observava o homem lavar o sangue das mãos.

Brutus se lembrou do golpe que dera poucas horas antes, uma vida inteira atrás.

— Não sei de nada — respondeu, afastando-se.

Seu olhar foi até o monte Capitolino, como se pudesse ver através dele o vasto prédio do Teatro de Pompeu. Será que o corpo ainda estaria lá, caído nos assentos de pedra? Eles não haviam deixado ordens para que cuidassem de César em sua morte. Por um instante sentiu os olhos ardendo ao pensar em Júlio sozinho e esquecido. Eles haviam sido amigos por muito, muito tempo.

PRIMEIRA PARTE

CAPÍTVLO I

OTAVIANO SE ENCOLHEU AO SENTIR O CALOR DAS PEDRAS ARDENDO através das sandálias finas. Apesar de Roma afirmar que finalmente trouxera a civilização à Grécia, ele ainda podia ver pouco sinal disso nas aldeias das montanhas. Longe do litoral, o povo suspeitava de estranhos ou era abertamente hostil. Até um simples pedido para usar um poço era recebido com expressões carrancudas e portas batidas. O tempo todo o sol golpeava-os, avermelhando os pescoços. Otaviano se lembrou de como havia sorrido quando o pretor local dissera que existiam lugares na Grécia onde um jovem romano tinha quase tanta chance de sobrevivência quanto um coletor de impostos. Era um exagero, mas não muito grande.

Parou para enxugar o suor do rosto. A terra em si era silvestre, com desfiladeiros que pareciam despencar para sempre. Respirou fundo, subitamente certo de que iria desistir da tarefa. Nada divertiria mais os rapazes locais do que ver três romanos com pés cansados procurando montarias perdidas.

Permaneceu alerta enquanto subia, procurando algum sinal do grupo de homens maltrapilhos que seguiam. A princípio a trilha tinha sido fácil, até começar a se dividir e se dividir outra vez. Otaviano não sabia se os bandoleiros tinham conhecimento de que seriam perseguidos ou se simplesmente teriam pegado rotas diferentes para casa, desaparecendo no caldeirão de montanhas como seus ancestrais haviam feito durante milhares de anos. Sentiu uma coceira e esticou o pescoço para enxergar o mais longe que pudesse. Não era nem um pouco difícil imaginar um arqueiro inclinando-se por cima da borda de algum penhasco e atacando antes mesmo que eles soubessem de sua presença.

— Grite se vir alguma coisa.

Mecenas fungou, balançando a mão na direção das rochas nuas.

— Não sou rastreador — avisou. — Pelo que sei, eles podem ter passado por aqui com um rebanho de cabras há apenas uma hora. Por que não voltamos ao grupo principal e recomeçamos a busca a partir de lá? Não é assim que eu esperava passar minha licença. Imaginei mais vinho e menos... escaladas. — Ele grunhiu quando chegaram a um degrau gigante na rocha.

Não havia sinal de um caminho, e cada um deles subia com dificuldade, as sandálias escorregando. O sol estava forte e o céu, de um azul doloroso. Os três suavam muito, e o único cantil de água já estava vazio.

— Pelo menos os homens da cidade conhecem esses morros — continuou Mecenas. — Sabem onde procurar.

Otaviano não tinha fôlego para responder. A encosta ficou cada vez mais íngreme até que precisou usar as mãos para firmar cada passo, depois escalar de verdade. Estava ofegando ligeiramente quando chegou ao topo de um penhasco e olhou, tentando avaliar o melhor caminho para descer do outro lado. O labirinto de pedras cinza se estendia a distância, vazio de vida a não ser pelos lagartos que corriam depressa para longe, a cada passo.

— Você preferiria que eu ficasse parado olhando, sem fazer nada para ajudá-los? — perguntou Otaviano de repente. — Um estupro e um assassinato, Mecenas. Você viu o corpo dela. Que honra haveria em deixar uns poucos agricultores os caçarem enquanto ficamos olhando, confirmando tudo que dizem dos preguiçosos romanos? *Venha.*

Balançou a cabeça bruscamente na direção de uma rota que iria levá-los à parte mais baixa do desfiladeiro e começou a descer. Pelo menos as fendas sombreadas eram mais frescas, até subirem de volta para o sol ardente.

— Por que deveria me importar com o que dizem os camponeses gregos? — murmurou Mecenas, porém baixo demais para ser ouvido.

Mecenas era de uma linhagem tão antiga que se recusava a dizer que descendia dos gêmeos que haviam mamado na loba e fundado Roma. *Seu* povo, dizia ele, era o dos donos da loba. Quando se conheceram, presumira que Otaviano havia conhecido César, de modo que um mero nobre romano não iria impressioná-lo. Com o passar do tempo percebera que Otaviano media Mecenas pelo valor que ele estabelecia para si próprio. Era ligeiramente incômodo ter que estar à altura do próprio sentimento de superioridade. Mecenas achava que Otaviano não entendia exatamente o espírito das famílias nobres. O que importava não era quem você era — e sim quem haviam sido seus ancestrais. Mas de algum modo não conseguia abalar essa fé simples do amigo. Otaviano tinha conhecido a pobreza, com o pai morrendo cedo. Se achava que um verdadeiro nobre romano seria corajoso e honrado, Mecenas não queria desapontá-lo.

Mecenas suspirou ao pensar nisso. Eles usavam túnicas simples e calças justas escuras. Qualquer roupa era quente demais para escalar ao sol do meio-dia, mas as calças eram terríveis, já manchadas de suor. Estava convencido de que havia esfolado a pele por baixo delas. Podia sentir o cheiro do próprio suor enquanto subia e descia escorregando, franzindo o nariz de nojo. A bainha da espada se prendeu numa fenda, e Mecenas xingou soltando-a. Sua expressão ficou sombria ao escutar Agripa rindo atrás.

— Fico feliz em lhe dar um pouco de diversão, Agripa — disse ele rispidamente. — Agora os prazeres deste dia estão completos.

Agripa deu um sorriso tenso e não respondeu enquanto se aproximava deles e os ultrapassava, usando sua grande força e seu tamanho para dar passos enormes fenda abaixo. O centurião da frota era uma cabeça mais alto do que os companheiros, e o trabalho incessante a bordo das galeras romanas só aumentara a força de seus braços e pernas. Ele fazia com que a escalada parecesse fácil e ainda respirava tranquilo quando chegou à base do desfiladeiro. Otaviano estava alguns passos atrás, e os dois esperaram Mecenas, que vinha descendo.

— Vocês percebem que vamos ter que subir esse morro de novo quando voltarmos? — falou Mecenas, saltando o pouco que restava até a base.

Otaviano gemeu.

— Não quero discutir, Mecenas. Seria mais fácil se você simplesmente aceitasse que estamos fazendo isso.

— Sem reclamar — acrescentou Agripa. Sua voz profunda ecoou nas pedras a toda volta, e Mecenas olhou azedamente para os dois.

— Há milhares de caminhos diferentes nessas pedras malditas — argumentou. — Imagino que os bandidos já estejam longe, tomando bebidas frescas enquanto morremos de sede.

Animado, Agripa apontou para o terreno poeirento, e Mecenas olhou para baixo, vendo pegadas de muitos homens.

— Ah — exclamou ele. Em seguida desembainhou a espada num gesto fácil, como se esperasse um ataque imediato. — Mas provavelmente são pastores da região.

— Talvez — retrucou Otaviano —, mas somos os únicos seguindo por esse caminho, de modo que gostaria de ter certeza. — Ele também desembainhou seu gládio, um palmo mais curto que a lâmina de duelista de Mecenas, porém bem-lubrificado, fazendo-o deslizar praticamente sem barulho. Podia sentir o calor da lâmina.

Agripa liberou sua espada, e, juntos, os três caminharam em silêncio pelo desfiladeiro, pisando com cautela. Sem planejar, Otaviano assumiu a frente, com o corpanzil de Agripa à direita e Mecenas à esquerda. Desde que se tornaram amigos, Otaviano tinha comandado o grupo como se não houvesse alternativa. Era o tipo de confiança natural que Mecenas apreciava e reconhecia. As famílias antigas precisavam começar em algum lugar, mesmo quando começavam com um César. Sorriu pensando nisso, mas a expressão se congelou quando rodearam um pináculo de pedra e viram homens esperando-os nas sombras. Otaviano continuou andando sem se abalar, mantendo a espada abaixada. Mais três passos o levaram para a sombra do precipício, as paredes de pedra se estendendo acima de sua cabeça. Parou, olhando friamente os homens em seu caminho.

Havia outro caminho do lado oposto, e Mecenas notou mulas carregadas, esperando com paciência. Os homens que encaravam não pareciam surpresos nem com medo, talvez porque fossem oito, espiando com interesse e olhos brilhantes os três jovens romanos. O maior deles levantou uma espada de outra era, um grande pedaço de ferro que mais parecia um cutelo do que qualquer coisa. Tinha uma barba preta que descia até o peito, e Mecenas podia ver o volume de músculos pesados por baixo de um gibão enquanto ele se movia. O homem riu para eles, revelando alguns dentes a menos.

— Vocês estão muito longe dos seus amigos — comentou o homem em grego.

Mecenas conhecia a língua, porém Otaviano e Agripa não falavam uma palavra sequer. Nenhum dos dois olhou ao redor, com tantas espadas sendo apontadas na direção deles, mas Mecenas podia sentir a expectativa dos companheiros.

— Preciso traduzir? — perguntou ele, arrancando as palavras da memória. — Eu conheço a alta língua, mas seu sotaque camponês é tão forte que mal consigo entender você. É como o grunhido de uma mula morrendo. Fale devagar e com clareza, como se estivesse se desculpando com seu senhor.

O homem olhou-o surpreso, a raiva sombreando-lhe o rosto. Tinha consciência de que a morte de romanos iria torná-lo um homem procurado, mas as montanhas já haviam escondido cadáveres antes, e fariam isso de novo. Inclinou a cabeça ligeiramente, avaliando as opções.

— Queremos quem estuprou e estrangulou a mulher — anunciou Mecenas. — Entreguem-no e voltem para suas vidas curtas e sem sentido.

O líder dos bandoleiros soltou um rosnado gutural e deu um passo à frente.

— O que você está dizendo? — perguntou Otaviano sem afastar os olhos do sujeito.

— Estou elogiando a bela barba dele. Nunca vi uma igual.

— Mecenas! — exclamou Otaviano rispidamente. — Têm que ser eles. Só descubra se ele conhece quem viemos pegar.

— E então, barbudo? Sabe quem nós queremos? — continuou Mecenas, mudando de idioma.

— Sou *eu* que vocês querem, romano — respondeu ele. — Mas se vieram sozinhos cometeram um erro.

O bandoleiro olhou das rochas para o céu azul, procurando qualquer sugestão de sombra móvel que revelasse uma emboscada ou armadilha. Grunhiu, satisfeito, depois olhou para os companheiros astutos. Um deles era moreno e magro, o rosto dominado por um nariz enorme. Em resposta o sujeito deu de ombros, levantando uma adaga com intenção óbvia.

Otaviano se adiantou sem qualquer aviso. Com um movimento cruel, girou a espada, cortando a garganta do homem mais próximo. O sujeito largou a adaga para segurar o pescoço com as mãos, subitamente engasgando enquanto caía de joelhos.

O líder dos bandoleiros se imobilizou, depois deu um grande berro de fúria junto ao restante de seus homens. Levantou a espada para um golpe esmagador, mas Agripa saltou à frente, agarrando o braço do atacante com a mão esquerda e cravando sua lâmina curta de baixo para cima entre as costelas do sujeito. O líder desmoronou como um odre furado, caindo de costas com um estrondo ecoante.

Por um instante os bandoleiros hesitaram, chocados com a explosão de violência e morte. Otaviano não havia parado de se mover. Matou outro bandido boquiaberto com um golpe contra a garganta dele, retalhando a carne. Tinha firmado bem os pés e pôs toda a força no ataque, quase decapitando o sujeito. O gládio era feito para esse tipo de trabalho, e o peso era bom na sua mão.

Os outros poderiam ter fugido se o caminho não estivesse bloqueado pelas mulas. Forçados a permanecer, lutaram com intensidade maligna durante alguns instantes desesperados enquanto os três romanos estocavam e saltavam entre eles. Todos os três haviam sido treinados desde muito novos. Eram soldados profissionais e os bandidos estavam mais acostumados a aldeões amedrontados que jamais ousariam levantar uma arma contra eles. Lutavam com intensidade, porém inutilmente, vendo suas espadas sendo desviadas e incapazes de aparar os contra-ataques que os cortavam. O pequeno desfiladeiro se enchia de grunhidos ofegantes enquanto os bandidos eram mortos com golpes curtos. Nenhum romano usava armadura, mas estavam perto uns dos outros, protegendo o lado esquerdo do corpo enquanto as espadas subiam e desciam, sangue quente escorregando pelo aço ainda mais quente.

Toda a ação teve a duração de uma dúzia de batimentos cardíacos, e Otaviano, Agripa e Mecenas estavam sangrando com talhos nos braços, mas não percebiam os ferimentos, ainda com os olhos sérios devido à violência.

— Vamos levar as cabeças de volta — disse Otaviano. — O marido da mulher vai querer vê-las.

— Todas? — perguntou Mecenas. — Uma basta, não?

Otaviano olhou para o amigo, depois segurou seu ombro.

— Você agiu bem — elogiou ele. — Obrigado. Mas podemos fazer um saco com as roupas deles. Quero que os aldeões saibam que romanos mataram esses homens. Eles vão se lembrar... E suspeito que vão abrir as urnas de seus melhores vinhos e matar algumas cabras ou porcos. Você pode até achar uma garota disposta. Pegue as cabeças.

Mecenas fez uma careta. Tinha passado a infância tendo serviçais para cumprir cada capricho seu, mas de algum modo Otaviano o fazia trabalhar e suar feito um escravo doméstico. Se seus antigos tutores pudessem vê-lo, ficariam de queixo caído, perplexos.

— As filhas têm bigodes tão fartos quanto os pais — retrucou ele. — Talvez quando estiver totalmente escuro, mas não antes.

Com um muxoxo, começou o trabalho macabro de cortar as cabeças. Agripa se juntou a ele, baixando a espada com grandes golpes para cortar os ossos.

Otaviano se ajoelhou ao lado do líder dos bandoleiros, olhando um instante nos olhos vítreos. Assentiu sozinho, repassando na mente os movimentos da luta e só então notando o talho no braço que sangrava muito. Com 20 anos, não era a primeira vez que se cortava. Aquela era apenas uma cicatriz para se juntar às outras. Começou a decepar a cabeça, usando a barba oleosa do morto para firmá-la.

Os cavalos continuavam no mesmo lugar quando voltaram, sedentos e cambaleando, as línguas inchadas na boca. O sol ia se pondo quando os três romanos chegaram à aldeia com dois sacos encharcados e vermelhos cujo conteúdo pingava a cada passo. Os homens do local haviam retornado com raiva e de mãos vazias, mas o humor mudou quando Otaviano abriu os sacos na estrada, fazendo as cabeças rolarem na poeira. O marido da mulher o abraçou e o beijou com lágrimas nos olhos, parando somente para jogar as cabeças contra a parede de sua casa, depois esmagando Otaviano contra o peito outra vez. Não havia necessidade de traduzir, e deixaram o homem e seus filhos com os preparativos do luto.

Os outros aldeões trouxeram comida e bebidas de porões frescos, arrumando mesas rústicas ao ar da tarde para comemorar com os rapazes. Como Otaviano havia imaginado, ele e seus amigos mal podiam se mexer com tanta comida boa e bebida transparente que cheirava a anis. Beberam sem pensar na manhã, acompanhando os moradores copo a copo, até que a vista começou a turvar e a aldeia parecia dançar diante de seus olhos. Poucos aldeões falavam romano, mas isso não parecia importar.

Através de uma névoa bêbada, Otaviano percebeu que Mecenas estava repetindo uma pergunta para ele. Ouviu sonolento, então gargalhou, uma risada que se transformou em palavrão contra a própria falta de jeito quando derramou a bebida.

— Você não acredita nisso — disse ele a Mecenas. — Eles chamam de cidade eterna por um motivo. Haverá romanos aqui por mil anos, e mais além. Ou você acha que alguma outra nação ascenderá para nos dominar? — Ele olhou sua taça ser enchida, esforçando-se para se concentrar.

— Atenas, Esparta, Tebas... — respondeu Mecenas, contando nos dedos. — Nomes de ouro, Otaviano. Sem dúvida os homens dessas cidades pensavam igual. Quando Alexandre estava desperdiçando a vida em batalhas no exterior, você acha que acreditaria que um dia os romanos governariam suas terras de costa a costa? Teria rido como um jumento, como você está fazendo.

Mecenas sorriu, gostando de fazer o amigo soltar perdigotos na taça diante de cada comentário ultrajante.

— *Desperdiçando* a vida? — questionou Otaviano quando se recuperou da tosse. — Está sugerindo seriamente que Alexandre, o Grande, poderia ter passado seus anos de forma mais útil? Não vou responder. Vou ser um romano sério e nobre, também... — Ele fez uma pausa. A bebida havia atrapalhado seus pensamentos. — Sério e nobre demais para ouvir você.

— Alexandre tinha os dedos cobiçosos de um mercador — continuou Mecenas. — Vivia ocupado, muito ocupado, e o que isso lhe rendeu? Todos aqueles anos lutando, mas, se soubesse que iria morrer jovem numa terra estrangeira, não acha que preferiria ter passado a vida ao sol? Se ele estivesse aqui você poderia lhe perguntar. Acho que ele escolheria um bom vinho e mulheres lindas, e não batalhas intermináveis. Mas você não respondeu a minha pergunta, Otaviano. A Grécia dominou o mundo, então por que

Roma seria diferente? Daqui a mil anos alguma outra nação vai governar, depois de nós. — Ele fez uma pausa para recusar com um gesto um prato de carne fatiada e sorrir para duas senhoras idosas, sabendo que elas não podiam entender o que era dito.

Otaviano balançou a cabeça. Com cuidado exagerado, pousou a taça e contou nos dedos, como Mecenas havia feito.

— Um, porque não podemos ser derrotados na guerra. Dois... porque somos invejados por todos os povos governados por reis insignificantes. Eles querem se transformar em nós, e não derrubar aqueles a quem invejam. Três... Não consigo pensar no terceiro. Meu argumento se encerra em dois.

— Dois não bastam! — rebateu Mecenas. — Eu poderia ter me abalado com três, mas dois! Os gregos já foram os maiores guerreiros do mundo. — Ele fez um gesto como se jogasse uma pitada de pó no ar. — *Isso* é pela grandeza deles, que foi embora. *Isso* é pelos espartanos, que aterrorizaram um exército de persas com apenas algumas centenas de homens. As outras nações aprenderão conosco, copiarão nossos métodos e táticas. Admito que não posso imaginar nossos soldados perdendo para tribos imundas, não importa que truques apliquem, no entanto pode acontecer. Mas o outro ponto: eles querem o que nós temos? Sim, e nós queríamos a cultura dos gregos. Mas não viemos calmamente, como cavalheiros, nem pedimos. Não, Otaviano! Nós a tomamos, depois copiamos seus deuses, construímos nossos templos e fingimos que tudo era ideia nossa. Um dia alguém fará o mesmo conosco e não saberemos como aconteceu. Aí estão os seus dois argumentos, transformados em cinzas sob minhas sandálias. — Ele ergueu um pé e apontou para o chão. — Você consegue vê-los? Consegue ver seus argumentos?

Houve um grunhido em outro banco, onde Agripa estava deitado.

— O gorila acorda! — exclamou Mecenas, animado. — Nosso amigo salgado tem alguma coisa a acrescentar? Quais são as notícias da frota?

Agripa era construído numa escala diferente da dos aldeões, fazendo o banco gemer e se flexionar sob seu corpanzil. Enquanto se mexia, ele se desequilibrou e se firmou com um braço musculoso flexionado contra o chão. Com um suspiro, sentou-se e olhou irritado para Mecenas, inclinando-se à frente para pousar os cotovelos nos joelhos nus.

— Não consegui dormir com vocês dois falando sem parar.

— Seus roncos denunciam você como mentiroso, mas eu não faria o mesmo — refutou Mecenas, aceitando outra taça cheia.

Agripa esfregou o rosto, coçando a barba preta e encaracolada que havia deixado crescer nas semanas anteriores.

— Então só vou dizer o seguinte — continuou Agripa, contendo um bocejo —, antes de achar um local melhor e mais silencioso para dormir. Não haverá um império para vir atrás de nós porque temos riqueza suficiente para conter qualquer tribo ou nação nova. Pagamos a centenas de milhares de homens, milhares de espadas e lanças por todas as nossas terras. Quem poderia nos enfrentar sem que toda a força de César caia sobre seu pescoço?

— Com você tudo se resume a dinheiro, não é, Agripa? — comentou Mecenas, os olhos brilhando divertidos. Ele gostava de cutucar o grandalhão, e os dois sabiam disso. — Você ainda pensa como filho de mercador. Não fico surpreso, claro. Está no seu sangue e você não pode evitar, mas, ainda que Roma esteja cheia de mercadores, são as classes nobres que decidirão o futuro da cidade, seu destino.

Agripa fungou. Havia esfriado à noite, e ele esfregou os braços.

— Segundo você, um nobre passaria o dia ao sol, com vinho e mulheres lindas — apontou Agripa.

— Você *estava* escutando! Não sei como consegue, roncando ao mesmo tempo. É um talento raro.

Agripa sorriu, mostrando dentes muito brancos que contrastavam com a barba preta.

— Agradeça pelo meu sangue, Mecenas. Homens como meu pai construíram Roma e a tornaram forte. Homens como você montavam cavalos bonitos e faziam discursos impressionantes, como Aristóteles e Sócrates na ágora.

— Às vezes esqueço que você estudou, Agripa. Algo em você sugere um camponês analfabeto sempre que o vejo.

— E algo em você me diz que gosta da companhia de homens, mais do que a maioria.

Otaviano gemeu diante da troca de farpas. Sua cabeça estava girando, e ele havia perdido a noção do tempo.

— Paz, vocês dois. Acho que comemos e bebemos todo o estoque do inverno dessas pessoas. Peçam desculpas um ao outro e me acompanhem em mais uma jarra.

Mecenas levantou as sobrancelhas.

— Ainda acordado? Lembre-se de que você me deve um áureo se cair no sono ou vomitar antes de mim. Estou me sentindo ótimo.

Otaviano sustentou o olhar dele durante um tempo, esperando, até que Mecenas cedeu com um grunhido.

— Muito bem, Otaviano. Peço desculpas por ter sugerido que o crânio de Agripa teria mais utilidade como aríete.

— Você não disse isso — comentou Otaviano.

— Eu estava pensando isso.

— E você, Agripa? Vai ser igualmente nobre?

— Eu luto para chegar ao nível dele, Otaviano, mas, como você está pedindo, peço desculpas por dizer que ele não ganharia tanto quanto acha, caso se alugasse por hora.

Mecenas começou a rir, mas então seu rosto ficou pálido e ele se virou de lado para esvaziar o estômago. Uma das velhas murmurou algo que ele não entendeu.

— Você me deve um áureo — disse Otaviano a Mecenas, com satisfação. O amigo apenas gemeu.

CAPÍTVLO II

Enquanto o sol nascia na manhã seguinte, Mecenas estava quieto e sentindo dor, mas se obrigou a sair da cama para se juntar a Agripa no pátio. A casa grega que haviam alugado pelo período da licença era pequena, mas veio com um escravo doméstico para cuidar deles. Com um olho fechado por causa do sol, Mecenas espiou para o outro, vendo-o se espreguiçar.

— Onde está Otaviano? — perguntou. — Ainda dormindo?

— Aqui — disse Otaviano, saindo. Seu cabelo ainda pingava água fria, e ele parecia pálido e doente, mas levantou a mão cumprimentando os dois amigos. — Nem me lembro de ter voltado. Pelos deuses, minha cabeça está rachada, tenho certeza. Eu caí?

— Dentro de uma jarra, talvez. Em outro lugar, não — respondeu Agripa, animado. Dos três, ele parecia o mais capaz de absorver enormes quantidades de álcool sem problemas, e adorava ver os outros dois sofrer.

— Que planos você tem para nossos últimos dias de licença, Otaviano? — perguntou Mecenas. — Tenho certeza de que está tentado a passá-los educando as crianças da aldeia, ou talvez ajudando os camponeses no trabalho. Mas ouvi falar de uma luta de boxe particular esta tarde. Ainda estou esperando o endereço, mas talvez valha a pena assistir.

Otaviano balançou a cabeça.

— A última virou um tumulto generalizado, o que não é surpresa, visto que todas quase sempre viram. O mesmo acontece com rinhas de galos. E não zombe; você sabe que eu estava certo. Aqueles homens precisavam ser mortos.

Mecenas preferiu desviar o olhar para não discutir.

— Temos mais dois dias de licença, senhores — anunciou Agripa. — Poderia ser uma ideia melhor passar esses dias correndo e treinando. Não quero voltar ao meu navio com o fôlego de um velho.

— Veja bem, isso não passa de falta de imaginação, Agripa — disse Mecenas. — Em primeiro lugar você já é velho...

— Três anos a mais do que você, com 22, mas continue — interrompeu Agripa.

— ... E você carrega peso demais nos ossos, como um bezerro. Nós, que não passamos anos levantando pesos, não perdemos a forma com tanta facilidade. Somos cavalos de corrida, veja bem, se é que a metáfora não está suficientemente clara.

— Quer testar sua velocidade contra a minha força? — perguntou Agripa com um sorriso desagradável.

Mecenas olhou a pesada espada de treino que Agripa estava girando no ar.

— Da última vez você me deixou quase desacordado, o que não foi esportivo. Num duelo de verdade eu teria cortado você, amigo, mas com essas espadas de madeira cheias de chumbo? São porretes para camponeses, e você usa a sua sem cuidado. A ideia não me atrai. — Seu olho fechado se abriu e ele franziu a vista por causa do sol. — Mesmo assim andei pensando um pouco nisso, desde sua última instrução.

— Eu queria que você aprendesse alguma coisa, por isso estou satisfeito — acrescentou Agripa.

Havia uma tensão crescente no pátio arenoso. Mecenas não gostava de ser testado em nada, e Otaviano sabia que ele havia ficado irritado por levar uma surra como uma criança. Para alguém com o tamanho e a força de Agripa, as espadas de madeira podiam ser quase ignoradas, permitindo-lhe dar um soco ou um golpe que deixasse Mecenas cambaleante. Abriu a boca para distraí-los, porém Mecenas tinha visto um suporte com lanças junto de uma parede, longas armas romanas com pontas de ferro e cabo de madeira. Seu rosto se iluminou.

— Uma arma diferente poderia permitir que eu demonstrasse alguns argumentos a você, talvez — falou Mecenas.

Agripa fungou.

— Então eu deveria deixar que você tivesse 1 metro de alcance a mais que eu? — Seus olhos brilharam, mas era impossível dizer se era raiva ou diversão.

— Se está com medo, eu entendo. Não? Excelente. — Mecenas foi até o suporte e pegou uma das armas longas, sopesando-a.

Agripa levantou a espada de madeira atravessada diante do corpo. Só usava a calça justa, sandálias e uma túnica frouxa, e não gostou de ver Mecenas gesticulando com uma lança perto dele.

— Venha, Mecenas — disse Otaviano, desconfortável. — Vamos achar alguma coisa boa para fazer hoje.

— Já achei uma coisa boa para fazer — rebateu Mecenas. E diminuiu a distância rapidamente, levando o braço para trás a fim de fazer Agripa se encolher. O grandalhão balançou a cabeça.

— Tem certeza? Esta é uma arma para soldados, e não para nobres.

— Acho que vai servir — retrucou Mecenas. Enquanto falava, cutucou a ponta rapidamente na direção do peito largo de Mecenas, depois a recuou e cutucou de novo na direção da virilha. — Ah, sim, vai servir muito bem. Defenda-se, gorila.

Agripa observava Mecenas atentamente, lendo seu jogo de pés e sua postura, além dos olhos. Eles haviam treinado lutas muitas vezes juntos, e um conhecia o estilo do outro. Otaviano encontrou um banco e sentou-se, sabendo pela experiência que não poderia arrancá-los dali até acabarem. Apesar de serem amigos, os dois estavam acostumados a vencer e não resistiam a desafiar um ao outro. Otaviano se acomodou.

A princípio Agripa meramente recuava da ponta que tentava acertá-lo. Franziu a testa quando ela chegou perto de seus olhos, mas deslizou para longe, levantando o gládio de treino para bloquear os golpes. Mecenas estava gostando de pôr o grandalhão na defensiva e começou a se mostrar um pouco, os pés rápidos no chão arenoso.

O fim, quando chegou, foi tão súbito que Otaviano quase não viu. Mecenas estocou rápido e com força suficiente para abrir um ferimento. Agripa bloqueou com o gume da espada, depois girou no quadril e acertou o antebraço esquerdo na lança. Ela se partiu totalmente, deixando Mecenas boquiaberto. Agripa encostou a espada no pescoço de Mecenas e grunhiu, rindo.

— Vitória — anunciou Agripa.

Sem uma palavra, Mecenas empurrou a espada de madeira e se abaixou, pegando a metade partida da lança. Ela havia sido serrada quase totalmente, o corte disfarçado com cera marrom. Seus olhos se arregalaram e ele voltou até o suporte de lanças. Xingou enquanto examinava as outras, partindo-as uma a uma na coxa. Agripa começou a rir de sua expressão trovejante.

— Você fez isso? — perguntou Mecenas. — Quanto tempo demorou para preparar cada lança? Que tipo de homem chega a esse ponto? Deuses, como você sequer sabia que eu ia escolher uma delas? Você é maluco, Agripa.

— Sou um estrategista — respondeu Agripa, enxugando lágrimas do olho direito. — Ah, a sua cara. Gostaria que você pudesse ter visto.

— Esse não é um comportamento honrado — murmurou Mecenas. Para sua irritação, Agripa apenas riu de novo.

— Eu preferiria ser um camponês e vencer a ser um nobre e perder. É simples, amigo.

Otaviano havia se levantado para olhar as lanças quebradas. Com cuidado, afastou do rosto qualquer sinal de diversão, sabendo que Mecenas já ficaria insuportável o dia inteiro e que isso só pioraria as coisas.

— Ouvi dizer que haverá laranjas frescas no mercado hoje de manhã, guardadas em gelo por todo o caminho. Acho que um suco gelado ajudaria a minha cabeça. Será que vocês podem apertar as mãos e ser amigos pelo resto do dia? Eu ficaria satisfeito.

— Estou disposto — respondeu Agripa. Em seguida estendeu a mão direita, do tamanho de uma pá. Mecenas permitiu que sua mão fosse envolvida.

O escravo doméstico chegou correndo ao pátio enquanto os dois apertavam as mãos fingindo seriedade. Fídolo sempre havia se esforçado para não se intrometer na vida dos hóspedes, e Otaviano não o conhecia bem, apenas o achava cortês e silencioso.

— Senhor, há um mensageiro no portão. Diz que tem cartas de Roma para o senhor.

Otaviano gemeu.

— Posso senti-los me chamando de volta. César está se perguntando para onde foi seu parente predileto, sem dúvida.

Mecenas e Agripa o encaravam com expressões inocentes. Otaviano balançou a mão.

— Ele vai esperar um pouco mais. Afinal de contas, faz um ano desde a última licença. Deixe o mensageiro confortável, Fídolo. Vou ao mercado comprar laranjas frescas.

— Sim, senhor — acatou Fídolo.

Os três jovens romanos só retornaram à casa de campo pouco antes do pôr do sol. Chegaram ruidosamente, rindo e ousados com as três mulheres gregas que trouxeram. Mecenas as havia abordado numa joalheria, recomendando peças que combinariam com a cor da pele.

Otaviano invejava o talento do amigo — era algo que ele não possuía, apesar das aulas assistindo a Mecenas. Não parecia haver muita mágica. Mecenas havia elogiado as mulheres de modo ultrajante, falando pilhérias enquanto as fazia experimentar várias peças. O vendedor assistira com indulgência paciente, esperando uma venda. Pelo que Otaviano podia ver, as jovens sabiam desde o início o que Mecenas queria, mas sua confiança despreocupada fazia piada com isso.

Otaviano apertou a cintura fina da mulher que tinha trazido para casa, esforçando-se para se lembrar do nome dela. Tinha a desagradável suspeita de que não era "Lita" e estava esperando que uma das amigas usasse o nome de novo, para não estragar o momento.

Quando chegaram ao portão, Mecenas apertou subitamente a companheira contra a pedra pintada de branco e a beijou, as mãos viajando. Ela usava um novo pingente de ouro no pescoço, presente dele. Cada uma das jovens usava uma peça igual, comprada com quase todo o dinheiro que haviam juntado para os últimos dias de licença.

Agripa não tivera tanta sorte quanto os outros dois. Seria extraordinário se todas as mulheres fossem atraentes, mas a que se agarrava ao braço dele era bastante corpulenta, com um bigode escuro. Mesmo assim ele parecia satisfeito. Fazia um tempo que não traziam mulheres, e em época de seca ele não poderia se dar ao luxo de sustentar padrões elevados. Agripa encostou o ombro nu da jovem com a barba, fazendo-a rir enquanto esperavam que o portão fosse aberto.

Passaram-se apenas alguns instantes até o escravo Fídolo vir correndo destrancar a porta. Ele parecia ruborizado, e suas mãos escorregaram na barra enquanto a levantava.

— Senhor, graças aos deuses! O senhor precisa ver o mensageiro.

Otaviano se enrijeceu, irritado. Tinha uma linda grega comprimindo seu calor contra o corpo dele, e a última coisa que desejava era pensar em Roma e no exército.

— Por favor, senhor — pediu Fídolo. Ele estava quase tremendo com alguma emoção forte, e Otaviano sentiu uma pontada de preocupação.

— É minha mãe?

Fídolo balançou a cabeça.

— Por favor, ele está esperando o senhor.

Otaviano se afastou da mulher.

— Leve-me até lá — ordenou Otaviano.

Fídolo respirou, aliviado, e Otaviano o acompanhou entrando em casa a passo rápido, esforçando-se para não correr.

Mecenas e Agripa se entreolharam, ambos suspeitando de que não desfrutariam a noite como haviam planejado.

— Isso não está parecendo bom — comentou Agripa. — Senhoras, há aqui uma sala de banhos como poucas. Suspeito que meu amigo Mecenas e eu teremos que atender ao nosso amigo durante algumas horas, mas, se estiverem dispostas a esperar... — Ele viu as expressões das jovens. — Não? — Suspirou. — Muito bem, então. Mandarei Fídolo acompanhá-las até a cidade.

Mecenas balançou a cabeça.

— O que quer que seja, vai esperar um pouco mais, tenho certeza — disse ele, com os olhos arregalados enquanto tentava dissuadir Agripa. A mulher agarrada ao seu braço parecia igualmente relutante, e Agripa ficou vermelho com uma raiva súbita.

— Faça o que quiser, então. Vou descobrir o que está acontecendo.

Entrou na casa deixando o portão aberto. Mecenas levantou as sobrancelhas.

— Será que vocês três considerariam a hipótese de ensinar um pouco mais da Grécia a um jovem romano?

A mulher que acompanhava Agripa ficou boquiaberta e girou nos calcanhares sem dizer uma palavra. Depois de vinte passos se virou e chamou as amigas. Elas se entreolharam, e por um momento Mecenas pensou que estava com sorte. Alguma comunicação silenciosa aconteceu entre elas.

— Desculpe, Mecenas. Em outra ocasião, talvez.

Ele ficou olhando, desejoso, enquanto elas se afastavam, jovens, ágeis e levando três pingentes de ouro. Soltou um palavrão ríspido e entrou, com raiva e frustração a cada passo.

Otaviano chegou à sala principal quase correndo, o nervosismo crescendo a cada instante devido ao vazio do choque que via no escravo doméstico. Parou derrapando quando o mensageiro se levantou para cumprimentá-lo, estendendo um pacote sem dizer uma palavra.

Otaviano partiu o lacre de cera de sua mãe e leu rapidamente. Respirou fundo uma vez, depois outra, sentindo arrepios no pescoço e pelas pernas desnudas. Balançou a cabeça e deu um passo para sentar-se num banco, relendo as frases várias vezes.

— Senhor — começou Fídolo. O mensageiro se inclinou para perto, como se estivesse tentando ler as palavras.

— Saiam, os dois. Chamem meus amigos e depois vão para fora — ordenou ele.

— Recebi a ordem de esperar a resposta — disse o mensageiro azedamente.

Otaviano saltou do banco e agarrou o mensageiro pela frente da túnica, empurrando-o na direção da porta.

— *Saia!*

No pátio, Agripa e Mecenas ouviram o grito. Desembainharam as espadas e correram para o amigo, passando pelo mensageiro de rosto vermelho enquanto entravam na casa.

Fídolo havia acendido as lâmpadas a óleo, e Otaviano andava de um lado para o outro entre dois focos de luz. Mecenas era um exemplo de calma, apesar de ainda estar com o rosto pálido. Agripa batia com os dedos grossos no joelho, o único sinal de agitação interior.

— Eu *preciso* voltar — declarou Otaviano. Sua voz estava rouca de tanto falar, mas ele ardia com uma energia frágil. Enquanto ia de um lado para o outro na sala, sua mão direita se fechava e se abria como se estivesse imaginando que golpeava os inimigos. — Preciso de informações. Não é o que você sempre diz, Agripa? Que conhecimento é tudo? Preciso ir para Roma. Tenho amigos lá.

— Não mais — falou Mecenas. Otaviano parou e virou-se para ele. Mecenas desviou o olhar, embaraçado com o sofrimento que via no amigo. — Seu protetor está morto, Otaviano. Já lhe ocorreu que você também vai estar em perigo se aparecer em Roma? Ele tratava você como um herdeiro, e esses Liberatores não vão querer alguém que possa reivindicar as posses dele.

— Ele *tem* um herdeiro: Ptolomeu César — retrucou Otaviano rispidamente. — A rainha egípcia vai manter o menino em segurança. Eu... — Ele parou para soltar um palavrão. — Eu preciso voltar! Isso não pode ficar sem resposta. Deve haver um julgamento. Deve haver punição. Eles são *assassinos*, em plena luz do dia, matar o líder de Roma e fingir que salvaram a República. Preciso falar por ele. Preciso falar por César antes que encubram a verdade com mentiras e lisonjas. Sei como agem, Mecenas. Vão fazer um funeral luxuoso, esfregar cinzas na própria pele e chorar pelo grande homem. Em um mês ou menos vão partir para novas tramas, novos modos de ascender, jamais vendo como são mesquinhos e venais, comparados a ele.

Voltou a andar rigidamente, pisando com força nos ladrilhos. Estava consumido pela fúria, tão intensa que mal conseguia falar ou respirar.

Mecenas balançou a mão, dando a vez a Agripa, que pigarreou e falou com o máximo de calma que pôde, consciente de que Otaviano estava à beira da violência ou talvez das lágrimas, e que permanecera assim durante horas. O rapaz estava exausto, mas seu corpo continuava em movimento, incapaz de parar ou descansar.

— A carta de sua mãe dizia que eles receberam anistia, Otaviano. A lei foi aprovada. Agora não pode haver vingança contra eles, não sem virar todo o Senado contra você. Quanto tempo você sobreviveria a isso?

— Quanto tempo eu quiser, Agripa. Deixe-me dizer uma coisa a respeito de César. Eu o vi capturar um faraó em seu próprio palácio em Alexandria. Estive ao lado dele quando desafiou exércitos e governantes e ninguém ousou levantar a mão ou dizer uma palavra contra ele. O Senado tem o poder que optamos por permitir que tenha, entendeu? Se não permitirmos nada, eles não têm *nada*. O que eles chamam de poder não passa de sombra. Júlio entendia isso. Eles aprovam suas leis pomposas, o povo comum baixa a cabeça e todo mundo declara que isso é real... Mas *não é*!

Ele balançou a cabeça bruscamente e cambaleando um pouco, de modo que o ombro bateu na parede. Enquanto os outros dois compartilhavam um olhar preocupado, Otaviano descansou ali, a testa no reboco.

— Está se sentindo mal, Otaviano? Você precisa dormir.

Agripa se levantou, sem saber se deveria se aproximar. Conhecera loucos antes, e Otaviano estava no limite, levado a isso por emoções intensas. Seu amigo precisava descansar, e Agripa pensou em preparar uma dose de ópio para ele. O amanhecer havia chegado, e todos estavam exaustos. Otaviano não deu sinal de relaxar da fúria que retesava seus músculos. Mesmo parado ali, suas pernas e seus braços estremeciam em espasmos sob a pele.

— Otaviano? — chamou Agripa de novo. Não houve resposta, e ele se virou para Mecenas, levantando as mãos, impotente.

Mecenas se aproximou de Otaviano como o cavaleiro que era. Havia algo nos músculos estremecendo que o fazia se lembrar de um potro xucro, e inconscientemente ele emitiu sons para tranquilizar, estalando a língua e murmurando enquanto punha a mão no ombro de Otaviano. A pele por baixo do tecido parecia arder, e com o toque Otaviano ficou subitamente frouxo, deslizando pela parede num colapso. Mecenas saltou adiante para segurá-lo, mas o peso inesperado era demais, e ele mal conseguiu guiar o amigo para se deitar no canto da sala. Para horror de Mecenas, uma mancha escura cresceu na virilha de Otaviano, e o cheiro azedo de urina encheu o ar de maneira opressiva.

— O que há de errado com ele? — perguntou Agripa, agachando-se.

— Pelo menos está respirando. Não sei. Os olhos estão se mexendo, mas acho que não está acordado. Já viu alguma coisa assim antes?

— Não nele. Conheci um centurião que tinha uma doença que o fazia cair. Lembro que ele perdia o controle da bexiga.

— O que aconteceu com ele? — perguntou Mecenas sem olhar para cima.

Agripa se encolheu com a lembrança.

— Matou-se. Depois disso não tinha mais controle sobre os homens. Você sabe como eles podem ser.

— É, sei — assentiu Mecenas. — Mas talvez seja só dessa vez. Ninguém precisa ficar sabendo. Podemos limpá-lo, e quando ele acordar tudo vai estar esquecido. A mente é uma coisa estranha. Ele vai acreditar no que contarmos.

— A não ser que já saiba dessa fraqueza.

Os dois saltaram ouvindo o som de passos. O escravo, Fídolo, estava retornando.

Mecenas foi o primeiro a falar.

— Ele não pode ver isso. Vou distrair Fídolo, dar alguma coisa para ele fazer. Cuide de Otaviano.

Agripa fez uma careta ao pensar em tirar a roupa encharcada de urina. Mas Mecenas já estava se movendo, e seu protesto não foi verbalizado. Com um suspiro, Agripa levantou Otaviano nos braços.

— Venha. É hora de se lavar e pôr roupas limpas.

A sala de banhos da casa era pequena e a água estaria fria, sem Fídolo para esquentá-la, mas serviria. Enquanto carregava o corpo flácido, Agripa balançou a cabeça com pensamentos em redemoinho. César estava morto, e só os deuses sabiam o que aconteceria com seu amigo.

CAPÍTVLO III

N A SOMBRA, MARCO ANTÔNIO APERTOU OS POLEGARES NOS OLHOS, lutando contra o cansaço. Quando tinha 20 anos nem se incomodava ao passar uma noite acordado e trabalhar no dia seguinte. Na Gália havia marchado durante a escuridão e lutado a manhã inteira ao lado de 10 mil legionários que faziam a mesma coisa. Sabia que tudo passava, que o tempo tira tudo do homem. Mas de algum modo tinha presumido que sua resistência fazia parte de si, como a inteligência ou a altura, embora tenha descoberto que ela havia se esvaído como água de uma jarra quebrada.

O fórum estava cheio de cidadãos e soldados que tinham vindo homenagear César pela última vez. Ricos e pobres eram obrigados a se misturar, e havia constantes gritos de irritação e ultraje à medida que mais e mais pessoas eram comprimidas a partir das ruas ao redor. Uma mulher gritou pelo filho perdido em algum lugar, e Marco Antônio suspirou, desejando que Júlio estivesse ali para ficar com ele e olhar, simplesmente olhar, enquanto Roma redemoinhava e se aglutinava ao redor do corpo de um deus.

Jamais poderia haver espaço suficiente para todos que queriam ver. O sol era um martelo sobre as cabeças desprotegidas, enquanto as pessoas lutavam para enxergar melhor. O calor aumentava gradativamente desde os primeiros instantes do alvorecer, quando César fora arrumado e quarenta centuriões da Décima Legião tinham se posicionado ao redor. O corpo repousava num esquife dourado, o foco e o centro do mundo naquele dia.

Marco Antônio levantou a cabeça com esforço. Fazia duas noites que não dormia, e suava incessantemente. A sede já era desagradável, mas ele não ousava beber e ser obrigado a sair do fórum para esvaziar a bexiga. Teria que bebericar uma taça de vinho para falar à multidão. Um escravo estava ao lado com uma taça e um pano. Marco Antônio estava preparado e sabia que não iria fracassar nesse dia. Não olhou o rosto do amigo. Já havia olhado por tempo demais enquanto o cadáver era lavado, os ferimentos contados e desenhados em carvão e tinta por letrados doutores para o Senado. Agora não passava de algo retalhado e vazio. Não era o homem que tinha acovardado o Senado, que havia visto reis e faraós se ajoelharem. Oscilando lentamente numa onda de tontura, Marco Antônio fechou a mão direita com força sobre os pergaminhos, fazendo-os estalar e amarrotar. Deveria ter dormido algumas horas, sabia. Não podia desmaiar, cair nem mostrar qualquer sinal do sofrimento e da fúria que ameaçavam arruiná-lo.

Não conseguia ver os Liberatores, mas sabia que todos estavam ali. Vinte e três homens tinham mergulhado facas em seu amigo, mesmo depois de a vida já ter se esvaído, como se participassem de um ritual. Os olhos de Marco Antônio ficaram frios, suas costas se empertigando enquanto pensava neles. Tinha desperdiçado horas desejando que estivesse lá, que soubesse o que iria acontecer, mas tudo isso era pó. Não podia mudar o passado, nem um instante sequer. Quando queria gritar com eles, convocar soldados e fazer com que fossem rasgados e mortos, fora obrigado a sorrir e tratá-los como grandes homens de Roma. Só de pensar nisso ficava enojado. Eles estariam olhando, esperando o fim dos dias de ritos fúnebres, esperando que os cidadãos se acomodassem em seu sofrimento para desfrutar os novos postos e poderes obtidos por suas facas. Marco Antônio trincou o maxilar pensando nisso. Havia usado uma máscara desde o instante em que os primeiros sussurros chegaram aos seus ouvidos. César estava morto, e cães insignificantes ocupavam o Senado. Manter o nojo encoberto tinha sido a tarefa mais difícil de sua vida. No entanto valera a pena propor o voto de anistia. Havia atraído os sorrisos deles com esse simples ato, e não havia sido difícil fazer com que os amigos que restavam apoiassem seu direito de fazer o discurso fúnebre. Os Liberatores riram da ideia, seguros de sua vitória e novo status.

— Pano e taça — disse Marco Antônio subitamente.

O escravo se moveu, enxugando o suor do rosto do senhor enquanto Marco Antônio pegava a taça e bebia para limpar a garganta. Era hora de falar a Roma. Empertigou-se, permitindo que o escravo ajeitasse as dobras de sua toga. Um ombro permanecia desnudo, e ele sentia o suor esfriar na axila. Saiu da sombra para o sol e passou pela linha de centuriões que olhavam carrancudos a multidão. Em apenas quatro passos estava na plataforma com Júlio pela última vez.

A multidão viu o cônsul, e o silêncio se espalhou daquele ponto para todas as direções. As pessoas não queriam perder uma palavra, e o silêncio súbito era quase irritante. Marco Antônio olhou para os prédios e templos grandiosos ao redor. Cada janela estava cheia de cabeças escuras, e ele se perguntou de novo onde estariam Brutus e Cássio. Eles não iriam perder o momento de triunfo, tinha certeza. Levantou a voz até um bramido e começou:

— Cidadãos de Roma! Sou apenas um homem, cônsul de nossa cidade. Mas não me exprimo com uma única voz ao falar de César. Falo com a língua de cada cidadão. Falo hoje por nossos compatriotas, nosso povo. O Senado decretou homenagens a César, e, quando eu disser todos os nomes dele, vocês não ouvirão minha voz, e sim a de vocês.

Ele se virou ligeiramente na tribuna para olhar o corpo do amigo. O silêncio era perfeito e uniforme em todo o fórum de Roma. Os ferimentos de César tinham sido cobertos por uma toga e uma túnica interna, de modo que os talhos estavam ocultos. Não havia mais sangue nele, e Marco Antônio sabia que a toga escondia ferimentos que tinham empalidecido e ficado rígidos nos dias de manuseio e preparativos. Só a coroa de folhas de louro ao redor da cabeça de César era algo vivo.

— Ele era Caio Júlio César, filho de Caio Júlio e Aurélia, descendente dos Júlios, de Enéas de Troia, filho de Vênus. Era cônsul e imperador de Roma. Era o Pai da Pátria. O próprio mês de Quintilis foi renomeado em homenagem a ele. Mais do que tudo isso, ele recebeu o direito ao culto divino. Esses nomes e títulos mostram como honramos César. Nosso augusto Senado decretou que seu corpo seria inviolável, sob pena de morte.

Que qualquer um que estivesse com ele teria a mesma imunidade. Pelas leis de Roma, o corpo de César era sacrossanto. Não podia ser tocado. O templo de sua carne não poderia ser ferido, segundo toda a autoridade de nossas leis.

Fez uma pausa, ouvindo um murmúrio de raiva que trovejou pela multidão.

— Ele não arrancou esses títulos à força das mãos do Senado, de nossas mãos. Ele nem ao menos os pediu, mas lhe foram concedidos numa torrente, como agradecimento por seus serviços a Roma. Hoje o homenageamos de novo com a presença de vocês. Vocês são testemunhas da honra de Roma.

Um dos centuriões se remexeu desconfortável, junto aos seus pés, e Marco Antônio olhou para baixo, depois levantou a cabeça de novo, encarando os olhares de centenas de pessoas, examinando a multidão arfante. Havia raiva e vergonha ali, e Marco Antônio balançou a cabeça, respirando fundo para continuar.

— Segundo nossas leis, segundo nossa honra romana, juramos proteger César e a pessoa de César com toda a nossa força. Juramos que os que fracassassem em defendê-lo seriam amaldiçoados para sempre.

A multidão gemeu mais alto enquanto entendia, e Marco Antônio levantou a voz até um rugido:

— Ó Júpiter e todos os deuses, perdoem nosso fracasso! Tenham misericórdia pelo que deixamos de fazer. Perdoem *todos* os nossos juramentos violados.

Ele se afastou da tribuna, parando junto ao corpo que estava diante do povo. Por um momento seu olhar saltou em direção à sede do Senado. A escadaria estava cheia de figuras com togas brancas, paradas e assistindo. Ninguém tinha uma visão melhor da oração fúnebre, e Marco Antônio se perguntou se estariam desfrutando a posição tanto quanto esperavam. Muitos, na multidão, voltaram olhares hostis para aquelas figuras reunidas.

— César amava Roma. E Roma amava seu filho predileto, mas não iria salvá-lo. Não haverá vingança por sua morte, a despeito de todas as leis e promessas vazias que não puderam conter as facas. Uma lei é apenas o desejo de homens, escrita e impregnada de um poder que não possui por si própria.

Ele parou para deixar que pensassem e foi recompensado por um jorro de movimento na multidão, sinal de corações batendo mais rápido, de sangue correndo nos membros. Todos esperavam suas palavras. Outro centurião olhou sério para cima, num alerta silencioso, tentando atrair seu olhar. Marco Antônio o ignorou.

— Em nome de *vocês*, nosso augusto Senado concedeu anistia aos que se chamam de "Liberatores". Em nome de *vocês* foi feita uma votação, uma lei tornada válida pela honra de vocês. Isso também é sacrossanto, inviolável.

A multidão fez um som parecido com um rosnado; e Marco Antônio hesitou. Estava tão exposto quanto os soldados ao redor da plataforma. Se os levasse longe demais na culpa e na raiva, poderia ser engolido pela turba. Estava andando no fio da navalha, tendo visto antes o que o povo de Roma podia fazer quando estava enfurecido. De novo olhou os senadores e viu que seu número havia se reduzido enquanto decifravam o humor da multidão; enquanto liam o vento. Deu um sorriso cansado, juntando coragem e sabendo o que Júlio iria querer que ele fizesse. Marco Antônio soubera, desde o instante em que tinha visto Cássio e seus conspiradores entrar na câmara, levantando as mãos para mostrar o sangue de um tirano. Levaria o povo de Roma a entender o que havia sido feito. Faria com que as pessoas vissem.

Marco Antônio se curvou para a fila de centuriões reluzentes, baixando a voz para falar com o mais próximo:

— Você. Venha aqui em cima. Fique comigo.

O centurião era a própria imagem da perfeição marcial para aquele posto, a armadura brilhando ao sol e a pluma aparada num tamanho perfeito. Indubitavelmente veterano, reagiu com grande relutância. Cada instinto lhe dizia para ficar de olho na multidão que se comprimia ao redor.

— Cônsul, meu posto é aqui... — começou o homem.

Marco Antônio se agachou sobre um dos joelhos, a voz baixa e repleta de raiva.

— Como você diz, eu *sou* um cônsul de Roma. Agora a República é algo tão fraco que até um oficial romano deixa de obedecer às ordens?

O centurião baixou a cabeça emplumada, com vergonha, enquanto ruborizava. Sem dizer mais nada, subiu à plataforma, e a fileira silenciosa de seus companheiros arrastou os pés para preencher o espaço deixado.

Marco Antônio se empertigou totalmente, de modo que seus olhos estivessem no nível da pluma do sujeito. Olhou sério para baixo.

— Há uma efígie de cera abaixo do corpo, centurião. Pegue-a para mim. Levante-a para que possam ver.

O queixo do homem caiu, em choque, e ele balançou a cabeça antes mesmo de responder.

— *O quê?* Que jogo é esse? Cônsul, por favor. Termine o discurso e me deixe levá-lo embora em segurança.

— Qual é seu nome? — perguntou Marco Antônio.

O centurião hesitou. Antes era um anônimo, escondido numa fila de homens semelhantes. Num instante fora escolhido sem motivo. Engoliu em seco, amargurado, agradecendo aos seus deuses pessoais por lhe concederem aquela maré de azar.

— Centurião Ópius, cônsul.

— Sei. Vou falar devagar e claramente, Ópius. Obedeça às minhas ordens legítimas. Sustente seu juramento à República ou remova esta pluma e se apresente ao tribuno de sua legião com meu pedido de que receba a disciplina romana que parece ter esquecido.

A boca do centurião se apertou numa linha pálida. Seus olhos brilharam com raiva, mas ele concordou enfaticamente. Esse "pedido" o faria ser açoitado até virar farrapos sob um chicote com pesos, talvez até executado como exemplo. Virou-se de forma rígida, olhando o corpo de César por um momento.

— Ele não vai se importar, Ópius — continuou Marco Antônio, com a voz de súbito gentil. — Era meu amigo.

— Não sei o que o senhor está fazendo, cônsul, mas se nos atacarem irei vê-lo de novo no inferno — rosnou Ópius.

Marco Antônio apertou o punho, talvez para desferir um soco, mas o centurião se abaixou e puxou o pano dourado. Abaixo do corpo de César estava um modelo em tamanho real de um homem, feito em cera branca, vestindo uma toga púrpura com acabamento em ouro. Ópius hesitou, com repulsa. As feições de cera haviam sido modeladas a partir das de César. Para seu desgosto, viu que a réplica também usava uma coroa de louros frescos.

— O que é essa... coisa? — murmurou ele.

Marco Antônio apenas fez um gesto e Ópius a levantou. Era surpreendentemente pesada, e ele cambaleou um pouco ao ficar de pé.

A multidão estivera murmurando, incapaz de entender a conversa furiosa na plataforma. As pessoas ofegaram e gritaram ao ver a efígie de olhos cegos e brancos.

— Cônsul! — gritou outro centurião acima do ruído. — O senhor deve parar o que está fazendo. Desça, Ópius. Eles não vão aceitar isso.

— Silêncio! — gritou Marco Antônio, perdendo a paciência com os idiotas ao redor.

A multidão ficou imóvel, horrorizada, os olhares grudados naquela imitação de homem diante deles, sustentada por Ópius.

— Deixem-me lhes mostrar, cidadãos de Roma. Deixem-me mostrar o que valem as palavras de vocês!

Marco Antônio deu um passo e tirou uma faca de ferro acinzentada de seu cinturão. Puxou o manto púrpura que vestia o manequim, desnudando o peito e a linha da garganta. A multidão ofegou, incapaz de desviar os olhos. Muitas pessoas fizeram o sinal do chifre, para proteção, com as mãos trêmulas.

— Tílio Cimber segurou César enquanto Suetônio Prando deu o primeiro golpe... *aqui!* — exclamou Marco Antônio.

Ele encostou a mão esquerda no ombro da efígie e cravou a faca na cera sob a clavícula moldada, de modo que até os velhos soldados que estavam na multidão se encolheram. Os senadores na escadaria ficaram paralisados, e o próprio Suetônio estava ali, boquiaberto.

— Públio Servílio Casca abriu este ferimento, cruzando com o primeiro — continuou Marco Antônio. Com um movimento selvagem, cortou pano e cera com a faca. Já estava ofegando, a voz num rugido grave que ecoou nas construções ao redor. — O irmão dele, Caio Casca, agiu em seguida enquanto César lutava! Ele cravou sua adaga... *aqui.*

Junto à sede do Senado, os irmãos Casca se entreolharam horrorizados. Sem uma palavra, os dois se viraram, apressando-se para sair do fórum.

Suando, Marco Antônio puxou as mangas da toga, de modo que o braço direito do manequim foi revelado.

— Lúcio Pella fez um corte aqui, um talho comprido. — Com um movimento brusco da faca, Marco Antônio cortou a cera, e a multidão gemeu. — César *continuou* lutando! Ele era canhoto e levantou o braço direito ensanguentado para contê-los. Décimo Júnio o golpeou então, cortando o músculo, de modo que o braço ficou frouxo. César pediu socorro nos bancos de pedra do Teatro de Pompeu. Clamou por vingança, mas estava sozinho com esses homens... e eles não quiseram parar.

A multidão avançou, levada praticamente à loucura pelo que via. Não havia lógica naquilo, era simplesmente uma massa de fúria crescente, fervilhante. Apenas alguns senadores continuavam junto à sede do Senado, e Marco Antônio viu Cássio se virar para ir embora.

— Então Caio Cássio Longino golpeou o Pai de Roma, enfiando seus braços finos entre os outros. — Com um grunhido, Marco Antônio cravou a lâmina na lateral do corpo de cera, através da toga, deixando o pano rasgado quando a faca saiu. — O sangue jorrou, encharcando a toga de César, mas ele continuou lutando! Era um soldado de Roma, e seu espírito era forte enquanto eles golpeavam e *golpeavam*! — Ele pontuou as palavras com golpes, rasgando tiras da toga arruinada.

Parou, ofegante e balançando a cabeça.

— Então ele vislumbrou uma chance de viver.

Sua voz havia baixado, e a multidão chegou mais perto ainda, impulsionada e louca, mas captando cada palavra. Marco Antônio olhou para todos, porém seus olhos viam outro dia, outra cena. Tinha ouvido cada detalhe a partir de uma dúzia de fontes, e aquilo era tão real para ele quanto se tivesse testemunhado pessoalmente.

— Ele viu Marco Brutus pisar no teatro. O homem que havia lutado ao seu lado durante metade da vida de ambos. O homem que o havia traído uma vez e se juntado a um inimigo de Roma. O homem que Júlio César tinha perdoado quando todos os outros o teriam trucidado e desmembrado. César viu seu maior amigo e por um momento, por um instante, em meio a todas aquelas facadas, dos homens gritando, deve ter pensado que estava salvo. Deve ter pensado que iria viver.

Então vieram lágrimas aos seus olhos. Marco Antônio as afastou com a manga da toga, sentindo a exaustão como um peso enorme. Estava quase acabado.

— Ele viu que Brutus segurava uma faca, como todos os outros. Seu coração se partiu, e finalmente ele perdeu a capacidade de lutar.

O centurião Ópius estava atordoado, mal segurando a figura de cera. Encolheu-se quando Marco Antônio estendeu a mão e puxou uma dobra da toga púrpura por cima da cabeça da figura, de modo que o rosto ficou coberto.

— Depois disso César não olharia para eles. Ficou sentado enquanto Brutus se aproximava e eles continuavam a esfaquear e rasgar sua carne.

Segurou a lâmina escura acima do coração, e muitas pessoas na multidão estavam chorando, homens e mulheres juntos enquanto esperavam numa agonia o golpe final. O gemido havia crescido a ponto de soar quase como um uivo de dor.

— Talvez ele não tenha sentido a última lâmina; não podemos *saber*.

Marco Antônio era um homem forte, e cravou a lâmina onde estariam as costelas, afundando-a até o cabo e abrindo um novo buraco no pano rasgado. Deixou a faca ali, para todos verem.

— Deite-o, Ópius — pediu ofegando. — Todos viram o que eu desejava que vissem.

Cada par de olhos na multidão se moveu para acompanhar a figura rasgada que era deitada na plataforma. O povo comum de Roma não visitava teatros com as classes nobres. O que haviam testemunhado fora uma das cenas mais poderosas de sua vida. Um suspiro percorreu o fórum, um longo ofegar de dor e libertação.

Marco Antônio reuniu pensamentos vagarosos. Havia pressionado e guiado a multidão, mas tinha avaliado bem. As pessoas sairiam daquele lugar num humor sombrio, conversando. Não esqueceriam seu amigo, e os Liberatores seriam desprezados durante toda a vida.

— E pensar que César salvou a vida de muitos dos homens que estavam lá, no Teatro de Pompeu, nos Idos de Março — disse com voz suave. — Muitos deviam fortunas e cargos a ele. No entanto o derrubaram. Ele se fez o primeiro em Roma, o primeiro no mundo, e isso não o salvou.

Sua cabeça se levantou quando uma voz na multidão gritou:

— *Por que eles devem viver?*

Marco Antônio abriu a boca para responder, mas uma dúzia de outras vozes respondeu, gritando ofensas furiosas contra os assassinos de César. Ele levantou as mãos pedindo calma, mas a voz solitária agira como uma fagulha em madeira seca, e o ruído se espalhou e cresceu até haver centenas e milhares apontando para a sede do Senado e rugindo de fúria.

— Amigos, romanos, compatriotas! — berrou Marco Antônio, mas até mesmo sua voz poderosa foi engolida. Os que estavam mais atrás pressionaram, insensatos, e os centuriões foram golpeados por socos e empurrões.

— É isso — resmungou um centurião, empurrando de volta com toda a força para ganhar espaço e desembainhar um gládio. — É hora de ir. Comigo, rapazes. Cerquem o cônsul e permaneçam calmos.

Mas a multidão não estava indo na direção da plataforma do cônsul. Avançava para a sede do Senado, cujos degraus estavam vazios agora.

— Esperem! Eles ainda vão me ouvir. Deixem-me falar! — gritou Marco Antônio, passando por um centurião e tentando guiá-lo escada abaixo.

Uma pedra voou de algum lugar mais atrás, criando uma mossa num peitoral ornamentado e fazendo cambalear um oficial. A multidão estava arrancando as pedras do calçamento do fórum. O centurião que havia recebido o impacto estava caído de costas, ofegando enquanto seus companheiros cortavam as tiras de couro que prendiam sua armadura.

— É tarde demais para isso, cônsul — afirmou Ópius rispidamente. — Só espero que seja isso que o senhor queria. Agora ande, senhor. Ou vai ficar parado para que todos sejamos mortos?

Mais pedras negras voaram. Marco Antônio podia ver a agitação da multidão, redemoinhando e correndo como padrões na água. Havia milhares de homens furiosos naquele fórum, e muitos dos mais fracos seriam pisoteados até a morte antes que a raiva se esvaísse. Xingou baixinho.

— É exatamente o que eu sinto, senhor — observou Ópius, sério. — Mas agora está feito.

— Não posso deixar o corpo — comentou Marco Antônio em desespero. Em seguida se abaixou quando outra pedra passou por ele, e viu a rapidez do caos se espalhando. Não havia mais como conter o povo, e sentiu um medo súbito de ser varrido. — Muito bem. Tirem-me daqui.

Podia sentir cheiro de fumaça no ar e tremeu. Só os deuses sabiam o que ele tinha liberado, mas se lembrou dos tumultos de anos anteriores, e os lampejos de memórias eram feios. Enquanto era levado para longe em meio a uma massa de soldados, olhou para trás, para o corpo de Júlio abandonado e sozinho, enquanto homens subiam à plataforma segurando facas e pedras.

❖

O cheiro amargo de cinza molhada estava pesado no ar de Roma. Marco Antônio usava uma toga limpa enquanto esperava na antessala da Casa das Virgens abaixo do Templo de Vesta. Mesmo assim achou que podia sentir cheiro de madeira queimada no tecido, grudado nele como uma névoa. O ar da cidade carregava aquela mancha e marcava tudo que passava.

Subitamente com impaciência, levantou-se do banco de mármore num salto e começou a andar de um lado para o outro. Duas mulheres do templo estavam observando-o preguiçosamente, tão seguras do próprio status que não deixavam passar qualquer tensão, nem mesmo na presença de um cônsul de Roma. As virgens não podiam ser tocadas, sob pena de morte. Dedicavam a vida ao culto, mas desde muito tempo havia boatos de que saíam no festival de Bona Dea e usavam drogas afrodisíacas e vinho para brincar com os homens antes de matá-los. Marco Antônio olhou irritado para as duas, mas elas apenas sorriram e falaram uma com a outra em voz baixa, ignorando o homem poderoso.

A sumo sacerdotisa de Vesta havia testado sua paciência num grau elevado quando finalmente saiu para vê-lo. Marco Antônio estivera a ponto de ir embora, de chamar soldados ou de qualquer outra coisa que lhe permitisse agir, em vez de esperar feito um suplicante. Havia sentado de novo durante um tempo, olhando para o espaço e para os horrores do dia e da noite anteriores.

A mulher que se aproximou era estranha para ele. Marco Antônio se levantou e fez uma reverência breve, tentando controlar a irritação. Ela era alta e usava um vestido grego que deixava as pernas e um ombro à mostra. Seu cabelo era uma massa brilhante de ruivo escuro, enrolando-se em volta do pescoço. O olhar dele seguiu o caminho das mechas, parando no que parecia uma minúscula mancha de sangue no pano branco. Estremeceu, imaginando que rito horrível ela estava terminando enquanto ele esperava.

Ainda havia corpos no fórum, e sua raiva fervilhava, mas precisava da boa vontade da sacerdotisa. Obrigou-se a sorrir enquanto falava.

— Cônsul, que raro prazer! Sou Quintina Fábia. Ouvi dizer que seus homens estão se esforçando para trazer a ordem de volta às ruas. Que coisa terrível!

A voz dela era baixa e educada, e ele reafirmou a primeira impressão. Já sabia que a mulher fazia parte dos Fábios, uma família nobre que poderia convocar a aliança de uma dúzia de senadores em qualquer ano. Quintina estava acostumada com a autoridade, de modo que ele deixou a raiva se esvair.

— Espero que não tenha havido problemas aqui. Houve? — perguntou Marco Antônio.

— Temos guardas e outros modos de nos protegermos, cônsul. Até os arruaceiros sabem que não devem incomodar este templo. Que homem se arriscaria a uma maldição da deusa virgem e ver sua hombridade se tornar frouxa e inútil para sempre?

Ela sorriu, mas Marco Antônio ainda podia sentir o cheiro de cinza molhada no ar e não estava com humor para amenidades. Era irritante o bastante ter sido obrigado a vir pessoalmente, com tanta coisa para fazer. Mas seus mensageiros haviam sido descartados sem uma palavra.

— Vim tomar posse do testamento de César. Acredito que esteja guardado aqui. Se a senhora mandar que ele seja trazido, posso voltar ao meu trabalho. O sol já está quase se pondo, e cada noite é pior que a outra.

Quintina balançou a cabeça, com um franzido delicado aparecendo entre os olhos castanho-escuros.

— Cônsul, eu faria tudo ao meu alcance para ajudá-lo, mas não isso. Os testamentos dos homens são encargos meus. Não posso entregá-los.

Marco Antônio lutou de novo com uma irritação crescente.

— Bom, César *está* morto, mulher! Seu corpo foi queimado no fórum com a sede do Senado, portanto podemos ter uma certeza razoável disso! Quando a senhora vai liberar o testamento dele para mim, se não hoje? Toda a cidade está esperando que ele seja lido.

Sua raiva caiu sobre Quintina sem efeito perceptível. Ela deu um leve sorriso diante de seu tom áspero, olhando por cima do ombro para as duas jovens acomodadas num banco ali perto. Marco Antônio foi tomado por um desejo súbito de agarrá-la e sacudi-la de sua letargia. Metade do fórum tinha sido destruída. Os senadores foram obrigados a se reunir no Teatro de Pompeu enquanto a sede do governo não passava de entulho e cinzas, e ainda assim ele era tratado como um serviçal! Suas mãos grandes se fecharam e abriram.

— Cônsul, o senhor sabe por que este templo foi fundado? — perguntou Quintina suavemente.

Marco Antônio balançou a cabeça, as sobrancelhas erguendo-se com incredulidade. Será que ela não entendia do que ele precisava?

— Ele foi criado para abrigar o Paládio, a estátua de Atena que já esteve no coração de Troia. A deusa guiou sua estátua até Roma, e nós somos guardiãs dela há séculos, entende? Nesse tempo vimos tumultos e inquietação. Vimos os próprios muros de Roma serem ameaçados. Assistimos ao exército de Espártaco passar marchando e vimos Horácio sustentar a ponte com apenas dois homens contra um exército.

— Eu não... O que isso tem a ver com o testamento de César?

— Significa que o tempo passa devagar dentro destas paredes, cônsul. Nossas tradições remontam à fundação da cidade, e não irei mudá-las por causa de alguns arruaceiros mortos e um *cônsul que acha que pode dar ordens aqui!*

Sua voz havia endurecido e ficado mais alta enquanto ela falava, então Marco Antônio levantou as mãos, tentando aplacar a mulher subitamente raivosa.

— Muito bem, vocês têm suas tradições. Mesmo assim preciso receber o testamento. Mande que ele seja trazido.

— Não, cônsul. — Quintina também estendeu a mão para interromper o protesto dele. — Mas ele será lido em voz alta no fórum no último dia do mês. Então o senhor irá ouvi-lo.

— Mas... — Ele hesitou diante do olhar dela e respirou fundo. — Como a senhora quiser, então — respondeu com o maxilar cerrado. — Estou desapontado porque a senhora não enxergou o valor em ganhar o apoio de um cônsul.

— Ah, eles vêm e vão, Marco Antônio — explicou ela. — *Nós* permanecemos.

CAPÍTVLO IV

OTAVIANO ACORDOU NO FIM DA MANHÃ, SENTINDO COMO SE TIVESSE bebido um vinho tinto ruim. Sua cabeça latejava e o estômago contraído o deixava fraco, por isso precisou se encostar numa parede e juntar as forças enquanto Fídolo trazia o cavalo. Queria vomitar para clarear as ideias, mas não havia nada para ser posto para fora, então teve que lutar contra as ânsias a seco, fazendo a cabeça oscilar e martelar com o esforço. Sabia que precisava correr para que o sangue circulasse de volta aos membros, para forçar para *fora* a vergonha que o fazia arder. Enquanto o escravo entrava de novo para pegar a sela, Otaviano bateu repetidamente na coxa com o punho fechado, cada vez com mais força, até ver luzes relampejando sempre que fechava os olhos. Sua carne fraca! Havia tido tanto cuidado depois da primeira vez, dizendo a si mesmo que contraíra alguma infecção numa ferida ou alguma doença carregada pelo ar azedo do Egito! Na ocasião seus próprios homens o haviam encontrado sem sentidos, mas tinham presumido que ele bebera até ficar inconsciente e não viram nada de estranho no fato, enquanto César festejava com a rainha egípcia ao longo do Nilo.

Podia sentir um hematoma começando a inchar no músculo da perna. Queria gritar de raiva. Ser abandonado pelo próprio corpo! Júlio havia ensinado que o corpo não passava de uma ferramenta como outra qualquer, que devia ser treinado e obrigado a obedecer como um cão ou um cavalo. Mas agora seus dois amigos o tinham visto enquanto estava... ausente. Murmurou uma oração à deusa Carna pedindo que sua bexiga não tivesse se soltado naquela segunda vez. Não na frente deles.

— Por favor — sussurrou à deusa da saúde. — Tire isso de mim, o que quer que seja.

Havia acordado limpo e em lençóis ásperos, mas sua lembrança cessava com o pergaminho vindo de Roma. Não conseguia absorver a nova realidade. Seu mentor, seu protetor fora morto na cidade, tendo sua vida sido arrancada onde deveria estar mais seguro. Era impossível.

Fídolo lhe entregou as rédeas, olhando preocupado para o jovem que tremia de pé, ao sol da manhã.

— O senhor está bem? Posso chamar um médico na cidade, se estiver doente.

— Foi bebida demais, Fídolo.

O escravo fez que sim, sorrindo com solidariedade.

— Isso não dura muito, senhor. O ar da manhã vai clarear sua cabeça, e Atreus está se sentindo forte hoje. Vai correr até o horizonte se o senhor deixar.

— Obrigado. Meus amigos estão acordados? — Otaviano procurou atentamente um sinal de que o escravo soubesse de alguma coisa a respeito de seu colapso, mas a expressão dele permaneceu inocente.

— Ouvi alguém se movimentando. Devo chamá-los para se juntar ao senhor?

Otaviano montou, pousando com força na sela e fazendo o cavalo bufar e se deslocar de lado. Fídolo começou a se mover para pegar as rédeas, mas Otaviano sinalizou para ele se afastar.

— Agora não. Vou vê-los quando voltar.

Bateu os calcanhares e o cavalo saltou adiante, obviamente feliz por estar fora da baia com a perspectiva de uma corrida. Otaviano notou um movimento junto à porta da casa e ouviu a voz profunda de Agripa chamando-o. Não se virou. O som dos cascos nas pedras era forte e ele não conseguia encarar o sujeito, pelo menos por enquanto.

Cavalo e cavaleiro partiram a meio galope pelo portão. Agripa saiu correndo no pátio atrás dele, ainda esfregando os olhos sonolentos. Olhou Otaviano durante um tempo, depois bocejou.

Mecenas surgiu, ainda usando o camisão comprido com que havia dormido.

— Você deixou que ele saísse sozinho?

Agripa riu ao ver o nobre romano tão desgrenhado, o cabelo com óleo apontando para todos os ângulos.

— Deixe-o suar um pouco. Se estiver doente, precisa disso. Só os deuses sabem o que vai fazer agora.

Mecenas notou Fídolo, que havia ficado atrás, de cabeça baixa.

— Prepare meu cavalo, Fídolo; e o animal de carga que sofre embaixo do meu amigo aqui.

O escravo voltou correndo para o estábulo, sendo recebido com relinchos de empolgação dos dois cavalos na penumbra. Os romanos trocaram um olhar.

— Acho que eu caí no sono uma hora atrás — disse Mecenas, esfregando o rosto com as mãos. — Já pensou no que vai fazer agora?

Agripa pigarreou desconfortável.

— Diferentemente de você, sou um oficial de serviço, Mecenas. Não tenho a liberdade de tomar decisões. Vou retornar à frota.

— Se você tivesse se incomodado em usar essa sua mente fascinante que esconde tão bem, teria percebido que a frota em Brundísio não tem mais um objetivo. César está morto, Agripa! A campanha não vai adiante sem ele. Deuses, as legiões de Roma estão lá; quem vai comandá-las agora? Se você voltar, ficará flutuando sem ordens durante meses enquanto o Senado ignora todos vocês. Acredite, conheço aqueles homens. Eles vão discutir e brigar como crianças, agarrando-se a farrapos de poder e autoridade agora que a sombra de César se foi. Podem se passar anos até que as legiões se movam outra vez, e você sabe disso. Elas eram leais a César, e não aos senadores que o assassinaram.

— Otaviano disse que houve anistia — murmurou Agripa, inquieto.

Mecenas gargalhou, um som amargo.

— E se aprovassem uma lei dizendo que todos deveríamos nos casar com nossas irmãs, isso aconteceria? Sinceramente, aprendi a admirar a disciplina do exército, mas há ocasiões em que todo o quadro é reajustado, Agripa! Esta é uma delas. Se você não consegue ver isso, talvez devesse ir e ficar sentado com milhares de marinheiros, escrevendo relatórios e olhando a água azedar enquanto esperam permissão para pegar comida fresca.

— Bom, o que *você* vai fazer? — perguntou Agripa com raiva. — Ir para sua propriedade e assistir aos acontecimentos? Eu não tenho família patrícia para me proteger. Se não voltar, meu nome será marcado como "desertor" e alguém, em algum lugar, vai assinar uma ordem para que eu seja caçado. Às vezes, acho que você viveu bem demais para entender os outros homens. Nem todos temos sua proteção!

O rosto de Agripa tinha ficado vermelho enquanto ele falava, e Mecenas concordou, pensativo. Sentiu que não era hora de deixá-lo com ainda mais raiva, mesmo que a indignação de Agripa sempre lhe desse vontade de sorrir.

— Está certo — concordou, suavizando a voz deliberadamente. — Eu sou parente de um número suficiente de homens importantes para não temer qualquer um deles. Mas não estou errado. Se você voltar a Brundísio, estará tirando vermes da comida antes de ver a ordem ser restaurada. Confie em mim, pelo menos nisso.

Agripa começou a responder, e Mecenas soube que seria algo tipicamente decente e honrado. O sujeito havia subido na carreira por mérito, e ocasionalmente isso ficava visível. Mecenas falou para contê-lo antes que ele pudesse prometer que seguiria seu juramento ou alguma outra idiotice.

— A velha ordem morreu com César, Agripa. Você fala de minha posição social. Muito bem! Deixe-me usá-la para proteger você, pelo menos durante alguns meses. Vou escrever cartas de permissão para afastá-lo de seus deveres. Isso vai manter suas costas sem feridas e seu posto intacto enquanto aguardamos a situação passar! Pense nisso, grandão. Otaviano precisa de você. Pelo menos você tem sua frota, seu posto. O que ele tem, agora que César se foi? Pelo que sabemos, pode haver homens cavalgando para cá, para terminar o que começaram em Roma... — Ele parou, os olhos se arregalando. — Fídolo! Venha cá, seu penico grego! Ande!

O escravo já estava retornando com as duas montarias. Mecenas arrancou a mão dele das rédeas e saltou na sela, encolhendo-se quando o couro frio encontrou seus testículos.

— Espada! Traga-me uma arma. Depressa!

Agripa montou enquanto Fídolo corria pelo pátio e entrava em casa. Era verdade que seu cavalo era muito mais musculoso do que os outros. Era alto e forte e brilhava negro ao sol da manhã. Quando recebeu seu peso, o animal bufou e saltitou de lado. Agripa deu um tapinha no pescoço dele, distraidamente, pensando no que Mecenas estivera dizendo.

— Juro por Marte, seria *melhor* se houvesse alguns assassinos andando por aqui — declarou Mecenas rispidamente, girando a montaria. — Vou estar totalmente esfolado depois de 1 quilômetro.

Um novo som de cascos soou do lado de fora do quintal, ficando mais alto a cada momento. Otaviano entrou de novo pelo portão, o rosto pálido. Pareceu surpreso ao ver os amigos montados e Fídolo correndo para fora segurando espadas desajeitadamente.

O olhar de Otaviano se grudou em Mecenas, cujo camisão havia subido, revelando suas nádegas nuas.

— O que você está fazendo? — perguntou ele.

Mecenas tentou olhá-lo de volta com altivez, mas não conseguiu reunir a dignidade naquela situação.

— Não sabe que todos os jovens romanos cavalgam assim agora? Talvez o costume ainda não tenha se espalhado até as províncias.

Otaviano balançou a cabeça com a expressão fechada.

— Voltei para dizer aos dois que preparem as bagagens. Precisamos chegar a Brundísio.

A cabeça de Agripa ergueu-se rapidamente ao ouvir a palavra, mas foi Mecenas quem falou primeiro:

— Eu estava acabando de explicar ao dedicado marinheiro por que aquele é o último lugar aonde gostaríamos de ir, pelo menos até a cidade se acalmar. Deve estar um caos por lá, Otaviano. Acredite, cada família romana está dobrando a guarda neste momento, pronta para uma guerra civil.

— Está certo — concordou Otaviano. — As legiões também estão em Brundísio.

— Então diga por que não é o último lugar no mundo que deveríamos visitar — pediu Mecenas.

Ele viu o olhar de Otaviano se turvar, os olhos sombreados enquanto baixava a cabeça. Houve silêncio no pátio por um momento, antes que ele falasse de novo.

— Porque os homens eram leais a César, à *minha* família. Se resta alguém que queira ver a vingança pelo assassinato dele, estará no acampamento junto ao mar. É para onde devo ir.

— Você percebe que lá também pode haver homens que matariam você sem se incomodar nem um pouco? — perguntou Mecenas baixinho.

O olhar de Otaviano saltou até ele.

— Eu preciso começar em algum lugar. Não posso deixar que limpem as mãos e continuem com a vida. Eu o *conhecia*, Mecenas. Ele era... um homem melhor do que os cães raivosos de Roma, melhor do que todos eles. César iria querer que eu entrasse nas casas deles e demonstrasse a mesma misericórdia que eles demonstraram.

Agripa concordou, passando a mão pela barba.

— Ele está certo. Precisamos voltar a Brundísio. Aqui estamos longe demais para saber de qualquer coisa.

Mecenas olhou para um e para o outro, e pela primeira vez não havia um humor irônico em sua expressão.

— Três homens? — questionou ele. — Contra as legiões de Roma?

— Não contra elas, *com* elas — corrigiu Otaviano. — Eu conheço aqueles homens, Mecenas. Servi com centenas, não, com milhares deles. Eles vão se lembrar de mim. Eu os conheço melhor do que os grisalhos do Senado, pelo menos.

— Sei. Isso é... um alívio — comentou Mecenas.

Olhou para Agripa, buscando algum sinal de que ele não concordava com aquela loucura, mas Agripa estava observando Otaviano com uma intensidade feroz. O rapaz que desceu agilmente do cavalo e atravessou o pátio o havia impressionado desde a primeira vez em que tinham se visto, dois anos antes. Não só porque Otaviano era parente de sangue de César, ou porque tinha visto as grandes cidades do oriente. O jovem romano era um homem que enxergava através da agitação febril de mercadores, nobres e soldados, via o que realmente importava. Agripa se lembrava de tê-lo visto como o centro das atenções numa festa, falando tão bem e tão fluentemente que até os bêbados ouviam. Otaviano havia lhes oferecido orgulho no que poderiam trazer ao mundo, mas Agripa ouvira o outro fio tecido nas palavras: o custo e o fardo que *deviam* carregar para representar a cidade. Tinha ouvido com espanto reverente conceitos e pensamentos que jamais haviam penetrado na busca interminável de seu pai por mais riqueza.

Um dos nobres mais bêbados tinha rido de Otaviano. Com um movimento rápido Agripa jogara o sujeito por cima da sacada. Riu ao se lembrar do choque bem-humorado no rosto de Otaviano enquanto metade da multidão passava correndo pelos dois. Aquilo havia bastado para iniciar uma amizade que nenhum dos dois estivera procurando. Tinham bebido e conversado até o amanhecer, e Agripa agradeceu aos deuses por ter optado por sair naquela noite, a pedido de seu pai. Não havia encontrado novos negócios para fazer, nem filhas de ricos para cortejar, mas na manhã seguinte havia ido para o cais e entrado em sua primeira galera de legião. Desde aquele dia seu pai não havia falado mais com ele.

Manchas de suor se destacavam na túnica de Otaviano, e seu cavalo já estava coberto de fios de saliva. No entanto suas ordens para Fídolo eram claras e precisas enquanto eles voltavam para a casa, para preparar as bagagens.

— Você não mencionou a doença que atacou Otaviano ontem à noite — observou Agripa em voz baixa. Mecenas olhou-o.

— Aquilo não aconteceu. Ou, se aconteceu, ele é que vai puxar o assunto.

Mecenas apeou e jogou as rédeas num poste antes de entrar para se vestir. Agripa olhou-o e, quando finalmente ficou sozinho, permitiu que um sorriso se espalhasse no rosto. Gostava dos dois, o que era um espanto constante para um homem que não fazia amigos com facilidade. Apesar de todo o seu cinismo calculado, Mecenas estivera disposto a cavalgar com as nádegas ao vento no momento em que achou que Otaviano corria perigo.

Agripa respirou fundo o ar grego, deliberadamente enchendo os pulmões e soltando-o devagar. Era um homem que valorizava a ordem romana, a estabilidade e a natureza previsível da vida militar. Sua infância o tinha levado a uma dúzia de cidades diferentes, vendo o pai finalizar mil negócios. A frota o havia salvado desse tédio e lhe dera um lar onde ele sentia que fazia parte de algo que finalmente importava. A conversa sobre caos o preocupava mais do que jamais assumiria. Esperava que Mecenas estivesse errado, mas sabia o suficiente para temer que seu amigo nobre tivesse previsto bem o futuro. O divino Júlio se fora, e mil homens insignificantes correriam para encher o vazio deixado por ele. Agripa sabia que poderia ver a República despedaçada enquanto homens como seu pai lutavam para obter vantagens. Apeou e girou os ombros pesados, sentindo o pescoço estalar. Num momento assim era importante escolher os amigos com cuidado, caso contrário poderia acabar varrido para longe.

Ouviu Mecenas gritando ordens dentro de casa e riu consigo mesmo enquanto jogava as rédeas no poste e ia atrás. Pelo menos seria varrido na direção de Brundísio.

Brutus olhava uma cidade iluminada por pontos de fogo. O amarelo e o laranja tremeluzentes lembravam uma doença arruinando a pele saudável, espalhando-se depressa demais para ser controlada. A janela trazia uma brisa quente para o cômodo pequeno, mas não servia como conforto. A casa ficava no distrito dos perfumes, pouco mais de 1 quilômetro a leste do fórum. A três andares de altura, Brutus ainda podia sentir o cheiro da destruição dos dias anteriores. O intenso odor de óleos se misturava desagradavelmente com o de cinza molhada, e ele queria tomar um banho para se livrar daquele fedor. Estava enjoado da fumaça e dos rugidos dos embates distantes. Assim que a escuridão caía ocultando as massas fervilhantes, elas saíam de novo, em número cada vez maior. Quem tinha guardas havia se trancado atrás de barricadas, disposto a passar fome em casa. Os pobres sofriam mais, claro. Sempre sofriam, presa mais fácil dos ladrões e das quadrilhas do que os que podiam lutar.

Em algum lugar ali perto, Brutus ouviu as passadas de soldados marchando, o som mais familiar do mundo para ele. As legiões do Campo de Marte não haviam se amotinado, pelo menos até então. O Senado esboçara ordens apressadas para trazê-las, mil homens de cada vez. Duas legiões separadas haviam se espalhado pela cidade, lutando com dificuldade enquanto as turbas cediam terreno gradativamente e derramavam sangue. Brutus esfregou um ponto no antebraço, onde uma telha jogada por alguém o havia acertado mais cedo. Estivera protegido por uma centúria de homens, mas enquanto era escoltado até sua casa na colina do Quirinal os telhados próximos se encheram de arruaceiros e uma chuva de pedras e telhas havia caído. Será que o estavam esperando, ou simplesmente não existia lugar seguro?

Apertou o punho com a lembrança. Até mesmo uma centúria poderia ser dominada nas ruas estreitas. O Senado tinha relatórios de soldados sendo pressionados por todos os lados, golpeados por cima, e até mesmo um episódio atroz em que potes de óleo tinham sido jogados e acendidos, queimando homens vivos.

Com telhas e pedras caindo por todos os lados, ele dera a ordem de pegarem uma rua lateral. Marcharam para longe daquele lugar, pretendendo voltar rapidamente por ruas paralelas com o objetivo de chutar portas e pegar os agressores. Lembrava-se das vaias ecoando acima de sua cabeça, vigiando cada passo. Quando chegaram, os telhados estavam vazios, restando apenas um amontoado de telhas quebradas e mensagens rabiscadas. Ele havia desistido de chegar em casa e voltara para a área segura ao redor do fórum, onde milhares de legionários patrulhavam.

— Acho que está piorando, mesmo com os novos homens trazidos do campo — comentou Cássio, arrastando Brutus de volta ao presente. Assim como ele, o senador estava olhando por cima da cidade.

— Eles não podem continuar por muito tempo — retrucou Brutus, balançando a mão, irritado.

O terceiro homem no cômodo se levantou para encher sua taça com um bom vinho tinto. Os dois à janela se viraram ao ouvi-lo, e Lúcio Pella levantou as sobrancelhas brancas, numa pergunta silenciosa. Cássio balançou a cabeça, mas Brutus fez que sim, por isso Pella encheu uma segunda taça.

— Eles estão bêbados com mais do que vinho — disse Pella. — Se pudéssemos ter salvado a sede do Senado, acho que a coisa já estaria acabada, mas... — Ele balançou a cabeça com nojo. Uma construção de pedras não deveria ter caído só porque alguns bancos de madeira queimaram em seu interior. No entanto, quando o incêndio atingiu seu ápice, uma das paredes se rachou de cima a baixo. O grande teto despencou com estrondo, com tanta velocidade que apagou o fogo no interior.

— O que você gostaria que eu tivesse feito, Lúcio? — perguntou Cássio. — Eu trouxe legiões. Garanti a permissão do Senado para matar quem ignora o toque de recolher. No entanto a coisa continua; não, ela se espalha! Perdemos bairros inteiros da cidade para esse gado com porretes e barras de ferro. Um milhão de cidadãos e escravos não pode ser parado por uns poucos milhares de soldados.

— Marco Antônio andou até em casa hoje, com apenas alguns homens — falou Brutus subitamente. — Vocês ouviram a notícia? Ele é o defensor do povo, depois do discurso para a turba. Eles não o tocam, enquanto meu nome é uivado com o som de uma matilha de lobos. E o seu, Cássio; e o seu, Pella!

Ele atravessou a sala e tomou o vinho em três longos goles.

— Eu preciso me esconder como um criminoso procurado na minha própria cidade, enquanto o cônsul age como o *pacificador*. Pelos deuses, isso me dá vontade... — Brutus parou com uma raiva impotente.

— Isso vai passar, Brutus. Você mesmo disse. A coisa tem que seguir seu rumo, mas quando estiverem com fome vão se aquietar.

— Vão? As quadrilhas esvaziaram os depósitos de grãos na primeira noite. Não havia guardas para impedi-las, havia? Não, todos estavam no fórum, lutando contra os incêndios. Sabem que os irmãos Casca já foram embora?

— Sei — assentiu Cássio. — Eles me procuraram e eu providenciei que fossem escoltados. Eles têm uma propriedade algumas centenas de quilômetros ao sul. Vão esperar por lá.

Brutus observou o senador atentamente.

— Quase todos os homens que sujaram as mãos de sangue conosco fugiram com o rabo entre as pernas. Sabe que Décimo Júnio ainda está escrevendo cartas para serem lidas no fórum? Alguém deveria dizer a ele que seus mensageiros estão sendo espancados até a morte. — Ele parou, nauseado de raiva. — Mas você ainda está aqui. Por que, Cássio? Por que ainda não fugiu para seus vinhedos?

O senador sorriu sem alegria.

— Pelo mesmo motivo que você, meu amigo. E Pella, aqui. Nós somos os "Liberatores", não somos? Se *todos* buscarmos segurança longe da cidade, quem sabe o que acontecerá quando tivermos ido? Será que devo dar a Marco Antônio o poder que ele quer? Ele terá Roma na palma da mão assim que a multidão parar de assassinar e queimar. Devo estar aqui para impedir isso. E você também.

— Você acha que ele planejou isso? — perguntou Pella, enchendo de novo a taça. — Ele inflamou o populacho com seu manequim maldito. Ele devia saber o que poderia acontecer.

Cássio pensou por um momento.

— Há um ano eu não acreditaria que ele fosse capaz disso. Na época tinha certeza de que Marco Antônio não era um homem sutil. Quando propôs o voto de anistia, pensei... pensei que ele estava reconhecendo a nova realidade. Mesmo agora não creio que tivesse previsto as chamas que seguiriam seu discurso fúnebre. Mas ele não é idiota a ponto de não aproveitar a oportunidade que lhe é entregue. É um perigo para todos nós, senhores.

Pella deu de ombros, com o rubor do vinho manchando as bochechas.

— Mande matá-lo, então. O que importa mais um corpo agora? As ruas estão cheias deles e a doença virá em seguida, como a noite vem após o dia, esteja certo. Quando a peste vier, Roma será esvaziada.

Sua mão trêmula fez a taça tilintar contra a jarra, e Brutus viu, pela primeira vez, como o sujeito estava apavorado.

— Bom, eu, não! — disse Pella, engrolando ligeiramente a voz enquanto levantava a taça num brinde fingido aos outros dois. — Não matei César para morrer nas mãos de padeiros e curtidores, nem para tossir até pôr os pulmões para fora com alguma doença maligna trazida pelos cadáveres. Não foi isso que você me prometeu, Cássio! Ficarmos escondidos no escuro como ladrões e assassinos. Você disse que seríamos homenageados!

— Fique *calmo*, Pella — reagiu Cássio sem se abalar. — Lembre-se da sua dignidade. Você não deveria deixar sua consciência no fundo de uma jarra, não esta noite. Se quiser sair da cidade, eu dou um jeito. Ao amanhecer, se você quiser.

— E minha mulher? E meus filhos? Meus escravos? Não vou deixá-los para serem despedaçados.

Então Cássio mostrou um vislumbre de sua raiva, a voz soando fria.

— Você parece amedrontado, Pella. Claro que eles podem viajar com você. Isto é *Roma* e nós dois somos senadores. A maior parte da agitação está na metade ocidental. Não faça com que pareça pior do que é. Em 12 dias, no máximo, haverá ordem outra vez. Mandarei...

— No início você disse que seriam três dias — interrompeu Pella, embotado demais pelo vinho para ver a imobilidade mortal de Cássio.

— Vá para casa agora, Pella. Prepare sua família e junte suas posses. Você será poupado de qualquer outro ataque à sua dignidade.

Pella piscou para ele, a mente vagueando.

— Ir para casa? — perguntou. — As ruas não estão seguras. Achei que você tinha dito que era perigoso demais sair depois do anoitecer.

— Mesmo assim você deixou claro seu argumento. Ande de cabeça baixa, e se alguém pará-lo na rua diga que é senador. Tenho certeza de que deixarão você passar.

Pella balançou a cabeça, nervoso.

— Cássio, desculpe. Eu não deveria ter dito essas coisas. Foi o vinho. Prefiro ficar aqui com vocês, pelo menos até o amanhecer. Eu posso...

Ele parou enquanto Cássio ia até a porta que dava da escada para a rua. Quando ela se abriu, o ruído constante de gritos e estrondos ao fundo ficou mais alto.

— Vá para casa — pediu Cássio. Ele usava uma adaga no cinto e deliberadamente baixou a mão até o cabo da arma.

Pella o encarou boquiaberto. Olhou para Brutus, mas não viu piedade nele.

— Por favor, Cássio...

— *Saia!* — ordenou Cássio rispidamente.

Os ombros de Pella baixaram e ele não olhou para nenhum dos dois homens enquanto saía. Cássio se esforçou para não bater a porta atrás dele.

— Acha que ele vai conseguir? — perguntou Brutus, virando-se de novo para a janela aberta.

— Está nas mãos dos deuses — disse Cássio irritado. — Eu não suportava mais as lamúrias daquele fraco.

Brutus teria respondido, mas a distância viu um novo incêndio se espalhando. Xingou baixinho, e Cássio foi para perto dele.

— É Quirinal, não é? — perguntou Cássio. Sabia que Brutus tinha uma propriedade naquela colina, e sua voz ficou consternada em consideração a ele.

— Acho que é. Eles não tocam nas propriedades de César, sabia? — Brutus esfregou a nuca, absolutamente exausto. — É difícil avaliar as distâncias no escuro. Vou saber de manhã, se puder encontrar homens suficientes para andar comigo. — Falava com os dentes trincados ao pensar no povo de Roma pondo as mãos em suas posses. — Precisamos das legiões que estão em Brundísio, Cássio! Com 30 mil homens a mais seria possível derrotar essas turbas. Precisamos esmagá-las, mostrar força suficiente para fazê-las fechar a boca.

— Se pudesse trazê-las, teria feito isso. Os oficiais de César não respondem às mensagens do Senado. Quando isso acabar, mandarei que sejam dizimados, ou que suas águias sejam derrubadas e transformadas em taças para os pobres, mas por enquanto não posso *obrigá-las* a se mover.

Em algum lugar nas ruas perto da casa, um homem gritou alto e longamente. Os dois olharam na direção do som, depois o ignoraram de modo deliberado.

— Eu poderia ir até elas — prontificou-se Brutus depois de um tempo.

Cássio gargalhou, surpreso.

— A Brundísio? Você seria trucidado assim que ouvissem seu nome. Acha que *eu* sou impopular, Brutus? É o seu nome que a turba grita mais alto quando clama vingança por César.

Brutus soltou o ar, frustrado a ponto de tremer.

— Talvez seja mesmo hora de partir então. Fazer o seu Senado me tornar governador de alguma cidade longe daqui. Não vi as recompensas que você me prometeu, pelo menos por enquanto... — Ele se conteve, não querendo implorar algo das mãos de Cássio. Mas Brutus não tinha posto civil nem riqueza própria. Seus fundos privados já estavam diminuindo, e ele se perguntou se um nobre como Cássio ao menos entendia sua situação. — César estaria rindo se pudesse nos ver escondidos de seu povo.

Cássio olhou para a noite. Os incêndios no Quirinal haviam se espalhado numa velocidade espantosa. A distância, centenas de casas pegavam fogo, iluminando a escuridão, como rachaduras vermelhas na terra. De manhã haveria milhares de corpos enegrecidos, e Pella estava certo, a doença viria em seguida, propagando-se da carne morta e entrando nos pulmões das pessoas saudáveis. Pigarreou, e Brutus olhou-o, tentando decifrar sua expressão.

— Há legiões na Ásia Menor — disse Cássio finalmente. — Pensei em ir até elas como representante do Senado. Nossas terras no oriente devem ser protegidas do caos daqui. Talvez um ou dois anos na Síria nos permitam deixar esses dias sangrentos para trás.

Brutus pensou, mas balançou a cabeça. Lembrava-se do calor e das paixões estranhas do Egito, e não tinha vontade de retornar àquela parte do mundo.

— Síria não, pelo menos para mim. Nunca visitei Atenas, mas conhecia bem a Grécia quando jovem.

Cássio balançou a mão.

— Vamos nomeá-lo propretor, então. Está decidido. Terei seu comando e seus passes redigidos, prontos para uso. Mas, pelos deuses, gostaria que a coisa não tivesse sido assim! Não derrubei um tirano só para ver Marco Antônio ocupar o lugar dele. O sujeito parece uma cobra ensebada de tão escorregadio que é.

— Enquanto ficarmos, os tumultos vão continuar — retrucou Brutus com a voz dura. — Eles me *caçam*, quadrilhas de escravos imundos filhos de putas, chutando portas e procurando por *mim*.

— Isso vai passar. Eu me lembro dos últimos tumultos. Na época a sede do Senado foi queimada, mas a loucura passou com o tempo.

— Os líderes morreram, Cássio. Foi por isso que aqueles tumultos acabaram. Eu tive de me mudar duas vezes ontem, só para garantir que não me encurralariam. — Ele soltou um rosnado, a paciência exaurida. — Eu estaria mais feliz se Marco Antônio tivesse caído no primeiro dia. No entanto ele anda por onde quiser, com apenas uns poucos guardas. Eles não o caçam, não o nobre amigo de César!

Houve um estrondo do lado de fora e os dois giraram bruscamente, olhando para a porta como se ela fosse ser arrombada, deixando entrar as feias turbas de Roma. Uma mulher gritou em algum lugar próximo, o som sendo sufocado de repente.

— Parece que o subestimamos, ou pelo menos sua capacidade de sobreviver — comentou Cássio, falando mais para romper o silêncio do que por ter pensado aquilo. — Eu também ficaria mais feliz se Marco Antônio fosse mais uma baixa trágica nos tumultos, mas ele é cuidadoso demais; e neste momento também é amado demais. Conheço alguns homens, mas eles têm tanta probabilidade de revelar uma trama a ele quanto de pô-la em prática.

— Redija as ordens, então — pediu Brutus, cansado. — Posso passar um ou dois anos governando Atenas. Quando o espinho tiver sido arrancado de Roma, irei vê-la de novo.

Cássio apertou o ombro dele.

— Pode contar com isso, amigo. Chegamos muito longe juntos para perder tudo agora.

CAPÍTVLO V

BRUNDÍSIO NUNCA HAVIA ESTADO EM TAMANHA AGITAÇÃO. ERA COMO uma colmeia derrubada, com soldados e cidadãos correndo por toda parte sem qualquer sinal do langor de Roma. Na cidade portuária todos corriam, transportando suprimentos para a frota e as legiões: barris de água, pregos de ferro, cordas, pano de vela, carne salgada e mil outras mercadorias essenciais. Apesar da permissão de passar pela frota exterior, era quase meio-dia quando o navio pôde entrar no portão gigantesco que atravessava o porto interno, aberto a cada manhã por equipes de escravos suados.

Enquanto o navio mercante chegava ao cais, os marinheiros jogaram cordas para os trabalhadores das docas, que as puxaram pelos últimos metros e ataram às grandes escoras de ferro engastadas na pedra. Uma ponte larga, de madeira, foi levantada e firmada, criando um caminho desde o navio até o cais. Otaviano e Agripa foram os primeiros a descer enquanto Mecenas fazia o pagamento ao capitão e permanecia para supervisionar a descida dos cavalos. Uma dúzia de trabalhadores e duas carroças vazias vieram para carregar os caixotes e os baús do navio, homens que haviam comprado os direitos sobre aquela parte do cais e cobravam alto pelo privilégio. Quando os cavalos foram levados para fora, até Mecenas estava reclamando da natureza venal do porto, que parecia projetado para arrancar até a derradeira moeda que ele possuía.

— Não há um quarto ou um estábulo livre num círculo de mais de 40 quilômetros — informou ele quando se juntou aos outros. — Segundo os estivadores, seis legiões estão acampadas, e os oficiais ocuparam cada taverna da cidade. Com isso fica mais fácil encontrar alguém que conheça você, Otaviano, mas vai demorar para acharmos alojamento. Preciso de meio dia.

Otaviano concordou, inquieto. Seu plano de obter uma audiência com o principal oficial de Brundísio tinha parecido muito mais simples antes de ver o caos da cidade. A população havia quadruplicado com soldados, e ele precisava de Mecenas mais do que nunca. Seu amigo já havia empregado mensageiros, mandando-os a toda velocidade pelo labirinto de ruas que saíam do porto. Otaviano não duvidava de que encontraria algum local para guardar seus pertences antes do pôr do sol.

— O que vieram fazer em Brundísio? — perguntou uma voz atrás deles. — Vocês não podem deixar essas coisas aqui, bloqueando o cais. Diga ao seu capitão para zarpar. Já tem mais dois navios esperando.

Otaviano se virou e viu um homem careca com armadura de óptio, baixo e forte, com uma espada na cintura e dois funcionários vestidos com mantos logo atrás.

— Estamos arranjando carregadores, senhor. Neste momento preciso saber o nome do comandante de Brundísio para marcar um encontro com ele.

O oficial deu um sorriso torto, passando a mão sobre a cúpula brilhante da cabeça e jogando longe o suor.

— Posso pensar em pelo menos sete homens que atendam à sua descrição. Mas você não conseguirá vê-los, não sem algumas semanas de espera. A não ser que seja senador, talvez. Você é senador? Parece meio novo para isso. — Ele sorriu diante do próprio humor.

Otaviano respirou fundo, já irritado. Ao lado de César nunca tinha sido questionado. Olhou a expressão divertida do sujeito e percebeu que não poderia passar usando empáfia ou ameaça. Também não poderia dizer seu nome verdadeiro enquanto houvesse uma chance de estar sendo caçado.

— Eu... trago mensagens para o oficial comandante da cidade.

— E ainda não sabe o nome dele? — respondeu o óptio. — Desculpe por duvidar de um jovem cavalheiro como você... — Ele viu a frustração de Otaviano e deu de ombros, a expressão não desprovida de gentileza. — Olhe, garoto. Só tire suas coisas do meu cais, está bem? Não me importa para onde seja, desde que eu não precise ver isso. Entendeu? Posso colocá-lo em contato com um homem que tem um armazém aqui perto, se você quiser.

— Preciso ver um general — continuou Otaviano, teimoso. — Ou um tribuno.

O óptio apenas olhou-o, e Otaviano levantou os olhos, frustrado.

— Mecenas? — chamou ele.

— Aqui — respondeu Mecenas. Em seguida enfiou a mão na bolsa e tirou 2 sestércios. Com a tranquilidade nascida da prática, o óptio aceitou as moedas sem olhá-las, esfregando-as juntas enquanto as fazia desaparecer.

— Não posso arranjar um encontro com um legado, garoto. Eles se trancaram nos últimos dias, desde que chegaram as notícias de Roma.

Ele fez uma pausa, mas a expressão dos três jovens mostrou que já estavam informados.

— Mas vocês podem tentar na taverna da rua Cinco. — Ele olhou para o sol. — O tribuno Libúrnio come lá na maior parte dos dias, por volta do meio-dia. Vocês ainda podem pegá-lo, mas aviso logo: ele não vai gostar de ser interrompido.

— Ele é gordo, é? — quis saber Mecenas em tom leve. — Adora comer?

O óptio lhe lançou um olhar e balançou a cabeça.

— Eu quis dizer que ele é um homem importante que não suporta idiotas. — Em seguida segurou Otaviano pelo braço e o puxou de lado. — Eu não deixaria esse aí chegar perto dele; só um conselho. Libúrnio não é conhecido pela paciência.

— Entendo, senhor. Obrigado — disse Otaviano com os dentes trincados.

— Foi um prazer. Agora tirem seus pertences do meu cais ou mandarei que sejam jogados no mar.

Havia três tavernas na rua Cinco, e eles desperdiçaram mais de uma hora nas duas primeiras. Agripa, Otaviano e Mecenas cavalgavam com carregadores, a carroça cheia e uma dúzia de moleques de rua que os seguiam, com esperança de ganhar uma moeda. Quando o dono da terceira taverna viu o grupo grande indo até seu estabelecimento, jogou um pano sobre o ombro e saiu à rua com as mãos abertas e a cabeçorra já balançando de um lado para o outro.

— Não temos quartos, sinto muito — disse. — Tentem a Gaivota, na rua Maior, a três ruas daqui. Ouvi dizer que eles têm espaço.

— Não preciso de quarto — anunciou Otaviano rispidamente. Em seguida apeou e jogou as rédeas para Agripa. — Estou procurando o tribuno Libúrnio. Ele está aqui?

O homem esticou o queixo ao ouvir aquele tom de voz vindo de um sujeito com metade de sua idade.

— Não sei, senhor. Mas estamos cheios.

Ele se virou para entrar de volta, e Otaviano perdeu as estribeiras. Estendendo a mão, empurrou o homem contra a parede, inclinando-se para perto dele. O rosto do taverneiro ficou vermelho, mas o sujeito sentiu o frio de uma faca em seu pescoço e ficou parado.

— Estou aqui há apenas uma manhã e já estou me cansando desta cidade — rosnou Otaviano no ouvido dele. — O tribuno vai querer me ver. Ele está no seu estabelecimento ou não?

— Se eu gritar, os guardas dele vão matar você — ameaçou o homem.

Atrás de Otaviano, Agripa apeou, baixando a mão para o gládio. Estava tão cansado quanto Otaviano e sentia o cheiro de comida quente vindo da cozinha da taverna.

— Grite, então — incitou Agripa. — Veja o que consegue.

Os olhos do taverneiro subiram lentamente para ver o centurião enorme. Sua resistência foi embora.

— Certo, não é preciso tanto. Mas não posso incomodar o tribuno. Ele é um bom freguês.

Otaviano se afastou, embainhando a faca. Tirou um anel de ouro da mão. Havia sido dado pelo próprio César e tinha o selo da família dos Júlios.

— Mostre isso a ele. Ele vai me receber.

O taverneiro pegou o anel, esfregando o pescoço onde a faca havia tocado. Olhou os rapazes raivosos que o encaravam e decidiu não dizer mais nada, desaparecendo de volta na penumbra.

Eles esperaram por um longo tempo, com sede e fome. Os carregadores que os acompanhavam puseram os fardos no chão e sentaram-se na carroça ou nos baús mais fortes, cruzando os braços e conversando. Não se importavam em segurar os cavalos e desperdiçar o dia, se isso significasse um pagamento maior no final.

A rua ficou mais movimentada ao redor à medida que a vida de Brundísio prosseguia sem pausa. Dois mensageiros da manhã conseguiram retornar ao grupo parado, aceitando moedas de Mecenas enquanto traziam notícias de um amigo com uma casa vazia na rica metade leste da cidade.

— Vou entrar — anunciou Otaviano finalmente. — Nem que seja para pegar meu anel de volta. Pelos deuses, nunca pensei que seria tão difícil falar com alguma autoridade.

Agripa e Mecenas trocaram um olhar rápido. A seu modo, ambos tinham mais experiência de mundo do que o amigo. O pai de Agripa o havia levado a casas de muitos homens poderosos, mostrando como subornar e abrir caminho por camadas de funcionários. Mecenas era o oposto, um homem que empregava esse tipo de funcionários em suas propriedades.

— Vou com você — disse Agripa, virando a cabeça. — Mecenas pode ficar para vigiar os cavalos.

Na verdade nenhum deles queria Mecenas perto de um tribuno romano. Um homem daquele posto podia ordenar que fossem mortos pelo menor insulto à sua dignidade. Mecenas deu de ombros e eles entraram, franzindo os olhos com a mudança na claridade.

O taverneiro estava atrás do balcão. Não falou com eles, e sua expressão era pouco menos do que um sorriso de desprezo. Otaviano foi até ele, mas Agripa tocou seu ombro, inclinando a cabeça na direção de uma mesa do outro lado do salão, longe da poeira e do calor da porta principal.

Dois homens estavam sentados, usando togas tingidas de azul-escuro, quase preto. Comiam um prato de carnes frias e legumes cozidos, inclinados sobre a mesa com os cotovelos na madeira e conversando sérios. Dois guardas com armadura completa de legionário estavam de pé virados para o salão, a uma distância suficiente apenas para dar aos homens a ilusão de privacidade, o que na verdade não acontecia.

Otaviano se animou ao ver as cores de luto que usavam. Se eram homens que demonstravam sofrimento por César, talvez pudesse confiar neles. No entanto eles não haviam devolvido seu anel, por isso estava cauteloso ao se aproximar.

Um dos homens à mesa tinha uma capa de tribuno pendurada na cadeira. O sujeito parecia em forma e bronzeado, a cabeça quase careca, com apenas uma faixa de cabelos brancos junto às orelhas. Não usava peitoral, só uma túnica que deixava os braços nus e revelava pelos brancos no peito abaixo da gola aberta. Otaviano percebeu tudo isso antes que os guardas levantassem a palma da mão casualmente para fazê-lo parar. Os dois homens à mesa continuaram sua conversa sem levantar os olhos.

— Preciso falar com o tribuno Libúrnio — declarou Otaviano.

— Não precisa, não — respondeu o legionário, deliberadamente mantendo a voz baixa como se qualquer palavra pudesse ser ouvida pelos homens à mesa. — Você precisa parar de incomodar seus superiores. Apresente-se ao alojamento da legião Quarta Ferrata. Alguém vai atendê-los lá. Saiam agora.

Otaviano ficou imóvel, a raiva fervilhante e nítida em cada superfície do corpo. O guarda não se impressionou, mas olhou para Agripa, cujo tamanho o tornava digno de uma rápida avaliação. Mesmo assim o legionário apenas sorriu ligeiramente e balançou a cabeça.

— Onde fica o alojamento? — perguntou Otaviano enfim. Ele sabia que seu nome lhe garantiria uma audiência, mas também poderia lhe garantir a prisão.

— Quatro quilômetros e meio a oeste da cidade, mais ou menos — disse o legionário. — Pergunte a qualquer um no caminho. Você vai encontrar.

O soldado não sentia prazer óbvio em dispensá-los. Só estava fazendo o que tinha sido ordenado e impedindo estranhos de incomodar o tribuno. Sem dúvida havia muitas pessoas tentando chegar ao sujeito com algum pedido. Otaviano controlou o mau humor com esforço. Seus planos eram atrapalhados a cada instante, mas ser morto numa taverna suja não resolveria nada.

— Então quero meu anel de volta e vou embora — disse ele.

O legionário não respondeu, e Otaviano repetiu as palavras. A conversa à mesa havia cessado, e os dois homens estavam mastigando em silêncio, visivelmente esperando que ele fosse embora. Otaviano apertou os punhos e os dois guardas o encararam. O que havia falado balançou a cabeça de novo lentamente, alertando-o.

— Volto num instante — disse Otaviano.

Em seguida, ele se virou e foi andando até onde o taverneiro o observava com uma expressão suada de nervosismo. Agripa foi com ele, apertando os punhos e estalando as articulações dos dedos ao lado de Otaviano.

— Você entregou o anel que eu lhe dei? — perguntou Otaviano ao taverneiro. A expressão do sujeito era desagradável enquanto ele enxugava copos e os colocava de volta numa fileira sobre o balcão. Ele olhou para onde se encontrava o tribuno com seus guardas e decidiu que estava bastante seguro.

— Que anel? — replicou o sujeito.

Otaviano moveu rapidamente o braço esquerdo e segurou a nuca do taverneiro. O sujeito fez força no sentido contrário, mantendo-se no lugar enquanto Otaviano lhe dava um soco no nariz com a mão direita. O taverneiro caiu para trás num estrondo de copos quebrados.

Um dos guardas do tribuno xingou do outro lado do salão, mas Otaviano já dera a volta no balcão e estava em cima do taverneiro caído antes que pudessem se mexer. As mãos do homem se sacudiram contra ele, conseguindo acertar um soco com sorte antes que Otaviano lhe desse mais dois, com força. Então o sujeito corpulento se afrouxou e Otaviano revirou os bolsos de seu avental, recompensado com a sensação de um pequeno volume. Tirou o anel no instante em que os guardas vinham rapidamente com as espadas sacadas. Um deles encostou a palma da mão no peito de Agripa, a lâmina erguida para golpear sua garganta. Agripa só pôde levantar as mãos vazias enquanto recuava. A uma palavra do tribuno os dois estariam mortos.

O outro guarda passou o braço em volta do pescoço de Otaviano, puxando-o para trás com toda a força. Com um grito estrangulado, Otaviano foi puxado por cima do balcão, e os dois caíram para trás, juntos.

Otaviano lutou loucamente enquanto o braço apertava seu pescoço, mas sua respiração foi cortada e seu rosto começou a ficar roxo. Ele se agarrou ao anel enquanto sua visão começava a relampejar e sumir, não escutando a voz seca do tribuno, que veio andando até eles.

— Solte-o, Graco — ordenou o tribuno Libúrnio, enxugando a boca com um quadrado de linho fino.

O guarda soltou Otaviano, parando apenas por tempo suficiente para lhe dar um soco forte nos rins antes de se levantar e alisar a roupa. No chão, Otaviano gemeu de dor, mas estendeu a mão com o anel entre dois dedos. O tribuno o ignorou.

— Vinte chicotadas por brigar em público, acho — sentenciou ele. — Mais vinte por perturbar meu almoço. Faça as honras, está bem, Graco? Há um poste para açoites na rua que você pode usar.

— Será um *prazer*, senhor — acatou o guarda, ofegando. Quando pôs as mãos em Otaviano de novo, o rapaz se levantou, tão tomado pela fúria que mal conseguia pensar.

— Meu anel foi roubado e vocês chamam isso de justiça romana? — perguntou ele. — Será que devo deixar um taverneiro roubar um presente do próprio César?

— Mostre-me o anel — pediu o tribuno, a testa levemente franzida.

— Não, acho que não — retrucou Otaviano. Agripa olhou-o boquiaberto, mas ele estava praticamente tremendo de fúria. — Você não é o homem que eu desejo ver; agora sei disso. Vou ficar com as chicotadas.

O tribuno Libúrnio suspirou.

— Ah, poupem-me dos frangos metidos a galo. Graco? Se não se importa.

Otaviano sentiu o braço ser agarrado e os dedos forçados a se abrir. O anel foi jogado ao ar e o tribuno o pegou facilmente, espiando-o na penumbra. Suas sobrancelhas se levantaram enquanto estudava o selo gravado no ouro.

— Há apenas um mês isso teria garantido sua entrada em qualquer lugar, meu rapaz. Mas hoje só levanta perguntas. Quem é você e como obteve isto?

Otaviano retesou o queixo em desafio, então Agripa decidiu que já era o bastante.

— O nome dele é Caio Otaviano Turino e é parente de César. Ele fala a verdade.

O tribuno digeriu a informação com expressão pensativa.

— Acredito que já tenha ouvido esse nome. E você?

— Marco Vipsânio Agripa, senhor. Capitão centurião da frota.

— Sei. Bom, senhores, um anel de César lhes garantiu um lugar à minha mesa, pelo menos por uma hora. Já comeram?

Agripa balançou a cabeça, perplexo com a súbita mudança de modos.

— Vou fazer o pedido para vocês quando o taverneiro acordar. Graco? Jogue um balde de despejos nele... e passe um tempo ensinando que roubar tem consequências, por favor. Terei que encontrar outra estalagem amanhã.

— Sim, senhor — respondeu o legionário. Ele havia recuperado a dignidade e olhou satisfeito para a figura inconsciente esparramada atrás do balcão.

— Venham, senhores — chamou o tribuno, indicando sua mesa e o companheiro ainda sentado. — Vocês têm minha atenção. Espero que não se arrependam.

O tribuno Libúrnio pôs o anel na mesa diante deles enquanto Otaviano e Agripa puxavam cadeiras. Não apresentou o companheiro, e Otaviano se perguntou se ele seria um cliente ou talvez um espião do tribuno. O sujeito o encarou brevemente, revelando um clarão de interesse e inteligência antes de desviar o olhar.

O tribuno levantou a cabeça ao ouvir o som de um balde caindo no chão e um grito contido atrás do balcão.

— Tenho certeza de que o vinho chegará num instante — disse ele. Em seguida segurou o anel de novo, virando-o nas mãos. — Esta é uma coisinha perigosa hoje em dia. Percebe isso?

— Estou começando a perceber — respondeu Otaviano, tocando um calombo que inchava perto do olho direito.

— Rá! Não estou falando de ladrões. Há muito mais perigo nos que estão lutando agora mesmo para dominar Roma. Estamos fora disso aqui em Brundísio. Se for como desejo, permaneceremos assim até que a ordem seja restabelecida. No entanto a Grécia fica mais longe ainda, de modo que talvez tudo isso seja novidade para vocês.

Otaviano piscou.

— Como sabe que venho da Grécia?

Para sua surpresa, Libúrnio deu um risinho, claramente deliciado.

— Pelos deuses, você é mesmo jovem! Sinceramente, fico nostálgico da minha juventude. Você acha mesmo que pode chegar a este porto, espalhar moedas de prata e exigir falar com homens importantes sem que a informação seja repassada? Ouso dizer que cada espalhador de boatos da cidade já tem sua descrição, ainda que talvez não tenha o nome, por enquanto.

Otaviano lançou um olhar para o companheiro silencioso do tribuno e o homem reparou, sorrindo ligeiramente sem levantar os olhos.

— Sua presença é um problema interessante para mim, Otaviano. Eu poderia mandá-lo acorrentado para Roma, claro, para que algum senador faça o que achar melhor, mas isso só me renderia um favor ou algumas moedas de ouro, e não valeria o esforço.

— Então o senhor não possui lealdade? — perguntou Otaviano. — A Quarta Ferrata foi formada por César. O senhor deve tê-lo conhecido.

O tribuno Libúrnio olhou-o, mordendo o interior do lábio inferior, pensativo.

— Eu o conheci, sim. Não posso dizer que éramos amigos. Homens como César têm poucos amigos, acho, apenas seguidores. — Libúrnio tamborilou com os dedos na mesa enquanto pensava, os olhos jamais se afastando de Otaviano.

As bebidas chegaram, trazidas pelo taverneiro. O sujeito estava um horror, o rosto inchado e um olho meio fechado. Havia um pedaço de legume verde em seu cabelo. Ele não olhou para Otaviano nem para o tribuno enquanto punha cuidadosamente uma jarra e taças sobre a mesa e partia, mancando. Graco, o legionário, assumiu sua posição novamente, olhando para o salão.

— E, no entanto... — disse Libúrnio baixinho. — O testamento de César não foi lido. Ele tinha um filho com a rainha egípcia, mas dizem que também amava você como um filho. Quem sabe qual é o presente de César para você? Pode ser que você seja o melhor cavalo para apostar, pelo menos por enquanto. Talvez possamos chegar a algum acordo, algo que beneficie nós dois.

Os dedos tamborilaram de novo e o companheiro do tribuno serviu vinho a todos. Otaviano e Agripa trocaram olhares, mas não havia nada a fazer, a não ser permanecer em silêncio.

— Acho que... sim. Eu poderia mandar redigir documentos. Um décimo de tudo que você herdar, em troca de meu tempo e verbas para levá-lo a Roma e meu apoio para garantir tudo que você merece receber. E deixá-lo vivo e intocado, claro. Vamos apertar as mãos com esse trato? Você vai precisar do anel para selar o acordo, portanto pode pegá-lo de volta.

Otaviano olhou-o boquiaberto. Depois de hesitar um momento, estendeu a mão e pegou o anel, enfiando-o no dedo.

— Ele nunca foi seu para que o devolvesse — disse Otaviano. — Um décimo! Eu teria que ser louco para concordar com uma barganha assim, especialmente antes de saber quanto está em jogo. Minha resposta é não. Tenho verbas suficientes para viajar. Tenho amigos suficientes para enfrentar os homens que o mataram.

— Entendo — disse Libúrnio, ironicamente achando graça na raiva do rapaz.

Gotas de vinho haviam se derramado na mesa antiga, e ele desenhou círculos com elas na madeira enquanto pensava. Balançou a cabeça e Otaviano segurou a borda da mesa, pronto para empurrá-la e sair correndo.

— Acho que você não entende como Roma ficou perigosa, Otaviano. Como espera que os Liberatores reajam se você entrar na cidade? E se entrar na sede do Senado, exigindo e cantando vantagem como se tivesse direito de ser ouvido? Dou-lhe um dia no máximo, talvez nem tanto assim, antes de ser encontrado com a garganta cortada. Os homens poderosos não desejarão um parente de César inflamando a turba. Não vão querer alguém reivindicando sua riqueza, que acabaria caindo nas mãos deles. Por sinal, você vai virar esta mesa? Acha que sou cego ou idiota? Meus guardas iriam matá-lo antes que conseguisse ficar de pé. — Libúrnio balançou a cabeça, pesaroso com a impetuosidade dos jovens. — A minha oferta é a melhor que você receberia hoje. Pelo menos comigo viverá o suficiente para ouvir o testamento ser lido.

Otaviano afastou as mãos da mesa, os pensamentos acelerados. O tribuno era uma ameaça real, e ele percebeu que não poderia sair da taverna sem perder alguma coisa. Imaginou o que Júlio teria feito em seu lugar.

O tribuno Libúrnio o observava atentamente, um sorriso levantando os cantos da boca fina.

— Não vou assinar entregando minha herança, nenhuma parte dela — reforçou Otaviano. Libúrnio fez um som de desaprovação e levantou os olhos para os guardas, pronto para dar uma ordem. Otaviano continuou rapidamente: — Mas estava junto quando César e Cleópatra barganharam com a corte egípcia. Posso oferecer mais do que ouro em troca de seu apoio. O senhor pode ser útil para mim, não vou negar. Foi por isso que o procurei.

— Continue — pediu Libúrnio. Seus olhos estavam frios, porém o sorriso continuava.

— Eu vi César conceder favores que os homens valorizavam muito mais do que moedas. Posso fazer isso. Vou selar com este anel um acordo que lhe oferece um único favor, o que o senhor desejar, em qualquer momento da minha vida.

Libúrnio piscou e em seguida soltou uma gargalhada, dando um tapa na mesa. Quando se acalmou, enxugou uma lágrima, ainda rindo.

— Você é uma alegria para mim, garoto. Não posso negar que é uma diversão. O dia estava parecendo muito monótono. Sabe, tenho um filho mais ou menos da sua idade. Gostaria que ele tivesse um par de colhões como o seu, gostaria mesmo. Em vez disso ele lê filosofia grega para mim; dá para imaginar? Preciso me esforçar para não vomitar.

Libúrnio se inclinou para a frente na mesa, com todo o sinal de humor desaparecendo.

— Mas você não é César. Da forma como as coisas estão em Roma, eu não apostaria uma moeda de prata em sua sobrevivência durante um ano. O que você me ofereceu é quase certamente sem valor. Como falei, aplaudo sua coragem, mas vamos acabar com este jogo.

Otaviano se inclinou para a frente também, a voz nítida e baixa.

— Não sou César, mas ele me amava *de verdade* como um filho, e o sangue da família dele corre em mim. Aceite o que ofereci, e um dia, quando sua fortuna tiver mudado para pior, ou a de seu filho, talvez minha promessa seja a coisa mais valiosa que terá.

Libúrnio fez figa rapidamente para evitar a sugestão de um destino ruim reservado para ele. Enfiou o polegar entre o indicador e o dedo médio da mão direita e apontou para Otaviano. Depois de uma pausa, abriu a mão e a deixou repousar sobre a mesa.

— Com essa promessa e 10 mil em ouro, terei 10 mil em ouro — murmurou.

Otaviano deu de ombros.

— Não posso prometer o que não tenho.

— Foi por isso que eu lhe pedi um décimo, garoto. Com um acordo assim você não pode perder.

Otaviano sabia que deveria ter concordado, mas algo teimoso nele continuava recusando. Cruzou os braços.

— Eu disse tudo que tenho a dizer. Aceite meu favor e um dia ele poderá salvar sua vida. Se o senhor se lembra de César, considere como ele desejaria que o senhor agisse. — Otaviano olhou para o teto da taverna. — Ele morreu nas mãos de homens que agora vivem com tranquilidade. Caso possa nos ver agora, verá você me tratar com honra ou desdém?

Esperou uma resposta, e Libúrnio tamborilou com os dedos na madeira, o único som na taverna. Por um instante seus olhos subiram rapidamente, como se também estivesse imaginando que Júlio observava.

— Não consigo decidir se você não entende... ou se simplesmente não se importa em preservar a vida — comentou. — Conheci uns poucos como você, principalmente jovens oficiais, sem a percepção da própria mortalidade. Alguns ascenderam, mas a maioria está morta há muito tempo, vítimas do próprio excesso de confiança. Entende o que estou dizendo?

— Entendo. Aposte em mim, Tribuno. Não serei derrubado facilmente.

Libúrnio soprou o ar pelos lábios, num som úmido.

— Para ser derrubado você precisa primeiro ascender. — Ele tomou uma decisão. — Muito bem. Graco? Pegue um pergaminho, junco e tinta. Farei com que essa barganha ruim seja selada diante de testemunhas.

Otaviano sabia que não deveria falar de novo. Esforçou-se para esconder o triunfo que fervilhava dentro de si.

— Quando isso estiver feito, vou lhe garantir uma passagem para Roma. O testamento será lido em oito dias, o que lhe dá tempo de sobra para chegar lá com cavalos bons. Confio que não será contrário à ideia de que Graco o acompanhe para mantê-lo em segurança. Há bandoleiros na estrada, e eu gostaria de estar entre os primeiros a saber o que César deixou para sua cidade e seus clientes.

Otaviano concordou. Viu Libúrnio mergulhar o junco de ponta afiada na tinta e escrever com mão firme. O taverneiro trouxe uma vela acesa e o tribuno derreteu cera, pingando um bocado no pergaminho seco, de modo que o óleo se espalhou embaixo. Otaviano comprimiu seu anel na superfície macia e os dois guardas acrescentaram um "X" onde Libúrnio havia escrito o nome deles. Estava feito.

Libúrnio se recostou, relaxando.

— Mais vinho, Graco, eu acho. Sabe, garoto, quando você tiver a minha idade, se tiver sorte de viver tanto, quando a cor, o sabor e até a ambição tiverem perdido o brilho que acha tão natural, espero que conheça um galo jovem como você é agora; para ver o que vejo. Espero que então se lembre de mim. É uma sensação agridoce, acredite, mas você não vai entender até que esse dia chegue.

Uma nova jarra foi trazida, e Libúrnio encheu as taças até a borda.

— Beba comigo, garoto. Beba a Roma e à tolice gloriosa.

Sem desviar o olhar, Otaviano levantou sua taça e tomou a bebida em goles rápidos.

CAPÍTVLO VI

A PRIMEIRA LUZ DO SOL SURGIU SOBRE OS MONTES ESQUILINO E Viminal, dourando os telhados ao redor do fórum e alcançando o Palatino, do outro lado. Lá, o templo redondo de Vesta brilhou junto aos outros, revivendo após a escuridão. Nem aquele prédio antigo nem a Casa das Virgens, edifício muito maior que ficava atrás, tinham sido tocados pelos incêndios que haviam devastado a cidade. Sua chama sagrada ainda ardia no centro do templo e os bandos de arruaceiros tinham permanecido longe da fúria da deusa, fazendo a figa ou a mão com chifres para afastar sua maldição e indo em frente.

Marco Antônio tinha consciência de que exibia uma bela figura atravessando o fórum. Além de seis lictores carregando os machados tradicionais e os porretes amarrados para o flagelo, dois centuriões o acompanhavam, armaduras brilhando e longas capas escuras descendo até os tornozelos. O cônsul de Roma tinha vindo ouvir o testamento de César, e, se a sede do Senado era apenas entulho enegrecido, pelo menos em sua pessoa Marco Antônio ainda representava a autoridade do Estado. Podia sentir os olhares fixos em si enquanto a multidão se juntava, mas não havia sensação de perigo, pelo menos naquele dia. Tinha certeza de que muitos dos que se apinhavam haviam se envolvido nos tumultos, talvez apenas algumas horas antes, mas o sol nascente estava fresco e havia quase um sentimento de trégua. Toda a cidade queria ouvir as últimas palavras de César ao seu povo.

Marco Antônio chegou a um local na frente do templo circular, de modo que pudesse ver a chama eterna tremeluzindo nas paredes internas. Seus homens assumiram posição ao redor, não sentindo ameaça na multidão silenciosa. Marco Antônio procurou os Liberatores que ainda restavam e não conseguiu encontrá-los. Tinha espiões informando-o a cada dia e sabia quantos já haviam partido para salvar a pele.

Manteve a expressão séria, embora a ausência deles fosse um novo sinal de que era quem mais havia ganhado com as mortes e os tumultos. Se homens poderosos como Brutus e Cássio não ousavam mais mostrar o rosto, como poderiam ter esperança de recuperar a autoridade em Roma? Era uma vitória sutil. Sem dúvida eles tinham homens no meio da multidão para lhes informar cada palavra, mas sua ausência falava muitíssimo, e ele não seria o único a percebê-la. Um mês antes nem poderia sonhar com algo parecido com aquele dia. Na época, César estava vivo e o mundo estivera assentado em sulcos de pedra, incapaz de fazer algo mais do que seguir seu caminho. Os Liberatores haviam mudado tudo isso com suas facas, mas era a sorte de Marco Antônio que estava em ascensão. *Ele* triunfava, passo a passo, enquanto eles fracassavam.

Mais alto do que a maioria, Marco Antônio podia olhar por cima das cabeças na multidão. O fórum não estava cheio, de jeito nenhum. Havia pedras chamuscadas pelo calor e vazias atrás dele, mas pelo menos 3 mil homens e mulheres estavam presentes, e continuavam saindo de cada rua lateral e descendo de cada colina, escuros rios de cidadãos e escravos indo ao coração de Roma. Havia uma espécie de ordem na maior parte da cidade; ele tinha garantido isso. As portas nas muralhas estavam abertas de novo e produtos frescos entravam, a preços absurdos. Havia uma fila do lado de fora de cada padaria e açougue, enquanto do lado de dentro os empregados trabalhavam durante a noite para fazer pães e cortar carne. Não havia o suficiente para todos e ele fora obrigado a colocar patrulhas em pontos-chave para impedir brigas. Agora os inimigos eram a fome e a doença à medida que a energia violenta dos arruaceiros se esvaía quase tão rapidamente quanto havia brotado. Ninguém sabia quantos corpos foram jogados no Tibre para serem levados ao mar.

Seu olhar foi atraído por um grupo de quatro homens à direita, todos armados e obviamente juntos, falando em voz baixa. Dois pareciam vagamente familiares ao cônsul, figuras esguias junto aos ombros enormes do sujeito ao lado, porém Marco Antônio não conseguia se lembrar dos nomes. Centenas de pessoas na multidão, provavelmente, haviam sido clientes de César, homens que deviam suas propriedades e a ascensão a ele e tinham aceitado um pequeno estipêndio por mês em troca da ajuda. Diziam que o número deles chegava aos milhares. Ricos e pobres, todos quereriam saber se seu patrono havia se lembrado deles no testamento.

Marco Antônio continuou a esticar o pescoço olhando ao redor, particularmente para qualquer um que tivesse a cabeça coberta. Reconheceu senadores entre esses, muitos andando acompanhados por guardas fornecidos pelas legiões ou mercenários contratados para o dia. A multidão continuou crescendo junto à luz do sol, até que o frescor do amanhecer foi sumindo e ele sentiu cheiro de suor e comida temperada no ar que ia se aquecendo. O céu da primavera estava límpido e ao meio-dia a cidade estaria desagradavelmente quente. Mudou o peso do corpo de um pé para o outro, esperando impaciente que a sacerdotisa aparecesse.

A multidão ficou em silêncio ao ouvir cânticos vindo da Casa das Virgens, esforçando-se para captar o primeiro vislumbre das virgens vestais. Marco Antônio conteve um sorriso ao vê-las, mais cônscio do que a maioria do poder da pompa na cidade. Elas traziam minúsculos címbalos nos dedos e pulsos e os tocavam a cada passo, de modo que um som dissonante se erguia acima de suas vozes. Marco Antônio ficou olhando enquanto a procissão se organizava em frente ao templo e a música subia até um clímax seguido por silêncio total. De modo frustrante, as jovens não revelavam quase nada, vestidas com suas estolas e palas compridas que escondiam as pernas. A sacerdotisa havia exibido um pouco mais de pele quando ele a visitara, e Marco Antônio precisou sorrir de seu próprio lado adolescente. Cada uma tinha sido escolhida pela perfeição física, mas todas tinham jurado trinta anos de celibato antes que pudessem deixar o templo. Olhando alguns rostos, Marco Antônio não podia deixar de pensar que era um desperdício chocante.

Esperou durante o ritual de agradecimento a Minerva e Vesta, apenas suspirando à medida que o sol subia e o calor aumentava. Depois do que pareceu uma eternidade, elas trouxeram do templo uma plataforma de madeira, cobrindo-a com tecido vermelho. Quintina Fábia subiu nela, e seu olhar encontrou o de Marco Antônio, talvez lembrando-se de que ele também havia discursado a Roma, não muito tempo antes. Os efeitos ainda podiam ser vistos ao redor. Ele vislumbrou uma diversão fria nos olhos dela, mas só estava interessado na caixa de cedro esculpido trazida do templo. Estava trancada e lacrada, de modo que duas mulheres tiveram que golpear o lacre com martelos antes de poder abrir a tampa. De dentro tiraram um bloco quadrado de tabuletas cobertas de cera, enrolado em tiras de chumbo e depois marcado com um grande disco de cera selado pelo próprio César. Marco Antônio estremeceu ao pensar que a mão do amigo fora a última a tocar no documento antes daquele dia.

Elas entregaram o bloco à sacerdotisa, que usou uma faca para cortar a cera, mostrando a todos que ela permanecia intocada. Com cuidado, dobrou para trás as tiras de chumbo e as entregou. O que permaneceu foram cinco tabuletas de madeira com uma fina camada de cera na superfície. Marco Antônio não podia ver as palavras inscritas ali, mas se inclinou para a frente junto a todos os presentes, subitamente desesperado para saber o que César havia escrito.

Indiferente à impaciência da multidão, Quintina Fábia entregou quatro tabuletas às suas companheiras e leu a primeira para si mesma, balançando a cabeça ligeiramente no final. Quando terminou, olhou para a multidão reunida.

— "Pela honra de Roma, ouçam o testamento de Caio Júlio César" — começou ela. Em seguida fez uma pausa, e Marco Antônio gemeu baixinho diante daquele impulso teatral.

— Vamos lá — murmurou Marco Antônio.

Ela olhou-o como se tivesse ouvido, antes de continuar a ler.

— "Caio Otaviano é meu herdeiro. Reconheço-o como sangue do meu sangue e, com essas palavras, declaro-o e adoto-o como filho."

A multidão murmurou, e Marco Antônio viu o pequeno grupo de quatro homens se enrijecer quase como se fossem um só, entreolhando-se com choque e espanto. As palavras simples eram típicas do homem que as havia escrito, sem ornamentos ou retórica elaborada. Mas César havia escrito e guardado o testamento antes de retornar do Egito, talvez antes mesmo de ter saído de Roma para lutar contra Pompeu na Grécia. Na época não sabia que a rainha egípcia lhe daria um herdeiro. Marco Antônio respirou lentamente enquanto pensava nisso. Teria sido melhor que algum pirralho estrangeiro fosse o herdeiro, alguém que nunca pudesse vir a Roma para disputar o que era legalmente seu. O cônsul tinha conhecido Otaviano alguns anos antes, mas na época era pouco mais que um menino, e Marco Antônio nem podia se lembrar de seu rosto. Levantou a cabeça enquanto a sacerdotisa continuava.

— "Tudo que tenho é dele, sem contar as quantias e propriedades que aloco aqui. Dentre esses, a primeira é a propriedade com jardins junto ao rio Tibre. Este é o meu primeiro presente ao povo de Roma, em perpetuidade, para que possa ser usado como área pública."

Enquanto a multidão murmurava com espanto, Quintina entregou a tabuleta e pegou mais duas. Suas sobrancelhas se levantaram enquanto lia em silêncio, antes de dizer as palavras.

— "Além de um lugar para caminhar ao sol, dou a cada cidadão de Roma 300 sestércios de minhas posses, para serem gastos como quiserem. Eles foram meus defensores em vida. Não posso fazer menos do que isso na morte."

Desta vez a reação da multidão foi um rugido de empolgação. Trezentas moedas de prata eram uma quantia enorme, o bastante para alimentar uma família durante meses. Marco Antônio esfregou a testa enquanto tentava deduzir o total. O último censo havia registrado quase um milhão de habitantes na cidade, mas apenas metade era cidadã. Ironicamente reconheceu que os tumultos teriam reduzido esse número, mas mesmo assim eram como formigas e exigiriam seu dinheiro das casas do tesouro controladas pelo Senado. César não poderia saber, mas esse simples legado era um golpe contra os Liberatores. Eles não poderiam andar pelas ruas sem que o grito de "Assassinos!" soasse, principalmente depois disso. Fechou os olhos brevemente em memória do amigo. Mesmo na morte, Júlio havia golpeado os inimigos.

Quintina Fábia continuou, listando as quantias individuais deixadas a clientes. Muitos gritavam pedindo silêncio para poderem ouvir, mas as conversas continuavam mesmo assim, por todos os lados. Eles teriam que requisitar ao templo a leitura das tabuletas em particular se quisessem ouvir esses detalhes, pensou Marco Antônio. Lembrando-se de sua reunião com a sacerdotisa, desejou-lhes sorte.

Ela chegou à última das cinco tabuletas, destinando ouro e terras a membros da família de César e a todos que o haviam apoiado. Marco Antônio ouviu seu nome e gritou para os que estavam ao redor ficarem em silêncio. Sua voz conseguiu esmagar o ruído da multidão quando outras tinham fracassado.

— "... a quem dou 50 mil áureos. Dou uma quantia igual a Marco Brutus. Eles eram, e são, meus amigos."

Marco Antônio percebeu o olhar da multidão. Não conseguia esconder o choque ao ouvir que Brutus havia recebido a mesma quantia. Marco Antônio tinha esbanjado ouro com seu estilo de vida de cônsul e seus próprios clientes. Ainda que o legado fosse generoso, mal cobriria suas dívidas. Balançou a cabeça, consciente do espanto dos que o olhavam, no entanto amargo. Cinquenta mil não era muito para o homem que havia levantado a multidão a favor de César. Certamente era bem mais do que Brutus merecia.

— "O restante é propriedade de Caio Otaviano, adotado como meu filho, na casa dos Júlios. Deixo Roma em suas mãos."

Quintina Fábia parou de falar e entregou a última tabuleta às seguidoras que esperavam. Marco Antônio ficou atônito ao ver o brilho de lágrimas nos olhos dela. Não houvera palavras grandiosas, só o registro do legado e das responsabilidades deixadas por César. Na verdade, era o testamento de um homem que não acreditava de fato que iria morrer. Sentiu os olhos ardendo ao pensar nisso. Se Júlio havia guardado o testamento no templo antes de sair de Roma, fora no ano em que havia tornado Marco Antônio governador da cidade, confiando nele completamente. Era uma janela para o passado, para uma Roma diferente.

Enquanto a sacerdotisa descia, Marco Antônio se virou, seus homens moviam-se junto a ele, de modo que a multidão foi obrigada a abrir caminho. As pessoas não entendiam por que ele parecia estar com tanta raiva. Atrás dele uma voz clara soou. Ao ouvi-la, Marco Antônio parou e se voltou para prestar atenção, com seus homens virados de costas para ele, dispostos a enfrentar qualquer ameaça.

❖

Otaviano se lembrava muito bem de Marco Antônio. O cônsul tinha mudado pouco naqueles anos, enquanto Otaviano passara de menino a rapaz. Quando o cônsul havia chegado, ao amanhecer, Mecenas fora o primeiro a identificar sua presença. Agripa usou a largura dos ombros para ficar entre deles, aproveitando a multidão para esconder Otaviano. Era o segundo dia em que estavam na cidade, depois de uma viagem de 500 quilômetros desde Brundísio. Tinham sido obrigados a trocar de cavalos muitas vezes, quase sempre perdendo qualidade nas montarias. Mecenas tinha arranjado para que os cavalos deles ficassem abrigados na primeira parada, mas nesse ponto nenhum dos três sabia se voltaria ao litoral.

O legionário, Graco, não havia sido uma companhia agradável na viagem. Sabendo que na melhor das hipóteses era apenas tolerado, ele mal falava, mas os acompanhou teimosamente enquanto cavalgavam e planejavam, caindo exaustos em camas precárias na estalagem mais próxima que podiam encontrar quando o sol se punha. Ele tinha as próprias verbas fornecidas pelo tribuno e mais de uma vez havia dormido no estábulo para economizar as moedas, enquanto Mecenas pedia os melhores quartos.

Otaviano não tinha certeza se a viagem rápida valera a pena. Chegara a Roma dois dias antes da leitura do testamento, mas o mundo de paz e ordem que conhecera havia sido despedaçado. Segundo um amigo de Mecenas que lhes oferecera a casa, antes tinha sido ainda pior, e agora a situação estava começando a se acomodar, porém grandes áreas da cidade tinham se reduzido a traves pretas e cidadãos sujos revirando o entulho em busca de qualquer coisa valiosa. Dezenas de milhares de pessoas estavam passando fome, percorrendo as ruas em bandos à procura de comida. Mais de uma vez ele e seus amigos precisaram desembainhar espadas só para cruzar bairros que tinham se tornado perigosos, mesmo durante o dia. A cidade parecia ter passado por uma guerra, e Otaviano mal conseguia conciliar a realidade com suas lembranças. De certo modo aquilo combinava com o sofrimento que sentia por Júlio, era uma paisagem adequada para tamanha perda.

— Aqui está ela, finalmente — anunciou Agripa com um sussurro.

Otaviano voltou bruscamente do devaneio enquanto a sacerdotisa de Vesta saía. Ele estivera buscando rostos de pessoas conhecidas na multidão. Se Brutus estivesse ali, ele não sabia do que teria sido capaz, mas não havia sinal do sujeito que queria ver morto, mais do que todos os outros. Dois dias em Roma bastaram para ouvir os detalhes do assassinato, e ele queimava com uma energia nova ao pensar naqueles Liberatores que buscavam lucrar com o assassinato de um homem bom. No silêncio de seus pensamentos, à sombra do Templo de Vesta, fez juramentos de vingança. O estado atual da cidade era a colheita do que haviam plantado, resultado de sua cobiça e seu ciúme. Até então Otaviano não conhecia a força que poderia vir do ódio, não antes de ver Roma de novo.

Enquanto a sacerdotisa tirava o testamento de César da caixa e das folhas de chumbo, Otaviano continuou a olhar para a multidão. Reconheceu alguns rostos que achou que poderiam ser de senadores, mas, com capas e mantos por causa do frio da manhã, não tinha certeza. Estivera longe por tempo demais.

Agripa o cutucou para prestar atenção enquanto a sacerdotisa examinava a primeira tabuleta, com uma ruga aparecendo na testa. Quando levantou os olhos, pareceu olhar diretamente para Otaviano. Ele esperou, o coração batendo dolorosamente no peito e a boca tão seca que ele passou a língua pelo interior para liberar os lábios.

— "Pela honra de Roma, ouçam o testamento de Caio Júlio César" — começou ela.

Otaviano fechou os punhos, praticamente incapaz de suportar a tensão. Sentiu Graco olhá-lo, e a expressão do sujeito era ilegível.

— "Caio Otaviano é meu herdeiro. Reconheço-o como sangue do meu sangue e, com essas palavras, declaro-o e adoto-o como filho."

Otaviano sentiu um grande tremor e teria cambaleado se Agripa não tivesse estendido o braço. Sua audição desapareceu sob as pancadas da pulsação e quando sentiu uma coceira no rosto o esfregou, deixando um inchaço vermelho na pele. Era demais para absorver, e Otaviano praticamente não escutou as frases que vieram em seguida, vendo a sacerdotisa de Vesta entregar as tabuletas à medida que terminava de ler. Num determinado ponto, os homens e as mulheres na multidão aplaudiram ruidosamente, e Otaviano não conseguiu entender o motivo. Estava entorpecido de emoção, esmagado pela mão de César que se estendia da morte para tocá-lo.

O rosto de Graco era a própria imagem do azedume enquanto pensava na fortuna que seu chefe poderia ter ganhado com um décimo da riqueza de César. Era quase uma lenda a quantidade de ouro que o líder de Roma havia trazido de suas conquistas, num determinado ponto derramando tanto dinheiro na cidade que a moeda havia se desvalorizado em quase um terço. Otaviano era herdeiro de tudo aquilo, e no mesmo instante Graco decidiu ser um companheiro mais afável. Jamais ficaria de novo na presença de tamanha riqueza, tinha certeza. Estendeu a mão, prestes a dar um tapa nas costas de Otaviano, mas Mecenas segurou seu pulso e apenas sorriu.

— Não vamos fazer uma demonstração aqui — disse Mecenas em voz baixa. — A multidão não sabe quem somos, e é assim que deve ser até termos um tempinho para pensar em tudo isso.

Graco forçou um sorriso débil e concordou, puxando o braço de volta para se soltar de um aperto surpreendentemente forte. Não tinha visto Mecenas lutar nem treinar durante a viagem pelo litoral, assim como não notou a lâmina curta na outra mão do nobre enquanto ele o soltava, ou o fato de que Agripa estava atrás dele, pronto para derrubá-lo ao primeiro sinal de agressão.

A lista de clientes e doações individuais pareceu durar uma eternidade. Otaviano ficou carrancudo e enojado ao ouvir o nome de Brutus e a enorme quantia de ouro deixada para ele. Não havia qualquer menção a Cleópatra e ao filho que ela tivera. Tudo que os amigos de Mecenas sabiam era que ela havia partido de Roma após o assassinato, presumivelmente para voltar ao Egito.

— "O restante é propriedade de Caio Otaviano, adotado como meu filho, na casa dos Júlios. Deixo Roma em suas mãos."

Otaviano sentiu os olhos arderem. Era fácil demais imaginar Júlio sentado em alguma sala silenciosa, escrevendo as palavras em cera, o futuro estendido à frente. Começou a desejar que ele estivesse vivo, pela milésima vez desde que tinha recebido a notícia, depois lutou para se livrar do pensamento que se formava. Não havia retorno, não havia como desejar a inexistência da nova Roma.

A sacerdotisa entregou a última tabuleta e a observou ser posta de volta com reverência no baú. Uma de suas acólitas estendeu a mão e ela desceu, sua participação encerrada. Otaviano olhou ao redor enquanto a multidão exalava o ar e as conversas recomeçavam. Viu Marco Antônio acenar para seus homens e começar a se mover.

— É hora de ir, acho — anunciou Mecenas baixinho em seu ouvido.
— Podemos usar a casa de Brucelo esta noite. Ela não foi tocada pelos tumultos, e ele prometeu uma boa refeição para nós. Há muita coisa a discutir.

Otaviano sentiu a mão do amigo no ombro, empurrando-o gentilmente para longe do Templo de Vesta. Ele resistiu, de repente enjoado por ser obrigado a andar em segredo na própria cidade.

— Sacerdotisa! — gritou ele, sem aviso.

Mecenas se enrijeceu ao seu lado.

— O que está fazendo? — sussurrou ele. — Metade dos senadores tem espiões aqui! Deixe-me levá-lo para longe, depois podemos decidir o que fazer.

Otaviano balançou a cabeça.

— Sacerdotisa! — gritou de novo.

Quintina Fábia parou enquanto aceitava um fino manto de tecido de uma de suas seguidoras. Olhou em volta, encontrando-o a partir da reação da multidão que observava.

— Sou Caio Otaviano, citado como herdeiro no testamento que você acaba de ler — anunciou ele com clareza.

Mecenas gemeu, mantendo a adaga preparada para o caso de a multidão atacá-los. Nenhum deles sabia quem eram os inimigos na cidade, pelo menos por enquanto.

— O que quer de mim? — perguntou ela. Segundo boatos, a sacerdotisa fora atriz na juventude. Verdade ou não, possuía instinto de representação; ignorou o manto oferecido e voltou à plataforma baixa.

— Desejo registrar uma mudança de nome com você, na figura de guardiã dos registros.

A sacerdotisa inclinou a cabeça ligeiramente, pensando. O rapaz que ela encarava na multidão tinha acabado de receber uma riqueza incrível, se pudesse viver o suficiente para pôr as mãos nela. Olhou para Marco Antônio, que observava a cena se desenrolar. Seu primeiro instinto havia sido dizer a Otaviano para esperar uma audiência, porém sob aquele olhar sulfuroso o canto de sua boca se repuxou.

— Que nome seria adequado ao herdeiro de Roma? — indagou ela.

— Só um — respondeu Otaviano. — Caio Júlio César, para que eu possa homenagear o homem cujo nome usarei.

Quintina Fábia abriu um sorriso largo diante daquilo, deliciada com a bravata do jovem romano. Os amigos dele permaneciam chocados ao redor, enquanto ela sentia vontade de aplaudir.

— Você precisará de duas testemunhas de bom nome para jurar sobre sua identidade — declarou ela, após hesitar um momento. — Venha me ver ao meio-dia, na Casa das Virgens. — Ela fez outra pausa, observando Marco Antônio por baixo dos cílios. O cônsul estava parado como um boi atônito. — Bem-vindo ao lar, Otaviano.

Ele fez que sim com a cabeça, em silêncio. Longe, à sua direita, o cônsul começou a se afastar, e Otaviano se virou para segui-lo.

— Cônsul! — chamou ele.

Mecenas pôs a mão em seu braço.

— Não faça nada precipitado, Otaviano — murmurou ele. — Deixe-o ir.

Otaviano afastou a mão e continuou andando.

— Ele era amigo de César. Vai me ouvir.

— Agripa! — gritou Mecenas.

— Aqui.

O grandalhão já estava em movimento, passando pela multidão apinhada, atrás de Otaviano. Com um palavrão, o legionário Graco foi atrás deles.

❖

Enquanto via a sacerdotisa falar com o rapaz, Marco Antônio balançou a cabeça, sentindo o suor brotar na pele. Era muita coisa para absorver. Os senadores o haviam convocado para uma reunião ao meio-dia, e ele queria tomar um banho antes, para enfrentá-los revigorado e limpo. Virou-se, com seus lictores e centuriões ao redor. Ouviu seu título ser gritado no fórum e ignorou. Mal tinha dado vinte passos antes que a postura eriçada de seus homens o fizesse se irritar. O grupo de quatro rapazes estava chegando mais perto quando ele se aproximou da borda da multidão.

— Cônsul! — chamou Otaviano de novo.

Marco Antônio deu de ombros. Seus lictores estavam tensos com a aproximação, e os dois centuriões se retardaram para ficar entre os dois grupos. Com a mão levantada, Marco Antônio fez todos pararem. Não podia ser visto saindo às pressas como se tivesse algo a esconder.

— O que você *quer*? — perguntou rispidamente.

Diante dele, viu um rapaz de olhos cinzentos e cabelos louros-escuros amarrados na altura do pescoço. Supôs que Otaviano tivesse 20 e poucos anos, no entanto parecia mais jovem, com rosto liso e sem sinal de barba. De algum modo, a visão do jovem só serviu para irritá-lo ainda mais. Não queria ter nada a ver com algum parente distante de César se intrometendo com exigências.

Otaviano parou subitamente ao ouvir o tom áspero, o sorriso morrendo nos lábios. Enquanto o cônsul olhava, ele se empertigou sutilmente, os olhos endurecendo.

— Otaviano... — murmurou Agripa ao lado, alertando-o. Os lictores que acompanhavam o cônsul não eram apenas uma demonstração de poder. A uma palavra de Marco Antônio eles pegariam os machados e os porretes, expulsando do fórum qualquer pessoa culpada de insulto ou matando-a no ato.

— Achei que iria cumprimentar um velho amigo — disse Otaviano. — Talvez estivesse enganado.

A resposta pareceu abalar Marco Antônio. Ele fechou os olhos por um momento, reunindo sua dignidade.

— Agi de modo errado, Otaviano. Não lhe dei os parabéns pela adoção.

— Obrigado. Fico feliz em vê-lo prosperando em tempos tão tristes. Foi por isso que vim até o senhor. O testamento deve ser confirmado formalmente no Senado. Preciso de uma *lex curiata*. O senhor irá propô-la a mim, hoje?

Marco Antônio deu um sorriso tenso, balançando a cabeça.

— Você deve ter notado que só agora esta cidade está se recuperando dos tumultos. Há negócios mais do que suficientes para ocupar o Senado até o fim do mês. Talvez então haja tempo para seu pedido.

Otaviano ficou imóvel, percebendo os lictores que o observavam.

— É só uma formalidade. Achei que, em nome da memória de César, o senhor poderia se mover um pouco mais depressa.

— Entendo. Bom, farei o que puder — declarou Marco Antônio com negligência. Em seguida se virou e se afastou depressa.

Otaviano teria falado de novo, mas Agripa e Mecenas puseram as mãos nele, segurando-o.

— Não diga mais nenhuma palavra! — alertou Agripa. — Pelos deuses, você vai fazer com que todos sejamos mortos se não controlar a boca. Você fez seu pedido; agora o deixe ir.

Mecenas era a própria concentração enquanto via o cônsul partir do fórum. Olhou para Graco, parado desconfortavelmente como se não tivesse certeza de seu lugar no pequeno grupo.

— Acredito que sua participação nisso tenha chegado ao fim, Graco — anunciou Mecenas. — Acho que é hora de se apresentar ao seu chefe em Brundísio, não é?

Graco olhou-o irritado.

— Não é você quem decide isso — retrucou o homem. — Libúrnio me disse para manter seu amigo em segurança. Posso mandar uma mensagem de volta pela estrada.

Mecenas soltou o ombro de Otaviano e foi direto ao legionário.

— Como vou colocar isso de maneira que você entenda? — questionou ele. — Eu gostaria de conversar com meu amigo antes de ele ser morto. Não quero suas orelhas abanando enquanto faço isso. Você sabe que estaremos na Casa das Virgens ao meio-dia; você mesmo ouviu a sacerdotisa. Então por que não vai até lá e nos espera?

Graco o encarou de volta, impassivelmente, velho demais para ser intimidado. Sem outra palavra, saiu pisando firme, as sandálias ressoando nas pedras do fórum. Mecenas relaxou ligeiramente. Levantou as mãos e levou os dois amigos para um lugar desocupado. A multidão havia se dispersado para evitar o grupo de lictores do cônsul, por isso não foi difícil achar um local onde não fossem ouvidos.

— Por todos os deuses, Otaviano! Se o cônsul tivesse pensado direito poderia ficar com sua herança em troca de uma única ordem. Os lictores dele teriam matado você, Agripa e eu, também!

— Achei que ele iria ajudar — disse Otaviano, teimosamente. — Muita coisa mudou. Nem consigo absorver tudo.

— Bom, enfie a cabeça numa fonte, ou algo assim — reagiu Mecenas rispidamente. — Você precisa se manter afiado, agora.

Agripa e Otaviano olharam-no com surpresa. Ele balançou a cabeça devagar.

— Você tem alguma ideia da importância desse testamento para você, para os que estão no poder?

Otaviano deu de ombros.

— Sei que as quantias são grandes, mas até eu poder colocar as mãos nelas...

— Não estou falando de ouro, Otaviano! Apesar de agora você ser o homem mais rico da cidade mais rica do mundo. Estou falando dos clientes! Entende, afinal?

— Sinceramente, não.

Agripa estava igualmente perplexo. Mecenas respirou fundo. Tinha crescido num mundo onde essas coisas eram de conhecimento comum, mas viu que nenhum dos amigos avaliava de fato o presente de César.

— Júpiter me poupe dos homens comuns — exclamou ele. — As casas nobres garantem seu poder por meio de clientes, famílias que recebem dinheiro delas. Você deve saber disso.

— Claro — respondeu Otaviano. — Mas...

— César tinha *milhares* de clientes. Era famoso por isso. E agora todos são seus, Otaviano. A adoção lhe deu mais do que só um nome de família. Você pode reivindicar o serviço de metade de Roma, de metade das legiões de Roma, se quiser. Pelo que sabemos, o tribuno Libúrnio agora está jurado ao seu serviço, e Graco junto a ele.

Otaviano franziu a testa.

— Não posso herdá-los como se fossem uma joia ou uma casa.

— A adoção diz que pode — insistiu Mecenas. — Ah, haverá alguns descontentes que vão se afastar; sempre existem uns desgraçados sem honra. Mas você é filho do divino Júlio, Otaviano. Percebe isso? Os juramentos de serviço que eles fizeram passarão a você.

— Mas eu nem sei quem são eles! De que me adianta toda essa conversa sobre milhares? Eu tenho as roupas que estou usando e um cavalo em algum lugar na estrada de Brundísio. Até o Senado aprovar a *lex curiata*, tudo está ao vento, de qualquer modo.

Mecenas não respondeu imediatamente. Olhou para o outro lado do fórum, onde a antiga sede do Senado estava derrubada e queimada, a pior de muitas cicatrizes que eles tinham visto na cidade nos dois dias anteriores.

— Haverá listas em algum lugar, mas eles *não sabem* que você não tem nada, Otaviano. De agora em diante deve entrar no jogo, pela sua vida. E pela destruição de seus inimigos. Assumir o nome dele foi brilhante. Você quer ver esses Liberatores sendo derrubados? Caminhe como herdeiro de um deus e do homem mais rico de Roma. Caminhe como quem pode invocar a ira de Marte com um estalar dos dedos. — Ele pensou um momento. — Foi um erro pedir ajuda ao cônsul. Você já deve ter lealdade suficiente no Senado para forçar uma votação sem a interferência dele.

Otaviano ficou encarando Mecenas.

— Posso caminhar como quiser, mas isso não me traz o ouro de que preciso, nem os clientes.

— Você tem uma reunião na Casa das Virgens daqui a duas horas. Otaviano, seu favor é um prêmio que qualquer homem em Roma vai querer, deste dia em diante. Você não precisa procurá-los. Eles virão até *você*.

CAPÍTVLO VII

OTAVIANO SENTIA-SE REVIGORADO ENQUANTO SE APROXIMAVA DA Casa das Virgens. Em troca de algumas moedas ele, Agripa e Mecenas tinham encontrado uma casa de banhos adequada e comido numa barraca à beira da rua. Era verdade que usava uma toga de segunda mão, emprestada por um amigo de Mecenas, porém sentia-se mais seguro. No vapor, depois de mandar os escravos da casa de banhos esperarem do lado de fora, fizeram planos. Quando o sol chegou ao ponto mais alto, ele caminhou até o templo com confiança, passando por Graco e os guardas do lado de fora como se tivesse todo o direito de ignorá-los. Eles não o questionaram, e em poucos passos os três estavam fora do calor, em aposentos frescos dedicados ao culto. Talvez homens mais velhos não as tivessem encarado de modo tão explícito, mas as vestais eram conhecidas pela beleza e inocência, uma combinação que interessava até mesmo a um apetite fastidioso como o de Mecenas.

Quintina Fábia apareceu por uma passagem de pedra para recebê-los. Havia trocado os mantos formais da manhã por uma fina estola de algodão que revelava seu feitio, em vez de mantê-lo oculto.

Ela se aproximou de Otaviano com passos leves, segurando as mãos dele e beijando seu rosto.

— Sofro por você e com você — anunciou ela. — Gostaria que as cinzas de César estivessem em um túmulo, mas os tumultos foram terríveis. Durante um tempo ninguém ousava sair. Lamento muito.

Otaviano piscou. Não esperava simpatia, e aquilo ameaçava chegar à parte dele em que a tristeza ainda estava crua.

— Obrigado — respondeu ele. — Acho que você é a primeira pessoa na cidade que me diz isso.

— Você deve perdoar os homens que estão no poder, pelo menos por isso. Eles estão com as mãos cheias devido à agitação. Honestamente, você não faz ideia de como foi ruim, durante um tempo.

— E os tais "Liberatores"? Onde estão escondidos? — perguntou Otaviano.

— Uns poucos, como Lúcio Pella, foram mortos pela turba. O restante notou o vento com rapidez suficiente depois disso e se espalhou por suas propriedades e pelas províncias. Você não vai encontrá-los aqui, não este ano, apesar de ainda terem seus apoiadores no Senado. Com o tempo não duvido que vão se esgueirar de volta para Roma, escondendo o rosto. — Ela deu de ombros, apertando as mãos dele com força. — Fico feliz por isso. Eles tentaram remover a vergonha do que fizeram, mas os cidadãos não permitiram. Em todo o caos, houve pelo menos isso.

— Podemos ir em frente, Quintina? — interrompeu Mecenas.

Ela olhou-o.

— Vejo que ainda está vivo, Mecenas. Quanto tempo faz?

— Alguns anos, acho. Você está muito bem.

— O bastante. Devo levar seus cumprimentos a sua mãe, ou você mesmo vai visitá-la?

— Vocês se conhecem? — perguntou Otaviano.

— Certamente. Quintina Fábia é minha tia — respondeu Mecenas sem embaraço. — Não é uma tia predileta ou algo assim; só, você sabe, uma tia.

— E ele está longe de ser meu sobrinho predileto, preguiçoso como é — acrescentou ela, mas sorriu ao dizer isso. — E quem é este homem belo e silencioso?

— Agripa? — perguntou Mecenas. — O cheiro de peixe deveria tê-la alertado, Quin. Ele é um marinheiro, um homem rude e simples, mas leal como um bom cão.

Agripa ignorou Mecenas enquanto suas mãos também eram apertadas, e ele se viu ruborizando sob o exame.

— Mecenas se acha engraçado, Agripa — comentou ela. — Desisti de ficar pedindo desculpas por ele.

— Não precisa — disse Agripa. — Ele só está nervoso. Foi uma manhã... interessante.

Quintina inclinou a cabeça ligeiramente.

— Fico feliz ao ver que ele tem amigos assim — disse Quintina. — A mãe dele se preocupa ao ver as más companhias com que ele geralmente anda. Vocês serão as testemunhas do documento de identidade?

Mecenas confirmou, com um olhar sério para Agripa.

— Bom, então venham.

Acompanharam-na pelo labirinto de salas e corredores depois da entrada principal. A Casa das Virgens era muito maior do que o templo redondo que se abria para o fórum. Moças passavam rapidamente usando vestidos brancos e simples, frequentemente carregando maços de pergaminhos.

Quintina viu o interesse deles e sorriu.

— Vocês presumiam que elas passavam os dias rezando? Minhas garotas fazem parte do coração sempre pulsante de Roma, senhores. Acreditem quando digo que elas sabem mais sobre as leis da cidade que os mais augustos oradores dos tribunais ou do Senado. Quando o período no templo termina, elas não têm dificuldade para encontrar bons maridos com casas para administrar.

— Nunca duvidei — afirmou Mecenas. Ele tropeçou enquanto tentava olhar uma jovem de pernas compridas que tinha acabado de passar. Quintina notou seu interesse.

— Embora, até lá, sejam filhas da deusa. Se sua pureza for, digamos, removida, elas serão enterradas vivas; e o homem é empalado diante da multidão.

— Um castigo duro — comentou Mecenas, pensativo.

— Mas necessário. Os homens podem ser lobos, sobrinho.

— É chocante, chocante mesmo.

Chegaram a uma porta de carvalho polido, e a sacerdotisa os levou para o interior. Sobre uma grande mesa havia pilhas de tabuletas com cera e pedaços de pergaminho cortados, com tinta, penas de junco e toda a parafernália de um negócio. Quintina sentou-se atrás da mesa, deixando-os de pé.

— Esta questão é simples. Preparei o documento para ser assinado diante de suas testemunhas. Acrescentarei meu nome, e então, Otaviano, você será Caio Júlio César. — Ela estremeceu ligeiramente ao dizer o nome. — Eu não tinha pensado que iria ouvi-lo novamente tão cedo. É um nome honrado. Espero que você o use bem.

— Usarei — garantiu Otaviano. Ele leu a página única, depois cada um dos amigos assinou o nome com a pena de junco entregue por Quintina.

A sacerdotisa encostou um pedaço de cera na pequena chama de uma lâmpada a óleo. Ela não usava anéis, por isso se valeu de uma haste de ferro gravada com o selo de Vesta. Otaviano repetiu o ato com o selo de César, e Quintina olhou a imagem impressa com uma tristeza carinhosa.

— Ele era amado, você sabe. Se você for metade do homem que ele foi, dará orgulho à sombra de César.

Levantou um sino minúsculo e o tocou, esperando enquanto a porta era aberta e uma mulher de beleza delicada entrava e pegava o documento. Enquanto passava por Mecenas, a mulher soltou um leve ruído e olhou-o com raiva. Ele fez cara de inocente.

— Então está feito. Espero que você entenda que eu não poderia deixar os argentários entrarem na casa. Já é bastante incomum ter vocês três nesses aposentos. Eles estão o esperando no jardim do outro lado. O portão de lá se liga ao Palatino.

— Argentários? — indagou Otaviano.

Quintina pareceu perplexa.

— Os emprestadores de dinheiro. Estiveram me procurando a manhã inteira para vê-lo. O que esperava?

— Não preciso de empréstimo... — começou Otaviano.

Mecenas fungou.

— A partir desta manhã, você tem a mais rica linha de crédito em Roma — comentou ele. — Portanto, a não ser que pretenda viver dos meus fundos, precisa sim.

Quintina balançou a cabeça.

— Acho que vocês não estão entendendo — afirmou ela. — Eles não estão aqui para oferecer crédito. César tinha depósitos nas três maiores sociedades de argentários. Acho que estão aqui para perguntar o que você quer fazer com o ouro.

❖

Marco Antônio sentiu uma pontada de satisfação ao ver os senadores diante dele. Obrigados a usar o Teatro de Pompeu para as reuniões enquanto a sede do Senado era reconstruída, eles descobriram que a escala grandiosa do novo prédio solapava sutilmente a autoridade deles. No prédio antigo o número de senadores ocupava cada espaço, mas no teatro eram cercados por lugares vazios aos milhares, diminuindo-os em comparação. Como cônsul, Marco Antônio os encarou do palco, e lá o projeto do teatro também o favorecia. Sua voz estrondeava como os arquitetos haviam pretendido, enquanto a deles soava esganiçada e fraca sempre que se levantavam para falar.

Os senadores evitavam uma área específica do teatro. As pedras tinham sido lavadas, de modo que era difícil ter certeza do lugar exato, mas ninguém se sentava onde César tinha sido assassinado.

Antes da sessão formal, Marco Antônio havia esperado pacientemente enquanto os escribas entoavam uma lista oficial de compromissos, apelações e trechos de lei que tinham sido trazidos à sua atenção. Estivera imerso em conversas quando seu ouvido captou nomes conhecidos, e parou para ouvir. Cássio havia arranjado um posto para si mesmo na Síria, e Brutus comandava Atenas. Com Décimo Júnio já no norte, muitos outros haviam recebido postos distantes como Jerusalém, Espanha ou Gália, contentes em esperar o fim dos problemas em Roma até poderem retornar em segurança. Marco Antônio só desejava que todos tivessem ido embora. Suetônio ainda estava ali, careca, uns poucos fios finos esticados sobre o cocuruto. Era o último dos Liberatores a permanecer e estava sempre na presença de Bíbilo, seu principal apoiador e antigo colega. Eles formavam um grupo compacto com Hírcio e Pansa, os senadores já marcados para suceder Marco Antônio no fim de seu ano consular. Marco Antônio podia sentir a aversão deles quando o olharam, mas não deixou que isso abalasse sua calma.

A primeira discussão formal era sobre o testamento de César, em particular as concessões que seriam administradas pelo Senado. Os poucos que ainda não tinham ouvido ficaram chocados, sussurrando, ao saber das quantias envolvidas. Mais de 100 milhões de sestércios seriam distribuídos ao povo de Roma, uma tarefa gigantesca que implicaria a identificação dos indivíduos segundo suas famílias e centenas de homens de confiança para distribuir a prata. Marco Antônio não demonstrou nada da confusão que sentia enquanto escutava os discursos tediosos de homens como Bíbilo, exigindo que o Senado adiasse os pagamentos. Claro que eles não gostariam que a generosidade de César fosse a conversa em todas as ruas, como se esse pássaro já não tivesse escapado da gaiola.

— Senadores — chamou Marco Antônio finalmente, permitindo que sua voz estrondeasse sobre as cabeças e silenciasse Suetônio antes mesmo que ele começasse a falar. — Os cidadãos de Roma sabem muito bem o que receberam. Nesta questão só podemos nos afastar e permitir que ela vá em frente. Mal nos recuperamos dos tumultos, senhores. Gostariam que eles retornassem? César tinha verbas em todos os templos mais importantes, e seis partes em cada dez do depósito de moedas do Senado estão no nome dele. Não vamos permitir que nos chamem de ladrões quando nossa popularidade já está tão baixa. As doações dele devem ser honradas, e depressa.

Suetônio se levantou de novo, o rosto continuamente vermelho mostrando ressentimento.

— Essas verbas seriam mais bem-empregadas na reconstrução da cidade. Por que eles devem receber prata quando causaram danos dez vezes maiores no mês anterior? Proponho que seguremos as verbas até quando a cidade estiver restaurada, e a antiga sede do Senado deve ser o primeiro projeto. Será que não deve haver consequências para os danos que eles causaram à nossa cidade? Que vejam suas poucas e preciosas moedas irem para algo que valha a pena. Que também vejam que não temos medo de ofender suas sensibilidades delicadas, caso contrário viveremos para sempre com medo da turba.

Centenas de vozes resmungaram concordando, altas, e Marco Antônio sentiu a garganta se apertar com irritação. Imaginou se Cássio estaria por trás daquele argumento maldoso. A distribuição das verbas ajudaria imensamente a consertar o status deles na cidade, no entanto outros senadores estavam saltando para apoiar Suetônio, suas vozes soando minúsculas e ásperas no espaço aberto.

Para nojo de Marco Antônio, o adiamento dos pagamentos foi aprovado por gigantesca maioria e os senadores se recostaram nos bancos, presunçosos com o exercício de sua autoridade. Marco Antônio ficou de lado temporariamente enquanto um funcionário do Senado lia uma série de cartas de oficiais de legiões na Gália. Estava fumegando com o revés, mais pelo que isso revelava de sua posição no Senado que qualquer outra coisa. Pelo jeito, os homens que governavam Roma não deixaram de perceber o tratamento especial que ele havia recebido durante os tumultos. Agora que tinha consciência disso, podia ver a animosidade explícita num número muito maior do que apenas nos que eram criaturas dos Liberatores. Coçou o queixo, escondendo a indignação. Por um lado, os senadores estavam aquecendo os músculos, e, por outro, ele tinha um jovem idiota se denominando César, herdeiro de metade do ouro de Roma. Era enfurecedor.

Enquanto a reunião do Senado continuava, Marco Antônio tomou uma decisão em particular. A discussão havia passado para as legiões que estavam em Brundísio, com o Senado pedindo um voto de censura. Centenas de olhos se viraram para sua direção enquanto esperavam que o cônsul continuasse com as estruturas formais. Marco Antônio retornou ao pódio, vendo sua salvação.

— Senadores, ouvimos pedidos para que as legiões de Brundísio fossem castigadas — começou ele. Se os havia julgado bem, poderia obrigá-los a ir na direção que desejava. — Em tempos normais eu concordaria, mas esses tempos não são *nem um pouco* normais. Os comandantes daquelas legiões eram homens de César, quase sem exceção. Esse nome ainda é um talismã para os cidadãos. Vocês disseram que não devemos temê-los, e aceito isso, mas será que deveríamos cutucar o orgulho deles até serem obrigados a reagir com raiva? O Senado pode suportar outro golpe contra a estima de que todos dependemos? Creio que não. Como muitas outras, as legiões de Brundísio ficaram perdidas sem uma liderança forte de Roma. No entanto isso é passado. A ordem foi restaurada e não devemos buscar uma vingança mesquinha. Alguns de vocês falaram alegremente em dizimar as legiões, mas já pensaram em como Roma reagirá a essa notícia? Um homem em cada dez ser espancado até a morte por seus companheiros, e por que razão? Por permanecerem onde estavam enquanto Roma se afundava no caos. Dar essa ordem seria uma tarefa ingrata para qualquer homem.

Seu coração saltou ao ver o corpanzil de Bíbilo se levantar para falar. Suetônio também estava de pé. Marco Antônio respirou fundo, sabendo que seu futuro estava em jogo. Deu a palavra primeiro a Bíbilo, sentando-se enquanto o homem falava.

— Estou atônito e nauseado ao ouvir a autoridade do Senado ser discutida deste modo — começou ele. Seus colegas e apoiadores fizeram ruídos de concordância, estimulando-o. — Estamos discutindo legiões sob autoridade legítima que se recusaram a cumprir ordens num momento de crise nacional, e o cônsul gostaria que as perdoássemos sem punição? É inconcebível. Em vez disso sugiro a esta casa que apenas alguém com autoridade consular pode fazer com que a vontade do Senado seja cumprida. Recomendo que o cônsul Marco Antônio viaje àquela cidade e dizime cada uma das seis legiões que estão lá. A morte pública de alguns milhares de soldados comuns enfatizará muito mais nosso argumento do que qualquer retórica ou discurso nobre. Será uma marca de que as legiões vão se lembrar no futuro quando o motim levantar a cabeça de novo. "Recordem Brundísio", dirão elas, e a revolta morrerá antes mesmo de começar.

Houve aplausos, e Bíbilo pediu silêncio com gestos.

— Poucos de nós foram tão afortunados quanto o cônsul nos tumultos recentes. Diferentemente do líder desta casa, perdemos propriedades e escravos para os incêndios e saques. Talvez, se tivesse sofrido conosco, entendesse melhor os riscos envolvidos!

Um grande rugido de apreciação ecoou no teatro. Marco Antônio manteve o rosto neutro. Era verdade que suas propriedades tinham permanecido intocadas nos tumultos enquanto as dos outros senadores haviam sido alvos deliberados. Ele tinha sido amigo de César, seu nome era sussurrado como aquele que fizera o discurso fúnebre, que havia inspirado as multidões à vingança e ao assassinato. Os senadores ainda eram vistos como os homens que tinham assassinado César e se ressentiam tremendamente do fato.

Enquanto Bíbilo sentava-se, Marco Antônio se levantou, avaliando que o momento era correto e preferindo não permitir que o venenoso Suetônio falasse também.

— Sou servidor de Roma, como o senador Bíbilo sabe muito bem. Se for o desejo desta casa que eu leve suas ordens a Brundísio, farei isso. No entanto, quero que minhas objeções façam parte dos registros. Um ato destes não resulta em nada além de vingança num momento em que devemos estar unificados. Peço que a questão seja votada.

A votação terminou em poucos instantes, com uma risada de triunfo ressoando no teatro. Bíbilo se recostou com os amigos dando-lhe tapinhas nas costas. Eles haviam mostrado o que pensavam do favorito de César.

Marco Antônio continuou a representar seu papel, escondendo a satisfação. Esperou alguns pequenos discursos e discussões, praticamente sem participar, até que os senadores estivessem prontos para ir embora. Suportou o triunfo insolente de Bíbilo enquanto o sujeito levantava o corpanzil para sair, cercado de seus favoritos. Marco Antônio balançou a cabeça ligeiramente. Júlio nunca havia falado do que acontecera entre os dois, mas Marco Antônio tinha feito algumas investigações. César havia tirado um grupo de crianças escravas da casa do ex-cônsul, entregando-as a famílias sem filhos. Bíbilo as substituíra por adultos e a partir daquele dia nunca mais comprou uma criança. A verdade era fácil de ser lida, e Marco Antônio se perguntou se Bíbilo havia retornado às antigas crueldades agora que César se fora. Prometeu a si mesmo que mandaria o sujeito ser vigiado. Ele já tinha sido arruinado uma vez, e poderia ser de novo.

Enquanto Marco Antônio saía ao ar livre, o Campo de Marte se estendia a distância, o grande campo de treinamento da cidade. Ficava quase escondido das vistas pelas legiões acampadas lá, e ele sentiu uma pontada de dúvida. Se tivesse sucesso em assumir o controle do exército em Brundísio, isso seria um desafio à nova autoridade do Senado. As legiões que estavam no Campo de Marte poderiam receber ordens de marchar contra ele. Enquanto seus lictores se reuniam, firmou o maxilar. Tinha chegado longe demais, ascendido demais, para afundar de volta na massa de homens que reivindicavam o governo de Roma. Tinha o exemplo de César para seguir. Homens como Bíbilo e Suetônio não poderiam impedi-lo. Pela primeira vez em anos, Marco Antônio pensou que entendia Júlio um pouco melhor. Sentia-se vivo com o desafio e as tarefas adiante. Para governar Roma precisava das legiões que estavam em Brundísio. Com elas sob seu comando ficaria imune a qualquer coisa que o Senado pudesse fazer. O prêmio certamente compensava o risco.

CAPÍTVLO VIII

A TARDE IA TERMINANDO EM SUAVES TONS CINZENTOS QUANDO Otaviano chegou à rua do monte Aventino, onde o cônsul tinha sua propriedade principal. Bocejou, suprimindo o cansaço. Desde o momento da manhã em que ouvira sobre o legado de César, mal havia parado de se mover. Tinha visitado três casas diferentes na cidade, repletas de escravos e empregados, e que agora pertenciam a ele. Era estonteante. Tinha chegado a Roma sem nada, mas de algum modo era justo que o testamento de César fosse o agente de sua mudança de sorte. Vivo, César fora imprevisível, dado a ignorar leis e regras enquanto buscava o melhor modo de alcançar seus objetivos. Otaviano havia aprendido com ele. Se hesitasse, os que poderiam se opor teriam tempo para juntar forças.

Era estranho ver a propriedade do cônsul impecável e intacta. Nas ruas próximas Otaviano havia passado por grandes áreas de entulho e cinzas, enxergando partes das sete colinas que não eram visíveis durante mais de um século. Nesses locais já havia construtores e trabalhadores suados, pagos por proprietários ricos. As paisagens criadas pela destruição não durariam muito. No entanto, as casas de Marco Antônio permaneciam, como uma recompensa por ter incendiado as emoções na cidade.

— Mecenas e eu acreditamos ser uma ideia terrível — disse Agripa enquanto subiam o morro.

Graco estava com os três, principalmente porque havia se tornado útil durante todo o dia. A explicação para sua lealdade súbita era óbvia, e Mecenas o provocava a cada oportunidade, porém uma espada a mais era inegavelmente valiosa e Otaviano não o havia mandado embora.

Otaviano não respondeu a advertência de Agripa, e os quatro chegaram à enorme porta de carvalho no muro junto à rua calçada de pedras. Havia uma pequena grade de ferro, e Agripa se abaixou para olhar por ela, levantando as sobrancelhas ao ver o pátio lá dentro. O lugar estava caótico, com mais de uma dúzia de escravos correndo de um lado para o outro, enchendo uma carroça e posicionando os cavalos para puxá-la.

— Parece que escolhemos um momento agitado para o cônsul — disse Agripa. — Não é preciso fazer isso, Otaviano.

— Eu digo que é. E você vai ter que se acostumar com meu novo nome. Eu tenho direito a ele, por sangue e adoção.

Agripa deu de ombros.

— Tentarei lembrar, Júlio. Pelos deuses, esse nome não combina com você.

— Vai ficar mais fácil. A prática leva à perfeição, amigo.

No pátio, um dos escravos havia notado o grandalhão observando e se aproximou, fazendo gestos para irem embora.

— Independentemente do que queiram, o cônsul não está disponível — anunciou ele. — Se for algum assunto oficial, procurem seu senador.

— Diga a ele que César está aqui — falou Otaviano. — Acho que ele virá me ver.

Os olhos do escravo se arregalaram.

— Sim, senhor. Vou avisar a ele. — O homem saiu correndo, olhando por cima do ombro a intervalos de alguns passos, até desaparecer na construção principal.

— Não há nada a ganhar aqui, sabia? — observou Mecenas. — Até seu cachorro novo e empolgado sabe disso, não é, Graco? — Graco meramente olhou-o com irritação, sem dizer nada. — Na melhor das hipóteses você vai enraivecer um homem poderoso.

Marco Antônio saiu para o pátio, parecendo agitado e ruborizado. Deu ordens enquanto andava, e mais homens e mulheres correram ao redor dele, cambaleando com o peso de baús e fardos amarrados com couro.

O cônsul fez um gesto para um homem que eles não tinham visto, presumivelmente um vigia atrás da porta. Ouviram o som de ferro quando uma barra foi levantada e trincos foram puxados. Ela se abriu com facilidade, e Marco Antônio parou a um passo ainda dentro de sua propriedade, olhando-os com impaciência. Seu olhar captou o fato de que estavam armados, e sua boca se comprimiu.

— O que é tão importante a ponto de me incomodar em casa? Você acha que o nome de César ainda tem tanto poder assim?

— Ele o trouxe para fora — rebateu Otaviano.

Marco Antônio esperou um instante. Seguindo ao pé da letra as ordens do Senado, poderia ter ido para Brundísio com apenas alguns serviçais. A realidade era que estava transferindo toda sua estrutura doméstica, inclusive a mulher e os filhos. Não sabia quando voltaria, e sua mente estava na política labiríntica do Senado, e não no jovem que passara a se chamar de César.

— Você não deve ter notado que estou ocupado. Procure-me quando eu voltar a Roma.

— Cônsul, os homens falam do senhor como alguém que era amigo de César. Eu li o texto de seu discurso, e ele foi... nobre, não importando o que tenha havido em seguida. No entanto, os termos do testamento dele não foram ratificados no Senado e não serão sem o seu apoio. E quanto ao legado ao povo de Roma?

— Sinto muito. O Senado já votou. Eles só pagarão o legado quando os danos à cidade forem restaurados. Eu estarei fora de Roma por um tempo, seguindo ordens do Senado. Não posso fazer mais nada.

Otaviano o encarou, praticamente incapaz de acreditar no que ouvia.

— Eu vim ao senhor em paz, porque pensei que, dentre todos os homens, o senhor iria me apoiar.

— O que você pensou não é da minha conta — declarou Marco Antônio rispidamente. Em seguida se virou para a figura oculta à sua direita. — Feche a porta agora.

Ela começou a se fechar, rangendo, e Otaviano encostou a mão na madeira.

— Cônsul! Eu terei justiça, com ou sem o senhor. Farei os assassinos de César serem derrubados, não importando como eles se chamem ou onde se escondam! O senhor ficará com eles, contra a honra do seu amigo?

Ouviu Marco Antônio fungar, enojado, enquanto se afastava, e a pressão na porta aumentou à medida que o homem do lado de dentro punha o peso do corpo contra ela. Ela se fechou na cara de Otaviano, que bateu os punhos com força na madeira.

— Cônsul! Escolha um lado! Se o senhor ficar com eles, eu vou...

— Pelos *deuses*, segure-o, tudo bem? — pediu Mecenas.

Ele e Agripa agarraram Otaviano pelos ombros e o puxaram para longe, impedindo-o de bater mais na porta do cônsul.

— Essa pode ter sido a pior ideia que você já teve — afirmou Mecenas, sério, enquanto faziam Otaviano descer o morro. — Por que não gritar todos os seus planos aos senadores?

Otaviano o afastou com um gesto brusco, andando numa fúria rígida e olhando para trás, para a porta do cônsul, como se pudesse forçá-la a se abrir apenas com sua raiva.

— Ele precisava saber. Se o cônsul tiver o bom senso de enxergar, sou seu aliado natural. Se ele não fosse um idiota tão cego.

— Você achou que ele iria recebê-lo de braços abertos? — perguntou Mecenas. — Ele é um cônsul de Roma!

— E eu sou filho e herdeiro de César. Essa é a chave que abre todas as fechaduras, com ou sem Marco Antônio.

Mecenas desviou o olhar, inquieto com a intensidade do amigo.

— É tarde — disse Agripa. — O que acha de voltarmos à casa no Esquilino?

Otaviano conteve um bocejo só de pensar em dormir. A casa era uma das cinco que havia herdado naquela manhã, com as escrituras entregues pelos argentários.

— Sem uma lei aprovada no Senado, ainda não sou o herdeiro oficial de César — falou ele. Um pensamento lhe veio, fazendo-o parar e interrompendo a caminhada do pequeno grupo. — Mas milhares de pessoas ouviram a sacerdotisa ler o testamento. Isso bastou para os argentários. O que importa se a lei não for aprovada? O povo sabe.

— O povo não tem poder — disse Agripa. — Não importa o quanto criem tumultos, ele continua impotente.

— É verdade — concordou Otaviano. — Mas também havia soldados lá. As legiões no Campo sabem que sou César. E elas *têm* poder, o bastante para qualquer coisa.

Quando a noite caiu, o cônsul e seu séquito estavam a apenas 5 quilômetros de Roma, seguindo lentamente pelas estradas planas em direção ao leste. Marco Antônio havia feito uma breve parada junto às muralhas da cidade, apeando para acender um braseiro de incenso para Jano. O deus dos inícios e dos portões era um patrono adequado para tudo que esperava alcançar.

Mais de cem homens e mulheres viajavam com ele. Sua esposa Fúlvia estava no centro, com a filha Cláudia, do primeiro casamento dela e os dois filhos do casal Antilo e Paulo. Ao redor, dezenas de escribas, guardas e escravos andavam ou cavalgavam. As rédeas de seu cavalo estavam amarradas a uma carruagem com laterais planas onde sua esposa se acomodava em almofadas, escondida dos olhos vulgares. Marco Antônio podia ouvir os meninos fazendo birra através das paredes de madeira, ainda irritados por tê-los proibido de cavalgar adiante com ele. Só Fúlvia conhecia todos os seus planos, e não estava nem um pouco loquaz. Ele saltou na estrada e foi andando à frente, esticando as pernas para a longa cavalgada.

As legiões que estavam em Brundísio tinham sido leais a Júlio, o suficiente para recusarem as ordens do Senado, que consideravam maculado pelos Liberatores. Essa era a revelação que tivera enquanto Bíbilo falava cheio de despeito. Marco Antônio não tinha planejado ser o defensor dos que amavam César, mas podia assumir o papel. As legiões de Brundísio certamente iriam segui-lo se ele pedisse em nome de César.

Enquanto caminhava ao lado da carroça, o rosto de Otaviano lhe veio à mente, e Marco Antônio grunhiu exasperado. O rapaz não passava de uma distração num momento em que não podia se dar ao luxo de ser distraído. Seis legiões esperavam no litoral, sem dúvida temendo a raiva dos senadores. Elas ainda não haviam se amotinado, pelo menos formalmente.

Se ele encontrasse as palavras certas para convocá-las, elas estariam sob seu comando. Era exatamente o tipo de golpe grandioso que Júlio teria tentado, e o pensamento o agradava.

Com a energia de alguém mais novo, Marco Antônio pôs o pé no estribo e saltou na carruagem, passando pela porta estreita e entrando onde sua mulher e seus filhos estavam comendo. Fúlvia e sua filha brincavam de um jogo com um barbante comprido enrolado nos dedos. Estavam rindo quando ele apareceu, e o som foi interrompido bruscamente. Marco Antônio acenou para os dois filhos e a enteada, desgrenhando o cabelo de Antilo ao passar por cima dele.

Com 30 e poucos anos, Fúlvia havia ficado com os quadris e a cintura mais amplos, embora a pele e os cabelos pretos ainda fossem lustrosos. Cláudia se moveu para lhe dar espaço, e Fúlvia estendeu os braços para o marido. O cônsul quase caiu neles no espaço apertado, pousando no banco com um som ofegante quando seus pés se embolaram num pano. Paulo soltou um grito, e Cláudia lhe deu um tapa na perna, fazendo o menino olhá-la com raiva. Marco Antônio se inclinou para perto de Fúlvia, falando em seu ouvido:

— Acho que esperei a vida inteira por uma chance dessas — disse ele sorrindo.

Ela o beijou no pescoço, olhando-o com adoração.

— Os presságios são bons, marido. Minha adivinha ficou pasma com os sinais hoje de manhã.

O ânimo de Marco Antônio se embotou ligeiramente, mas ele fez que sim, satisfeito porque ela estava feliz. Se havia aprendido uma coisa nos anos ao lado de César era que os presságios e as entranhas não eram tão importantes quanto a inteligência e a força.

— Eu vou me adiantar. Você vai me ver em Brundísio, e espero estar com mais do que uns poucos guardas às costas.

Ela piscou, sorrindo, enquanto os filhos perguntavam o que ele queria dizer. Marco Antônio deu cascudos atenciosos nas cabeças dos meninos, beijou Claudia e Fúlvia, depois abriu a porta e pulou na estrada, deixando a esposa enfrentar as perguntas intermináveis.

Em apenas alguns instantes estava na sela do capão, desamarrando as rédeas. Seus guardas pessoais estavam montados e prontos, ansiosos por partir. Numa estrada romana eles não tinham medo de surgir algum terreno ruim ao luar. Ao amanhecer estariam 30 quilômetros adiante.

O sol nascente trouxe a luz pálida através das janelas que tinham vidros soprados, no alto das paredes. Mecenas se recostou, desfrutando a sensação de relaxamento absoluto que vinha de uma casa de banhos particular. O vapor enchia seus pulmões a cada inspiração, e ele mal conseguia enxergar os companheiros.

A casa de César na cidade estivera numa condição de semivida quando haviam chegado, com a maior parte da mobília coberta por grandes panos marrons empoeirados. Em apenas algumas horas os empregados tinham acendido os fogos e os pisos já estavam suficientemente quentes para se andar descalço. Com a presença de um novo dono, haviam arranjado frutas numa das feiras e começado a preparar uma refeição fria. Mecenas pensou, preguiçosamente, que estava sentado onde o próprio César estivera. Onde César *ainda* estava, corrigiu-se com um sorriso, espiando Otaviano através da névoa. Pingando de suor e vapor, o amigo olhava para alguma visão particular, os músculos dos braços e dos ombros retesados como cordas. Mecenas se lembrou do amigo desmaiando, cego e pálido. Não queria ver aquilo de novo.

— Já está pronto para o banho frio ou a massagem? — perguntou ele. — Isso vai relaxar você.

Pelo menos Graco não estava presente. Mecenas lhe dera a tarefa de trazer vida de volta à casa. O legionário continuava se esforçando para permanecer ali, e Otaviano não erguera objeções. Apesar das dúvidas, era quase agradável lidar com alguém cuja cobiça por ouro o tornava transparente.

— Agripa? — perguntou Mecenas de novo. — E você?

— Ainda não — trovejou Agripa, a voz ecoando estranhamente no vapor.

— Otav... César? — disse Mecenas, contendo-se.

Otaviano abriu os olhos, com um sorriso cansado.

— Obrigado. Preciso me acostumar com o novo nome. Mas aqui podemos falar em particular e não quero ser ouvido por outros. Fique.

Mecenas deu de ombros ligeiramente, deixando o ar quente sair dos pulmões e depois inspirando fundo.

— Espero que o dia de hoje não seja tão movimentado quanto o de ontem, é só o que digo — afirmou Mecenas. — Parece que passei das férias relaxadas com amigos para os níveis mais desagradáveis de agitação. Suportei viagens marítimas e galopes em cavalos, além de discussões e ameaças de homenzinhos lamentáveis como aquele tribuno. Acho que deveríamos relaxar aqui por uns dias. Seria um tônico para todos nós. Pelo menos dormi bastante bem. César mantinha uma ótima casa; tenho que admitir.

— Não tenho tempo a perder — assinalou Otaviano de repente. — Os assassinos de César se entocaram, e é minha tarefa desenterrá-los e matá-los com uma pá. Se estivesse no meu lugar faria o mesmo.

— Bom, eu *estou* no seu lugar, ou pelo menos na mesma casa de banhos. Não tenho certeza disso que você falou. — Mecenas coçou os testículos enquanto falava, depois se recostou nos ladrilhos mais frescos, desfrutando o calor. Dos três, era quem se sentava mais perto do cocho de cobre que fazia adensar o vapor na sala, deliciando-se com a fraqueza trazida pelo calor intenso.

— Preciso de informações, Mecenas. Você diz que tenho milhares de clientes que juraram me apoiar, mas não sei quem são. Preciso que as propriedades de César sejam revistadas e catalogadas, que seus informantes sejam contatados para ver se continuarão a trabalhar comigo. Imagino que tenha que pagar os estipêndios de outros milhares, por isso precisarei de centenas de homens letrados para fazer essas coisas.

Mecenas deu um risinho.

— Dá para ver que você não cresceu com serviçais. Você não administra tantos homens pessoalmente, caso contrário terminaria não fazendo nada além disso. Dentre os empregados há administradores de propriedades; dê esse serviço a eles. O sol mal nasceu, mas ao meio-dia terão tudo de que você precisa, só para agradar ao novo senhor. Dê-lhes a chance de se esfolar de trabalho para você. Eles adoram isso, acredite. Isso dá objetivo à vida deles e libera o proprietário nobre dos detalhes tediosos.

Agripa esfregou o rosto, ofegando com o calor.

— Ouvir você sempre é instrutivo, Mecenas — disse ele ironicamente. — Como seus escravos devem amá-lo, com as vidas ganhando significado desse modo!

— Eles amam — replicou Mecenas com complacência. — Para eles sou como o sol nascente, meu nome é o primeiro em que pensam ao acordar e o último antes de dormir. Quando o César aqui nos permitir alguns dias de relaxamento, vou lhes mostrar minha propriedade nas colinas perto de Mântua. A simples beleza dela vai tirar o fôlego de vocês.

— Estou ansioso por isso — disse Agripa. — Mas, por enquanto, já bebi minha respiração o suficiente. Quero o frio e a mesa de massagem.

— Espere só mais um pouco, amigo — pediu Otaviano enquanto Mecenas começava a se levantar. — Espere e me diga se pensei em tudo. — Os dois se acomodaram de novo enquanto ele continuava. — O Senado está cheio de Liberatores, ou pelo menos dos que os apoiavam. O restante fugiu, mas podemos contar que os senadores vão protegê-los mesmo assim, nem que seja para garantir o próprio interesse. Isso é o que sabemos. Eles não podem me apoiar, e Marco Antônio é meu aliado natural, pelo menos se perceber isso. Mesmo assim, não importando para onde o tenham mandado, ele está fora da cidade por um tempo, afastado do comando. Os que ficaram são meus inimigos, praticamente todos.

— Não vejo como isso pode ser motivo de comemoração — comentou Mecenas. — São eles que fazem as leis, para o caso de você ter esquecido.

— Mas fazem as leis valerem usando as legiões — rebateu Otaviano. — Legiões que César reuniu no Campo para uma campanha. Legiões que foram formadas por ele ou prestaram juramento a ele. Pelo modo como vejo, posso reivindicar essa lealdade, assim como posso fazer com os clientes dele.

Mecenas se empertigou, o langor desaparecendo.

— Foi isso que você quis dizer ontem à noite? As legiões passaram o último mês percorrendo as ruas da cidade, matando arruaceiros e fazendo valer o toque de recolher. Agora os legionários são homens do Senado, independentemente do que César pretendia para eles. Você não pode estar levando a sério que eles vão se amotinar por sua causa.

— Por que não? — questionou Otaviano com raiva. — Com Marco Antônio fora da cidade eles estão sendo governados pelos mesmos traidores covardes que concederam anistia aos assassinos de César. Ninguém pagou por isso ainda. Eu vi a lealdade deles, Mecenas. Eu os vi na Gália e no Egito. Eles não o esqueceram. E sou o filho dele, um César.

Mecenas se levantou e abriu a porta para os aposentos externos. A grelha ardia com fogo, e dois escravos vieram imediatamente atendê-lo. Com um gesto rápido, mandou-os para fora, para não serem ouvidos. O vapor havia ficado denso demais, e seus sentidos nadavam, justo quando precisava estar afiado. No ar mais frio, respirou fundo.

— Junte-se a mim na piscina, César. Isso vai limpar sua cabeça antes que você nos coloque num rumo que só pode nos levar à crucificação por traição.

Otaviano olhou-o irritado, mas se levantou com Agripa e atravessou o salão até chegar a uma piscina funda, escura e intocada. A água estava quase gélida, porém Mecenas entrou sem hesitar, a pele se arrepiando enquanto se retesava. Agripa se juntou a ele sibilando e Otaviano deslizou pela borda, dobrando os joelhos de modo que a água gelada chegasse ao pescoço. Quando falou de novo, seus dentes batiam tanto que ele mal podia ser entendido.

— Você acha que eu deveria viver ao sol, Me-Mecenas? Como você disse que Alexandre escolheria, se pudesse ver toda a vida estendida à frente? Na oca-casião eu não acreditei, e não acredito agora. Não posso descansar até que todos os Liberatores estejam mortos. Entende? Vou arriscar sua vida e a minha mil vezes até que isso seja verdade. A vida *é* um risco. Sinto a sombra de César me vigiando, e quem mais pode trazer justiça a ele? Não Marco Antônio. Só eu, e não vou perder um único dia.

O frio o mordia até o âmago, e seus braços estavam quase entorpecidos demais para ele sair e sentar-se na borda de pedra. Agripa saiu logo em seguida e Mecenas permaneceu, os braços e pernas morenos num contraste nítido com a pele do restante do corpo. O frio o havia entorpecido, mas seu coração disparava mesmo assim.

— Certo — anuiu ele, estendendo um braço. — Puxe-me. — Agripa segurou sua mão e o tirou da água. — Eu não abandono meus amigos só porque eles decidiram enfurecer os senadores e as legiões de Roma.

CAPÍTVLO IX

O GRUPO QUE MONTOU NOS CAVALOS DO LADO DE FORA DA CASA de César no monte Esquilino era consideravelmente maior do que os quatro homens cansados que entraram na noite anterior. Otaviano tinha seguido o conselho de Mecenas e dado ordens para os escravos mais antigos atuarem como feitores. Eles estavam visivelmente decididos a mostrar serviço para o novo senhor. Trazer de outra propriedade montarias treinadas nas legiões foi apenas a primeira de mil tarefas. Uma dúzia de outros homens saíra da casa com missões para todas as propriedades de César, inclusive o jardim no Tibre, que ainda não fora passado ao povo de Roma. Os registros que existissem seriam encontrados e deixados a postos.

Mecenas insistira que Graco também se banhasse antes de acompanhá-los. O soldado ainda estava com o cabelo úmido e com o rosto corado devido ao banho apressado, mas todos se sentiam melhores por estarem limpos. Era como se pudessem colocar os erros e as dificuldades do passado para trás, tirados como a sujeira preta que saía com o estrígil de latão e o óleo.

Descendo o morro em direção ao oeste, o grupo cauteloso atraiu a atenção de alguns meninos de rua. Otaviano supôs que estivessem atrás de moedas, mas não havia mãos estendidas, e os garotos mantiveram a distância. Imaginou se teriam sido mandados por alguém para ficar de olho em seu caminho, pois eram os espiões mais baratos que Roma tinha a oferecer. Mas em cada rua por onde passavam a multidão aumentava, e os recém-chegados não eram meros moleques. Homens e mulheres apontavam para ele e falavam em voz baixa, os olhos acompanhando com interesse enquanto amigos sussurravam o nome de Otaviano ou, com mais frequência, o de César. Eles também o acompanhavam, até haver dezenas e depois centenas seguindo os cavalos, todos indo na direção do Campo de Marte.

Otaviano montava com as costas rígidas, usando uma armadura que tinha sido ajustada pelos empregados da casa. Mecenas estava resplandecente com armadura e capa, ainda que, pelo que Otaviano sabia, ele não possuísse posto formal. Para si mesmo Otaviano havia pensado em uma toga, mas, diferentemente de Mecenas, ele comandara soldados romanos, e a capa de oficial funcionava como um sinal para os que procuravam esse tipo de coisa.

Quando chegaram a uma praça de mercado, a multidão agitada ficou em silêncio e de novo ele ouvia o nome de César passar como uma brisa. Seu grupo aumentou mais ainda, dobrando e redobrando de tamanho até parecer que comandava uma procissão pelo coração da cidade. Quando chegou ao pé do Capitolino, estava cercado por centenas de homens e mulheres, todos se esticando em busca de um vislumbre do homem no centro. Seu novo nome era chamado e gritado pelos grupos, e o número crescia constantemente. Otaviano mantinha o olhar sério enquanto cavalgava a passo lento.

— Não olhe agora — comentou Mecenas, trazendo seu cavalo para perto —, mas acho que estamos sendo seguidos.

Otaviano fungou, a tensão sendo quebrada e quase reduzindo-o a uma gargalhada pouco digna. Continuou subindo o monte Capitolino e não parou quando os cavalos chegaram ao topo. O Teatro de Pompeu ficava abaixo, do outro lado, uma vasta construção três vezes maior do que a antiga sede do Senado, feita de pedra clara. Não havia bandeiras tremulando no telhado enquanto a multidão descia o morro. O Senado não estava em sessão naquele dia, mas Otaviano não duvidava que os senadores teriam ouvido falar de sua passagem pela cidade. Sorriu, soturno, consigo mesmo. Que ouçam, pensou. Que pensem.

Numa encruzilhada, Agripa o cutucou ao ver legionários romanos montando guarda. Esses homens olharam com pura perplexidade a ralé indisciplinada que saía da cidade. Otaviano viu os soldados discutindo enquanto passava e não olhou para trás, para ver se eles haviam se juntado ao resto. Os legionários descobririam logo o que ele pretendia.

Para além do Teatro de Pompeu, o vasto espaço do Campo de Marte se abria, mas não estava nem um pouco vazio. Durante séculos tinha sido o local onde os romanos se exercitavam e onde compareciam para votar, mas o campo de guerra também era o ponto de encontro das legiões em vias de partir. As que haviam se reunido por ordem de Júlio César para as campanhas contra a Pártia estavam ali por muito mais tempo do que haviam planejado ou esperado, e as marcas eram vistas em todos os lugares, desde as fossas e trincheiras sépticas até milhares de tendas de couro oleado e mesmo pequenas construções salpicadas na planície. Otaviano levou a coluna para o centro delas.

As legiões Sétima Victrix e Oitava Gemina estavam num acampamento duplo organizado com especificações criadas muito antes pelo tio de César, o cônsul Mário. Nada havia mudado quase meio século depois, e Otaviano sentiu uma onda de nostalgia ao chegar à fronteira externa. Apenas o respeito pela antiga planície romana tinha impedido que as legiões levantassem uma grande barreira de terra, como estabelecido pelos regulamentos. Em vez disso o acampamento era marcado por enormes cestos de vime, com a altura de um homem e cheios de pedra e terra, uma estrutura mais simbólica do que um obstáculo de verdade.

Enquanto se aproximava da linha, Otaviano olhou para trás e piscou com surpresa ao ver quantas pessoas haviam saído da cidade. Pelo menos mil andavam com ele, os rostos brilhando como se estivessem num feriado público. Balançou a cabeça num espanto silencioso, depois se animou com isso. Era o poder do nome que havia recebido. Também era uma lembrança de que apoiavam César, e não os senadores que o haviam matado.

O sol da tarde batia quente em suas costas quando ele parou. Dois legionários estavam na entrada do acampamento, olhando à frente sem encarar o homem diante deles. Otaviano permaneceu montado com paciência, dando tapinhas no pescoço grosso do animal. Tinha visto soldados entrando no acampamento antes de sua chegada, correndo para levar a notícia. Ficou contente em esperar que os oficiais viessem a ele, aceitando a vantagem que isso lhe oferecia.

Como se ecoasse seus pensamentos, Mecenas se inclinou para falar em voz baixa:

— Não tenha dúvidas agora, amigo. Mostre a eles um pouco de arrogância nobre.

Otaviano concordou rigidamente.

Quatro cavaleiros vieram trotando pelo acampamento, visíveis por cima do anteparo de longe, enquanto seguiam pela avenida ampla. À distância de algumas centenas de passos Otaviano pôde ver que dois deles usavam capas e armaduras ornamentadas em prata, com partes de latão que se espalhavam para baixo sobre escamas de couro em camadas sobre as coxas nuas. Seus companheiros usavam togas simples, com uma grande faixa roxa correndo pela borda.

Agripa olhou para Otaviano, satisfeito. Não fazia muito tempo desde que haviam lutado para conseguir uma reunião com um único tribuno militar em Brundísio. Aqui havia dois legados e dois tribunos militares cavalgando para encontrar um homem que nem perguntara por eles.

— Parece que o nome de César ainda tem valor — murmurou Agripa.

Otaviano não respondeu, a expressão fixa em linhas sérias.

Os oficiais romanos puxaram as rédeas diante da multidão da cidade, fixando o olhar em Otaviano. Os cidadãos ficaram em silêncio, e a tensão cresceu no ar estagnado. Era uma questão de delicadeza, visto que o homem de posto inferior deveria cumprimentar o outro, mas ninguém sabia exatamente qual era o posto de Otaviano. Após uma pausa desconfortável, o principal legado pigarreou.

— Como devo me dirigir você? — perguntou ele.

Otaviano o examinou, vendo um homem de quase 50 anos, com têmporas grisalhas e um ar de cansado do mundo. O rosto do legado tinha rugas e o desgaste de uma dúzia de campanhas, mas os olhos brilhavam com interesse quase juvenil.

— Ora, dirija-se a mim como Caio Júlio César — respondeu como se estivesse perplexo. — Filho do homem que formou sua legião e exigiu sua lealdade absoluta. Você é o legado Marco Flávio Silva, da Sétima Victrix. Meu pai falava bem de você.

O sujeito mais velho pousou as mãos no arção da sela, encarando-o.

— Fico honrado em ouvir isso, César. Meu companheiro legado...

— ... é Tito Paulínio, da Oitava Gemina — interrompeu-o Otaviano. — Nós nos conhecemos na Gália.

— É ele — murmurou o outro legado.

Os tribunos podiam ter se apresentado então, mas Flávio Silva acenou e falou primeiro:

— Em honra a César, você é bem-vindo no acampamento. Posso perguntar o que trouxe uma multidão tão grande de Roma? Recebi relatórios nervosos durante a última hora. Os tumultos ainda não foram esquecidos aqui, principalmente pela minha legião.

Ele olhou com aversão para a multidão atrás de Otaviano, mas as pessoas apenas o encararam de volta, sem medo e fascinadas. Otaviano mordeu o interior do lábio por um momento. Suspeitava que seria mais fácil lidar com os legados se cada movimento e palavra não fossem testemunhados. Não tinha planejado uma plateia como aquela.

Virou o cavalo com rédeas curtas e se dirigiu à multidão.

— Vão para casa agora — ordenou ele. — Vocês saberão quando eu tiver refeito Roma. Ela estará totalmente à sua volta.

O legado Silva ficou boquiaberto ao ouvir essas palavras, trocando um olhar preocupado com os colegas. Otaviano continuou olhando a multidão, esperando. Ao fundo, várias crianças eram levantadas para olhar o novo César, mas o restante já estava se virando. As pessoas não tinham certeza do que haviam presenciado, mas a atração fora inevitável, e elas não se sentiam insatisfeitas. Otaviano as olhou ir embora, balançando a cabeça com espanto.

— Eles só queriam me ver — disse baixinho.

Agripa lhe deu um tapa no ombro, com um resmungo baixo:

— Claro que queriam. Eles amavam César. Lembre-se disso quando estiver lidando com o Senado.

Quando Otaviano olhou de volta, foi para ver os oficiais das legiões observando-o atentamente.

— E então? — retomou ele, lembrando-se das palavras de Mecenas sobre a arrogância romana. — Guiem-me para dentro, senhores. Tenho muito o que fazer.

Os dois legados e seus tribunos viraram os cavalos para o acampamento, com Otaviano, Agripa e Mecenas cavalgando juntos pela estrada larga. Graco vinha atrás, rezando a seu deus protetor para não ser morto naquele dia. Nem pudera acreditar na presença de quatro homens tão importantes saindo para encontrar Otaviano. Decidiu mandar outra mensagem ao tribuno Libúrnio no porto, assim que tivesse um momento sozinho.

A tenda de comando da Sétima Victrix era grande como uma casa de um andar, sustentada por vigas de madeira e uma treliça acima da cabeça que suportaria até um vendaval. Os cavalos foram levados por cavalariços experientes para tomar água e comer. Otaviano entrou e encontrou uma mesa arrumada com grossos mapas de pergaminho empilhados numa extremidade. O legado Silva viu seu olhar.

— São rotas e planos para a Pártia, meses de trabalho — explicou. — Tudo desperdiçado agora, é claro. Não ofereci minhas condolências, César. Nem posso dizer a tristeza que os homens sentiram por sua perda. Os tumultos serviram um pouco para afastar nossa mente do assassinato, mas ele ainda está presente, nítido.

Como se fossem um só, todos puxaram cadeiras e ocuparam lugares ao redor da mesa. Otaviano inclinou a cabeça, agradecendo.

— Você puxou exatamente o assunto que me trouxe aqui.

Um legionário escolheu esse momento para trazer vinho e água numa bandeja. Otaviano esperou que a bebida fosse servida, então levantou sua taça.

— A César, então — brindou ele. Os homens da legião já estavam ecoando o brinde quando acrescentou: — E à vingança contra seus assassinos.

Flávio Silva tossiu na taça de vinho, quase engasgando. Estava vermelho quando conseguiu respirar direito.

— Você não desperdiça palavras, não é? — disse ele, ainda tossindo contra o punho. — Foi esse seu objetivo ao vir aqui? César, eu...

— Vocês fracassaram em seus deveres, em seu juramento — afirmou Otaviano rispidamente. E bateu com o punho na mesa, provocando um estrondo. — Vocês *dois*! O Pai de Roma é assassinado em plena luz do dia enquanto vocês bebem vinho no Campo e *então*? O que acontece? Os soldados leais de César entram em Roma e exigem o julgamento e a execução dos assassinos? Marcham até a sede do Senado? Não, *nenhuma* dessas coisas. O Senado declara uma anistia para os assassinos imundos e vocês aceitam humildemente, reduzidos a manter a ordem na cidade enquanto aqueles que se *importam* com a justiça e a honra tomam as ruas! Que abominável ver que os que não possuem poder precisam fazer o que vocês não fazem. E depois são obrigados a ver vocês desembainharem espadas contra eles, servindo aos próprios senhores responsáveis pelo crime! Você me perguntou por que vim aqui, legado Silva? Foi para exigir que você prestasse conta de seus fracassos!

O legionário com as jarras de vinho havia fugido de dentro da tenda. Os dois legados e os tribunos estavam se inclinando para longe da mesa enquanto Otaviano se levantava e fazia seu sermão contra eles. Reagiram como se as palavras fossem um chicote, olhando para a mesa em humilhação horrorizada.

— Como *ousam* ficar sentados aqui enquanto os cães que mataram seu senhor, seu *amigo*, ainda estão no Senado e se parabenizam uns aos outros pelo sucesso? César confiava em vocês, legados. Sabia que iriam defendê-lo quando todo mundo estivesse contra ele. Onde está essa honra agora? Onde está essa confiança?

— O Senado... — começou Tito Paulino.

Otaviano se virou para ele, inclinando-se sobre a mesa em fúria.

— O Senado *não* comandou suas legiões até que vocês as entregaram docilmente. Vocês são o braço direito de César, e não serviçais daqueles homens. Vocês se esqueceram de si mesmos.

O legado Flávio Silva se levantou devagar, o rosto cinzento.

— Talvez — começou ele. — Não posso falar por Tito, mas quando recebemos a notícia eu não soube o que fazer. O mundo mudou num dia e os senadores foram rápidos em mandar novas ordens. Talvez não devesse tê-las aceitado. — Ele respirou fundo, devagar. — Agora não importa. Com sua permissão, vou cuidar dos meus afazeres.

Otaviano se imobilizou, golpeado pela construção precisa das frases usadas por Flávio Silva. Era tarde demais para voltar atrás no que havia dito, e ele pensou furiosamente enquanto o legado esperava a permissão para sair. Otaviano o havia acusado de uma desonra enorme e irrecuperável. Soube, com clareza súbita, que Flávio Silva tiraria a própria vida, a única escolha que Otaviano lhe deixara.

Ele havia se apoiado em uma demonstração de arrogância romana para chegar a esse ponto. Não poderia recuar. Firmou a boca, pousando os punhos na mesa.

— *Sente-se*, legado — ordenou ele. — Você não pode se evadir tão facilmente de suas responsabilidades. Você viverá para que possa consertar cada mancha sobre a honra da Sétima Victrix.

No exterior da tenda era possível ouvir o som de homens marchando. Os dois legados tiveram consciência instantânea daquilo, como um capitão de navio notaria uma mudança de curso quase antes de ela acontecer. Flávio Silva perdeu parte da expressão invernal, arrastado de volta pelo desdém de Otaviano e pelo barulho de seus homens se movendo. Voltou a sentar-se, mas seu olhar foi para a grande aba da porta e a luz salpicada de poeira que brilhava na tenda escura.

— Estou sob seu comando, César — garantiu ele. As palavras trouxeram a cor de volta às suas bochechas pálidas, e Otaviano se permitiu relaxar um pouco.

— Sim, está — respondeu ele. — E preciso de você, Flávio Silva. Preciso de homens como você, e você, Tito. Homens que se lembram de César, o imperador, e de tudo que ele alcançou. O Senado não esconderá os assassinos. Vamos desenraizá-los, um por um.

O barulho do lado de fora da tenda havia aumentado, e Otaviano franziu a testa diante da interrupção, justo quando precisava pesar cada palavra. Fez um gesto na direção da porta, sem olhar.

— Mecenas, veja o que está acontecendo, por favor.

Seu amigo se levantou, e Otaviano não percebeu a expressão de espanto nos olhos dele. Mecenas concordou devagar e foi até a porta. Ficou do lado de fora apenas alguns instantes.

— César, você deveria ver isso — falou ele.

Otaviano levantou os olhos ao ouvir o uso formal de seu novo nome, erguendo as sobrancelhas. Mecenas não iria desperdiçar tempo num momento daqueles, principalmente depois do que havia acabado de testemunhar. De todos eles, era quem melhor conhecia o fio de navalha em que Otaviano caminhava a cada palavra e a cada passo dado. Otaviano olhou de volta para Flávio Silva, porém a expressão do sujeito estava vazia, ainda em choque com o adiamento da própria morte.

— Muito bem — respondeu Otaviano. Em seguida foi à porta e os legados se levantaram atrás.

Quando puxou a aba de couro, Otaviano ficou imóvel. A tenda estava cercada por legionários com loriga. Usavam escudos e espadas, e os porta-estandartes da Sétima Victrix haviam se posicionado dos dois lados da tenda de comando, de modo que Otaviano levantou os olhos, vendo estandartes se agitando e uma águia de legião. De novo foi lembrado do legado de sua família. Mário havia tornado a águia o símbolo do poderio romano, desde o Egito até a Gália, substituindo uma quantidade de bandeiras por apenas um símbolo. Ele resplandecia ao sol.

Otaviano se forçou a exibir um semblante de calma. Havia sobrevivido ao encontro com os legados, mas a realidade era que não tinha poder. A visão das fileiras se estendendo a distância, de todos os lados, fez seu coração se apertar. Levantou a cabeça, de súbito teimoso, e olhou os homens com ar feroz. Eles não iriam vê-lo com medo, independentemente do que acontecesse. Isso ele devia a César.

Eles o viram sair, um rapaz com armadura e cabelo quase dourado ao sol. Viram-no olhar o estandarte da águia da Sétima Victrix e começaram a gritar e bater os punhos nos escudos, criando um trovão furioso que rolou pelo Campo de Marte, chegando até a cidade. Aquilo se espalhou das primeiras filas até os que estavam tão distantes que não podiam vislumbrar César, que viera inspecionar sua legião.

Otaviano lutou para manter a perplexidade escondida. Viu o legado Flávio Silva sair, com Tito Paulínio logo atrás. Mecenas, Agripa e Graco ficaram de lado, para ver o que ele via. O som cresceu e cresceu até se tornar uma força física, fazendo o ar tremer e latejar nos ouvidos de Otaviano.

— Não nos esquecemos de César — gritou Flávio Silva ao seu lado. — Dê-nos a chance de provar que ainda temos honra. Não vamos abandoná-lo de novo, juro.

Otaviano olhou para Tito Paulínio e ficou atônito ao ver o brilho de lágrimas nos olhos dele. Paulínio balançou a cabeça, saudando.

— A Oitava Gemina é sua, César — anunciou ele acima do trovão.

Otaviano levantou as mãos pedindo silêncio. Isso demorou muito, espalhando-se do ponto onde estava, até que os que se encontravam uma centena de fileiras atrás ficassem quietos. Nesse tempo havia encontrado palavras.

— Ontem acreditei que a honra romana estava morta, perdida no assassinato de um homem bom. Mas vejo que estava errado, que ela sobrevive aqui, em vocês. Agora fiquem em silêncio. Deixem-me falar dos dias que virão. Sou Caio Júlio César, sou o *divi filius*, filho de um deus de Roma. Sou o homem que vai mostrar aos senadores que eles não estão acima da lei, que a lei repousa até mesmo no *menor* de todos vocês. Que vocês são o sangue da vida da cidade e que se levantarão contra todos os inimigos do Estado; em terras estrangeiras e *no interior*. Que o ontem seja esquecido. Que haja um novo juramento hoje.

O clamor e as pancadas recomeçaram enquanto ouviam e entendiam. Lanças atacavam o ar à medida que suas palavras eram gritadas em mil ouvidos pelas fileiras.

— Preparem-nos para marchar, legados. Hoje ocuparemos o fórum. Quando estivermos no coração da cidade como seus guardiões, vamos apagar a mancha do que aconteceu antes.

Olhou para as muralhas de Roma. Podia ver o Teatro de Pompeu e inclinou a cabeça em memória de César, esperando que o velho pudesse vê-lo só dessa vez. Lá também ficava o Senado, e Otaviano mostrou os dentes ao pensar naqueles nobres arrogantes que o esperavam. Havia encontrado seu caminho. Iria *mostrar* a eles a arrogância e o poder.

Os dois legados deram a ordem, e o mecanismo da legião começou a atuar, comandos ecoando pelo acampamento enquanto cada camada de oficiais partia para realizar ações tão familiares para eles quanto respirar.

Os legionários correram para pegar seus equipamentos para marcha, rindo e conversando.

O legado Paulínio pigarreou, e Otaviano olhou-o.

— Sim?

— César, estávamos imaginando o que você desejaria que fosse feito com o baú de guerra. Os homens não são pagos há um mês e não houve qualquer palavra do Senado sobre o uso das verbas.

Otaviano ficou imóvel enquanto o sujeito mais velho se remexia mudando o peso do corpo de um pé para o outro, esperando uma resposta. Júlio César estivera preparando-se para sair de Roma durante anos. Otaviano nem ao menos havia pensado no ouro e na prata que ele teria juntado para a campanha.

— Mostre-me — pediu ele finalmente.

Os legados guiaram seu pequeno grupo pelo acampamento, até uma tenda muito bem-guardada. Os legionários ali não haviam abandonado seus postos para vê-lo, e Otaviano pôde sentir o prazer deles. Sorriu para os guardas enquanto entrava.

Havia mais do que apenas um baú. O centro da tenda tinha uma pilha de caixas de madeira e ferro, todas trancadas. Flávio Silva pegou uma chave, e outra surgiu nas mãos de Paulínio. Juntos abriram um baú e levantaram a tampa. Otaviano balançou a cabeça, como se a massa reluzente de moedas de ouro e prata fosse apenas o que esperava. Em teoria, as verbas pertenciam ao Senado, mas se os senadores não haviam pedido que fossem devolvidas até então, havia uma chance de nem saberem de sua existência.

— Quanto há aí? — perguntou Otaviano.

Flávio Silva não precisou verificar a quantia. Estar encarregado de uma soma tão grande durante o caos pelo qual Roma havia passado devia ter arruinado seu sono durante um mês.

— Quarenta milhões, no total.

— Isso é... bom. — Otaviano trocou um breve olhar com Agripa, que estava com os olhos vítreos diante do valor. — Muito bem. Dê aos homens o que é devido... e um bônus de seis meses. Vocês têm conhecimento do que César deixou para o povo de Roma?

— Claro. Metade da cidade ainda está falando disso.

— Vou pedir as verbas do Senado quando estivermos no fórum. Se recusarem, pagarei com o dinheiro destes baús e minhas próprias verbas.

Flávio Silva sorriu enquanto fechava o baú e o trancava outra vez. Simplesmente ter posse de uma fortuna daquelas o havia incomodado como um dente quebrado que não conseguia deixar em paz. Sentiu um peso ser retirado ao passar a responsabilidade para outro.

— Com sua permissão, senhor, vou cuidar do acampamento.

— Mas não dos seus afazeres, legado.

O velho ficou vermelho.

— Não, César. Não dos meus afazeres. Hoje, não.

SEGUNDA PARTE

CAPÍTVLO X

MARCO ANTÔNIO CHEGOU A BRUNDÍSIO DEPOIS DO CREPÚSCULO, vendo o brilho de milhares de lâmpadas e fogueiras contra o horizonte escuro. Sabia a quantidade de homens que esperavam lá. César havia discutido os planos com ele no inverno anterior, enquanto preparavam a campanha contra a Pártia. Os cavaleiros daquele império oriental foram um espinho na pele romana durante muitos anos, e César não havia se esquecido do antigo inimigo. Havia dívidas a serem pagas, mas essa tarefa enorme fora arruinada pelas facas dos assassinos, como tantas outras.

Esse conhecimento não havia preparado Marco Antônio para a realidade de seis legiões inteiras de veteranos acampadas ao redor da cidade, as lâmpadas de navegação da frota parecendo vaga-lumes no mar escuro. Enquanto o cônsul e seus guardas chegavam aos arredores de um acampamento romano, foram interpelados por legionários alertas. Seu anel consular lhe permitiu a passagem, mas ele foi parado e interpelado de novo e de novo enquanto atravessavam o território de legiões diferentes. Qualquer esperança de viajar incógnito se perdeu, de modo que, quando o sol nasceu, toda a cidade estava sabendo que o cônsul se aproximava e que a ira do Senado finalmente era iminente. Eles haviam esperado muito tempo para saber o que se seguiria ao caos de Roma, e a agitação usual da cidade parou diante do desastre potencial.

Marco Antônio encontrou alojamentos na cidade usando o recurso simples de ordenar que todos os outros clientes fossem expulsos dos quartos. Alguns eram oficiais importantes das legiões, mas nenhuma reclamação foi ouvida, e eles correram de volta para os acampamentos principais o mais rápida e discretamente possível.

O cônsul comeu um desjejum em silêncio, mingau adoçado com mel, melões frescos e fatias de laranja. Havia cavalgado muito durante três noites e estava cansado o suficiente para pedir uma tisana de vinho quente com ervas para restaurá-lo. O taverneiro agia de maneira nervosamente obsequiosa enquanto trazia as taças altas, fazendo reverências e recuando ao mesmo tempo. O cônsul tinha o poder de ordenar a morte de milhares de homens no fim do dia, e o povo de Brundísio não sussurrava outra coisa enquanto ele terminava a refeição e se recostava na cadeira.

Num impulso, Marco Antônio se levantou e foi até a beira do mar, pegando um caminho até os penhascos rochosos acima das águas profundas. Sentia prazer com o ar frio, longe do cheiro do excesso de pessoas comprimidas num espaço muito pequeno. Olhar para o mar clareava suas ideias.

A visão da frota e do sol nascente animou seu espírito, como um símbolo flutuante do poder romano. Só desejava ter algum lugar para enviá-los, mas seus objetivos estavam com os soldados das legiões. Por enquanto ele era o Senado em trânsito, seu plenipotenciário, com toda a autoridade. Fez uma anotação mental de dizer à sua esposa Fúlvia como era a sensação quando ela chegasse.

Enquanto voltava para as ruas, viu dois de seus homens correndo em sua direção. Eles pararam e saudaram-no.

— Onde estão os legados? — perguntou ele.

— Reuniram-se na praça principal para esperá-lo, senhor.

— Muito bem. Mostrem o caminho, não venho aqui há anos.

Era possível ouvir o ruído e as vozes filtrando-se pelas ruas secundárias muito antes de chegar à praça central. Era o fórum romano em miniatura, com soldados demais para seu conforto. O cônsul tinha uma lembrança desagradável da última multidão à qual havia falado.

Um grito soou quando ele foi visto, e centuriões com varas de videira abriram caminho até ele, empurrando homens para trás com palavrões e ameaças, de modo que o cônsul pudesse avançar. Marco Antônio não precisou fingir seriedade. Esperava encontrar soldados aterrorizados com a justiça senatorial. Em vez disso viu apenas raiva enquanto andava no meio deles. Qualquer comandante sabia que ocasionalmente precisava ficar surdo quando andava entre seus homens, mas aquilo era mais do que algumas zombarias alegres disparadas da segurança de uma multidão. As legiões faziam força contra seus oficiais, e os insultos eram obscenos.

Era costume um cônsul ser recebido com aplausos e gritos de alegria quando chegava a uma plataforma para se dirigir a uma legião. Marco Antônio deixou seus guardas na base, mas quando subiu os degraus o barulho acabou, deixando apenas os seis legados aplaudindo. Num espaço apinhado como aquele, era um som digno de pena, seguido rapidamente por gargalhadas duras. Os legados estavam suando quando ele parou na tribuna de carvalho. Marco Antônio tinha uma bela voz e se preparou para fazê-la ecoar nos prédios ao redor da praça.

— Sou cônsul de Roma, o Senado em trânsito. Na minha pessoa reside a autoridade de Roma, para que eu possa julgar os outros por suas ofensas contra o Estado.

Os risos e gritos morreram. Ele deixou o silêncio se estender, decidindo como prosseguiria. Tinha pretendido demonstrar misericórdia e com isso ganhá-los, mas de algum modo os homens haviam sido virados contra ele.

— E *suas* ofensas? — gritou uma voz de repente, do meio da multidão. — E César?

Marco Antônio segurou o pódio com ambas as mãos, inclinando-se para a frente. Percebeu que eles só o viam como representante do Senado. Tinha sorte porque não haviam invadido a plataforma onde estava.

— Vocês falam de César? — perguntou ele, ríspido. — Eu sou o homem que fez o discurso fúnebre para ele, que ficou junto enquanto o corpo era consumido pelo fogo. Eu era amigo dele. Quando Roma me chamou, não hesitei. Segui o caminho legítimo. Nenhum de vocês pode dizer a mesma coisa.

Marco Antônio já ia continuar, porém mais e mais vozes gritavam raivosas, reclamações individuais perdidas na balbúrdia. Quando aquilo não diminuiu, ele viu que alguns estavam indo embora, afastando-se da praça em todas as direções, como se ele não pudesse dizer nada que quisessem ouvir. Virou-se, frustrado, para os legados às suas costas.

— Tragam os encrenqueiros, senhores. Eu farei deles um exemplo para os outros.

O legado mais próximo empalideceu.

— Cônsul, estamos com os homens prontos, como o senhor ordenou, mas as legiões sabem que o senhor propôs a anistia do Senado. Se eu der essa ordem eles podem nos despedaçar.

O peito de Marco Antônio inflou enquanto dava um passo na direção do sujeito, erguendo-se acima dele.

— Estou cansado de me falarem dos perigos das multidões. Isso é uma turba? Não; estou vendo legionários romanos, que *vão* se lembrar de sua disciplina. — Ele falou mais para os que estavam escutando do que para o próprio legado. — Orgulhe-se dessa disciplina. Ela é tudo que lhe resta.

O legado deu a ordem e uma fila de homens amarrados foi trazida de um prédio próximo. Centuriões forçaram o caminho pela multidão apinhada, arrastando os homens para as posições de modo que ficassem de frente para os outros. Em qualquer legião sempre havia uns poucos infratores que dormiam no turno de vigia, estupravam mulheres da região ou roubavam de colegas de tenda. Óptios e centuriões chutaram e obrigaram os cem escolhidos a se ajoelhar.

Marco Antônio podia sentir a fúria varrendo o restante dos legionários. Enquanto o rugido descontente crescia, o legado apelou de novo a ele, mantendo a voz baixa.

— Cônsul, se eles se amotinarem agora, estaremos mortos. Deixe-me dispensá-los.

— *Afaste-se* de mim — ordenou Marco Antônio, enojado. — Quem quer que você seja, renuncie ao seu posto e retorne a Roma. Não há lugar para covardes.

Em seguida voltou ao pódio, e sua voz saiu num rugido áspero:

— Roma foi em frente enquanto vocês ficavam aqui sentados, lamentando a morte de um grande homem — gritou ele. — Será que o sofrimento roubou sua honra? Será que arrancou seus postos e suas tradições? Lembrem-se de que são homens de Roma. Não: são soldados de Roma. Homens com vontade de *ferro*, que conhecem o valor da vida e da morte. Homens que podem ir em frente mesmo diante do desastre.

Olhou os legionários que estavam ajoelhados, arrasados. Não tinha sido difícil para eles adivinhar seu destino quando foram cercados e deixados no escuro, esperando o castigo do cônsul. Muitos lutavam contra as cordas, mas se tentavam ficar de pé eram chutados de volta pelos centuriões atentos.

— Foi motim quando vocês recusaram as ordens — acusou Marco Antônio a todos. — O motim deve ser lavado com sangue. Vocês sabiam disso desde o instante em que as ordens vieram de Roma. Esta é a pedra que começou a cair naquele dia. Centuriões! Cumpram com seu dever.

Com rostos sérios, os centuriões tiraram machadinhas de suas mochilas, batendo com o lado rombudo nas palmas das mãos, acima da cabeça dos soldados ajoelhados. Em golpes rápidos e sonoros quebraram crânios, levantando os braços repetidamente e depois partindo para o próximo.

Espirros de sangue e miolos voaram com as armas erguidas, chegando aos rostos dos que estavam nas fileiras da frente. Os legionários ali começaram a resmungar, e seus oficiais rugiram para eles. Eles se mantiveram de pé, com peito arfando e expressão feroz, repelidos e ao mesmo tempo fascinados enquanto os homens morriam.

Quando o último corpo foi deixado para derramar o conteúdo pálido do crânio no chão, Marco Antônio respirou fundo, encarando os homens de novo. Lentamente as cabeças abaixadas se levantaram. Os olhares ainda eram hostis, porém não mais preenchidos com a iminente destruição. Eles haviam sobrevivido. A maioria percebeu que o pior já havia passado.

— E a pedra caiu. Há um fim — anunciou Marco Antônio. — Agora vou lhes dizer algo sobre César.

Se tivesse prometido ouro não obteria um silêncio mais perfeito enquanto o ruído ia parando.

— É verdade que não houve vingança pelos Idos de Março. Eu mesmo pedi a anistia, sabendo que, se fizesse isso, os assassinos dele não enxergariam perigo da minha parte. Eu queria falar ao povo de Roma e não ser exilado ou trucidado como amigo de César. Esse é o ninho de cobras em que se transformou a política em Roma.

Os soldados não estavam mais se afastando nas bordas. Em vez disso, pressionavam de volta para perto, sedentos por notícias de um homem que estivera presente durante os acontecimentos. Brundísio ficava longe de Roma, lembrou Marco Antônio. Na melhor das hipóteses só teriam boatos de terceira mão sobre o que havia acontecido lá. Sem dúvida os senadores tinham espiões para informar suas palavras, mas quando as recebessem ele já teria agido de novo. Tinha feito sua escolha ao sair de Roma com a mulher e os filhos. Não havia como recuar.

— Alguns dos responsáveis já fugiram do país. Homens como Cássio e Brutus estão fora do nosso alcance, pelo menos por enquanto. Mas um dos assassinos de César na escadaria do Teatro de Pompeu ainda está na Itália, no norte. Décimo Júnio acredita que se afastou o bastante de Roma para estar a salvo de qualquer vingança.

Ele fez uma pausa, olhando as expressões mudarem enquanto os homens começavam a acreditar nele.

— Vejo seis legiões à minha frente. Décimo Júnio tem uma região perto dos Alpes com apenas alguns milhares de soldados para manter a paz. Ele está a salvo de nós? Não, não está. — Marco Antônio mostrou os dentes enquanto a força de sua voz aumentava. — Vocês pediram vingança por César. Eu estou aqui para *dá-la* a vocês.

Os homens responderam com gritos de comemoração tão loucos quanto sua raiva havia sido apenas alguns instantes antes. Marco Antônio recuou, satisfeito. O Senado pretendera que ele perdesse o moral ao dizimar as legiões. Em vez disso, em troca da vida de cem criminosos, ele as havia conquistado. Sorriu ao pensar em Bíbilo e Suetônio ouvindo a notícia.

Virou-se para os legados, a expressão mudando para uma carranca ao ver o homem que ele havia ordenado que se demitisse, ainda presente e pálido feito cera.

— Que legião você comanda? — perguntou Marco Antônio.

— A Quarta Ferrata, senhor. — Por um instante a esperança desesperada de uma comutação da pena brilhou nos olhos do legado.

— E quem é o segundo no comando?

A expressão do sujeito estava débil de tanto medo, diante de sua carreira arruinada.

— O tribuno Libúrnio, cônsul.

— Diga para ele me procurar, para eu avaliar se tem condições de assumir o comando.

O legado mordeu o lábio, juntando toda a dignidade.

— Acredito que esta seja uma nomeação feita pelo Senado, senhor — afirmou ele.

— E eu já disse. Hoje eu sou o Senado, com todos os poderes para nomear ou demitir. Agora vá embora. Se eu o vir de novo, mandarei que seja morto.

O homem só pôde recuar e fazer a saudação com a mão trêmula antes de ir embora. Marco Antônio transferiu a atenção aos outros legados.

— Todos vocês, comigo. Temos uma campanha para planejar. — Um pensamento o fez parar enquanto descia os degraus até a praça. — Onde está o baú de guerra para a Pártia?

— Em Roma, senhor. Estávamos com ele aqui, mas César deu ordens para que fosse mandado ao Campo de Marte, para a Sétima Victrix.

Marco Antônio fechou os olhos por um momento. As riquezas de César estiveram ao seu alcance e ele as deixara escorrer entre os dedos. De uma só vez os deuses lhe davam legiões e depois tiravam sua capacidade de pagá-las.

— Não importa. Venham, senhores. Caminhem comigo.

Agripa esfregou os olhos para afastar o suor e o cansaço. Tinha encontrado um lugar para tirar o peso dos pés, encostado numa pilha de sacos de aveia sob um abrigo de madeira temporário. Precisava de alguns instantes, depois continuaria, disse a si mesmo. Otaviano era como um vendaval de inverno soprando no Campo de Marte. Antes de sua chegada as legiões estavam à deriva. Para qualquer observador elas poderiam parecer iguais a antes, com guardas trocando senhas, filas de comida e as forjas dos ferreiros trabalhando 24 horas para manter a legião num alto estado de prontidão. Agripa tentou conter um bocejo, e seu maxilar estalou dolorosamente.

Uma vez tinha visto um marinheiro ser atingido na cabeça por um mastro que caiu numa tempestade. A chuva havia lavado o sangue e o homem continuou a trabalhar, prendendo velas e amarrando cordas soltas enquanto o vento uivava. Algumas horas depois, a tempestade havia passado, o marinheiro estava retornando da proa quando deu um grito e caiu inconsciente no convés. Nunca mais acordou, e seu corpo foi jogado ao mar no dia seguinte. De modo semelhante, as legiões tinham ficado atordoadas com a morte de César. Tinham continuado com suas funções, mas permaneceram de olhos tão vítreos e tão mudas quanto o marinheiro. A chegada de Otaviano tinha mudado tudo isso, pensou Agripa. Ele lhes dera um objetivo de novo. Agripa via isso nos cumprimentos animados de homens estranhos quando o reconheciam como um dos amigos de César. Via isso na agitação que revelava o que acontecera antes como inquietação e desespero.

Sorriu ao ver Mecenas correndo pelo acampamento com dois cavalos com rédeas longas atrás de si. O nobre romano estava vermelho e suando, e os amigos trocaram uma divertida expressão de sofrimento mútuo ao se cruzar.

— Descansando os ossos pesados, é? — gritou Mecenas por cima do ombro.

Agripa deu um risinho, mas não se mexeu. Nunca havia apreciado tanto sua escolha de vida na marinha quanto agora. Um capitão centurião era o comandante de sua embarcação e raramente precisava andar até longe ou mover as montanhas de suprimentos e equipamentos que aqueles homens levavam a toda parte. Não houvera notícias de novas ordens para a frota. Mecenas estivera certo em relação a isso. Mas ele também fora carregado no progresso de Otaviano, arrastado apesar das dúvidas. Praticamente não houvera tempo para refletir a respeito do que haviam alcançado antes que Otaviano partisse de novo, impelido por alguma fonte de energia maníaca que Agripa só podia invejar.

Até mesmo um oficial da frota como Agripa precisava admitir que estava ligeiramente impressionado pelo modo como a legião se formava para marchar. As rotinas e as linhas de comando eram tão profundamente entranhadas que os homens podiam ir do caos aparente às fileiras reluzentes de espadas e escudos quase que num instante. Mas aquilo era mais do que uma corrida súbita para as formações de batalha. Otaviano dera ordens para que todo o acampamento fizesse as malas, e à medida que a manhã progredia os soldados terminaram suas tarefas e ficaram de pé em silêncio, virados para a cidade. Agripa olhou a distância, a visão aguçada aos deta-lhes depois de anos espiando os horizontes. Como Mecenas, ficara pasmo com as ambições de Otaviano. Parecia loucura e traição considerar uma marcha para o centro da cidade contra a vontade do Senado. Balançou a cabeça, sorrindo ironicamente. Mas ele não seguia Otaviano. Seguia César. Se César mandasse seus homens para o Hades, eles iriam sem hesitar.

Agripa se moveu quando uma dúzia de trabalhadores veio colocar os sacos em carroças. O Campo estava nu, pelo que dava para ver em todas as direções: sanitários enchidos e cobertos de terra, construções de madeira derrubadas, trave por trave, e guardadas. Foi até a frente, onde um empregado da legião esperava pacientemente com um capacete e um cavalo.

Mecenas e Otaviano já estavam lá, a sombra constante de Graco observando tudo com olhos brilhantes. Os legados Silva e Paulínio estavam esplêndidos ao sol, as armaduras polidas até brilhar. Pareciam quase mais jovens desde que os vira pela primeira vez. Agripa montou, ignorando o protesto de seus músculos doloridos.

Quando o sol chegou ao ponto mais alto, os sinos do meio-dia começaram a soar por toda a cidade, tocados em templos, mercados e oficinas para marcar a mudança de turno. Agripa olhou para 10 mil legionários e mais 4 mil vivandeiros. Eles brilhavam, os maiores guerreiros da maior nação. Não era frequente ele reconhecer um momento tão importante em sua vida. Via de regra, as decisões que importavam só podiam ser entendidas meses ou até mesmo anos depois. No entanto, pela primeira vez, ele sabia. Respirou devagar enquanto saboreava a visão de tantos homens. O nome de César não bastaria sozinho. Otaviano havia encontrado as palavras para convocá-los. Agripa baixou o capacete e amarrou a tira de couro embaixo do queixo.

Otaviano olhou à esquerda e à direita, para Agripa e Mecenas, os olhos brilhando com humor e possibilidades.

— Vão cavalgar comigo, senhores? — perguntou ele.

— Por que não, César? — retrucou Mecenas. Em seguida balançou a cabeça, com espanto. — Eu não perderia isso por nada.

Otaviano sorriu.

— Dê o sinal de marcha, legado Silva. Vamos lembrar aos senadores que eles não são a única força em Roma.

Trombetas soaram no Campo de Marte, e atrás deles as legiões Sétima Victrix e Oitava Gemina começaram a marchar a passo cadenciado em direção à cidade.

CAPÍTVLO XI

As portas de Roma estavam abertas para as legiões que vinham do Campo de Marte. Para além da sombra da muralha, cidadãos se reuniam, a notícia espalhando-se pela cidade muito mais depressa do que um homem podia marchar. O nome de César voava diante deles, e o povo chegava em bandos para ver o herdeiro de Roma e do mundo.

A princípio Otaviano e os legados cavalgavam com as costas rígidas e as mãos apertando as rédeas, mas eram recebidos com aplausos, e a multidão só crescia a cada rua. Houvera muitos desfiles antes na cidade. Mário havia exigido um Triunfo do Senado em seu tempo e Júlio César não desfrutara de nada menos do que quatro, comemorando vitórias e espalhando moedas.

Para os que tinham olhos, os cidadãos estavam mais magros do que antes dos tumultos. Boa parte da cidade continuava em ruínas e com madeira queimada, porém mesmo assim as pessoas sentiam orgulho e gritavam, apreciando. Otaviano sentia a empolgação do povo como uma jarra de vinho no sangue, animando-o. Tudo que faltava era o escravo junto ao seu ombro para sussurrar: "Lembra-te que és mortal."

Todos os Triunfos anteriores haviam terminado no grande fórum e a multidão parecia entender isso, correndo à frente das legiões de modo que as ruas ficavam mais e mais congestionadas. Cidadãos e escravos começavam a entoar o nome de César, e Otaviano sentiu o rosto avermelhar, assoberbado. Em seu cavalo, ele e os amigos estavam na altura das janelas mais baixas que se projetavam sobre a rua, e ele podia ver homens e mulheres se inclinando para fora o máximo que podiam, a pouco mais de 1 metro de sua cabeça.

Em três esquinas diferentes, alguns homens gritaram insultos furiosos e foram calados por outros insultos daqueles que estavam à sua volta. Um dos agitadores perdeu os sentidos após receber uma pedrada atirada por um comerciante de meia-idade. As legiões se moveram em direção ao coração da cidade, e Otaviano soube que ele nunca esqueceria a experiência. O Senado podia ter traído sua família, mas o povo mostrava sua adoração sem vergonha.

Passaram por cima do monte Capitolino, seguindo a mesma rota que os assassinos haviam tomado. Otaviano trincou o maxilar pensando nos que haviam se chamado de Liberatores, estendendo com orgulho as mãos vermelhas. De todas as coisas, foi isso que o levou mais rapidamente à fúria. O assassinato era uma coisa antiga na República, no entanto mascarar o crime com dignidade e honra não. Odiava os Liberatores por esse gesto, tanto quanto pelo ciúme e pela ganância deles.

Não duvidava que os senadores estivessem mandando as mensagens mais febris para suas casas, chamando uns aos outros para a emergência. Sorriu amargamente ao pensar nisso. Sem o poder da legião eles não passavam de umas poucas centenas de homens idosos. Ele havia revelado isso, arrancando a cortina que escondia como eles de fato eram fracos. Esperava que todos que haviam votado pela anistia pudessem ouvir o barulho da multidão dando as boas-vindas a César. Esperava que o som os deixasse arrepiados.

Nem mesmo o enorme espaço do fórum podia conter duas legiões com força total. Os primeiros milhares marcharam atravessando o espaço aberto, permitindo que o restante entrasse no coração de Roma. Os legados Silva e Paulínio começaram a mandar mensageiros ao longo da coluna, ordenando que seus homens fossem em todas as direções para não aumentar a pressão. Cada templo abrigaria algumas centenas. Cada mansão nobre seria acantonamento do maior número de homens que pudesse abrigar. Quando estivessem cheias, as legiões acampariam nas próprias ruas, fechando todas as que iam para o fórum. Fogueiras para cozinhar seriam acesas nas sarjetas de pedra pela primeira vez, e o centro de Roma seria das tropas.

Demorou um bocado para parar e organizar a coluna, com os dois legados e seus oficiais trabalhando duro. A massa de homens no centro se espalhou em todas as direções, legionários entrando e sentando-se onde houvesse espaço. Fecharam o fórum, permitindo que as multidões saíssem à medida que o dia prosseguia. Só a Casa das Virgens permaneceu intocada, como Otaviano havia ordenado. Além da dívida para com Quintina Fábia, a presença de legionários no meio daquelas jovens só poderia resultar em desgraça ou tragédia. Começou a apreciar as dificuldades que César enfrentara com qualquer grande movimento de soldados, mas a estrutura da legião era projetada para reagir aos comandos de um homem, e ele não precisava pensar em tudo, apenas confiar que seus oficiais trabalhariam duro e bem por ele.

A luz da tarde já estava suave quando trombetas soaram no fórum, por cima das cabeças de milhares de homens. Eles não podiam erguer tendas nas pedras, mesmo que houvesse espaço. Dormiriam ao sol e à chuva, suando e congelando intercaladamente. Aqueles mesmos soldados o haviam aplaudido no Campo de Marte e não reclamavam ao ser comandados por César para entrar em Roma.

O local da antiga sede do Senado fora limpo dos entulhos, pronto para a reconstrução. Os alicerces estavam expostos, tijolos rústicos e pedras ainda chamuscados e amarelo-escuros contrastando com as pedras cinzentas do calçamento. Fazia certo sentido que os legados construíssem um prédio precário lá, com os legionários martelando estacas para prender as traves, depois puxando grandes peças de couro para formar um teto. Antes que anoitecesse totalmente, o abrigo estava pronto e à prova de chuva, com divãs, mesas e camas baixas arrumadas, como em qualquer posto de comando durante uma campanha. Como para provar essa competência, nuvens escuras chegaram assim que o sol se pôs. Uma garoa leve umedeceu a atmosfera festiva das legiões enquanto preparavam uma refeição e procuravam qualquer abrigo possível.

Otaviano estava olhando o fórum que escurecia, um ombro apoiado numa trave de carvalho cheia de marcas e buracos. Ao redor, legionários se moviam com lâmpadas e óleo, enchendo as que estavam vazias e aparando pavios de modo que os legados tivessem luz. Ele havia jogado tudo nesta única ação, e pelo menos durante aquela noite tinha o poder de Roma. Só precisava mantê-lo.

Bocejou, encostando a mão na boca.

— O senhor deveria comer — recomendou Graco. O legionário estendeu um prato de madeira coberto com tiras de vários tipos de carne, cortadas finas. Otaviano deu um sorriso cansado.

— Vou comer, daqui a pouco. — Num impulso, decidiu falar de novo, mencionando um problema que havia ignorado durante dias. — Estou surpreso por ver você ainda aqui, Graco. Não é hora de voltar ao tribuno Libúrnio?

O legionário apenas olhou-o com ar vazio.

— Você ao menos está do meu lado? — continuou Otaviano. — Como vou saber? Não faz muito tempo, você estava pensando em me açoitar na rua por ter incomodado seu tribuno.

Graco desviou o olhar, o rosto sombreado contra a luz quente das lâmpadas.

— Na época o senhor não era César — declarou desconfortável.

— Mande-o de volta a Brundísio — gritou Mecenas atrás deles. Ele já estava sentado com Agripa e os dois legados, desfrutando de comida fria e vinho quente.

— Você não é meu cliente, Graco, nem sua família. Eu vi as listas. Você não me deve nada, então por que ainda está aqui? — Otaviano suspirou. — É pelo ouro?

O legionário pensou durante um momento.

— Em grande parte, sim — respondeu ele.

Sua honestidade surpreendeu Otaviano, fazendo-o rir.

— O senhor nunca foi pobre, caso contrário não riria — disse Graco, a boca apertada numa linha fina.

— Ah, você está errado, Graco, e não estou rindo de você. Eu já fui pobre e passei fome. Meu pai morreu quando eu era muito novo, e, se não fosse César, acho que poderia muito bem estar na sua posição.

Otaviano ficou sério, examinando o homem que quase o havia estrangulado numa taverna.

— Graco, eu preciso de homens ao meu redor que sejam leais, que corram os riscos comigo sem pensar nas recompensas. Não estou brincando. Verei esses Liberatores serem destruídos e não me importo se tiver que gastar as fortunas de César para isso. Vou jogar fora minha juventude pela chance de derrubá-los. Mas, se o ouro for sua única ambição, você pode ser comprado pelos meus inimigos.

Graco olhou para os pés, a frustração deixando-o sério. Na verdade não era só o ouro que o mantinha ali. Tinha vivido com aqueles homens alguns dos dias mais extraordinários de sua vida.

— Não sou um homem que sabe falar direito — disse ele lentamente. — O senhor não pode confiar em mim, sei disso. Mas eu vivi com medo dos senadores, não... não estou sendo claro. O senhor os está enfrentando. Não é só por causa das moedas... — Graco balançou a mão, quase largando o prato. — Eu gostaria de ficar. Com o tempo vou ganhar sua confiança, prometo.

Os outros ficaram quietos à mesa, sem se incomodar em fingir que não estavam escutando. Otaviano se afastou da trave, pretendendo convidar Graco a se juntar a eles para a refeição. Enquanto se movia, sentiu o peso de uma bolsa na cintura. Num impulso, desamarrou a tira de couro que a prendia ao cinto e a levantou.

— Deixe o prato na mesa e estenda as mãos, Graco — pediu ele.

O legionário foi até a mesa e voltou.

— Estenda as mãos, ande — ordenou Otaviano.

Em seguida esvaziou a bolsa nas mãos de Graco, um jorro de pesadas moedas de ouro. Os olhos do legionário se arregalaram ao ver a pequena fortuna.

— Vinte... e dois, 23 áureos, Graco. Cada um vale cerca de 100 sestércios de prata. O que isso representa? Cinco ou seis anos de pagamento pelo seu posto? Pelo menos isso, acho.

— Não entendo, senhor — falou Graco, cauteloso. Ele mal conseguia afastar os olhos das moedas amarelas, mas, quando fez isso, Otaviano ainda estava olhando-o.

— Pode pegar isso e ir embora, se quiser, sem censura. Você terminou o trabalho para mim e para o tribuno Libúrnio. É seu.

— Mas... — Graco balançou a cabeça, confuso.

— Ou pode me devolver e ficar. — Otaviano segurou o ombro dele de súbito, passando pelo legionário e indo para a mesa. — A escolha é sua, Graco, mas devo ficar sabendo de sua decisão. Você está comigo até a morte ou não está.

Otaviano sentou-se e ignorou deliberadamente o soldado perplexo com as mãos repletas de ouro. Pediu a jarra de vinho, e Agripa a entregou. Mecenas estava com um riso irônico enquanto compartilhavam a comida, cada homem à mesa tentando não olhar por cima do ombro para a figura à luz da lâmpada.

— O que vocês acham que os senadores estão fazendo esta noite? — perguntou Otaviano aos outros enquanto comia.

Flávio Silva ficou aliviado por poder responder e falou rapidamente com a boca cheia de carne de porco assada:

— A princípio eles vão esbravejar, não tenho dúvida. Lidei com muitos senadores no último mês, e eles não vão reagir bem ao desafio. Eu poderia aconselhá-lo a ignorar o que disserem durante um ou dois dias, até que tenham tempo de pensar na situação, com legiões acampadas no centro de Roma.

— O que quer que ameacem, não têm como fazer valer — acrescentou Otaviano, tomando um longo gole de vinho e se encolhendo um pouco.

Flávio Silva viu sua reação e deu um risinho.

— Não é muito bom, concordo. Vou arranjar um pouco de Falerniano amanhã.

— Nunca provei — disse Otaviano.

Mecenas fez um muxoxo de desaprovação.

— Em comparação, isto aqui é mijo de cavalo, acredite — disse ele animado. — Tenho algumas ânforas dele na minha propriedade, guardadas há três anos. Deve estar pronto para ser bebido este ano, talvez no próximo. Você vai ver, quando for até lá.

— Deixando de lado as quantidades de vinho por um momento — interrompeu Agripa —, os senadores vão acabar perguntando o que você quer. O *que* você quer deles?

— Em primeiro lugar, a *lex curiata* — respondeu Otaviano. — Preciso que a lei seja aprovada para que ninguém possa dizer que não sou o herdeiro legítimo de César. Em tempos normais isso é apenas uma formalidade, mas mesmo assim eles devem votar e guardar o registro. Também devem honrar o testamento com as verbas de César, ou eu mesmo pagarei as doações, fazendo-os cair em vergonha. Depois disso quero apenas uma reversão da anistia que eles concederam. — Ele riu de repente. — Essa coisinha de nada.

— Eles não concordarão em transformar os Liberatores em criminosos — murmurou Mecenas em sua taça de vinho. Quando sentiu os olhares dos outros, levantou a cabeça. — Homens como Cássio ainda têm muito apoio.

— Você conhece esses homens — comentou Otaviano. — O que você faria?

— Marcharia com estes centuriões até lá e expulsaria os senadores de Roma a chicotadas. Você os pegou sem poder durante um breve momento, mas *existem* outras legiões, César. Você não pode impedir que os senadores mandem mensagens para fora da cidade, então os apoiadores deles irão marchar. Quantos homens estão passando informações a você agora? Os senadores têm seus próprios clientes, e imagino que haja alguém na estrada para Brundísio enquanto falamos. Se Marco Antônio agir rapidamente, pode estar com legiões aqui em apenas alguns dias. — Ele olhou ao redor da mesa. — Bom, você perguntou. Ou vai com isso até o fim e aproveita o momento ou logo estaremos defendendo a cidade contra soldados romanos.

— Não vou remover os senadores — afirmou Otaviano, franzindo a testa. — Até Júlio César os manteve, mesmo com toda sua influência e poder. O povo não vai nos aceitar tão prontamente se começarmos a desmantelar a República diante dele. Se eu me tornar um ditador, isso irá obrigar o povo a se juntar contra mim.

— Mesmo assim você deveria considerar isso — aconselhou Mecenas. — Assuma o comando das legiões uma a uma, à medida que elas chegarem. Você tem o nome e o direito de fazer isso.

Ele encheu as taças e, quase como se fossem um só, todos beberam vinho azedo. Mecenas viu os dois legados trocarem um olhar de preocupação e falou de novo:

— Os senadores saberão que só precisam se sustentar durante alguns dias antes de você ficar diante de legiões leais a eles junto à muralha. Se não executar alguns, decidirão seu destino antes do fim do mês. Você disse que queria ver os Liberatores derrubados? Talvez não seja possível pôr as mãos neles dentro da lei, quando o próprio Senado as fez. Talvez você pudesse exigir que os menores deles fossem entregues sob custódia. Faça um julgamento deles no fórum e deixe os senadores saberem que você entende de dignidade e tradição.

— Acho que só restam Caio Trebônio e Suetônio em Roma — disse Otaviano lentamente. — Trebônio nem usou uma faca, como os outros. Eu poderia pegar os dois à força. Mas isso não me trará os outros, especialmente os que receberam postos de poder. Não vai me trazer Cássio ou Brutus. Só preciso de uma renúncia da anistia e *todos* poderão ser trazidos a julgamento.

Mecenas balançou a cabeça.

— Então você deve estar disposto a cortar algumas gargantas, ou pelo menos ameaçar isso sem estar blefando.

Otaviano levou os nós dos dedos aos olhos, apertando-os para aliviar o cansaço.

— Vou encontrar um modo, após dormir.

Ele se levantou da mesa, contendo mais um bocejo que se espalhou rapidamente entre seus companheiros. Quase como um pensamento de última hora, Otaviano olhou para a porta, onde havia deixado Graco. Estava vazia. A lâmpada só iluminava a garoa fina que caía pelo ar do fórum.

O Teatro de Pompeu ficava mais belo à noite. Os enormes semicírculos de pedra eram iluminados por centenas de lâmpadas que balançavam no alto. Serviçais haviam subido em escadas de mão para chegar às tigelas de óleo mais altas que tremulavam acima do próprio palco, criando sombras conflitantes que se moviam em ouro e preto.

Na ausência de Marco Antônio, quatro homens estavam de pé diante dos outros e coordenavam o debate. Bíbilo e Suetônio tinham menos direito de fazê-lo, apesar de Bíbilo ter sido cônsul anos antes. Os senadores Híracio e Pansa só deveriam ocupar os postos consulares no ano-novo, mas a emergência exigia que os homens mais importantes colocassem de lado as diferenças e naquela noite tivessem a atenção do Senado. Todos os quatro haviam descoberto que a posição diante dos bancos dava às suas vozes um novo poder e ressonância, e adoravam ser capazes de silenciar a discussão com uma simples palavra ríspida.

— O problema não é o cônsul Marco Antônio — disse Hírcio pela segunda vez. — Mensageiros rápidos estão a caminho para falar com ele, e não podemos fazer mais nada até que retorne. Não há sentido em discutir se ele terá sucesso em castigar o comportamento amotinado em Brundísio. Se tiver bom senso, vai mandar as legiões marcharem sem demora e deixará a dizimação como condição ao sucesso delas em nos liberar aqui.

Vários senadores se levantaram, e Hírcio escolheu um homem que ele sabia que ao menos acrescentaria algo útil em vez de arengar coisas sem sentido sobre fatores que não poderiam influenciar.

— O senador Calvo tem a palavra — falou Hírcio, indicando-o. Os outros sentaram-se nos bancos curvos, mas muitos conversavam entre si.

— Obrigado — disse o senador Calvo, olhando sério para dois homens que conversavam perto dele até pararem, sem graça. — Só gostaria de lembrar ao Senado que Óstia fica mais perto do que as legiões em Brundísio. Existem forças lá que possam ser trazidas?

Foi Bíbilo quem pigarreou para responder. O senador Hírcio acenou para ele por cortesia.

— Em tempos normais haveria pelo menos uma legião inteira em Óstia. Até dois meses atrás essa legião era a Oitava Gemina, uma das duas que no momento infestam o fórum. A campanha de César contra a Pártia trouxe legiões até da Macedônia, prontas para se juntarem à frota. Óstia não tem mais do que algumas centenas de soldados e administradores no porto, talvez um número igual de homens aposentados. Isso não basta para arrancar esses invasores da cidade, nem se tivéssemos certeza de que permaneceriam leais a nós.

Vozes raivosas reagiram, e Bíbilo enxugou o suor da testa. Não havia se sentado um único dia no Senado até a morte de César, e ainda não estava acostumado ao barulho e à energia intensa dos debates.

O senador Calvo havia permanecido de pé, e Bíbilo deu lugar a ele, sentando-se com um som surdo num banco pesado que tinha sido arrastado até a frente, com esse propósito.

— A questão da lealdade está no âmago do problema que enfrentamos esta noite — apontou Calvo. — Nossa maior esperança está nas legiões de Brundísio. Mas o cônsul não foi para lá para perdoá-las, e sim para castigá-las. Se ele não conseguiu suprimir a traição delas, não temos outro modo de trazê-las de volta a Roma. É possível que esse filho adotivo de César saiba muito bem que não virá ajuda do leste. A tática dele tem todas as características de um jogo insano, a não ser que ele saiba que as legiões de Brundísio não virão. — O ruído ao redor havia crescido, e Calvo falou mais alto: — Por favor, senhores, apontem as falhas no que eu disse, se elas estiverem mais claras para os senhores do que para mim.

Mais três senadores se levantaram imediatamente para responder, e Calvo os ignorou, não querendo ser obrigado a suportar as interrupções.

— Meu sentimento é que seria insensato colocar todas as esperanças no cônsul Marco Antônio. Proponho mandarmos mensagens para as legiões da Gália virem para o sul. Décimo Júnio tem alguns homens perto dos Alpes...

No palco, Suetônio interrompeu, falando sem dificuldades por cima de Calvo:

— Elas demorariam semanas para chegar a Roma. De qualquer modo que seja resolvido, senador, isto estará acabado muito antes de chegarem. Não há nada mais próximo? Se tivéssemos meses poderíamos trazer legiões de metade do mundo, mas quem sabe o que terá acontecido até lá?

— Obrigado, senador Suetônio — falou Hírcio, a voz suficientemente fria para Suetônio olhá-lo e baixar a cabeça. — O senador Calvo levantou um argumento válido. Apesar de não haver outras legiões a menos de um dia de marcha da cidade, há duas na Sicília e outras duas na Sardenha que poderiam receber ordem de voltar para casa de navio. Se o Senado concordar, mandarei cavaleiros a Óstia para trazê-las. Em duas ou três semanas, no máximo, pode haver quatro legiões aqui, com força total.

Um trovão de concordâncias ecoou no teatro, e a votação foi feita rapidamente e sem dissensão. O senador Hírcio chamou um mensageiro enquanto o debate continuava e usou o anel para selar as ordens que seriam levadas para o oeste. Quando terminou, ouviu durante um tempo e depois se dirigiu a todos eles:

— Está quase amanhecendo, senadores. Sugiro que retornem às suas casas e aos seus guardas e durmam um pouco. Vamos nos reunir de novo... ao meio-dia? Ao meio-dia. Sem dúvida até lá teremos mais notícias deste novo César.

CAPÍTVLO XII

MARCO ANTÔNIO ESTAVA DE PÉSSIMO HUMOR ENQUANTO SUAS legiões marchavam para o norte, reagindo rispidamente a qualquer um que fosse idiota a ponto de se dirigir a ele. A Via Ápia era uma maravilha: seis passos de largura e bem-drenada durante centenas de quilômetros. Apenas numa superfície tão lisa as legiões podiam percorrer de 30 a 50 quilômetros por dia, os legionários contando a distância. O problema era que ele não pretendia chegar perto de Roma. Um mensageiro dos senadores, empoeirado e exausto, havia mudado todos os seus planos.

Marco Antônio olhava a distância, como se pudesse ver os senadores esperando seu retorno triunfal. Ele os *sentia* lá, como um ninho de aranhas tecendo fios que passavam embaixo dos seus pés. Balançou a cabeça para se livrar da imagem, ainda lutando com a pura incredulidade. Otaviano devia ter enlouquecido para tentar uma jogada tão ousada! O que o garoto estava pensando? A raiva que ele havia causado estava lá, para ser lida, nas ordens do Senado. Bíbilo, Hírcio e Pansa a haviam selado com o símbolo do Senado, sinal visível de sua autoridade sobre todas as legiões. Marco Antônio recebeu a ordem de voltar a toda velocidade com um único propósito: destruir aquele pretensioso no fórum.

Os homens à frente começaram a gritar aplaudindo, e Marco Antônio bateu os calcanhares e trotou adiante para ver o que os havia animado. A estrada estivera subindo suavemente durante toda a manhã, cortando colinas de calcário em grandes fendas que representavam anos de trabalho. Soube antes de ver, captando uma sugestão de sal na brisa fresca. O mar Tirrênio surgiu à frente da coluna, uma vastidão azul-escura à esquerda. Significava que Roma não estava a mais de 150 quilômetros adiante, e ele teria que decidir logo onde deixar os homens descansarem e que os seguidores do exército os alcançassem.

Os gritos de comemoração ondulavam estranhamente pelas fileiras de homens marchando, à medida que cada centúria captava a mesma visão e gritava desejando sorte, com orgulho do ritmo que haviam estabelecido. Marco Antônio pôs a montaria de lado durante um tempo, olhando-os passar e acenando com satisfação séria para qualquer um que buscasse seu olhar. Ainda não lhes tinha dito que iriam para casa.

Marco Antônio pensou, num silêncio carrancudo, avaliando os problemas à frente. Duas legiões inteiras tinham violado o juramento e se amotinado por um garoto que se autoproclamava César. Se o nome tinha esse tipo de efeito, ele não podia confiar que o Senado seria capaz de contê-lo. Todos os seus instintos diziam para ir em direção ao norte e continuar com os planos originais contra Décimo Júnio. As legiões de Brundísio já haviam se recusado a cumprir ordens uma vez. Tinham chegado perto de despedaçar Marco Antônio quando acharam que era um dos que haviam sancionado o assassinato de César. O que fariam ao descobrir que ele tinha recebido ordens de atacar o herdeiro do sujeito? Deuses, era impossível! O norte distante, sob o comando de Décimo Júnio, estava maduro para ser tomado, e ele tinha as forças para isso. Mas não ousava deixar Otaviano com duas legiões. O verdadeiro César havia alcançado muita coisa com menos homens.

Olhou para trás, ao longo das fileiras em marcha, sentindo consolo com a visão de 30 mil soldados. Se eles mantivessem a disciplina, sabia que poderia obrigar Otaviano a se render. Que o Senado se preocupasse com o que fazer com ele depois, pensou. Enquanto homens como Bíbilo debatessem o destino do rapaz, não haveria ninguém vigiando Marco Antônio. Ele ainda poderia levar as legiões para o norte.

As muralhas de Roma não eram tão altas quanto alguns edifícios que continham. Mesmo à noite, olhando para dentro, as massas escuras de casas de cômodos se erguiam acima dos três homens parados na passarela de pedra sobre uma das portas. As famílias mais pobres moravam a seis ou sete andares do chão, sem água corrente e com a consciência infeliz de que não poderiam escapar de um incêndio. Para Otaviano, o brilho das lâmpadas a óleo nas janelas abertas parecia vindo de estrelas baixas a distância, altas demais para fazer parte da cidade a seus pés.

Agripa e Mecenas estavam encostados na parte interna da muralha. A cidade em si não fora ameaçada desde o exército de escravos comandado por Espártaco, mas as defesas ainda eram mantidas, com toda uma rede de prédios de apoio e escadas de acesso. Em tempos mais normais, um dos serviços dos guardas da cidade seria andar sobre as muralhas, mais comumente para retirar gangues de crianças ou pares de jovens amantes do que por alguma ameaça à cidade. Mas essas tarefas mundanas tinham sido ignoradas desde que as legiões ocuparam o fórum, e toda a cidade esperava, com medo, que a tensão se rompesse. Os três amigos estavam sozinhos, a passarela vazia se estendendo nas duas direções e a percepção constante de que os senadores adorariam ouvir o que eles planejavam.

— Não precisa se preocupar com Silva e Paulínio — disse Agripa. — Eles não vão mudar de lealdade outra vez, não importando o que os senadores prometam ou ameacem. Isso lhes custaria demais; só os deuses sabem que tipo de punição o Senado iria impor. No mínimo a execução dos oficiais de posto mais elevado. Do jeito que as coisas estão, a vida deles continua ligada à nossa.

Otaviano olhou-o, concordando. A lua estava quase cheia e as estrelas brilhavam o suficiente para lavar a cidade em luz pálida. Ele se sentia exposto na muralha, mas precisava admitir que o local era mais privado do que qualquer outro. Chutou preguiçosamente uma pedrinha, arrancando-a da superfície arenosa, e a olhou desaparecer no escuro.

— Não estou preocupado com a lealdade deles. O que me preocupa é o que vamos fazer quando o cônsul voltar de Brundísio com seis legiões.

Agripa desviou o olhar, relutante em dizer o que estivera pensando nos dias de negociação com o Senado. Houvera um sentimento de progresso antes daquela tarde, quando o mensageiro enviado a Marco Antônio voltou a Roma. Em apenas uma hora o Senado tinha recuperado parte de sua confiança hesitante, e a notícia de legiões retornando se espalhara por uma cidade que já estava temerosa. Agripa chutou irritado uma pedra solta. A reunião na muralha não era para discutir como transformar as negociações em um triunfo, e sim em como impedir a destruição e a desonra.

Mecenas pigarreou, encostando-se na muralha enquanto olhava os dois.

— Então, senhores, estamos numa situação difícil. Digam se entendi errado, está bem? Se não fizermos nada, temos as legiões do Senado a apenas alguns dias de marcha. Não temos homens suficientes para sustentar as muralhas, pelo menos por muito tempo. Se usarmos o tempo que resta para executar Caio Trebônio, Suetônio, talvez Bíbilo e alguns outros, só vamos enraivecer o cônsul ainda mais e torná-lo menos disposto ainda a nos manter vivos. Você não vai abandonar as legiões aqui e fugir para os morros...?

— Não — murmurou Otaviano.

Mecenas soltou o ar, desapontado.

— Então acho que vamos ser mortos dentro de alguns dias e nossas cabeças vão ser postas nesta muralha como aviso aos outros. Bom, pelo menos tem uma bela vista.

— Tem que haver uma saída! — exclamou Otaviano. — Se eu pudesse fazer aqueles senadores filhos de uma puta me darem apenas *uma* concessão, eu poderia retirar as legiões de um jeito que não seria a derrota absoluta.

— Assim que eles entenderam que você não iria arrastá-los e trucidá-los, souberam que haviam vencido — continuou Mecenas. — Ainda há tempo para isso, ao menos. Você vai conseguir sua concessão, sua *lex curiata*, digamos, e então podemos nos retirar para algum lugar que Marco Antônio não sinta a necessidade de atacar. Permanecer no fórum é o problema. Ele tem que reagir a isso!

Otaviano balançou a cabeça sem responder. Tinham discutido isso muitas vezes, mas era um limite que ele não cruzaria. Em seu desespero havia pensado em alguns assassinatos criteriosos, porém uma ação dessas destruiria o modo como era visto na cidade. Se enfrentasse os Liberatores no campo, seria muito diferente, mas toda sua posição dependia de ele ser o defensor da velha República e do primado da lei. Até mesmo César mantivera os bancos do Senado ocupados e se recusara a se chamar de rei. Juntou o catarro na garganta e cuspiu, irritado. A anistia poderia ser derrubada, ele tinha certeza, mas ainda não havia encontrado a alavanca de que precisava para forçar isso.

— Você ainda não tentou o suborno — cogitou Agripa, fazendo os dois se virarem para ele. Ao luar, ele deu de ombros. — O quê? Você disse que ouviria qualquer coisa.

— Eles acham que só precisam esperar para nos ver esmagados e fracassados — replicou Otaviano, com o amargor inundando a voz. — Não posso oferecer nada que eles achem que terão de qualquer modo quando eu morrer.

Mecenas se afastou da parede, olhando a lua brilhante. Depois de um tempo, balançou a cabeça.

— Então estamos acabados. Você não pode ficar para tomar uma atitude sem sentido que fará com que todos sejamos mortos e duas legiões sejam destruídas. Só pode marchar com os homens para fora de Roma e acabar com essa experiência. É uma perda, mas você vai aprender com ela, se sobreviver.

Otaviano abriu a boca, mas o desespero impediu qualquer palavra. Não conseguia afastar o sentimento de que César veria uma saída. Isso era em parte um eco daquele homem que o havia pressionado a ocupar o fórum, para início de conversa, mas desde aquele dia nada tinha acontecido como esperava.

Agripa viu a desolação do amigo e falou, com a voz profunda como um trovão:

— Sabe, César perdeu sua primeira batalha na guerra civil. Foi capturado não muito longe desta porta e torturado. Perdeu tudo: o tio, a posição, a riqueza, *tudo*. Fracassar e ir em frente não é o fim, certo? Enquanto estiver vivo, você pode recomeçar.

— Tenho duas legiões no centro de Roma, e nos próximos dias ninguém está suficientemente perto para me impedir — declarou Otaviano subitamente. — Deve restar alguma opção. *Precisa* restar!

— Só as que você não quer considerar — respondeu Mecenas. — Pelo menos me deixe levar uma centúria para pegar Suetônio. Eu poderia fazer isso esta noite, enquanto aquele merdinha pomposo estiver dormindo. O que importa agora falar em julgamentos e execuções formais? Você não tem poder para tanto, pelo menos imediatamente. Mas pode fazer isso.

Otaviano olhou para o sul, onde a Via Ápia se estendia a distância. Não iria demorar muito até que as legiões do cônsul chegassem marchando por aquela estrada larga. Ele podia vê-las na mente, trazendo o fim de todas as suas esperanças.

— Não — rebateu ele com os punhos cerrados. — Eu já disse. São *eles* que tramam e agem em segredo. Eles são os assassinos. Se eu não for o defensor da República, se demonstrar tão pouco respeito pela lei a ponto de trucidar um senador na própria casa, não tenho qualquer valor, qualquer direito sobre o povo de Roma. — Otaviano tomou uma decisão amarga, assoberbado por opções impossíveis. — Preparem as legiões para marchar. Ainda temos alguns dias. Talvez até lá eu possa arrancar alguma coisa daqueles idiotas no teatro.

CAPÍTVLO XIII

Na Via Ápia haviam brotado povoados inteiros para servir e atender aos viajantes. Por toda sua extensão era possível comprar qualquer coisa, desde vidro, joias e tecidos até comida quente ou mesmo cavalos.

As legiões de Brundísio passaram marchando por todos os locais de parada usuais, pressionados ao melhor ritmo possível pela estranha urgência que obcecava Marco Antônio. Numa estrada boa eles conseguiam fazer 50 quilômetros, se a necessidade fosse grande, mas ele começou a perder homens para as cãibras e a exaustão. Pela primeira vez os que estavam com os pés obviamente sangrando ou joelhos inchados não foram punidos ainda mais. Um ou dois membros sortudos de suas centúrias permaneciam para vigiar os grupos de dez ou 12 em qualquer casa mais próxima na estrada. Com Roma quase à vista, eles os alcançariam rapidamente ou perderiam a pele das costas.

Marco Antônio só deu ordem de parar a coluna quando teve certeza de que estavam ao alcance da cidade para o dia seguinte. Com montarias alimentadas com grãos, ele e os legados estavam relativamente bem-dispostos em comparação aos homens que marchavam, mas mesmo assim sentiam dores.

Com o sol se pondo, apeou no pátio de uma estalagem que parecia estar lá desde quando as primeiras pedras da estrada haviam sido postas. Serviçais, ou talvez os filhos do dono, correram para pegar seu cavalo e aceitaram as moedas que jogou. Entrou, inclinando a cabeça sob um lintel baixo e procurando a mesa onde os legados estariam comendo.

Eles se levantaram, alertas, quando Marco Antônio se aproximou. Com Roma ao alcance, ele sabia que precisava dizer por que estivera pressionando tanto. Isso deixaria apenas a manhã para que os soldados soubessem e digerissem a notícia. Com apenas um pouco de sorte estariam no fórum antes que tivessem a chance de pensar em se rebelar contra as novas ordens.

— Onde está Libúrnio? — perguntou Marco Antônio. — Achei que seria o primeiro a chegar.

Ninguém respondeu, mas todos se entreolharam ou olharam a serviçal que trazia jarras de molho de peixe para a mesa.

— E então? — perguntou Marco Antônio. E puxou uma cadeira.

— A Quarta Ferrata não parou, senhor — disse o legado Búcio. — Eu... Nós presumimos que fosse por ordem sua.

A mão de Marco Antônio baixou do encosto da cadeira.

— Como assim "não parou"? Eu não dei essa ordem. Mande um cavaleiro e o traga de volta.

— Sim, senhor — acatou Búcio.

Ele saiu para dar a tarefa a algum soldado azarado, e Marco Antônio se acomodou, permitindo que os outros se sentassem. Serviu em seu prato o pungente molho de peixe, cheirando-o com satisfação antes de pegar o pão para mergulhar nele. Enquanto comia o primeiro bocado, percebeu que os outros ainda estavam rígidos e desconfortáveis em sua presença. Conteve um suspiro.

Búcio retornou, o olhar saltando para os colegas de posto. Marco Antônio levantou a cabeça enquanto o legado sentava-se e servia-se de molho. O sujeito era um ancião comparado aos outros, com rugas fundas como as linhas de um mapa no pescoço e na cabeça raspada. Seus olhos castanhos estavam tremendamente preocupados quando encararam o cônsul.

— Mandei um mensageiro, senhor.

— Acredito que você iria discutir as... dificuldades que temos tido, Búcio — disse um dos outros legados, brincando com a comida e sem levantar a cabeça.

Búcio olhou irritado para o sujeito que havia falado, porém Marco Antônio estava observando-o e ele fez que sim, esforçando-se.

— Eu ouvi alguns... comentários, cônsul. Tenho homens de confiança em minha legião, homens que sabem que não irei responsabilizá-los se contarem as fofocas dos alojamentos.

A boca de Marco Antônio se firmou.

— Os homens fizeram juramentos, legado. Espioná-los depois disso solapa a honra deles e a sua. Você vai encerrar essa prática de imediato.

Búcio concordou depressa.

— Muito bem, senhor. Mas o que fiquei sabendo é sério o suficiente para que eu traga ao senhor, independentemente da fonte.

Marco Antônio o encarou, mastigando lentamente.

— Continue — pediu ele. — Eu decido isso.

— Eles ouviram falar do novo César, cônsul. Não somente meus homens, de modo algum. O legado Libúrnio me disse a mesma coisa ontem. O senhor pode confirmar isso?

Marco Antônio se enrijeceu, os tendões se projetando no pescoço. Deveria ter adivinhado que os legionários ouviriam as notícias. Eles marchavam juntos o dia inteiro, e o menor boato se espalhava feito uma coceira. Xingou baixinho. Deveria ter queimado as ordens do Senado, no entanto já era tarde demais para isso. Cruzando as mãos diante do corpo, tentou esconder a irritação.

— Tanto faz como Otaviano se autoproclame agora — disse ele. — Eu cuidarei dele quando retornar à cidade. Se foi só isso que vocês ouviram...

— Eu gostaria que fosse, cônsul. — Búcio respirou fundo, preparando-se para a reação. — Eles estão dizendo que não vão lutar contra César.

O silêncio que se seguiu não foi interrompido enquanto cada homem subitamente achava sua comida fascinante.

— Você está falando de motim, legado Búcio — acusou Marco Antônio, sério. — Está dizendo que seus homens ainda não aprenderam essa lição específica?

— Eu... sinto muito, senhor. Achei que era algo que o senhor deveria saber.

— E estava correto, mas não posso deixar de duvidar de sua capacidade de liderança, se é assim que lida com isso. As questões internas das legiões devem permanecer internas, Búcio! Eu não me incomodaria nem um pouco com alguns açoites de manhã. Um comandante não precisa ouvir tudo que acontece; você sabe disso! Por que trazer fofocas bobas à minha atenção?

— Cônsul, eu... eu poderia cuidar de uns poucos idiotas provocando os outros, mas, pelo que sei, metade dos homens diz que não vai lutar, não contra César. Não em Roma, senhor.

Marco Antônio se recostou. Esperou enquanto frangos fumegantes eram trazidos à mesa e despedaçados pelos homens famintos.

— Todos vocês são oficiais superiores — falou ele quando os serviçais haviam se afastado para lhes dar privacidade. — Vou dizer que Roma dá tudo aos seus soldados: salário, status, sentimento de fraternidade. Mas eles suportam a disciplina porque são homens de Roma.

Marco Antônio balançou a mão, frustrado, tentando encontrar palavras que deixassem a situação clara para os rostos perplexos ao redor da mesa. Antes que pudesse continuar, outro deles pigarreou para falar. Marco Antônio coçou a nuca, irritado. O legado Satúrnio não o havia impressionado durante as deliberações, até aquele ponto. O sujeito não tinha pudor quando se tratava de buscar favores.

— Você tem algo a acrescentar? — perguntou ele.

— Sim, senhor — respondeu Satúrnio inclinando-se para a frente na mesa. — Frequentemente os homens vêm de linhagens impuras, senhor. Acredito que esse seja o problema. Como podemos esperar que filhos de prostitutas e mercadores entendam nossas crenças? Eles são reduzidos por qualquer nova moda, por qualquer orador louco na República. Há alguns anos mandei estrangular um agitador porque estava copiando as palavras de um político grego. Os poucos que sabiam ler estavam sussurrando as ideias perigosas para os que não sabiam. Esse homem quase se tornou a maçã podre que destruiria uma legião.

Satúrnio olhou para Marco Antônio buscando aprovação, mas o encontrou olhando de volta com expressão pétrea. Sem perceber, Satúrnio limpou a gordura da boca e continuou:

— Os soldados comuns são como crianças mal-educadas, e devem ser disciplinados do mesmo modo. — Ele começou a sentir que os outros não estavam concordando e olhou ao redor. — É só isso que entendem, como disse o cônsul.

Houve um momento de silêncio enquanto alguns dos outros homens se encolhiam internamente. Satúrnio olhou de rosto em rosto, confuso.

— Não é assim? — perguntou ele, ficando vermelho.

— Não é digno de crédito falar isso ou colocar na minha boca palavras que eu não disse — respondeu Marco Antônio. — Não sei onde você serviu, Satúrnio, mas eu vi esses filhos de prostitutas e mercadores arriscarem a vida para me salvar quando minha vida poderia ser medida em uns poucos batimentos cardíacos. Eu disse que eles eram homens de Roma. O *menor* deles vale alguma coisa.

Satúrnio esfregou o rosto com as mãos para ficar mais alerta. Sua voz se tornou um gemido quando respondeu:

— Pensei, senhor, depois das execuções em Brundísio, que o senhor compartilhava da mesma perspectiva. Peço desculpas se não é assim.

Marco Antônio olhou-o irritado.

— Em Brundísio eles entenderam que o castigo *precisa* vir. Você acha que eu senti prazer em ordenar a morte de uma centena de criminosos? Era meu direito ordenar a *dizimação* de cada legião, a morte de 3 mil homens, Satúrnio. O que fiz foi um gesto de força, uma demonstração de que eu não seria acovardado pela raiva deles. Para os que tinham inteligência para ver, eu salvei mais do que matei. Mais importante, trouxe o restante de volta para o grupo. Devolvi a eles a dignidade e a honra.

Ele deu as costas para Satúrnio, encerrando o assunto enquanto se dirigia outra vez a Búcio.

— Esse tal de Otaviano reivindica um nome que ressoa com nossos homens. Isso não é surpreendente, visto que o próprio Júlio César criou muitas das legiões representadas nesta mesa. Claro que eles estão dizendo que não vão lutar contra o filho adotivo dele! Seria um choque se não dissessem isso!

Fez uma pausa, sabendo que precisava trazer aqueles homens para o seu lado.

— Existem limites para nossa autoridade, limites para o que podemos obrigar os homens a fazer. As legiões só podem ser pressionadas até certo ponto; para além disso elas precisam ser lideradas. Eu já vi isso, senhores. Vi o próprio César falar com legiões amotinadas, arriscando a própria vida. — Ele olhou de volta para Satúrnio, a expressão cheia de desprezo. — Se você tratá-los como crianças ou cães selvagens, eles acabarão se voltando contra você. A disciplina está no âmago do que fazemos, mas eles não são gregos nem gauleses pintados. São romanos, que entendem algo da República, ainda que nem sempre tenham as palavras certas para dizer isso. Bom, vocês devem lhes dar as palavras de que precisam, Búcio, Satúrnio. Devem lhes lembrar de que César pode ter morrido, mas a República ainda pode ser revivida. Não permitirei que um garoto louro finja ter a autoridade de meu amigo, independentemente do que algum testamento antigo diga sobre sua adoção. *Não* existe um novo César. Digam isso a eles.

Búcio havia ficado pensativo enquanto o cônsul falava, as mãos abertas firmemente na mesa para esconder o quanto estava tenso. No mínimo não havia esclarecido por completo o que acontecia. Alguns de seus oficiais mais importantes tinham ousado procurá-lo e o cônsul não parecia entender a seriedade da situação. Mas com Marco Antônio observando-o, só podia concordar e atacar a comida num silêncio amargo.

Foram servidos outros dois pratos antes que alguém dissesse mais alguma palavra, a não ser alguns comentários contidos sobre a comida. Marco Antônio se contentou em passar o tempo pensando nos senadores e no que exigiriam dele quando retornasse. Esperava que Otaviano se rendesse, em vez de obrigá-lo a forçar seus homens ainda mais. Não podia ignorar os avisos dos legados, apesar de toda a raiva que sentia de Búcio por ter cuidado tão mal da situação. Se "César" pudesse ser capturado logo, isso acabaria com as fofocas que Búcio havia descoberto.

A tarde já havia terminado quando a refeição acabou. Marco Antônio estava pesado de cansaço, não desejando nada além de um quarto com um fogo aceso para dormir. Quando se levantou da mesa, acompanhado instantaneamente pelos legados, todos ouviram o som de cascos no pátio de pedra. O mensageiro que Búcio havia mandado entrou na taverna e foi direto à mesa do cônsul.

— Informe — pediu Marco Antônio. — Eles pararam? Estou começando a pensar que fui precipitado demais em promover Libúrnio.

— Eles não pararam, senhor — respondeu o mensageiro, nervoso. — Cavalguei até a frente e tentei me aproximar do legado, mas três oficiais pegaram as espadas assim que me viram. Enquanto eu me afastava eles gritaram, me mandando dizer...

Sua voz morreu enquanto percebia a enormidade que seria repetir um insulto para um cônsul na companhia de legados. Marco Antônio teve o mesmo sentimento de premonição e levantou uma das mãos.

— Só me dê a ideia — disse ele.

— Eles não vão voltar, senhor. Vão lutar por César.

Marco Antônio xingou algo, amaldiçoando o nome de Libúrnio. Seu olhar pousou em Búcio, que estava parado, numa consciência sinistra de que havia se tornado o alvo da ira do cônsul.

— Voltem às suas legiões. Se Libúrnio pode marchar durante a noite, nós também podemos. Vou atropelá-lo, juro. Andem!

Marco Antônio esmagou o início de um bocejo, furioso consigo mesmo e com seus homens. Se os legionários já estavam revoltosos antes, uma noite murmurando uns com os outros coisas sobre o cônsul não melhoraria nada. Enquanto pedia que os cavalos fossem arreados de novo, decidiu que Otaviano precisava ser morto. O rapaz havia escolhido um nome que o tornava perigoso demais para ser deixado vivo.

O exterior do Teatro de Pompeu era tão impressionante quanto pretendera seu patrono, morto havia muito. Apesar de Gneu Pompeu ter morrido no Egito anos antes, seu nome era preservado na grandiosidade da construção que dominava a grama antes intocada do Campo. Nem César poderia pagar por mármore maciço, mas as paredes eram cobertas por aquela pedra leitosa, com veios suaves e brilhando ligeiramente ao sol. Um calçamento de calcário tinha sido posto por todos os lados do prédio principal, terminando nas grandes colunas que sustentavam o pórtico, também esculpido em mármore branco.

Os senadores haviam saído para receber Otaviano enquanto ele se aproximava. Todos vestiam togas brancas com acabamento em púrpura e eram uma visão impressionante, perfilados em grupo e esperando-o. Tinham rejeitado todas as exigências dele, e sua confiança havia crescido.

Otaviano havia escolhido usar armadura, sabendo que seria visto em contraste com os poderes civis. Desceu cavalgando o monte Capitolino com três centúrias de homens, uma composta inteiramente de centuriões. Juntos representavam sua reivindicação de autoridade na cidade, e, se os senadores usavam cores limpas, pelo menos seus homens brilhavam.

Quando o som dos cascos das montarias mudou, ressoando em pedra, Otaviano se virou para olhar o grupo de senadores. Pôde ver Bíbilo, como sempre com Suetônio ao lado. Os dois conheceram César, especialmente Suetônio. Os anos não tinham sido gentis com nenhum dos dois, quase como se sua crueldade estivesse escrita na carne frouxa. Otaviano não pôde deixar de se comparar com aqueles velhos e se empertigou com o pensamento. Levou suas centúrias até eles, sem ter que dar novas ordens. Elas se espalharam em fileiras perfeitas contra as centenas de homens usando togas, imóveis de modo que não havia absolutamente qualquer som além dos pios dos pássaros voando alto. Nenhum dos senadores falaria primeiro, ele tinha certeza. Otaviano e Mecenas haviam discutido o protocolo, e ele sorriu para todos.

— Convoquei-os aqui para anunciar que pagarei pessoalmente os legados de César, começando com os 300 sestércios a cada cidadão de Roma. — Ficou satisfeito com o murmúrio raivoso que brotou dos senadores diante de sua escolha de palavras. — Presumo que vocês abrirão mão do direito à sua parte. Os senadores não são cidadãos? Se quiserem, entretanto, ordenarei que sua parte seja mandada às suas casas na cidade.

Ele esperava que os senadores registrassem a sutil ameaça antes de prosseguir com sua exigência principal. Sabia onde eles moravam. As implicações certamente não passariam despercebidas para a maioria.

Bíbilo avançou em meio ao grupo diante de Otaviano. O corpanzil do sujeito estava bem-disfarçado sob as dobras da toga. Ele ficou parado com a mão direita agarrando as dobras do tecido, as feições carnudas já brilhando de suor.

— Mais uma vez, então. Não vamos barganhar nem negociar enquanto legiões acampam no fórum sagrado, Otaviano. Se não tem nada de novo a acrescentar, sugiro que retorne à cidade e espere que a justiça baixe sobre você.

Otaviano controlou um espasmo de raiva. Um homem daqueles falando de justiça era um ato calculado para enfurecer, por isso não demonstrou nada.

— Vocês recusaram todas as exigências, senadores — declarou ele, fazendo a voz ressoar sobre todos —, com a certeza de que eu não desembainharia espadas contra os representantes da minha cidade natal. O que eu pedi era justo, mas vocês continuaram a proteger assassinos. Isso vai acabar. Estou vendo o senador Suetônio aí entre vocês. Vou pegá-lo hoje para ser julgado no fórum. Fiquem de lado e deixem que ele venha até mim. Demonstrei o respeito pela lei através da minha paciência, mesmo tendo legiões às costas. Não precisam temer, porque ele não receberá da minha mão nada além da justiça. Mas ele *receberá* justiça da minha mão.

Como havia ordenado na noite anterior, dez de seus centuriões mais antigos saíram das fileiras, movendo-se para Suetônio antes que os senadores tivessem tempo de reagir. Quando os primeiros passos foram dados, Bíbilo gritou:

— Nós temos imunidade! Você não pode pôr as mãos num membro deste augusto Senado. Os próprios deuses amaldiçoarão quem desafiar a vontade deles.

Com essas poucas palavras, uma onda de raiva se espalhou entre os senadores reunidos, e eles deram um passo à frente, estendendo as mãos contra os soldados com armaduras. Em maior número, bloquearam o caminho para Suetônio, que se encolheu no centro de quatrocentos homens.

Um dos centuriões olhou para Otaviano, sem saber o que fazer, enquanto os outros pressionavam. Os senadores não ousavam desembainhar as adagas que carregavam. No entanto se amontoavam e remexiam, parados num bolo de homens que não poderia ser rompido sem violência. Otaviano fumegou, sabendo que poderia dar uma única ordem e eles cairiam para trás, em trapos sangrentos. Mecenas havia previsto que eles recusariam, mas Otaviano não esperava ver qualquer tipo de coragem naqueles homens, certamente não a ponto de enfrentar o terror de legionários endurecidos vindo contra eles.

— Parem, centuriões — ordenou ele, furioso tanto com eles quanto consigo mesmo.

A fila de legionários recuou, deixando para trás senadores de rosto vermelho, as togas amarrotadas. Otaviano só pôde olhá-los com raiva, a mão tremendo para desembainhar a espada à cintura. Sustentou a honra como se fosse feita de tiras de ferro em volta do corpo, porém mal conseguia suportar o triunfo venenoso que via no rosto de Bíbilo e Suetônio.

O silêncio se espalhou de novo, rompido apenas por homens ofegando. Um dos centuriões se virou para Otaviano e, ao fazer isso, viu movimento no monte Capitolino. Um cavaleiro descia a galope na direção do campo. Otaviano se virou para ver o que atraíra a atenção do sujeito, e seu coração se apertou. Durante dias vinha temendo a chegada de notícias, e só havia uma coisa que faria um cavaleiro disparar em sua direção naquela manhã. Os senadores ainda esperavam que Otaviano falasse, e, quando o fez, sua voz estava baixa e fria.

— Como uso o nome de César, não vou derramar mais sangue nestas pedras. Mas minha paciência tem limites, senhores. Digo com solenidade: *não* contem com ela de novo.

Isso não bastou para apagar o risinho no rosto de Bíbilo, mas Otaviano sabia que estava sem tempo. Nauseado de raiva, virou o cavalo e trotou para encontrar o cavaleiro. Seus centuriões entraram em formação e marcharam com ele, deixando os senadores para trás.

Otaviano puxou as rédeas quando alcançou o jovem soldado dos *extraordinarii* que ofegava pela cavalgada na cidade. O homem fez uma saudação, e Otaviano olhou de volta para Roma. Não sabia quando iria vê-la de novo.

— Legiões avistadas, senhor. Na Via Ápia.

Otaviano fez que sim e agradeceu.

— Volte e diga ao legado Silva para trazer os homens no melhor ritmo. Terminei aqui. Vou esperá-los no campo.

Não se passou muito tempo até que as primeiras fileiras marchando apareceram no topo do Capitolino. Saíam da cidade sem os aplausos e as fanfarras que tinham anunciado a chegada. Marchavam com humor sombrio, sabendo que Marco Antônio se aproximava de Roma com um número de homens três vezes maior.

Mecenas e Agripa o alcançaram primeiro. Mecenas acenou, olhando para onde os senadores continuavam observando.

— Eles recusaram? — perguntou ele, apesar de já ter adivinhado.

Otaviano confirmou.

— Eu deveria tê-los matado.

Mecenas olhou o amigo e balançou a cabeça.

— Você é um homem melhor do que eu. Todos se lembrarão de que você não fez isso, com legiões às costas. Pelo menos eles não poderão acusá-lo de perder o controle. Isso significa alguma coisa.

Otaviano olhou para além dele, para as fileiras reluzentes de homens que marchavam para fora de Roma. Se todo o resto fracassasse, ele havia concordado com os legados que fossem em direção ao norte, pela Via Cássia.

— É mesmo? — perguntou ele, amargo.

— Provavelmente não — respondeu Mecenas, rindo. Agripa fungou, mas os dois ficaram satisfeitos ao ver Otaviano sorrir em resposta. — Mas poderia significar. Você ainda tem duas legiões e estaremos suficientemente longe em Arrécio. Tenho uma casinha lá que é bem agradável.

— Você recomendou passarmos o inverno em Arrécio porque você tem uma *casa* lá? — perguntou Agripa, incrédulo.

Mecenas pigarreou e desviou o olhar.

— Não... totalmente. A casa não é tão grandiosa quanto minha propriedade em Mântua, você sabe. Mas Arrécio é uma cidade calma e fica fora das rotas principais.

Otaviano balançou a cabeça, animado pela natureza irreprimível do amigo. Ele havia jogado e perdido, mas Mecenas parecia não se perturbar. Otaviano riu de repente, deixando o humor mais leve.

— Venham, então. Os senadores estão olhando. Vamos cavalgar com um pouco de dignidade.

Bateu os calcanhares, o desespero e a raiva se rasgando em fiapos na brisa.

CAPÍTVLO XIV

PROFUNDAMENTE EXAUSTA, A QUARTA FERRATA PAROU AO VER A MUralha de Roma, com o legado Libúrnio mandando cavaleiros adiante para levar suas mensagens urgentes. Antes do assassinato de César, a ideia de qualquer tipo de motim seria impensável. Libúrnio coçou as orelhas do cavalo enquanto pensava nos meses anteriores. Ele havia sido uma voz de liderança quando decidiram ignorar a convocação original do Senado. Era difícil exprimir o sentimento de caos que havia rasgado as legiões em Brundísio. Muitos homens tinham lutado ao lado de César na Grécia, no Egito e na Gália, e havia poucos que não se lembravam de ter visto o Pai de Roma ou de ouvi-lo falar no correr dos anos. Alguns até se lembravam, com grande orgulho, das palavras que ele lhes dissera individualmente. Eram ligados por juramentos que faziam parte deles tanto quanto as armaduras e as tradições, porém uma lealdade não verbalizada era mais profunda ainda. Eram homens de César. Serem chamados pelos senadores que o haviam assassinado não fora uma ordem que poderiam obedecer.

Libúrnio mordeu a parte interna do lábio enquanto olhava a cidade adiante, surpreso com a força de sua satisfação apenas por voltar para casa. Não via Roma havia anos. No entanto, de algum modo, se pegava retornando à frente de uma legião recém-amotinada, sem dúvida com um cônsul furioso vindo logo atrás. Depois da promoção a legado, não era bem assim que via sua carreira progredindo, e deu um sorriso torto ao pensar nisso. Mas, quando procurou dúvidas, não encontrou nenhuma. Seus homens não sabiam do favor que ele carregava na bagagem, nem mesmo o fato de que conhecera o novo César. Só sabiam do nome e da adoção, a marca de família que ligava Otaviano ao próprio homem que os havia formado. Era o bastante.

Quando Libúrnio lhes falara da decisão de ir para o norte e se juntar à rebelião de César, eles se mostraram cautelosos demais para aplaudir, mas o deleite fora óbvio. Ele balançou a cabeça, pasmo consigo mesmo. Em todos os seus anos como tribuno não havia conhecido um centésimo da popularidade que tinha obtido naquele momento. Era francamente surpreendente o quanto apreciava aquilo, um homem que sempre se presumira acima da necessidade de buscar a adoração dos que estavam sob seu comando. Libúrnio sabia que não era um leão de Roma, como Mário, Sula ou o próprio César. Estivera contente com seu posto e que os homens o obedeciam por pura disciplina. O assassinato de César havia abalado seus alicerces tanto quanto o de qualquer um deles, alterando o modo como enxergava o mundo.

Respirou aliviado ao ver o primeiro de seus mensageiros galopando de volta para onde ele estava. Marco Antônio não podia se encontrar muito atrás. A última coisa que Libúrnio queria era ser apanhado contra as muralhas da cidade antes mesmo de se juntar a Otaviano. Seus homens estavam com os pés feridos e cansados, mas haviam prosseguido durante a noite inteira, seguindo no melhor ritmo possível e não ousando deixar qualquer homem para trás. Independentemente de a decisão de se amotinar estar certa ou errada, não havia como recuar desse ponto, e todos sabiam.

O cavaleiro *extraordinarii* estava vermelho e suado. Seu cavalo derrapou em pedras úmidas quando ele puxou as rédeas, fazendo as ancas do animal se contraírem.

— As legiões de César saíram da cidade, senhor, e estão indo para o norte.

— Merda! — exclamou Libúrnio, incrédulo. — Há quanto tempo? Que forças permanecem na cidade? — Ele disparou mais perguntas para o cavaleiro atônito, que só pôde levantar as mãos.

— Não sei, senhor. Perguntei a um sacerdote do templo. Assim que soube da notícia, dei meia-volta e retornei.

Libúrnio sentiu o humor se desfazer em azedume. Não entraria em Roma naquele dia. Sozinho, não. O cônsul e outras cinco legiões viriam pela estrada a toda velocidade enquanto permanecia parado ali.

— Bom, que estrada eles pegaram? — perguntou rispidamente.

O jovem cavaleiro apenas balançou a cabeça, mas girou a montaria no lugar.

— Vou descobrir, senhor.

Galopou de volta na direção de onde tinha vindo, e Libúrnio pôde ver a preocupação no rosto dos que tinham ouvido, a notícia se espalhando rapidamente pelas fileiras que esperavam.

— Por que César esperaria por nós? — perguntou a eles. — Ele não sabia que estávamos vindo. Centuriões! Levem a Quarta Ferrata ao redor da cidade, até o Campo de Marte. Temos uma corrida a fazer.

Para sua satisfação, os homens mais próximos riram, partindo a passo combinado, apesar da exaustão.

❖

Marco Antônio parou com raiva, sua guarda pessoal em formação cerrada ao redor. Sentia o cheiro do próprio suor e tinha o rosto áspero com a barba crescida. Não estava com clima para ser questionado pelo legado Búcio naquela manhã.

— Por que deu uma contraordem e mandou parar? — perguntou ele. — Vocês podem descansar quando chegarmos à cidade.

Quatro legiões continuavam a marchar teimosamente pelos últimos quilômetros da Via Ápia enquanto a legião de Búcio parava de cabeça baixa, em fileiras, parecendo arrasada. Tinham marchado durante a noite inteira, percorrendo uma distância quase tão grande quanto a do dia anterior.

O legado fez uma saudação adequada, mas seus olhos estavam vermelhos de exaustão.

— Eu tentei alertá-lo, senhor. Não queria me esgueirar durante a noite. — Ele respirou fundo. — Minha legião não continuará com o senhor.

Marco Antônio olhou-o boquiaberto, a princípio incapaz de entender o que o legado estava dizendo com tanta calma. Quando percebeu, seu queixo se firmou e ele baixou a mão ao punho da espada que se projetava junto à coxa direita.

— Eu tenho quatro legiões que posso chamar, legado Búcio. Obedeça às minhas ordens ou farei com que seja enforcado.

— Lamento, cônsul, mas não posso obedecer à ordem — replicou Búcio. Para choque de Marco Antônio, o homem sorriu enquanto continuava: — A Nona Macedônia não levantará armas contra um César.

Marco Antônio percebeu que a conversa era observada atentamente pelos homens de Búcio. Enquanto seu olhar ia até eles, viu que estavam como cães com a guia esticada, prontos para saltar à frente. Os dedos se moviam nos cabos das lanças, e eles não afastavam o olhar. Ele não poderia ordenar que seus guardas prendessem Búcio. A agressividade mal-escondida dos legionários deixava claro o que aconteceria se tentasse.

Marco Antônio se inclinou na sela, baixando a voz para que ela não chegasse aos homens que esperavam.

— Não importa como isso vai acabar, Búcio, não importa o que puder acontecer na cidade, não existe força em Roma que não castigue motim e traição. Você não será digno de confiança de novo. A Nona Macedônia será riscada dos registros do Senado e debandada, seja por mim ou pelos próprios senadores. Você quer que seus homens se tornem bandoleiros, traidores sem lar incapazes de dormir em qualquer local sem temer um ataque? Pense nisso antes de ir muito longe nesse caminho até que eu não possa mais salvá-lo da própria tolice.

As palavras golpearam Búcio como socos, mas sua boca se firmou numa linha pálida.

— Eles e eu pensamos do mesmo modo, cônsul. Eles só podem ser pressionados até certo ponto, e a partir daí precisam ser liderados, como o senhor me disse.

Marco Antônio fez uma expressão furiosa ao ouvir as próprias palavras sendo repetidas.

— Então espero que nos encontremos de novo — disse ele. — Em tempos melhores.

O cônsul virou o cavalo e balançou a cabeça para os guardas o acompanharem. Tinha perdido duas legiões e podia ler muito bem o vento. Trincou o maxilar enquanto cavalgava atrás das que ainda restavam.

Quando a legião de Búcio marchou pela Via Ápia, algumas horas depois, Marco Antônio havia deixado a estrada que seguia para o norte, fazendo um círculo amplo ao redor da cidade. O legado parou brevemente ao ver os sinais da passagem deles, um grande trecho de capim pisoteado e lamacento mostrando os rastros de 20 mil homens desaparecendo a distância. Búcio balançou a cabeça, depois chamou seu cavaleiro *extraordinarii*.

— Vá adiante, até César. Avise que a Nona Macedônia está com ele. Diga que o cônsul Marco Antônio não vem mais para Roma. E, se vir o legado Libúrnio, diga que ele me deve uma bebida.

Enquanto o cavaleiro galopava pela estrada de pedra, o tribuno de Búcio se aproximou. Pátroclo era um jovem nobre, com apenas 20 anos, e vinha de uma das melhores famílias de Roma. Ele viu o cavaleiro sumindo a distância.

— Espero que César aprecie o que arriscamos em nome dele — declarou Pátroclo. Ele estava com um caroço rosado, com a ponta embranquecida, na pálpebra, que havia inchado a ponto de seu olho quase se fechar. Coçou-o irritado enquanto falava.

— Você pode remover isso com vapor em Roma, Pátroclo — disse Búcio.

— Não estou preocupado com meu olho, senhor. Minha mãe vai desmaiar ao saber que me amotinei.

— Você se amotinou *por* César — retrucou Búcio baixinho. — Você pôs a fé *nele*, no homem e em seu filho adotado, contra os senadores que o assassinaram. Não é a mesma coisa, de jeito nenhum.

A atmosfera no Teatro de Pompeu estava sulfurosa, cheia de raiva e pânico enquanto grupos de senadores oponentes tentavam gritar uns por cima dos outros. A trégua frágil que se estabelecera enquanto Otaviano e as legiões haviam permanecido no fórum tinha se despedaçado no momento em que eles marcharam para o norte. Sem cônsules adequadamente nomeados para manter a ordem, os debates tinham se deteriorado rapidamente e naquela manhã Bíbilo fora questionado como porta-voz por um poderoso grupo de senadores. Obrigado a ceder a posição, ele sentou-se num banco de mármore com Suetônio e seu grupo de apoiadores, olhando e esperando qualquer fraqueza.

Hírcio e Pansa estavam de pé diante dos outros senadores. Cada dia que passava aproximava seu ano consular, e juntos haviam blefado de maneira que essa posição se tornara algo parecido com autoridade. Era Hírcio quem escolhia os oradores segundo seu bel-prazer. Esperou a última rodada de recriminações e discussões antes de decidir falar outra vez.

— Senadores, este clamor não tem lugar aqui! Temos todos os fatos necessários para tomar uma decisão, trazidos por homens que arriscaram a vida. Já chega! Roma está vulnerável até que cheguem as legiões de Óstia. Elas desembarcaram em segurança, mas será que vamos perder o dia inteiro com discussões sem sentido? Silêncio, senadores!

Sob seu olhar furioso, eles se aquietaram em grupos e depois como um todo. Era a terceira reunião em três dias, e as notícias só pioravam. Cada homem ali tinha consciência do péssimo humor na cidade. Sem legiões para manter a ordem, os crimes contra cidadãos e propriedades haviam aumentado em dez vezes e havia poucos dos presentes que não tinham alguma história de roubo, estupro ou assassinato para contar. Estavam frustrados e com raiva, mas a falta de um caminho nítido só agravava o caos. Fora do teatro, quase mil guardas mercenários esperavam a saída dos patrões. Só na presença deles os senadores podiam voltar para casa, e mesmo assim as multidões logo se juntavam para gritar zombarias, e a violência pairava constantemente no ar. Em todos os seus séculos Roma jamais havia parecido tão perto de um colapso completo da ordem como nesses dias, e Hírcio viu tanto medo quanto raiva nas fileiras de homens com togas. Isso não o incomodava em especial. Numa atmosfera assim achava que poderia obter uma autoridade muito maior e mais vantagens do que em qualquer outro ano.

— Tenho relatórios de uma dúzia de homens que observam o movimento das legiões ao redor desta cidade — disse Hírcio em voz alta. — Tenho certeza de que vocês podem confirmar tudo com seus clientes e informantes. A situação é perigosa, sem dúvida, mas não impossível de ser salva, pelo menos se agirmos depressa.

Ele esperou enquanto um dos senadores mais idosos fazia uma arenga súbita, encarando-o com seriedade até que o sujeito desistiu e se sentou de novo.

— Obrigado pela cortesia, senador — prosseguiu Hírcio com o máximo de acidez que conseguiu. — Mas os fatos são bastante simples. Marco Antônio levou quatro legiões para o norte. Eu precisei desperdiçar um homem que era meu cliente há 12 anos para me informar sobre seu destino. Sabemos da intenção do cônsul de atacar um membro leal a este Senado: Décimo Júnio.

Senadores gritaram e Hírcio gritou acima deles.

— Sim, Marco Antônio zomba da nossa autoridade! Não adianta seguir pelo mesmo terreno. A questão é como vamos *reagir*, e não os crimes do cônsul. Décimo Júnio não tem mais de 3 mil legionários designados como funcionários e guardas para a região. Ele *vai* cair, e teremos outro pequeno rei estabelecido lá, para zombar de tudo que fazemos. No entanto, senhores, a coisa pode não chegar a esse ponto. Discuti com o senador Pansa, e temos uma solução em potencial.

Pela primeira vez naquela manhã os homens nos bancos ficaram realmente em silêncio, e Hírcio deu um sorriso tenso. Era um homem sério, com muitos anos como tribuno e legado de legiões.

— Só peço que me ouçam antes de começarem a gritar outra vez. Vocês não prestam um serviço a si mesmos com esses uivos e rilhar de dentes.

Houve alguns murmúrios de insatisfação por serem repreendidos, mas ele os ignorou.

— Quatro novas legiões estão se reunindo em Óstia, trazidas da Sicília e da Sardenha. Estarão aqui em dois dias. Além dessas, só há um exército com força suficiente ao alcance do cônsul. Só há uma outra força capaz de impedir o ataque a Décimo Júnio.

Ele fez uma pausa, esperando algum tipo de protesto enquanto os outros percebiam sua ideia, mas, para sua surpresa, isso não aconteceu. Os senadores estavam realmente com medo, e pela primeira vez escutavam.

— Otaviano, ou César, como acho que devemos chamá-lo agora, tem quatro legiões com força total. Tanto a Quarta Ferrata quanto a Nona Macedônia o seguiram para o norte. Ainda não sabemos qual é seu destino. Com as quatro de Óstia vindo para cá, essas são todas as legiões no território, senadores. A pergunta que devemos fazer é qual é o melhor modo de usá-las para sancionar nosso cônsul desgarrado.

Ele pausou outra vez, atraindo o olhar do senador Pansa ao seu lado, que fez sim com a cabeça.

— Lembro-os de que esse novo César evitou a violência contra este Senado quando tinha toda a oportunidade de fazê-lo. Meu sentimento é de que não perderemos a discussão com ele se concedermos ao menos alguns de seus pedidos. — Hírcio viu Suetônio e Bíbilo se levantarem e falou por cima deles, enquanto os dois começavam a responder: — Eu *não* me esqueci da ocupação ilegal dele, senadores, só digo que a realizou sem derramar sangue ou sem perda de *honestas*... integridade. Mesmo assim eu não me voltaria para ele se não comandasse a única força capaz de atacar Marco Antônio!

Respirou fundo antes de continuar.

— As escolhas se reduzem a uma, senadores. Deem-me sua autoridade. Confirmem o senador Pansa e eu como cônsules antes do tempo. Vamos levar quatro legiões até César e assumir o comando de um exército unificado capaz de obrigar Marco Antônio a se ajoelhar. O cônsul se amotinou e deve perder o posto. Quem mais, a não ser cônsules, tem o direito de ir para a guerra contra ele, e quem mais tem a autoridade do Senado para isso?

Essa sugestão havia apanhado Bíbilo em meio a um questionamento, de forma que ele se sentou para pensar. Não lhe passava despercebido que remover Hírcio e Pansa do Senado deixaria muito poucos senadores capazes de questionar sua posição. Mil homens das legiões que estavam em Óstia bastariam para manter Roma quieta por mais um pouco de tempo. Começou a pensar que poderia votar a favor desse caminho.

Suetônio sentiu o espaço súbito ao lado quando Bíbilo se sentou, mas não voltou ao próprio assento.

— Que concessões você dará a Otaviano em troca do serviço dele? — gritou, depois repetiu mais alto ainda enquanto os homens ao redor diziam para ficar quieto.

— Não pretendo renunciar à anistia, Suetônio — respondeu Hírcio secamente. — Nesse sentido não precisa se preocupar. — Um risinho percorreu os bancos, e Suetônio ficou vermelho enquanto Hírcio continuava: — Esse jovem César pediu uma *lex curiata*, que podemos conceder. Não é nada mais do que seu direito, e um gesto desses não nos custaria nada. Além disso, também vamos ganhar a boa vontade de romanos que dependem desse voto para assumir o controle de suas propriedades. Recebo pedidos deles todos os dias. Por fim proponho lhe oferecer o posto de propretor para recebê-lo de volta na sociedade, onde podemos usá-lo. Ele não tem posto formal no momento, e não creio que sua mudança de nome irá levá-lo muito mais longe.

Suetônio sentou-se, visivelmente satisfeito. Hírcio respirou aliviado. Estava começando a parecer que obteria o que desejava. A ideia de uma campanha contra Marco Antônio não o preocupava nem um pouco, não com as forças que teria à disposição. Olhou por cima dos bancos, para onde Bíbilo o olhava. Hírcio sorriu ao ver a satisfação óbvia do sujeito. Homens como Bíbilo acreditavam governar a cidade, mas jamais poderiam comandar uma legião ou apreciar qualquer coisa além do próprio senso de importância. Quando ele e Pansa retornassem como cônsules, cuidaria de Bíbilo como César cuidara do sujeito uma vez. Hírcio sorriu abertamente com esse pensamento, acenando para o senador gordo como se ele fosse um igual.

Pela primeira vez ninguém se levantou para se opor nem para acrescentar algo. Hírcio esperou, mas, quando eles permaneceram sentados, pigarreou.

— Se ninguém é contra, peço um voto para iniciar nosso ano consular antecipadamente e levar nossas legiões para controlar César no campo.

— E se ainda assim ele recusar? — gritou Suetônio da arquibancada.

— Então mandarei matá-lo, mas não creio que a coisa chegue a esse ponto. Apesar de todos os seus defeitos, esse novo César é um homem prático. Ele verá que a melhor chance está conosco.

A proposta foi aprovada rapidamente e com pouca oposição. Ela precisaria ser confirmada pelos cidadãos de Roma, mas, se os novos cônsules retornassem vitoriosos, isso seria apenas uma formalidade. Hírcio se virou para Pansa e ergueu as sobrancelhas.

— Parece que nós dois faremos uma longa cavalgada, cônsul.

Pansa riu ao ouvir o novo título. Apenas a ideia de se afastar das birras intermináveis do Senado lhe trazia contentamento. A perspectiva era revigorante. Pansa passou a mão pelos cabelos brancos, imaginando se sua armadura precisaria de polimento quando mandasse trazê-la do depósito.

CAPÍTVLO XV

ARRÉCIO ERA UMA CIDADE MILITAR A APENAS 160 QUILÔMETROS DE Roma. Quaisquer que fossem os motivos para Mecenas tê-la recomendado, ela possuía o benefício de estar ao alcance da capital e ao mesmo tempo longe o suficiente para dar ao Senado a sensação de não estar sob ameaça imediata.

A propriedade dos Fábios, da qual Mecenas era dono, era de fato um deleite, um complexo de construções baixas e jardins que subiam por um morro em vários níveis, cada um abrigando um conjunto espantoso de árvores frutíferas importadas e estátuas de pedra branca. Parecia um lugar para descansar e desfrutar o fim do verão, depois de terem deixado a batalha para trás. Um salão de banquetes dava nos jardins, e Mecenas havia concordado em abrigar os legados de quatro legiões em aposentos na propriedade. Vinte mil legionários haviam entrado na cidade propriamente dita, duplicando a população, de modo que os preços haviam subido, e os que não podiam pagar por quartos acampavam nos campos.

Os legados Silva e Paulínio haviam recebido Libúrnio e Búcio como velhos amigos. Na verdade os quatro tinham se encontrado em campanhas anteriores, mas todos podiam tirar algum conforto do fato de que não haviam se arriscado sozinhos à fúria do Senado.

Otaviano fez uma breve oração a Ceres quando se sentou à mesa, agradecendo à deusa por produzir a refeição. Mecenas havia apresentado o Falerniano a eles, e Otaviano precisou admitir que era superior ao vinho azedo que Silva tinha servido.

— Então, vai nos contar? — perguntou Mecenas, partindo com os dedos um ganso assado. Viu Otaviano franzir a testa. — Não há surpresas com 20 mil homens acampados em volta da cidade, César. Um mensageiro de Roma não pode ser mantido em segredo. Seremos considerados traidores, então? Eles exigiram nossas cabeças?

— Eu saberia como reagir a isso — respondeu Otaviano.

Olhou ao redor da mesa, para os seis homens que haviam arriscado tudo por ele. Agripa estava observando cada mudança de expressão em seu rosto, como se tentasse ler seus pensamentos. Libúrnio mantinha o olhar fixo na comida, ainda muito cônscio da mudança nas respectivas posições dos dois desde que tinham se encontrado pela última vez. No entanto ele também fizera o que importava e tinha marchado com os homens para o norte seguindo César. Otaviano recebera o recém-promovido legado com apenas um comentário seco sobre o valor crescente do favor que ele ainda carregava. Presumivelmente Graco acabaria alcançando-o, mas Otaviano se divertiu pensando no legionário obstinado ainda procurando seu comandante perdido.

Otaviano tirou um pergaminho da túnica e o desenrolou, ignorando as manchas de gordura que deixava na superfície seca.

— Tenho ordens aqui — disse ele. — Ordens para prestar contas aos cônsules Hírcio e Pansa e me colocar sob a autoridade deles. — Seus olhos examinaram a página outra vez. — Eles vêm para o norte com quatro legiões, e parece que me nomearam propretor, por vontade do Senado.

Os homens ao redor da mesa olharam-no boquiaberto, numa empolgação crescente. Com apenas algumas palavras haviam passado de fora da lei a bem-vindos. Libúrnio e Búcio levantaram os olhos simultaneamente, o mesmo pensamento golpeando os dois. Foi Búcio que conseguiu falar primeiro:

— Se eles nomearam cônsules antes do fim do ano, isso só pode significar que Marco Antônio está fora.

Libúrnio concordou enquanto fisgava com a faca um pedaço de cordeiro cozido em fogo lento e mastigava devagar.

— Você vai fazer isso? — perguntou Agripa por todos. —Vai aceitar a autoridade do Senado depois de tudo que aconteceu? Você pode ao menos confiar neles, César? Pelo que sabemos, isso pode ser algum ardil para chegarem perto o suficiente para atacar.

Otaviano balançou a mão, quase derrubando a taça de vinho e depois a segurando para mantê-la firme.

— Quantas legiões eles podem ter convocado num tempo tão curto? Mesmo que seja uma armadilha, eles apenas iriam se chocar contra nossos homens. Estou inclinado a acreditar, senhores, mas isso não resolve meu problema, não é? Por que eles fariam essa oferta? Por que iriam querer minhas legiões, senão para castigar Marco Antônio? No entanto, ele deveria estar lutando *comigo*, e não contra mim! Ele vai para o norte atacar Décimo Júnio, um dos que usaram facas nos Idos de Março. Será que devo me juntar ao Senado para impedi-lo de fazer exatamente o que eu gostaria que acontecesse? Pelos deuses, como posso me juntar aos meus inimigos para lutar contra meu único aliado?

Enquanto falava, o sentimento de empolgação se esvaiu dos homens à mesa. Por um breve instante tinham visto uma saída do medo e do caos em que se encontravam, mas a raiva de Otaviano apagou suas esperanças.

— Então não vai se juntar aos novos cônsules, César? — perguntou o legado Silva.

— Vou, vou me juntar a eles. Até vou marchar para o norte contra Marco Antônio com eles. — Otaviano hesitou, considerando o quanto poderia contar. Já havia tomado sua decisão. — Por que eu resistiria à marcha para o norte? Marco Antônio está certo: Décimo Júnio está longe de Roma, mas ainda ao alcance. Eu seguiria o mesmo caminho em pouco tempo. Que esses novos cônsules pensem o que quiserem. Que acreditem no que quiserem. Eles estão me enviando reforços.

Mecenas coçou a testa, sentindo a tensão que levaria a uma dor de cabeça. Para evitá-la, tomou uma taça inteira do Falerniano, estalando os lábios.

— Os homens ao redor desta mesa vieram seguir César — declarou ele. — Herdeiro do divino Júlio. Agora você vai dizer a eles que também devem aceitar ordens do Senado? Dos próprios senadores que votaram a favor de uma anistia para os assassinos? Eles se amotinaram por muito menos que isso.

Suas palavras provocaram uma reação furiosa por parte de Búcio e Paulínio, ambos gritando um por cima do outro em reação ao insulto à sua honra. Mecenas olhou-os, a própria raiva fervilhando.

— Então marchamos para atacar Marco Antônio, para salvar um filho da puta como Décimo Júnio? — continuou Mecenas. — Vocês ficaram surdos ou estão me ouvindo dizer isso?

Otaviano olhou irritado para o amigo, levantando-se da mesa e se apoiando nos nós dos dedos. Seus olhos estavam frios, e Mecenas precisou desviar o olhar enquanto o silêncio crescia e ficava desconfortável.

— Desde que voltei da Grécia meu caminho esteve cheio de pedras — começou Otaviano. — Suportei idiotas e gananciosos. — Então seu olhar pousou em Libúrnio, que subitamente desviou os olhos. — Minhas exigências legítimas foram recusadas com desprezo por senadores gordos. Vi planos sendo virados de cabeça para baixo e arruinados diante dos meus olhos. E, no entanto, a despeito de *tudo* isso, encontro-me aqui, com quatro legiões juradas somente a mim e outras quatro a caminho. Gostaria que eu contasse todos os meus planos, Mecenas? Pela amizade eu conto, ainda que isso torne a tarefa mil vezes mais difícil. Então peço o seguinte. Ponha de lado as exigências da amizade e aja, *pela primeira vez*, como um oficial sob meu comando. Vou aceitar o posto de propretor, e, se algum homem perguntar como aceito me colocar sob a autoridade do Senado, diga a esse homem que César não conta seus planos a cada soldado sob *seu* comando!

Mecenas abriu a boca para responder, mas Agripa empurrou sua tábua de carne sobre a mesa, acertando-o no peito.

— Chega, Mecenas. Você ouviu o que ele disse.

Mecenas concordou, esfregando as têmporas que ainda latejavam de dor.

— Não tenho escolha — disse Otaviano a todos eles —, além de ser o próprio modelo da humildade e disciplina romanas. Aceitarei o comando de Hírcio e Pansa porque isso serve aos meus objetivos. — Sua voz estava dura enquanto ele continuava: — Terei que mostrar a esses novos cônsules mais do que apenas palavras e promessas. Devemos esperar que sejamos enviados primeiro para a batalha, ou qualquer outra situação em que nossa lealdade possa ser testada. Eles não são idiotas, senhores. Se quisermos sobreviver ao próximo ano, precisamos ser mais inteligentes e mais rápidos do que os cônsules de Roma.

Hírcio e Pansa montavam capões bem-tratados, na terceira fila de suas novas legiões. Os dois estavam em boa forma, trotando ao longo da larga rota de pedra da Via Cássia. Hírcio olhou por cima do ombro para as fileiras que marchavam, revivendo antigas lembranças sem ver qualquer falha nos homens que havia recebido. A própria rigidez deles era um bálsamo após o caos feroz que tinham deixado para trás. Na estrada não havia discussões nem tumultos. Ele e Pansa pensavam do mesmo modo, deliciados porque os erros de Marco Antônio os haviam elevado ao posto mais alto de Roma seis meses antes da data. Para ambos estava claro que o sujeito deveria ter sido executado discretamente nos Idos de Março, mas não havia sentido em lamentar. Se César tivesse vivido, Hírcio e Pansa sabiam que seriam cônsules marionetes para o Pai de Roma, capazes de agir apenas sob suas ordens. Em vez disso estavam livres e comandando legiões. Havia destinos piores.

— Você acha mesmo que ele vai entrar na linha? — quis saber Pansa de repente. Hírcio não precisou perguntar o que ele queria dizer. O assunto havia surgido e, todos os dias, em algum momento, desde a saída de Roma.

— É uma solução perfeita, Pansa, como eu disse. Otaviano é apenas um rapaz. Chegou longe demais e queimou os dedos. Agora só quer salvar um pouco de dignidade. — Ele deu um tapinha na bolsa da sela, onde estavam as ordens do Senado. — Torná-lo proprietor lhe dá reconhecimento, mas você notará que isso o torna governador nominal sem um lugar para governar. Que presente, tão valioso e não nos custa nada! — Hírcio deu um sorriso modesto, esperando que o colega se lembrasse de quem o havia sugerido.

— Ele é novo demais, Pansa, e inexperiente demais para governar Roma. O fiasco ridículo no fórum demonstrou isso. Suspeito que vai se pendurar no nosso pescoço com gratidão, mas, se isso não acontecer, nós dois temos o posto e os homens para fazer valer a vontade do Senado. Os homens dele não são fanáticos, lembre-se, apesar de toda a conversa de um novo César. Eles não se ofereceram para lutar até a morte quando acharam que Marco Antônio estava retornando a Roma. Não! Em vez disso partiram na direção oposta. Os legionários são homens práticos, Pansa. E eu também.

Arrétio havia crescido na Via Cássia, uma cidade que prosperara devido à facilidade com que as mercadorias podiam chegar até ela e viajar de lá para outras regiões. Nem Hírcio nem Pansa conheciam bem a área, mas seus cavaleiros *extraordinarii* mantinham um círculo amplo ao redor enquanto iam para o norte, mandando notícias de volta numa corrente, de modo que eram informados sobre o que havia adiante. Antes que o sol chegasse às colinas do oeste, no flanco do exército, os cavaleiros retornaram acompanhados por estranhos que procuravam os cônsules, apresentando-se com toda a formalidade que fosse necessária. Hírcio aceitou as mensagens de boas-vindas e o passe livre como se sempre tivesse esperado por eles, mas não pôde resistir a um olhar presunçoso para o outro cônsul.

— É cedo demais para fazer a parada noturna — comentou Hírcio reservadamente ao colega. — Eu preferiria levar as legiões para Arrécio e garantir que as ordens do Senado tenham sido adequadamente... entendidas.

Pansa concordou de imediato, já alegre com o pensamento de voltar à civilização. Hírcio parecia se revigorar dormindo ao ar livre, mas, com 60 anos, os ossos de Pansa doíam a cada manhã.

As legiões não haviam parado para que os cônsules recebessem as mensagens. Continuavam a marchar sem expressão enquanto as ordens vinham pelas fileiras. Para os legionários pouco importava se dormiam em tendas junto à estrada ou em tendas numa cidade romana. No fim das contas, eram as mesmas tendas.

Manobrar um número tão grande de homens exigia um bom nível de habilidade, e os dois cônsules ficavam felizes em deixar o remanejamento com os subordinados. Quando chegaram a quase 2 quilômetros da cidade murada, uma dúzia de *extraordinarii* e três tribunos de Otaviano saíram para ajudá-los a organizar a parada sem aumentar os problemas das legiões que já estavam nas vizinhanças. Todos os melhores lugares estavam tomados, claro, mas Hírcio e Pansa não se importavam com isso. Aceitaram o convite para se encontrar com César numa bela casa provinciana do lado de fora das muralhas. Os dois seguiram com seus lictores e guardas pessoais, de modo que formavam um grupo impressionante. Foi-lhes oferecida uma trégua para se aproximar, e Hírcio não esperava uma traição, porém de qualquer forma tinha homens suficientes para lutar, se necessário. Independentemente disso, seu novo posto exigia um séquito assim, e ele gostava de ver os sérios lictores atentos ao menor insulto à sua pessoa.

A propriedade era pequena comparada às que ficavam ao redor de Roma, no entanto Hírcio aprovou o gosto e a riqueza gastos em sua criação. A casa principal era alcançada através de portões abertos e um pátio amplo, onde serviçais correram para pegar os cavalos. Hírcio olhou para a entrada com colunas e viu Otaviano esperando. Ele estava parado sem qualquer sinal de tensão, e Hírcio percebeu, com uma irritação incômoda, que o rapaz era bonito, com ombros largos e cabelos compridos amarrados. Era a primeira vez que se encontravam, mas não havia como se enganar diante da confiança nos olhos azuis que observavam os cônsules.

Hírcio e Pansa subiram juntos os degraus da entrada. A tarde estava amena e quente, e o ar cheirava a feno cortado. Hírcio respirou fundo, sentindo que parte da tensão se esvaía.

— É uma casa esplêndida, César — elogiou Hírcio. — É sua?

— Pertence a um amigo, cônsul. O senhor irá conhecê-lo esta noite e pode lhe dizer, então, mas ele já é orgulhoso demais. Os senhores são bem-vindos. Dou meu juramento e minha proteção enquanto permanecerem em Arrécio. Há aposentos para seus lictores e seguidores, se quiserem. Se me acompanharem, tenho comida preparada para os senhores.

Pansa avançou na mesma hora, pensando na refeição. Hírcio olhou de soslaio para o companheiro, mas o seguiu, dispensando os lictores com um estalar dos dedos. Havia ocasiões em que um homem precisava confiar no anfitrião, e a suspeita constante insultaria ambos. Lembrou-se de que Otaviano poderia ter trucidado os senadores, porém não o fizera.

Os legados tinham se reunido no salão de banquete para receber os cônsules de Roma. Quando Hírcio e Pansa entraram, todos os homens se levantaram, inclusive Mecenas e Agripa. Portavam-se como soldados na presença de oficiais superiores, e Hírcio acenou para eles, aceitando o convite de Otaviano para sentar-se à mesa. Ele e Pansa tinham sido postos juntos na cabeceira, e ele não perdeu tempo, sentando-se. Como ninguém tivera certeza de quando os cônsules chegariam, a refeição estava fria, contudo ainda assim era muito melhor do que as refeições anteriores na estrada para o norte.

— Sentem-se, sentem-se, senhores — pediu Hírcio. — Seus modos são dignos de crédito, mas temos muito a discutir. — Ele hesitou ao ver Pansa já empilhando finas fatias de presunto curado no prato, mas o outro cônsul estava alheio ao ambiente.

Um escravo se aproximou com uma jarra de vinho, e Hírcio notou as delicadas taças de vidro na mesa. Ergueu um pouco as sobrancelhas, cônscio de que estava sendo tratado como hóspede de honra. Tomou um gole do vinho, e suas sobrancelhas subiram ainda mais.

— Excelente — declarou. — Prefiro a mesa aos divãs. Parece... deliciosamente esplêndido. Então creio que tenha recebido a missiva do Senado, não?

— Sim, cônsul — respondeu Otaviano. — Posso dizer que foi um alívio a oferta de um posto formal.

O cônsul Pansa fez que sim, estalando os lábios e esvaziando a taça de vinho.

— Imagino que sim, César. Quaisquer que tenham sido nossas diferenças no passado, tenho certeza de que a notícia de um verdadeiro motim, comandado por ninguém menos que Marco Antônio, foi tão chocante para você quanto para os senadores.

— Como o senhor diz, cônsul — concordou Otaviano, inclinando a cabeça para Pansa, concordando, enquanto o sujeito começava a atacar um prato de fatias de melão salpicadas com gengibre.

Hírcio passou um momento limpando uma unha com outra. Preferiria o comando absoluto, claro, mas Pansa era teoricamente seu igual e não seria dispensado com facilidade. De qualquer modo, o jovem rebelde não parecia ter animosidade para com os convidados. Hírcio balançou a cabeça, severo, optando pela dignidade em vez de jogar na cara os fracassos de Otaviano. Pigarreou enquanto Pansa se jogava nos pratos principais, espetando as carcaças de alguns pássaros pequenos fritos em azeite.

— Muito bem, então. Vamos à tarefa em mãos. Marco Antônio deve estar uma semana de marcha à nossa frente. Sabemos seu caminho e seu destino. Conhecemos muito bem suas forças; acredito que alguns de vocês estavam com ele em Brundísio, não é? — Búcio e Libúrnio confirmaram desconfortáveis. — Então talvez tenham alguma ideia que valha a pena ouvir. Mandarei homens para registrar seus pensamentos, mas duvido que haja algo novo a dizer. Conheço Marco Antônio há muitos anos. É um orador impressionante, porém, se vocês lembram, César não confiou muitos homens a ele na Gália. Ele é mais adequado para governar uma cidade. Não espero que suas quatro legiões nos causem muita dificuldade. — Hírcio olhou ao redor enquanto falava, atraindo a atenção de todos.

— Nós conhecemos as forças que Décimo Júnio tem à disposição? — perguntou Flávio Silva.

Hírcio sorriu ao ouvi-lo, sentindo que eles estavam se esforçando para trabalhar na nova estrutura que sua presença havia criado.

— A região próxima dos Alpes não está apinhada de soldados. Há uma dúzia de legiões na Gália, mas estão ao norte. Não mais do que uns poucos milhares de homens. Não seriam um obstáculo impossível para Marco Antônio, se não estivéssemos aqui para nos opormos a ele. No entanto, creio que ele terá uma surpresa desagradável ao ver oito legiões e novos cônsules para levá-lo à justiça.

Hírcio se inclinou para a mesa, batendo com o nó de um dedo na mesa, como se já não tivesse a atenção completa de todos.

— Minhas ordens são bastante simples, senhores. Durante um tempo todos os senhores estiveram fora da lei. Esta é sua chance de recomeçar do zero. A partir deste momento esta é uma reunião legítima, sob o comando do Senado romano. — Ele fez uma pausa, mas, quando não houve resposta dos homens à mesa, acenou satisfeito. — Marcharemos ao amanhecer e iremos na maior velocidade possível para o norte. Quando estivermos ao alcance das tropas de Marco Antônio, vamos atacar e obrigar uma rendição imediata ou destruir suas legiões com nossos números superiores. Eu preferiria que ele fosse levado de volta a Roma para julgamento e execução, mas não reclamarei se ele não sobreviver à luta. Está entendido?

Os homens ao redor da mesa concordaram, e Hírcio olhou para Otaviano.

— Espero que esteja claro que Décimo Júnio é nosso aliado. A vida dele está sob a proteção da autoridade do Senado e ele não será tocado. Esses são os meus termos.

— Entendo, cônsul — assentiu Otaviano. — Mas o senhor não disse que papel vou representar nisso. Aceito meu posto de propretor, mas é um cargo civil. Minhas legiões esperarão me ver comandando. — Seus olhos cinzentos brilharam perigosamente, e Hírcio levantou as palmas das mãos, afastando a objeção.

— Estou aqui para trazê-lo de volta ao rebanho romano. Não seria bom rebaixar um César às fileiras. No entanto você deve avaliar os perigos do comando dividido. Pansa e eu daremos ordens conjuntas às oito legiões. Você será prefeito das duas legiões na vanguarda. Marchará sob nossas ordens, em boa formação, até encontrar o inimigo. — Então sua voz endureceu de súbito. — Você não dará ordens próprias, não contra Marco Antônio. Seus homens têm um histórico de pensamento independente, e não posso me dar ao luxo de ceder ao gosto deles pela individualidade.

Ser o primeiro na linha de batalha era uma posição de honra, porém Otaviano não podia evitar a suspeita de que o sujeito ficaria feliz em vê-lo cair. Mesmo assim, era mais ou menos o que tinha esperado. Nunca houvera chance de que os cônsules o deixassem no comando de metade do exército que lideravam.

— Muito bem — aceitou Otaviano. — E depois que a batalha for vencida?

Hírcio gargalhou. Ainda não havia tocado a comida, mas tomou outro gole de vinho, sugando-o por cima da língua com um chiado.

— Aprecio sua confiança, César! Muito bem, *quando* a batalha estiver vencida, teremos a ordem restaurada. Pansa e eu retornaremos a Roma, claro, com as legiões. Não duvido que você seja homenageado de algum modo pelo Senado. Eles lhe darão sua *lex curiata*, e, se for um homem sensato, você vai se candidatar à eleição a senador no ano que vem. Imagino que terá uma carreira longa e bem-sucedida. Cá entre nós, eu gostaria de ver um pouco de sangue novo no Senado.

Otaviano sorriu tenso, obrigando-se a comer alguma coisa. O cônsul estava se esforçando para ser simpático, mas Otaviano podia ver a dureza que havia nele, a personificação da autoridade romana. Lembrou-se de que os cônsules lhe haviam negado tudo quando achavam que ele era impotente. Quatro legiões lhe haviam comprado um lugar à mesa, mas eles não eram verdadeiros aliados.

— Vou pensar nisso, cônsul... — respondeu ele. Viu Hírcio franzir a testa e decidiu que estava oferecendo pouca resistência e deixando o sujeito com suspeitas. — Embora você deva avaliar como é difícil para mim me imaginar sentado em paz com homens como os Liberatores.

— Ah, entendo sua relutância, César. O nome diz tudo. No entanto somos homens práticos, não é? Eu não perderia a juventude lutando contra inimigos que estão fora do meu alcance.

Hírcio percebeu que o sentimento não ecoava no rapaz de olhos frios à sua frente. A reunião tinha sido melhor do que havia esperado, e ele lutou para encontrar alguma outra coisa para aplacar o momento de incômodo.

— Se há uma coisa que aprendi, César, é que nada é garantido na política. Inimigos viram amigos e vice-versa com o tempo. Os que estão sentados ao redor desta mesa são prova suficiente disso. No entanto também é verdade que homens ascendem e caem. Quem sabe onde iremos nos ver daqui a alguns anos? Pode ser que, quando houver se passado tempo suficiente, homens que já foram poderosos descubram que suas estrelas se puseram e que outras estão em ascensão.

Então fechou a boca para não fazer promessas que não poderia cumprir. Tinha pretendido suscitar um pouco de esperança no jovem romano. Hírcio vivera o suficiente para saber que uma menção breve e descuidada a uma promoção manteria alguns homens trabalhando durante anos sem recompensa. No entanto palavras eram apenas vento até estarem escritas e seladas. Ficou satisfeito ao ver o alívio na expressão de Otaviano, então levantou uma taça do Falerniano num brinde, e o gesto foi copiado rapidamente ao redor da mesa.

— À vitória, senhores.

— À vitória — repetiu Otaviano com os outros. Tinha aprendido muito nos meses anteriores, e nenhum traço de seus pensamentos se revelava em seu rosto. No entanto era estranho brindar com homens mortos.

CAPÍTVLO XVI

MARCO ANTÔNIO TREMIA NUM VENTO QUE VINHA DIRETO DAS montanhas acima. A capa que no sul fora considerada tão grossa parecia esgarçada ali, não importando o quanto se enrolasse nela. Ele podia ver sua respiração, e o próprio terreno estava coberto por uma geada constante. Até seu cavalo estava com pedaços de couro enrolado em cada casco para proteger as patas.

Desde as primeiras luzes havia posto homens construindo catapultas e balistas, montando armas enormes com madeira e ferro trazidos nas carroças de carga. O frio tornava inevitáveis os ferimentos, e ele já estava com dois homens com dedos esmagados, sendo tratados por médicos.

Seus filhos, Antilo e Paulo, estavam no meio daquilo tudo, claro, sendo tolerados pelos legionários enquanto corriam e carregavam ferramentas e pregos, praticamente não sentindo frio. Marco Antônio ficara tentado a mandar que Fúlvia e Cláudia os pegassem antes que se ferissem, mas o instinto tinha sido esquecido diante de mil outras tarefas. Sua família havia feito um bom tempo de viagem na estrada litorânea para o norte, chegando uma semana depois dele e com a esposa exausta e irritadiça. Seria bom para ela que os meninos corressem livres durante um dia.

Décimo Júnio não estivera à toa, apesar do choque que devia ter sentido ao ver quatro legiões marchando para os campos ao redor de suas fortalezas. Marco Antônio havia cercado e desarmado 2 mil legionários três dias antes, obrigando o restante das forças de Júnio a abandoná-los e fugir. Os homens capturados estavam sob guarda no acampamento permanente em Taurinoro, amontoados em sofrimento, porém mais quentes do que ele.

Marco Antônio ainda não tinha certeza de onde Décimo Júnio havia se abrigado na cadeia de fortes, mas alguém levara a maioria dos soldados que restavam para o maior deles, uma enorme estrutura de madeira atarracada sobre a entrada do desfiladeiro. Havia duas outras fortalezas mais adiante, mas elas poderiam ser derrubadas ou sitiadas quando ele quisesse. Para além do desfiladeiro e do forte principal ficava a Gália, com toda a sua riqueza e vastas terras verdes. Parecia quase um sonho enquanto o ar gelado mordia sua pele exposta, porém Marco Antônio queria ter pelo menos uma rota para a Gália aberta e sem oposição.

Não pretendia cruzar as montanhas, pelo menos naquele ano. Décimo Júnio havia recebido um belo prêmio ali no norte por sua participação no assassinato. Longe do clima peculiar das montanhas, aquela era uma terra rica, produzindo enormes quantidades de grãos e carne para as cidades romanas. Se Marco Antônio pudesse ficar com elas teria riqueza e poder sobre o Senado, não importando o quanto se enfurecessem com ele. Em apenas alguns anos, quando seus filhos tivessem crescido, teria restaurado sua posição. Deixou o pensamento animá-lo enquanto o vento aumentava e seu rosto ficava totalmente entorpecido. Um dos seus legados de Brundísio esperava ordens, e o nariz e as bochechas do sujeito estavam rosados de frio.

— Mande uma exigência para que o forte se renda — disse Marco Antônio. — Pelo menos devemos confirmar se Décimo Júnio está lá dentro. Se não responderem, espere meu sinal e depois esmague a coisa toda.

O legado fez uma saudação e voltou correndo para as equipes de catapultas que esperavam, satisfeito por agir. Marco Antônio virou o cavalo, espiando as legiões que esperavam com olhar sério. Estavam prontas para invadir assim que os portões fossem quebrados, e ele não encontrou qualquer falha nelas. Não houvera qualquer sugestão de deslealdade ao enfrentar aquele inimigo específico. Lembrou-se de que César o alertara uma vez para jamais dar uma ordem que as legiões não fossem obedecer.

Havia inteligência nisso, mas ele não gostava. Sabia que haveria ocasiões em que mandaria seus homens contra inimigos que eles não aprovariam, e não podia se arriscar a que fracassassem, como Búcio e Libúrnio fracassaram. Enquanto o vento passava silvando, vindo das montanhas, Marco Antônio passou a língua pelos lábios rachados e se perguntou como poderia restaurar a disciplina deles até uma obediência cega.

Nenhuma resposta formal veio da fortaleza, não que ele realmente esperasse uma. Marco Antônio aguardou enquanto o sol pálido se movia atrás de nuvens no céu. Nesse momento o frio o havia entorpecido tanto que ele não sentia as mãos nem os pés.

— Já basta — disse a um *cornicen*, batendo os dentes. — Toque duas notas curtas.

O som ressoou, e a reação foi rápida. Pedras pequenas foram disparadas de armas de torção, impelidas por cordas de crina de cavalo torcidas com o triplo da grossura da perna de um homem. Marco Antônio podia ouvir as equipes rugindo enquanto venciam a catapulta maior na pressa de dar o primeiro tiro, mas, quando ela disparou, a pancada ecoante da trave silenciou todos. Vinte mil homens olharam a pedra enorme voar num arco raso, subindo em direção ao portão da fortaleza. Sem resistência do interior, eles puderam se demorar posicionando as armas. Todos os disparos foram precisos, acertando o portão central um depois do outro. Houve uma explosão de lascas e poeira, e Marco Antônio soube, pelos gritos, que uma brecha havia aparecido nas defesas. Forçou a vista no vento cortante, a visão muito melhor para a distância do que para quando lia mensagens. As armas de torção foram enroladas de novo pelas equipes, os únicos homens aquecidos naquela manhã na planície. A catapulta também começou a subir, puxada cavilha por cavilha contra a força enorme da trave e das grandes vergas de ferro que se curvavam como um arco. Marco Antônio apertou mais a capa em volta do pescoço, puxando as dobras de pano vermelho com a mão livre de modo a cobrir as coxas e parte do flanco do cavalo. O animal bufou com o contato, e ele lhe deu um tapinha, esperando.

Percebeu movimento com o canto do olho ao mesmo tempo que as máquinas pesadas lançavam pedras no ar outra vez. Os homens gritaram empolgados, mas seu prazer se transformou em preocupação amarga ao ver um dos cavaleiros galopar pela planície branca. Marco Antônio os havia posicionado em dois círculos, a 15 e 30 quilômetros de sua posição. Não ficou surpreso ao ver o sujeito ofegando depois daquela cavalgada.

— Legiões avistadas, cônsul — anunciou o cavaleiro.

— Você sabe como se apresentar! — reagiu Marco Antônio, rispidamente.

O jovem cavaleiro pareceu abalado, mas logo se recuperou.

— Discens Petrônio se apresentando, cônsul!

— Informe — continuou Marco Antônio, olhando-o irritado.

— Legiões avistadas, cônsul, marchando para o norte. Uma grande força, com auxiliares e *extraordinarii*.

Marco Antônio bateu com os dedos no arção da sela, avaliando as opções.

— Muito bem, discens Petrônio. Retorne à sua posição.

Olhou o jovem cavaleiro se afastar, a mente girando como a geada que o vento lançava contra sua pele. Só podia ser Otaviano. Todos os planos que Marco Antônio havia feito estavam desfazendo-se em pó. Não poderia sustentar o norte nem mesmo por um único inverno, não contra uma força pelo menos igual à sua. Isso se seus homens lutassem depois que descobrissem quem era o inimigo.

Parou por um momento, refletindo. Sua mão subiu e deu um tapinha no peito, onde havia uma carta amarrotada num bolso. Tinha lido-a muitas vezes, com descrença e pavor. Com um palavrão baixinho, percebeu que suas opções haviam se reduzido a apenas uma. Independentemente do que acontecesse, *precisava* abrir a passagem para a Gália. Levantou a cabeça, os olhos frios como as montanhas, observando a fortaleza no caminho.

Levantou o braço e o baixou, o sinal que as legiões estavam esperando. Elas avançaram, indo para o portão quebrado, passando pelas equipes de catapultas que se encostaram nas armas, tendo feito seu serviço.

Enquanto os homens jorravam para dentro, ouviu os primeiros choques e gritos ecoando nos morros acima. Olhou à esquerda, mas o vento o fez apertar os olhos. Em algum lugar lá fora, um jovem romano tinha seu futuro nas mãos. Olhou para o forte, para onde o caminho serpenteava pelas montanhas antes de desaparecer na brancura acima.

— Marte me proteja — murmurou.

Cada instinto lhe dizia que se fugisse seria destruído. Gneu Pompeu havia percorrido toda a extensão do mundo, mas mesmo assim César o alcançou. Marco Antônio sabia que poderia mandar os auxiliares e os seguidores do exército pela passagem e ganhar tempo para eles se afastarem. Pelo menos a esposa e os filhos ficariam seguros por mais tempo.

— *Júlio* me proteja — sussurrou ao vento. — Se pode me ver agora, velho amigo, eu agradeceria alguma ajuda.

Otaviano fumegava, cavalgando, seguindo o passo das legiões. Com tantos homens ao redor, não podia falar com Agripa ou Mecenas. Precisava cumprir as ordens que tinha recebido. Hírcio o havia posto no flanco esquerdo, na primeira das duas linhas de quatro legiões. Os legados Silva e Libúrnio cavalgavam com ele, a escolha mais justa que poderia fazer, enquanto Búcio e Paulínio permaneciam na segunda linha. No entanto, a formação ignorava seus números superiores. Os cônsules haviam feito a formação de martelo romano que fracassara espetacularmente contra Aníbal trezentos anos antes. Otaviano olhou direto para onde os cônsules cavalgavam com capas e armaduras esplêndidas na terceira fileira. Podia vê-los como distantes manchas de branco e vermelho, seus lictores montados para acompanhá-los. Também era o tipo de formação profunda que mostrava pouca confiança nos homens que comandavam, o que não passaria despercebido às legiões veteranas. Os soldados das fileiras da frente sentiriam os colegas bafejando nos pescoços o tempo todo, com tudo que isso implicava.

Otaviano fez um túnel com as mãos para focar o campo de visão a distância, um antigo truque de batedor. Através do círculo móvel podia ver as montanhas e, ao pé, as legiões de Marco Antônio como formigas agitadas. Estavam formando linhas também, ainda que menos profundas, para dominar um terreno maior. Otaviano olhou para o *cornicen*, mas não podia dar ordens. Hírcio e Pansa estavam no comando, e os cônsules tinham deixado isso muito claro. O posto formal de Otaviano, de prefeito, era apenas uma honra vazia, pelo menos para aquela batalha. Otaviano trincou os dentes até doerem.

As legiões prosseguiram, e quando o sol chegou ao meio-dia estavam a cerca de 1 quilômetro das fileiras que as esperavam. Otaviano podia ver os restos de um forte do outro lado do desfiladeiro, reduzido a traves quebradas e entulho por milhares de mãos voluntariosas. Tinha estudado os mapas que Hírcio e Pansa trouxeram e sabia que o desfiladeiro levava ao sul da Gália, onde o verão ainda era quente. Ao chegar suficientemente perto para ver figuras individuais, percebeu uma fila de carroças serpenteando nas montanhas, longe da planície. De novo olhou para onde Hírcio e Pansa estavam montados com suas armaduras ornamentadas. Era possível que quisessem que Marco Antônio mantivesse uma rota de fuga aberta, mas nesse caso não haviam contado isso aos seus subordinados.

Pela primeira vez na vida Otaviano entendia a realidade aterrorizante de enfrentar legiões numa planície. Marco Antônio tivera tempo para montar suas balistas, armas do tamanho de carroças que podiam lançar uma seta de ferro capaz de atravessar meia dúzia de legionários. Otaviano fizera seus planos, mas eles só os levavam até certo ponto. Um único disparo de lança podia dar fim a todas as suas esperanças.

A temperatura do ar havia caído graças ao vento proveniente das montanhas, e ele tremia cavalgando com suas fileiras. A toda volta legionários preparavam as pesadas lanças que dariam o primeiro golpe. Eles não desembainhariam as espadas até que as primeiras três ondas de lanças tivessem voado, mas o gesto de desamarrar as hastes de madeira com pontas de aço aproximou esse momento. O ritmo aumentou inconscientemente enquanto os centuriões precisavam gritar para mantê-los firmes. Eles faziam força para a frente à medida que marchavam, e ainda assim Otaviano não podia dar ordens. Inclinou-se na sela, querendo que o choque chegasse logo, em vez de continuar sofrendo com a tensão que aumentava a cada passo.

Mecenas desembainhou uma *spatha* do lado esquerdo da cintura, mais longa que o gládio usual, de modo que pudesse golpear de cima do cavalo. O nobre romano usava um peitoral perfeitamente liso e polido até brilhar. Quando Agripa havia zombado dele pelo modo como a armadura captava a luz do sol, Mecenas simplesmente sorriu. A filigrana e a decoração estupendas preferidas pelos oficiais mais antigos tornavam mais fácil uma espada se prender e atravessar a armadura. Agripa havia encontrado um conjunto de loriga, de modo que fazia barulho enquanto cavalgava. Os dois ficaram perto de Otaviano, e ambos entendiam seu papel na luta que viria. Sabiam que Hírcio havia incapacitado o amigo, obrigando-o a aceitar sua autoridade consular. Eles iriam protegê-lo, acima de qualquer coisa.

Otaviano procurou Marco Antônio nas linhas que atravessavam a planície, mas não pôde vê-lo. Ele devia estar atrás, na terceira fileira de seu flanco direito, exatamente como Hírcio e Pansa haviam escolhido. Isso significava que Otaviano estaria indo bem na direção dele. Ainda não sabia o que faria se visse Marco Antônio ser pressionado. Planos e estratagemas redemoinhavam em sua mente, mas muita coisa dependia das ações dos outros e de Marco Antônio em particular. O sujeito *precisava* confiar nele.

Otaviano apertou o cabo de sua *spatha* com as mãos, sentindo conforto no peso e girando-a ligeiramente no ar para aquecer o ombro. Sentia-se forte enquanto amarrava as rédeas no alto arção da sela e tirava um escudo comprido que sacolejava atrás de sua perna. A partir de uma distância de 440 passos guiaria seu cavalo somente com os joelhos.

A trezentos passos, mais ou menos, as legiões que estavam com Marco Antônio permaneceram imóveis. Nesse ponto os dois lados podiam ler os símbolos sustentados pelos porta-estandartes perto das águias romanas. Otaviano se perguntou como reagiriam ao ver a Quarta Ferrata chegando, homens que eles haviam conhecido bem em Brundísio. Quantos perceberiam que estavam enfrentando César em batalha? Com legiões seguindo na direção deles, os homens de Marco Antônio não tinham opção além de lutar. Se estivesse sozinho, poderia parar e deixar que eles vissem, talvez até mandar um mensageiro para exigir a rendição.

Otaviano olhou à direita para ver se os cônsules esboçavam qualquer reação, mas nenhuma ordem nova veio pela linha. Mordeu o lábio, sentindo a bexiga se apertar. Marco Antônio não queria que seus homens corressem à frente da abertura do desfiladeiro. Tinha-os posicionado com uma linha de retirada nítida. Era uma informação útil, e, se Otaviano estivesse livre, sabia que teria destacado mil legionários para ameaçar o bloqueio do passo, obrigando Marco Antônio a reagir. No entanto, os cônsules simplesmente avançavam, diminuindo a distância passo a passo.

A cem passos, trombetas soaram dos dois lados e as balistas estremeceram nos suportes, as setas saltando rápido demais para que os olhos vissem. Penetraram nas linhas de legionários, derrubando filas de homens que nem perceberam o que os havia matado. A única reação foi avançar depressa antes que as equipes pudessem recarregar. Otaviano instigou o cavalo a um trote para acompanhar a súbita aceleração no ritmo. Além de Mecenas e Agripa, uma formação em losango de homens com armadura pesada correu acompanhando-o, com a tarefa de proteger o oficial importante que estava no meio. Seu cavalo o marcaria como alvo desde os primeiros instantes, mas, como os legados e tribunos das oito legiões, ele precisava da altura para enxergar. Os legionários nas fileiras corriam com facilidade, segurando lanças pesadas em posição baixa e prontos para o primeiro disparo ao longo de uma linha que se estendia por mais de 2 quilômetros.

Quando o disparo aconteceu, Otaviano precisou se esforçar para não se encolher. Dos dois lados, milhares de homens soltaram um grunhido estridente enquanto atiravam as lanças para o alto e imediatamente passavam uma nova da mão esquerda para a direita. Havia poucos entre eles que poderiam guiar a trajetória da arma, mas contavam com a velocidade e a força, mais do que com a precisão, para esmagar a carga do oponente desde o início. Algumas lanças caíram sobre as equipes das balistas, cravando-se e depois mergulhando no chão de modo que os homens impotentes, gritando, eram mantidos de pé enquanto morriam.

Otaviano levantou seu escudo, olhando enquanto o horizonte se enchia de traços pretos zumbindo. O desejo de se abaixar na sela e se esconder atrás do escudo era quase insuportável, mas ele sabia que os homens iriam desprezá-lo se o fizesse. Precisava se manter empertigado e atento para se livrar das lanças e proteger o cavalo. O peito do animal estava coberto parcialmente por uma placa de bronze, mas mesmo assim era vulnerável. Se a luta chegasse à sua fileira, homens a pé poderiam escolher o ponto onde cravar a arma de baixo para cima.

Por todas as linhas, legionários levantavam os escudos contra a tempestade de madeira e ferro. O sibilo se transformou em pancadas surdas, com homens gritando de dor e choque dos dois lados.

Otaviano derrubou de lado uma lança que descia quase na vertical. Ela girou loucamente quando ele a desviou, fazendo um legionário tropeçar e olhar para cima, soltando um palavrão. Otaviano não pôde responder enquanto avançava para bater o escudo contra uma lança que vinha contra o pescoço do cavalo. Ela também caiu longe, e, nesse ponto, a segunda onda estava no ar.

Durante um longo tempo as lanças pareciam vir somente para ele. Otaviano estava suando enquanto girava e as desviava com pancadas. Uma passou entre seu escudo e o tornozelo nu, acertando o homem que vinha atrás, que caiu de joelhos sem ser visto. O tempo todo eles continuavam marchando e os dois lados desembainharam espadas ao mesmo tempo, quando a terceira lança tinha sido atirada. Eram homens que gostavam de suas ferramentas, e os exércitos se encontraram correndo, usando os escudos como aríetes e empurrando as espadas com força selvagem.

Otaviano avançou com os outros, incapaz de parar mesmo se quisesse. As duas primeiras fileiras dos dois lados eram de veteranos. Cada qual protegia o homem à sua esquerda com o escudo enquanto as espadas golpeavam qualquer coisa que pudessem ver. Otaviano viu dois que estavam defendendo-o cair, os corpos estremecendo enquanto lâminas atravessavam a armadura. Mais homens de seu losango giraram para a frente, mas ele se viu pressionando para o meio do inimigo. Seu cavalo bufou e balançou a cabeça, em pânico e escoiceando.

As fileiras diante dele eram vulneráveis a cavaleiros. Os escudos não podiam ser levantados sem deixá-las abertas a um ataque por baixo. Quando fizeram força para alcançá-lo, Otaviano girou instantaneamente, sentindo o choque subir pelo braço ao cortar o metal mais macio de um capacete. A visão de um oficial montado impelia o inimigo a pressionar, ansioso. Ao serem vistos, Otaviano, Mecenas e Agripa se tornavam alvos dos que estavam mais atrás e ainda não haviam atirado as lanças.

Otaviano rugiu, forçando o medo para longe enquanto lanças vinham zumbindo. Precisava dividir a atenção entre os que tentavam cortar as patas de seu cavalo e os outros, mais atrás, que ainda lutavam para acertar um oficial com qualquer coisa que pudessem atirar. Os homens na frente de seu losango haviam caído de novo, tentando protegê-lo, e a pressão era grande demais para permitir que os outros avançassem. Durante um tempo, Otaviano lutou na primeira fila. Mecenas e Agripa trabalhavam bem dos dois lados, matando com golpes rápidos os homens que vinham por baixo e usando os escudos para proteger um ao outro quando as lanças chegavam voando.

Otaviano ouviu seu cavalo relinchar, e o animal estremeceu. Sentiu uma tira quente no rosto e gritou quando o cavalo caiu na penumbra entre as montarias dos amigos. Os dois lados o viram cair, e seus homens gritaram de raiva, pressionando numa correria. Nauseado, Otaviano enxugou o sangue quente de cima dos olhos. Pôde ouvir o cavalo relinchando atrás por um momento, então o som foi interrompido quando alguém o abateu para acabar com os coices loucos.

Mecenas e Agripa avançaram com Otaviano enquanto ele se levantava cambaleando, de modo que o jovem andava no nível dos joelhos dos dois. O avanço rápido havia forçado um buraco na linha inimiga, mas novos soldados, descansados, vinham rapidamente preencher a brecha. Um legionário sem capacete e com dentes sangrentos arregalou os olhos ao ver quem estava à sua frente. Por um instante Otaviano pensou que ele estava levantando a espada para se render e não atacar, mas então Agripa golpeou de cima, decepando uma orelha do sujeito e abrindo a junta entre a cabeça e o ombro. O soldado caiu de joelhos, e Otaviano chutou seu peito para jogá-lo para trás, antes de passar por cima do corpo. Por entre os cavalos podia ver homens embolados lutando e gritando numa combinação de terror e fúria, os rostos vermelhos.

Enxugou o sangue do rosto, imaginando para onde seu escudo teria ido. Os cavalos de ambos os lados formavam um corredor estranho, em que os inimigos só podiam chegar um de cada vez. Seus braços já estavam pesados como chumbo, a audição enfraquecida com os estrondos constantes de todos os lados. Deuses, ele não podia ver Marco Antônio! Os homens atrás ainda rugiam e pressionavam, empurrando-o para a frente com os dois cavaleiros xingando. Ouviu Mecenas gritar de fúria ou dor, não conseguia distinguir qual. A luz parecia forte demais, e Otaviano se pegou molhado de suor. Começou a ter medo de desmaiar, o coração tão disparado que o deixava tonto. Seu pé se torceu ao se prender num cadáver, e ele cambaleou contra a montaria de Agripa, sentindo o calor da pele do cavalo. Os homens atrás não parariam se caísse. Eles não gostavam de andar sobre os caídos, visto que muitos ainda podiam golpear enquanto soltavam o último suspiro. Cada fileira provavelmente cravaria uma espada nele até não passar de um monte ensanguentado e rasgado, perdido em algum ponto do campo de batalha.

— Agripa! Puxe-me para cima, seu grandalhão imbecil. Eu preciso enxergar! — gritou ele.

O amigo ouviu e baixou o escudo preso ao antebraço. Otaviano subiu na garupa, escondendo o alívio. Tinha chegado à beira do pânico no chão, no entanto seu coração estava se acalmando e a luz havia diminuído o suficiente para ele identificar as forças adiante.

O sol havia se movido. De algum modo, o tempo passado entre os cavalos que bufavam e pisoteavam em meio aos homens havia sido maior do que ele pensara. Balançou a cabeça para clarear a mente. As linhas à frente tinham se reduzido a não mais de quatro fileiras de profundidade, enquanto a força maior lutava no flanco direito. Nesse primeiro vislumbre Otaviano teve a sensação de que as fileiras adiante estavam apenas se sustentando, apertando os escudos no chão e ligando-os numa parede contínua.

— Avanço lento! Devagar, aí! — ordenou Otaviano.

Deuses, Hírcio não poderia ser contrário às suas ordens de marcha. O comando foi ecoado por centuriões e óptios por toda a linha, de modo que a pressão de trás diminuiu. Mesmo assim as duas primeiras linhas se chocavam estocando e xingando enquanto também apertavam os escudos na lama e lutavam ao redor deles.

Otaviano viu Marco Antônio a cavalo, gritando e apontando para que diferentes unidades reforçassem as linhas. Otaviano sabia que precisava sustentar o flanco direito. Formou a ordem na cabeça para mandar duas ou três coortes atravessarem de lado para proteger os cônsules, mas não a proferiu. Um momento se passou, depois outro, enquanto seu próprio avanço ficava mais lento e parava. As linhas de escudos sobrepostos adiante apresentavam um obstáculo sólido, mas ele sabia que poderia flanqueá-lo. Tinha legiões inteiras sob seu comando, para girar para fora e sair pelas laterais, envolvendo os soldados de Marco Antônio. Ficou de boca fechada.

Mecenas o espiou, um breve olhar longe do perigo de lanças e avanços súbitos. Marco Antônio estava arriscando tudo para atacar o flanco direito das oito legiões. Era uma jogada insana e significava que toda a sua força poderia ser flanqueada pelo outro lado, envolvida até ele estar totalmente cercado. Sua destruição dependia de umas poucas ordens, mas Otaviano apenas olhou e esperou.

— César? — gritou Mecenas. — Podemos flanqueá-los por lá!

Otaviano apertou o maxilar.

— Mande alguém ao cônsul Hírcio para pedir novas ordens — disse ele, ríspido.

Mecenas o encarou, mas se virou rapidamente, assobiando para um mensageiro e se inclinando na sela para dar instruções rápidas. O homem partiu correndo entre as fileiras.

Otaviano se inclinou para além do ombro de Agripa, na intenção de observar a batalha travada adiante. A planície estava aberta à sua esquerda, e, mesmo sem ordens, sua legião tinha começado a atravessar a frente de luta, impelida pela pressão de trás. Otaviano balançou a cabeça, tomando a decisão. Não poderia deixar que Marco Antônio ganhasse o dia.

— Sétima Victrix! Sétima Victrix! — rugiu de repente. — Coortes de Um a Quatro ir à esquerda e flanquear! Velocidade dupla! Flanquear!

Homens que haviam se perguntado o motivo de seu silêncio gritaram roucos e empolgados. Suas fileiras apinhadas se aliviaram enquanto 2 mil homens marchavam para a esquerda, saindo da área de maior pressão, alargando a linha e andando ao redor da frente de batalha.

O efeito pôde ser sentido imediatamente enquanto os homens de Otaviano partiam em meia corrida, golpeando as laterais expostas dos soldados que continuavam pressionando adiante. Otaviano sentiu o bloco ondular à frente enquanto suas coortes golpeavam legionários inimigos por trás da frente de batalha, impelindo-os para as próprias fileiras de modo que elas não pudessem manter a linha de escudos. Grunhiu, satisfeito, à medida que seus homens começavam a marchar adiante outra vez, seguindo mais rápido.

Otaviano quase matou o mensageiro que tocou em sua perna. Desceu a espada bruscamente e conteve o golpe bem a tempo. Xingou o mensageiro infeliz por sua idiotice.

— Quais são as ordens?

— O cônsul Hírcio foi morto, prefeito. O cônsul Pansa foi gravemente ferido e retirado para a retaguarda. O senhor tem o comando.

Acima do ruído de mil homens, Otaviano não podia ter certeza de que ouvira corretamente.

— O quê?

O mensageiro repetiu, gritando as palavras. Muitos soldados ao redor ouviram, levantando a cabeça.

Otaviano ergueu os olhos rapidamente. Podia acabar com tudo aquilo. Tinha os homens e a posição para girar e destruir as legiões de Marco Antônio. Por um instante pensou nisso, mas o sujeito havia sido justo com ele. Marco Antônio tinha confiado nele e não era inimigo.

— Deem o toque de romper contato! — gritou Otaviano para os *cornicens* mais próximos. Eles começaram a tocar a nota única e longa, que ecoou pelas fileiras. Esperou, acenando enquanto suas trombetas eram imitadas pelo outro lado, repetindo a ordem de recuar.

Um espaço apareceu entre os dois exércitos, ainda que homens agonizantes caíssem nele. Foi aumentando, deixando uma linha vermelha na planície coberta de capim. Centenas de vozes gritaram ordens nas legiões de Marco Antônio, que também recuavam, ofegando em desespero, incapazes de acreditar que não seriam esmagadas.

— Apeie, Agripa. Preciso ser visto agora — pediu Otaviano.

Seu amigo passou a perna por cima da cabeça do cavalo e desceu, pousando com facilidade.

— Formar fileiras! Formação de quadrado! — ordenou Otaviano, fazendo a voz ressoar pelas filas de homens. Seus homens. Sem Hírcio e Pansa, ele era o único comandante, e as castigadas forças de Marco Antônio, se comparadas, pareciam pequenas. Ficou olhando enquanto oito legiões completavam o movimento de romper contato, colocando cem passos entre as fileiras opostas. Nesse ponto, quatro legados tinham cavalgado até ele, o rosto vermelho e raivoso.

Otaviano ficou satisfeito ao ver que nenhum de seus próprios generais havia pensado em questionar a ordem dada. Virou-se para encarar o grupo quando o homem mais próximo falou:

— César, o inimigo está desorganizado. Está vencido! — declarou o homem.

Otaviano olhou-o com frieza, vendo o ultraje maldisfarçado do legado.

— Aquelas são legiões de Roma, legado — rebateu Otaviano. — Minhas ordens são para formar quadrados em formação cerrada. Eles terão permissão de marchar livres. Repita suas ordens.

O legado olhou-o boquiaberto, mas baixou a cabeça.

— Formar quadrado. Formação cerrada. Eles terão permissão de se retirar, prefeito — repetiu ele.

— Muito bem. Agora retornem às suas legiões e esperem novas ordens.

Os quatro legados não estavam acostumados a ser dispensados desse modo, mas Otaviano dera a ordem mais clara possível. Rigidamente formais, eles só puderam saudar e cavalgar para longe, tomando caminhos diferentes para suas posições.

Otaviano se virou de volta, olhando as legiões de Marco Antônio recuar para a fortaleza destruída e para o desfiladeiro que levava à Gália. Viu o próprio comandante cavalgar junto às linhas que marchavam e parar, olhando para Otaviano montado no cavalo de Agripa. Por um longo tempo os dois se entreolharam em silêncio, então Marco Antônio virou a montaria e foi embora.

Marco Antônio não estava mais com frio. A hora anterior fora uma das piores de sua vida e ele ainda mal podia acreditar que tinha permissão para sair do campo de batalha. Suas legiões estavam em choque, incapazes de entender o que haviam testemunhado. *Sabiam* que tinham perdido a batalha. Não fazia sentido uma força avassaladora apenas vê-los marchar para longe. Sabiam, a esta altura, que haviam enfrentado César em batalha, e os boatos eram que ele havia demonstrado misericórdia.

Enquanto cavalgava ao longo da linha, Marco Antônio puxou as rédeas e olhou para trás, para as oito legiões que tinham ido para o norte, ainda praticamente intactas. Não podia ver os corpos dos mortos. Os legionários tinham se movido mais de 800 metros desde a primeira saraivada de lanças e setas, e os cadáveres estavam escondidos pelas fileiras a pé. Marco Antônio procurou Otaviano em meio aos homens montados. Havia um, em particular, que poderia ser ele, mas não tinha certeza. A carta estalava sob seu peitoral, e Marco Antônio quase a pegou para ler de novo, apesar de já ter feito isso uma centena de vezes. Era uma mensagem simples, trazida por um cavaleiro *extraordinarii* três dias antes.

Se nos encontrarmos em batalha, os cônsules vão estar à direita.
Se eles caírem, a batalha terminará, por minha honra. Fique com o mensageiro.

Estava selada com um símbolo que Marco Antônio conhecia bem. Ele não quisera jogar com a vida de seus homens. Até pôr os olhos no tamanho do exército que tinha vindo enfrentá-lo, pretendera ignorar a mensagem. Seu coração estivera na boca durante todo o ataque, desperdiçando a vida de soldados leais num ataque louco contra o flanco direito, sem defesa ou plano reserva. Mas dera certo. Seus veteranos tinham suplantado legionários, lictores e guardas, esmagando as duas primeiras fileiras com números enormes levados para um único ponto. Marco Antônio havia perdido centenas de homens naquele único ataque. Deveria ter sido suicídio e ele não tinha podido afastar a sensação de que Otaviano o havia manobrado para sua destruição. No entanto, quando os cônsules caíram, a batalha parou subitamente.

Seus homens se reorganizaram em quadrados, movendo-se com firmeza na direção do forte destruído e do desfiladeiro que levava à Gália e à liberdade. Ele era o único cônsul de Roma outra vez, e iam se passar semanas até que o Senado soubesse do revés. Havia jogado a moeda dada por Otaviano, mas ela caíra do lado certo.

Enquanto suas legiões começavam a marchar pelo desfiladeiro, chamou seu cavaleiro *extraordinarii* mais próximo.

— Petrônio, não é?

— Sim, cônsul — respondeu o rapaz.

— Volte e encontre... César. Diga que estou em dívida para com ele.

CAPÍTVLO XVII

OTAVIANO SENTIU A CABEÇA BAIXANDO DE NOVO ENQUANTO O cansaço o dominava. Era verdade que lutar exauria o homem mais do que qualquer outra atividade, e ele não estava sozinho, pois bocejos soavam entre os legados que haviam se reunido na tenda de comando na planície. O vento ainda uivava do lado de fora, mas braseiros de ferro tinham trazido algum calor, e o vinho mantinha afastado o restante do frio. Os legionários não tinham o luxo de descansar, visto que ele ordenara a construção de um talude em volta do enorme acampamento antes do anoitecer. Essa defesa havia subido rapidamente, com milhares de homens revirando o terreno pedregoso com suas pás. Mesmo assim Otaviano estava decidido a levar as legiões para o sul no dia seguinte, para longe do frio da montanha e de volta às brisas suaves do verão no norte.

O humor dos homens também estava caloroso, e Otaviano sorriu sozinho ao ouvir Mecenas gargalhando de algo que um legado havia falado. Ele estava deitado sobre cobertores, com uma pilha deles enrolada sob a cabeça para formar uma almofada. Tinha um prato de comida fria junto ao cotovelo, e serviçais do acampamento permaneciam próximos para encher sua taça sempre que se esvaziasse. Otaviano sentia dor em cada osso e músculo, mas era uma dor boa, nem um pouco parecida com o colapso que havia temido na batalha.

Com os olhos semicerrados, observou o grupo de quatro legados que Hírcio e Pansa haviam trazido para o norte. Estavam juntos desconfortavelmente, mas ele dissera aos outros para fazer com que se sentissem bem-vindos. Tinha-os parabenizado pela vitória, mas havia mais a fazer antes que percebessem que agora faziam parte de seu exército e não eram apenas um empréstimo do Senado. Esfregou os olhos, decidindo se levantar para não cair no sono naquele calor. Seus homens tinham lutado com César, quer os legados percebessem a importância disso ou não. Depois daquele dia estavam sob seu comando. O poder contínuo do nome ainda o deixava pasmo, mas ele aprendera a aceitar sua magia. Roma podia ter pertencido ao Senado e aos grandes oradores, mas Júlio César pegara as legiões para si.

Quando se levantou, Mecenas e Agripa o aplaudiram, e Otaviano riu.

— Ele se ergue! — disse Mecenas, entregando-lhe outra taça. — Eu estava dizendo a Paulínio aqui que seria bom termos mais arqueiros. Você viu as flechas voando hoje? Marco Antônio tem uma unidade de arqueiros sírios que fez uma bela apresentação.

Otaviano não tinha visto essa ação em particular, e só balançou a cabeça. Percebeu que todos estavam observando-o atentamente, esperando que falasse.

— Não sinto muito orgulho por uma batalha contra um exército com metade do tamanho do nosso, mas é melhor do que perder, senhores. À vitória!

Levantou a taça, e todos beberam. Olhou para os novos legados e decidiu passar a noite na companhia deles, para descobrir seus pontos fortes e fracos. Reconheceu o mais antigo, que havia falado com ele no fim da batalha. Justínio não parecia ter lutado naquele dia. Sua toga formal fora recém-retirada da bagagem, e o sujeito observava e ouvia educadamente, como se estivesse num banquete do Senado e não num acampamento de batalha.

Otaviano estava atravessando a tenda baixa para falar com ele quando um dos guardas legionários entrou e fez uma saudação.

— Décimo Júnio chegou, senhor — informou a Otaviano. — Está pedindo para falar com os cônsules Hírcio e Pansa.

— Não vai ser uma tarefa fácil — murmurou Mecenas.

Otaviano lhe lançou um olhar de alerta. Pansa ainda resistia nas tendas dos médicos, que não podiam fazer nada para aliviar os delírios e a febre. Mas Otaviano não podia ser visto sentindo prazer pelo modo como a sorte aparentemente o favorecera.

— Mande-o entrar — pediu ele. Seu cansaço havia desaparecido ao ouvir o nome, e ele encarou a entrada da tenda com uma antecipação amarga, imaginando o que faria.

O homem que entrou era um estranho para Otaviano. Décimo Júnio tinha um rosto redondo e carnudo que lhe dava um ar juvenil. Mas estava bem-arrumado na toga de senador romano e olhou com seriedade ao redor na tenda de comando, finalmente saudando com uma formalidade rígida.

— Disseram-me que o cônsul Hírcio foi morto — disse ele. — Quem comanda agora, para que eu possa fazer minha reclamação? Quem permitiu que Marco Antônio escapasse para a Gália quando estava ao alcance de nossas mãos?

Os olhos se voltaram para Otaviano, que a princípio não disse nada. Saboreou o momento enquanto Décimo Júnio olhava ao redor, de rosto em rosto, confuso com o silêncio.

— Acredito que meus postos de propretor e prefeito me deem direito ao comando — falou Otaviano enfim. — De qualquer modo, sou Caio Júlio César, e este exército é meu.

Ele falou por causa tanto dos novos legados quanto de Décimo Júnio, mas o nome não passou despercebido ao sujeito, que ficou pálido e gaguejou enquanto tentava continuar.

— Eu... Propretor César... — começou Décimo Júnio, lutando para encontrar palavras. Respirou fundo e continuou, mas seus olhos ficaram marcados pela preocupação. — Dois mil dos meus legionários ainda estão presos na Castra Taurinorum, guardados por alguns homens de Marco Antônio. Peço sua permissão para libertá-los e reconstruir a fortaleza. Eu tive sorte porque o cônsul passou por mim enquanto ia na direção do desfiladeiro, mas meus suprimentos estão escassos. Para manter minha posição aqui devo pedir comida e materiais... — Ele parou sob o olhar frio de Otaviano.

— Sua *posição*, Décimo Júnio? — perguntou Otaviano. — Ela é bastante simples. Você foi um dos que assassinaram o Pai de Roma. Como filho adotivo dele, é meu dever exigir justiça.

Décimo Júnio ficou mais pálido ainda, a pele brilhando de suor.

— Eu... O Senado de Roma me concedeu anistia, propretor — anunciou ele com voz trêmula.

— Uma anistia que revogo.

— Com que autoridade? O Senado...

— Não está aqui — interrompeu Otaviano. — Eu sou o comandante no campo e você descobrirá que minha autoridade é absoluta, pelo menos com relação a você. Guarda! Prenda este homem e o mantenha à espera de seu julgamento. Você pode escolher quem quiser para falar em seu nome, Décimo Júnio. Sugiro que encontre alguém com habilidade incomum.

O guarda pôs a mão no ombro de Décimo Júnio, fazendo-o se sacudir.

— Você não pode fazer isso! — gritou ele. — Eu recebi a anistia por derrubar um tirano. Você vai se transformar em outro? Onde está o primado da lei? Eu sou imune!

— Não a mim. Vou formar um tribunal com altos oficiais para amanhã de manhã. Leve-o agora.

Décimo Júnio afrouxou o corpo, a expressão pasma enquanto era levado para fora. Otaviano encarou os homens na tenda, concentrando-se em particular nos novos legados.

— Vão me criticar por isso? — perguntou Otaviano em voz baixa.

Justínio foi o único dos novatos que o encarou de volta. O legado balançou a cabeça.

— Não, César — disse ele.

O sol mal havia se erguido sobre o horizonte quando o julgamento começou. Oito legiões estavam acampadas ao redor de um único loureiro, de modo que o pequeno espaço era o centro de uma enorme hoste de homens. O frio havia aumentado durante a noite, mas o céu estava límpido e o vento chicoteava mais uma vez partículas de geada contra a pele exposta dos homens que esperavam o julgamento.

Décimo Júnio havia optado por se defender, e falou durante quase uma hora enquanto as legiões esperavam e assistiam. No fim, ele parou e Otaviano se levantou.

— Ouvi suas palavras, Décimo Júnio. Considero seus argumentos vazios. Não havia anistia no momento em que você foi um dos assassinos de César. O fato de ela ter sido aplicada mais tarde é irrelevante. O Senado não pode ordenar que o sol se ponha depois de ter nascido. Ao lhe dar algum sentimento de que você foi absolvido de seu crime, os senadores foram além dos limites de sua autoridade. Como César, revogo essa anistia no campo, e farei isso formalmente na próxima vez em que estiver em Roma. Você é o primeiro dos Liberatores a receber a justiça por seus crimes. Será um de muitos, quando se encontrarem de novo do outro lado do rio.

Décimo Júnio apenas o encarou com olhos resignados. Não tinha duvidado do resultado do julgamento, nem por um instante, e levantou a cabeça, recusando-se a demonstrar medo.

— Declaro-o culpado de assassinato e blasfêmia contra o divino Júlio — disse Otaviano. — A sentença é a morte. Enforquem-no.

Otaviano olhou sem expressão dois legionários pegarem Décimo Júnio, levando-o até a árvore. Passaram uma corda por um galho e amarraram um laço em volta do pescoço do homem enquanto ele permanecia parado, o peito arfando. Décimo Júnio os xingou, amaldiçoando-os por todos os deuses. Otaviano apontou na direção dos legionários que se juntaram para puxar a corda.

A voz de Décimo Júnio foi estrangulada até o silêncio ao primeiro puxão. Uma de suas mãos se ergueu para tocar a corda áspera que apertava a garganta. Enquanto os soldados continuavam a esticar, ele foi levantado até as pontas dos dedos e depois, com um movimento brusco, saiu do chão. Suas pernas chutaram e as mãos foram até o pescoço. Por instinto, ele agarrou a corda acima da cabeça e se puxou para cima. Os soldados trocaram uma comunicação breve, e um deles se preparou para segurar o peso, enquanto o outro se aproximou da figura que chutava e afastou seus braços.

Décimo Júnio se sacudiu e se afrouxou em espasmos, a bexiga esvaziando-se enquanto sufocava. Não foi uma morte rápida, mas os legionários esperaram com paciência, só precisando afastar suas mãos mais uma vez antes de ele ficar imóvel, girando lentamente na brisa. Quando tudo terminou, eles fizeram força, puxando as pernas até que o pescoço se partiu, depois baixaram o corpo e tiraram a corda. Um legionário usou a espada para decapitar o cadáver. Foram necessários três golpes até que a cabeça se separasse do corpo, e o soldado a ergueu para a multidão, como um prêmio. Todos gritaram aplaudindo, fascinados com os olhos brancos revirados para cima, enquanto ela era girada para ser vista por todos que se aglomeravam.

Otaviano soltou um longo suspiro, estremecendo de alívio. Esperava que a notícia se espalhasse até os ouvidos de homens mais poderosos, como Brutus e Cássio, ou dos que continuavam em Roma, como Suetônio. Eles acabariam sabendo e pensariam no que aquilo significava. Ele só havia começado a cobrar a dívida.

— Legados, aproximem-se — ordenou.

Os oito homens chegaram perto, silenciosos e calmos depois do que haviam testemunhado. Viram Otaviano numa armadura impecável, o rosto sem rugas e cheio de energia juvenil em toda parte do corpo.

— Os homens testemunharam meu objetivo, minhas intenções — disse ele. — Quero ter as vozes deles atrás de mim antes de ir em frente. Lembro-me de que César às vezes convocava uma assembleia de soldados quando estava no campo para sentir como estavam os homens. Farei isso aqui para saber se tenho o apoio deles.

Seu olhar pousou nos legados que tinham ido para o norte com Hírcio e Pansa, e eles não deixaram de entender. Ele havia demonstrado sua autoridade, e eles sabiam que era melhor não recusar.

— Chamem todos os oficiais, até os tesserários. Falarei com eles e perguntarei o que desejam que eu faça.

Os legados saudaram sem hesitar, voltando aos seus cavalos num silêncio disciplinado. Enquanto o sol nascia, o grosso das legiões se afastou da tenda de comando, e 2 mil oficiais se aproximaram para ouvir Otaviano. Ele os esperou, bebendo só um pouquinho de água e pensando na morte de Décimo Júnio. Tinha esperado por algum sentimento de satisfação, mas não havia conhecido o sujeito antes, e o sentimento não estava ali. Mesmo assim fez uma oração rápida a Júlio, para que ele trouxesse a mesma justiça ao restante dos Liberatores, um por um.

Quando os oficiais haviam se reunido, ele se apresentou.

— Vocês sabem por que estou aqui agora — disse ele, projetando a voz. — Se não entenderam antes, sabem por que deixei Marco Antônio sair do campo ontem. Meus inimigos são os que assassinaram César, divino imperador de Roma. Antes agi impetuosamente e tomei decisões que não posso desfazer. Estou aqui com vocês porque me lembro de César, e ele conhecia a sabedoria das legiões que comandava. — Fez uma pausa para deixar que o elogio ficasse claro antes de ir em frente. — Com vocês eu sou a mão direita de Roma. Sou a espada que derrubará traidores como Décimo Júnio. Sem vocês não passo de um homem, e o legado de meu pai termina comigo.

— O que pede de nós, César? — gritou alguém de volta.

Otaviano olhou por cima da massa de oficiais.

— Falem uns com os outros. Falem com seus homens. Temos oito legiões, e isso basta para qualquer tarefa. César me disse que vocês poderiam ser sábios, então demonstrem isso. Digam o que devo fazer.

Ele se afastou deliberadamente de sua posição, de modo que os oficiais não se sentissem obrigados a permanecer. Para sua satisfação, ouviu conversas iniciando-se entre eles e depois de um tempo foi para sua tenda ficar na penumbra, ouvindo murmúrios, gritos e risos dos homens que discutiam o que fazer.

Mal haviam se passado três horas no calor de verão quando Justínio foi encontrá-lo, como se pudesse enxergar o coração de Otaviano apenas com os olhos.

— Os homens decidiram — declarou Justínio.

Otaviano fez que sim com a cabeça, voltando com ele ao mesmo lugar. Os oficiais haviam se juntado de novo para responder, e ele viu que muitos estavam sorrindo.

— Quem de vocês falará pelos outros? — gritou Otaviano.

Mãos se levantaram, e ele escolheu uma ao acaso. Um centurião corpulento se levantou.

— César, estamos honrados com seu pedido.

Um grande grito soou, e Otaviano precisou levantar os braços e balançá-los, pedindo silêncio.

— Existem alguns que acham que você deveria assumir o controle da região de Décimo Júnio, no norte — disse o centurião.

Alguns homens gritaram concordando, mas a maioria permaneceu em silêncio enquanto ele prosseguia.

— O restante, a maioria de nós, considerou que Roma tem pelo menos um posto de cônsul vago — disse ele. Os outros riram disso, e Otaviano sorriu junto. — Você é novo demais, é verdade. Nenhum homem pode ser cônsul com menos de 42 anos em tempos normais. Mas exceções aconteceram no passado, inclusive para o próprio divino César. Achamos que a presença de oito legiões às suas costas bastará para convencer o Senado de que sua idade não é uma barreira para a eleição a cônsul.

Os homens rugiram para mostrar o apoio, e Otaviano gargalhou. Ao seu lado Mecenas se inclinou para perto de seu ouvido.

— Tenho certeza de que é apenas coincidência eles estarem sugerindo exatamente o que você queria ouvir — murmurou ele, sorrindo. — Você está ficando cada vez melhor nisso.

Otaviano o espiou com olhos brilhantes. Enquanto os homens se aquietavam para ouvir sua resposta, ele respirou fundo.

— Vocês falaram e eu ouvi. Mas, se eu for para o sul e me candidatar a cônsul, não será à frente de um exército invasor. Vou pedir o voto dos cidadãos romanos, mas não levarei legiões para Roma, não de novo. Se o povo achar justo que eu me torne cônsul, obterei a justiça que foi negada a mim, e a vocês, por tempo demais. É o desejo de vocês retornarmos?

A reação jamais estivera em dúvida, mas mesmo assim Otaviano ficou satisfeito com o rugido que voltou para ele, ecoado depressa e por instinto pela massa de legionários mais distantes. Com o tempo saberiam da notícia. Iam para casa eleger um novo César como cônsul.

Nas tendas dos médicos, o cônsul Pansa ouviu o rugido e inspirou debilmente. Em sua fraqueza, a língua escorregou para trás na garganta e o pedaço de carne gorda bloqueou seu ar. Um vômito amargo subiu, derramando-se da boca aberta e do nariz quebrado enquanto ele arranhava o rosto. Grunhiu e balançou as mãos ao sufocar, mas todos os soldados estavam lá fora, ouvindo seus oficiais aplaudirem César. Quando retornaram para cuidar dele, Pansa estava morto, os olhos arregalados.

Os senadores observavam cada mudança de expressão do jovem à sua frente. Ele havia respondido a cada pergunta, e eles estavam impressionados. Sua linhagem era irrepreensível. Sua juventude era a única coisa que impedia o endosso imediato. No entanto ele não pareceu incomodado, e, quando falou, foi com a fluência de um homem honesto e mais velho.

Bíbilo não conseguia afastar os olhos de Sexto Pompeu. Era como se um atleta grego estivesse ali para ser avaliado por eles, com ombros e quadris magros, o tipo de bela musculatura que só resultava de uma vida ativa. Bíbilo enxugou a testa com um quadrado de pano, movendo-o para baixo para tirar o brilho molhado dos lábios. Ao fim de três horas no teatro todos estavam cansados, mas o tema da reunião de emergência ainda parecia novo. Mais do que qualquer coisa, a calma inabalável de Pompeu ajudava a convencer os membros mais velhos. Em termos de idade, ele era novo demais para uma nomeação tão séria, mas a vida lhe dera uma maturidade e uma seriedade que eles só poderiam aprovar.

Suetônio era o único ainda preparado para questionar o jovem. Quando se levantou, o olhar firme de Pompeu se fixou nele, fazendo-o hesitar e esquecer o que ia perguntar.

— Você, bem... Você descreveu a morte de seu pai no Egito — começou Suetônio, cônscio dos suspiros e grunhidos irritados ao redor.

O restante dos senadores queria votar logo e ir para casa. Suetônio retesou a boca e passou a mão nos fios de cabelo que ele havia grudado tão cuidadosamente atravessando a careca.

— Além disso, você forneceu detalhes a respeito de seu irmão, assassinado por forças de César na Espanha. Disse que sua irmã ainda está viva... Lavínia. No entanto, ah... a maior parte de sua experiência tem sido em terra, no entanto você está pedindo o comando da frota? Diga a esta casa por que deveríamos dar essa autoridade a um sujeito tão novo quanto você.

Sexto Pompeu olhou para cima e ao redor antes de responder. O gesto não passou despercebido para muitos homens que estavam ali, que deram risinhos enquanto ele sorria.

— Meu pai construiu este teatro, senador, mas eu nunca o tinha visto antes de hoje. Fico feliz porque ele está sendo usado para mais coisas ainda do que ele havia imaginado. Também estou feliz porque o nome dele não foi esquecido, apesar dos enormes esforços da facção cesariana que se mostrou um veneno tão grande na política desta cidade. A linhagem de César não é uma adaga na garganta de vocês de novo? Os mercados da cidade estão cheios dessas conversas, contando que ele ocupou até mesmo o fórum.

Fez uma pausa, com o dom natural de orador, deixando a plateia se encharcar com cada argumento enquanto ele planejava o próximo.

— Em mim vocês têm mais do que o filho de um pai, ainda que eu não tema repousar minha honra na do grande Gneu Pompeu. Lutei contra os exércitos de César na Espanha praticamente desde que posso me lembrar. Antes disso vi meu pai ser esfaqueado por escravos estrangeiros em Alexandria, só para agradarem a César. Na minha oposição a Otaviano vocês jamais precisam temer minha lealdade. Talvez eu seja o único homem em Roma cuja inimizade é tão firme quanto o caminho das estrelas.

Parou de novo, sabendo que Suetônio ia instigá-lo na questão da frota. Enquanto o senador abria a boca, Sexto Pompeu continuou:

— Lutei a bordo de navios, senador. Como disse, tenho três galeras próprias, cada uma capturada das forças de César e usada para atacar outras. Enquanto ele comandava Roma eu podia não passar de um pirata com meu nome e meu sangue, mas vocês mudaram isso. Este novo César que solapa a autoridade do Senado, que ousa zombar do governo de Roma, será sempre meu inimigo. Mas se os boatos forem verdadeiros... — Ele deu um sorriso irônico, certo de que não havia julgado mal as notícias de pânico que corriam pela cidade nos últimos dias — ... ele tem um exército grande demais para ser enfrentado em terras romanas, pelo menos neste ano. Quando chegar a Roma, vai se enclausurar como se estivesse numa concha, e será necessária uma faca quente para tirá-lo de novo.

Suetônio estava balançando a cabeça diante do resumo de todos os seus temores enquanto Pompeu continuava:

— Mas ele não tem a frota de Brundísio. Pelo menos por enquanto. É a última força que resta à disposição de vocês, sob seu comando e que pode ser dada pelos senhores. Só peço que selem ordens me colocando no comando. Vou usá-la para levar o terror e a destruição a este novo César, em nome deste Senado. No mínimo vou levá-la para fora do alcance dele. Meu nome revela a vocês que sou de confiança, senadores, enquanto os senhores estão sentados na casa de meu pai.

— Estou satisfeito — declarou Suetônio debilmente, voltando a sentar-se.

A proposta foi aprovada logo, com apenas uns poucos votos contrários e abstenções. Sexto Pompeu comandaria a frota, uma autoridade quase absoluta sem qualquer supervisão e controle. Até os que se lembravam de seu pai sabiam que era um grande risco, mas também tinham conhecimento de que César estava marchando para o sul, em direção a Roma, e que desta vez controlava oito legiões. Não podiam deixar que ele tivesse também a frota, caso contrário todo o mundo romano estaria à sua mercê.

CAPÍTVLO XVIII

Enquanto o sol nascia os portões de Roma estavam fechados e lacrados. A população masculina e votante da cidade havia saído no escuro para o Campo de Marte. Cada cidadão livre estava lá, organizado em centúrias separadas por classe e riqueza, enquanto a cidade se enchia com o odor de dezenas de milhares de refeições sendo preparadas para o retorno deles.

No passado os dias de votação tinham um ar festivo, com artistas de rua e vendedores de comida ganhando mais dinheiro em um único dia do que num mês normal. Mas do outro lado do Tibre oito legiões estavam acampadas, um grande mar de armaduras reluzentes esperando o resultado. A visão de uma força tão grande ao alcance de Roma enfraquecia consideravelmente os ânimos dos cidadãos.

Os representantes de cada centúria de eleitores vinham colocar os votos nos cestos, enchendo-os lentamente com fichas de madeira. Otaviano estava ali perto, usando uma toga branca e simples. Tinha consciência do espanto da multidão que se apinhava ao redor e sorria para qualquer um que se aproximasse, trocando algumas palavras e agradecendo o apoio. Havia muitas pessoas assim. Olhou para onde Bíbilo encontrava-se de pé e suado, apesar de ter um escravo abanando-o com um leque e outro segurando um guarda-sol sobre sua cabeça. Anos antes Bíbilo havia se candidatado a cônsul com César, e Otaviano sabia que as lembranças deviam estar voltando com nitidez naquele dia. Tinha ouvido as histórias e era difícil não olhar para o monte Janículo, onde havia uma bandeira içada. Enquanto ela estivesse desfraldada, a eleição continuava, mas, se os homens no cume vissem um exército se aproximar, ela desceria e toda a cidade se prepararia para se defender. Quando Bíbilo tinha se candidatado pela primeira vez, seu amigo Suetônio tinha providenciado que a bandeira caísse quando os resultados fossem contrários a ele. César tinha se preparado para a traição, e seus homens mantiveram o sinal no alto, por tempo suficiente para tornar seu chefe cônsul. Otaviano sorriu pensando naquilo.

— Quarenta e dois para César e Pédio; 48 para Bíbilo e Suetônio! — gritaram os diribitores.

O Senado havia usado uma enorme quantidade de favores para conseguir tantos votos com as primeiras centúrias votantes. Otaviano sorriu, sem se preocupar. Sabia que os senadores tinham menos influência com as classes mais pobres, enquanto o nome de César ressoava como um sino para todos que haviam recebido sua herança em prata.

— Eu esperava que já houvesse mais — comentou Pédio ao seu lado.

Otaviano se perguntou de novo se teria feito a escolha certa de seu cocônsul. Pédio era 30 anos mais velho que ele, um homem com rosto profundamente marcado e queixo fino que terminava praticamente numa ponta. Tudo nele parecia afiado, mas era um homenzinho nervoso que mastigava a parte interna dos lábios quando estava preocupado. Era verdade que fora cliente e amigo de César. Essa amizade não tinha sido suficiente para que Pédio votasse contra a anistia, mas pelo menos era um homem que não se posicionara tão explicitamente ao lado dos Liberatores. Otaviano o examinou, vendo Pédio da forma como os que vinham votar veriam e suspirando sozinho. Havia sido obrigado a lisonjear e subornar Pédio com pouca sutileza para levá-lo a se candidatar. Os dois sabiam que isso era apenas para impedir Bíbilo e Suetônio de ganhar o segundo posto de cônsul, mas mesmo assim Pédio havia debatido a proposta como se ela fosse parte de seu destino. Otaviano desviou o olhar do senador de olhos aquosos, examinando o vasto campo com 100 mil homens livres em movimento. De novo desejou que Mecenas tivesse desejado o posto. Mas Mecenas nem quis saber disso, e apenas riu quando ele havia pedido.

— Cinquenta para César e Pédio; cinquenta e três para Bíbilo e Suetônio! — entoaram os diribitores, provocando gritos de comemoração entre alguns que ainda esperavam para votar. Eles não podiam entrar na cidade até que os lacres fossem retirados das portas, e havia impaciência por parte de alguns, enquanto outros desfrutavam do dia de folga forçada, longe do trabalho e das famílias.

Otaviano deu um tapa nas costas de Pédio, fazendo-o pular.

— As centúrias nobres votaram — disse ele. — As classes mercadoras vão nos apoiar contra Bíbilo e Suetônio, acho.

Pédio moveu a boca como se estivesse manobrando para tirar um pedaço de cartilagem difícil do meio dos dentes.

— Espero que esteja correto, César. Não preciso falar do perigo de perder essa eleição específica.

Otaviano olhou para o oeste, onde 40 mil legionários esperavam. Tinha-os feito parar do outro lado do Tibre e esperado um dia inteiro antes de ir ao Senado anunciar seu nome como candidato a cônsul. Tinha feito todo o possível para remover o incômodo de uma ameaça armada contra a cidade, mas mesmo assim eles eram exatamente isso. Cabeças na multidão se viravam com frequência para vê-los. Otaviano não achava que Roma votaria contra um homem que segurava uma faca no pescoço da cidade, apesar de todos os seus esforços para esconder essa faca.

Sorriu à medida que as fichas de votos começavam a se empilhar. Podia ver Bíbilo fumegando enquanto a pilha de César e Pédio aumentava. Os votos continuavam chegando, uma tendência se transformando em uma inundação enquanto as centúrias dos mercadores se revezavam para mostrar o que pensavam dos homens que consideravam como assassinos de César. O fato de a contagem ser pública ajudava, de modo que cada homem que se aproximava dos cestos com seu voto já sabia que fazia parte da tendência geral.

Otaviano via a satisfação deles, e muitos eleitores baixavam a cabeça em sua direção enquanto largavam as fichas de madeira, centenas e centenas de cidadãos de Roma mostrando que o apoiavam. Era inebriante, percebeu. Quisera o papel de cônsul pelo poder e pela segurança que lhe daria, mas a realidade era muito maior. O povo de Roma tivera sua voz negada e os tumultos haviam sido contidos com força violenta. Aquela era sua vingança contra o Senado, e Otaviano saboreava cada momento daquilo.

No início da tarde a situação chegou a um ponto em que a massa das classes mais pobres não podia mais afetar o resultado. Os diribitores conferenciaram, depois sinalizaram para os *cornicens* das legiões para tocar. As notas soaram no Campo de Marte e do outro lado do Tibre, e as legiões que esperavam rugiram como o oceano distante.

O som se espalhou, partindo dos que haviam votado até as dezenas de milhares que não teriam essa chance. Também queriam mostrar sua aprovação, e o som se chocou contra Otaviano. Ele relaxou o corpo, ofegando e sentindo o suor que grudara a toga na pele. Tinha dito a si mesmo que jamais sentira dúvida, mas percebeu uma tensão dolorosa que retesava cada músculo. A bandeira no monte Janículo foi baixada sob o olhar formal de cidadãos e as trombetas soaram, os lacres de bronze e cera foram despedaçados com marretas e as portas da cidade se abriram. Mulheres, crianças e escravos saíram aos milhares para se juntar a maridos, irmãos e filhos, e o ar festivo aumentou quando ouviram a notícia e comemoraram.

Otaviano trouxera apenas um par de guardas, tudo que lhe era permitido para a eleição formal. Eles não podiam impedir os milhares que vinham falar com ele, tocá-lo e dar tapinhas em suas costas. Era um número muito grande e ele precisou começar a andar antes que se apinhassem demais ao seu redor ou o derrubassem com tanto entusiasmo. O movimento trouxe algum alívio, mas eles continuavam aplaudindo e seguindo-o enquanto ele caminhava até o campo onde seis guardas seguravam um touro branco num cercado construído para o sacrifício. Agripa e Mecenas estavam lá, parecendo orgulhosos. Otaviano acenou para eles, sabendo que entendiam o que ele havia passado para estar ali. Os novos cônsules receberiam os presságios, e quase uma centena de sacerdotes, autoridades e escribas haviam se reunido para registrar o evento. Mais soldados criaram um espaço livre para o ritual, e os oráculos prepararam o animal que mugia.

Quintina Fábia estava vestida em branco ofuscante, o rosto tão bem-pintado que era quase uma máscara de juventude. Fez uma reverência para Otaviano e Pédio, que se aproximavam, estendendo uma foice de ferro com gume afiado. Otaviano a pegou e a testou nos pelos do antebraço, em seguida olhou para o touro enorme.

— Não duvido que Júlio esteja vendo-o agora — disse calorosamente a sacerdotisa. — Ele deve estar orgulhoso do filho.

Otaviano baixou a cabeça para demonstrar apreciação. Os guardas passaram cordas no touro, puxando-o para a borda do cercado. O animal fora drogado com uma mistura de ópio e outras ervas em sua comida, de modo que estava tonto e lento. Os presságios não seriam bons se eles tivessem que perseguir um animal ferido pelo campo. Otaviano lutou para não sorrir da imagem na mente. Sabia que era apenas vertigem depois da eleição, mas era preciso se manter solene e digno até o final.

Os cânticos começaram enquanto os oráculos e adivinhos imploravam que os deuses mandassem um sinal e dessem a bênção ao ano consular que viria. Otaviano permaneceu mudo, e Quintina finalmente precisou sacudir seu ombro para apontar que estava na hora.

Ele se aproximou do touro amarrado, perto o suficiente para ver os cílios e sentir o cheiro limpo da pele e do animal. Pôs uma das mãos no topo da cabeça e viu que ele estava ruminando preguiçosamente, sem perceber o que aconteceria. A imagem o lembrou Pédio, e de novo precisou lutar para não rir.

Com um movimento brusco, enfiou a mão sob o pescoço forte e puxou a lâmina num corte rápido. O sangue espirrou feito chuva nos pratos de bronze colocados embaixo. O animal grunhiu e a princípio não pareceu sentir dor. As tigelas se encheram e foram substituídas, passadas aos oráculos, que olharam o líquido vermelho procurando padrões que indicassem o futuro.

O touro começou a gemer e lutar, mas seu sangue vital continuava jorrando. Dobrou os joelhos devagar, e os olhos castanho-escuros ficaram loucos. Gemeu mais alto, e as cordas se retesaram enquanto ele tentava lutar para ficar de pé. Otaviano olhou, esperando que o animal morresse e pensando em Décimo Júnio. Foi acordado do devaneio pelo grito de um dos harúspices que apontava para o céu com a mão trêmula. Olhou para cima com o restante da multidão e teve tempo de ver um bando de pássaros escuros atravessar a cidade a distância. Sorriu, deliciado ao ver os abutres no ar. A história da cidade dizia que houvera 12 deles no ar enquanto Rômulo fundava Roma. Com milhares de cidadãos, contou mentalmente os pássaros escuros.

— Eu vi 12 — anunciou Quintina Fábia em voz alta e clara.

Otaviano piscou. Os pássaros estavam passando diante do sol poente e ele não podia ter certeza. O número foi repetido ao redor, e finalmente ele riu.

— É um bom presságio — afirmou Otaviano. Tinha a sorte de César, porque estava certo de que eram apenas nove pássaros. Haviam ido na direção do sol, mas isso bastava. A visão de 12 pássaros mandaria uma mensagem de renascimento ao povo de Roma.

Quando foi retirado, a ponta do fígado do touro estava dobrada, e Quintina Fábia sorriu. Levantou o órgão sangrento, sujando o manto branco com a vida vermelha que escorria pelos braços. Os oráculos comemoraram, e os escribas anotaram cada detalhe em tabuletas de cera, para serem copiados nos registros da cidade mais tarde. Os presságios eram soberbos, e Otaviano só podia balançar a cabeça com prazer e fazer uma silenciosa oração de agradecimento ao seu mentor e homônimo.

O grosso da multidão havia seguido os novos cônsules para assistir ao sacrifício. Enquanto os presságios eram lidos e proclamados através do campo, Bíbilo e seu grupo de apoiadores permaneceram junto aos cestos de votos. Bíbilo passou a mão pelas fichas de madeira polidas, deixando-as cair de volta uma a uma. Com expressão azeda, olhou para Suetônio e Caio Trebônio.

— Ordenei que fossem trazidos cavalos para vocês e arranjei um navio — declarou ele. — Vocês vão encontrá-lo nas docas de Óstia. Vão com minha bênção.

Seu tom era sério e insatisfeito, mas, como todo mundo, ele podia ver a maré virando. Otaviano havia alcançado o posto mais alto na cidade, e os cesarianos ascendiam com ele. Seus clientes no Senado não se refreariam em votar. Bíbilo agradeceu aos deuses pessoais porque a frota não estava ao alcance de Otaviano. Pelo menos havia isso, ainda que de pouco servisse para aliviar sua aversão.

Suetônio olhou para a cidade e o monte Janículo ao redor. Lembrou-se de uma eleição diferente e de outro César, mas na época era mais jovem e mais capaz de suportar os reveses do destino caprichoso. Balançou a cabeça, passando a mão pelos cabelos ralos que a brisa levantava e tirava do lugar, revelando a careca.

— Vou procurar Cássio — anunciou Suetônio. — Este é só um dia, Bíbilo. Sexto Pompeu está com a frota no oeste. Cássio e Brutus sustentam o leste. Roma vai passar fome sem os grãos trazidos pelo mar e esta cidade vai sofrer, apertada pelos dois lados até ser estrangulada. Esta eleição, esta *obscenidade* de hoje, não passa de um pequeno fracasso e nada mais. Verei este lugar de novo, juro.

Virou-se para Caio Trebônio, o homem que havia distraído Marco Antônio durante o assassinato de César. O sujeito mais novo sentira muito orgulho ao ser citado como um dos Liberatores, mesmo não tendo usado uma faca. Agora o legado daquela decisão o assombrava, e ele parecia estar passando mal.

— Isso não está certo — disse Trebônio com a voz trêmula. Jamais havia saído de Roma, e a ideia de cidades estrangeiras o enchia de inquietação. — Ele enforcou Décimo Júnio sem um julgamento adequado! Como permanece imune enquanto nós devemos fugir? Nós removemos um tirano, um inimigo do Estado. Por que eles não veem isso?

— Porque estão cegos pelo ouro, por nomes e sonhos idiotas — respondeu Suetônio rispidamente. — Acredite, já vi mais disso do que posso comentar. Homens bons trabalham em silêncio, e o que é feito de sua dignidade, sua honra? É ignorada pelos que gritam, saracoteiam e paparicam as multidões imundas.

Suetônio tentou segurar Trebônio pelo ombro, mas ele se afastou por instinto, com o rosto vermelho. Por um instante, Suetônio apertou o ar vazio, depois deixou a mão cair.

— Eu vivi com Césares. Até matei um — disse ele. — Mas homens como Cássio não deixarão isso assim, acredite. Haverá um preço em sangue, e estarei presente para vê-lo ser pago.

❖

Pela primeira vez em muitos anos os novos cônsules não entrariam na cidade propriamente dita. A sede do Senado ainda não passava de um alicerce queimado e em vez disso Otaviano e Pédio foram até a porta aberta do Teatro de Pompeu. A multidão os acompanhou até o ponto em que passaram para trás de uma fila de soldados que estavam lá para guardar a dignidade dos senadores.

Otaviano parou diante das enormes colunas de mármore branco, olhando as manchas de sangue de touro em suas mãos enquanto os senadores entravam passando ao seu lado. Muitos davam os parabéns aos dois e ele respondia, sabendo que deveria começar a teia sutil de alianças de que precisaria para garantir até mesmo um único voto. Mas os presságios lhe haviam dado um ímpeto ao qual os senadores não resistiriam.

Pédio permanecia ao seu lado, a boca se remexendo constantemente como se tentasse se consumir de dentro para fora. Apenas ele não parecia se rejubilar com os presságios ou com o cargo, apesar de isso colocar seu nome na história da cidade. Otaviano conteve um riso diante do nervosismo do outro. Não tinha escolhido Pédio devido a ideais ou a uma inteligência feroz, longe disso. Pédio fora a melhor escolha apenas porque não era forte. Otaviano havia aprendido com os erros, em particular com o desastre de ter entrado no fórum com legionários armados no início daquele ano. Nesse ponto sabia que não poderia ignorar a importância de como era visto. O povo e o Senado resistiriam de qualquer forma a uma tentativa grosseira de tomar o poder. Mesmo como cônsul ele pisaria com cautela. Pédio era seu escudo.

— Cônsul — chamou Otaviano. O sujeito mais velho estremeceu ouvindo o título, com um sorriso hesitante brincando na boca que mascava sem parar. — Fico feliz em poder pedir pessoalmente a *lex curiata*. Seria uma honra para mim se você pedisse a votação para derrubar a anistia.

Pédio concordou na mesma hora. Otaviano havia concordado em dar o dinheiro para uma nova casa para ele na cidade marítima de Herculano, um local onde residiam apenas os mais ricos de Roma. Pédio apreciava a delicadeza e a educação, mas sabia que seu apoio tinha sido comprado e não passava de uma formalidade. Contudo, conhecera o divino César e o havia admirado durante anos. A vergonha de não ter votado contra a anistia

O IMPERADOR — SANGUE DOS DEUSES

original continuava ardendo nele. Ainda que Otaviano não soubesse, a casa junto ao mar era apenas uma frivolidade comparada a isso.

— Será um prazer, César.

Otaviano sorriu. Roma era sua. Nas semanas de preparativos, um homem jamais duvidara de que ele se tornaria cônsul numa onda de aclamação pública. Marco Antônio havia escrito para ele, pedindo um encontro em lugar neutro, onde pudessem planejar uma campanha contra os Liberatores. Ela começaria hoje.

TERCEIRA PARTE

CAPÍTVULO XIX

O RIO LAVÍNIO SERPENTEAVA PELO NORTE. PERTO DE MUTINA ELE havia formado uma dúzia de ilhotas na água, que iam desde afloramentos rochosos com uma única árvore até trechos de floresta densa rodeados pela corrente e separados do mundo.

Otaviano olhou por cima da água que corria rápida, para onde Marco Antônio o esperava. Nenhum dos dois confiava por completo no outro, o que tornava a ilha o ponto de encontro perfeito. Na outra margem, duas legiões da Gália esperavam pacientemente em formação de quadrado, mas não poderiam intervir caso Otaviano planejasse alguma traição, assim como a Sétima Victrix e a Nona Macedônia não poderiam ajudar caso Marco Antônio planejasse matá-lo.

Simplesmente chegar àquele ponto exigira uma dança elaborada, com os dois lados trocando mensagens e promessas à medida que se aproximavam. Cada um havia garantido salvo-conduto ao outro, mas a realidade sempre implicava um truque final. Otaviano olhou para Agripa e Mecenas. Eles tinham atravessado uma vez, antes, para examinar a ilha em busca de soldados escondidos ou qualquer tipo de armadilha. Era impossível ser cauteloso demais, pensou Otaviano. Respirou fundo, e, duvidoso, olhava o barco que balançava.

— Se deixamos de perceber alguma coisa, se isso não correr bem, acho que gostaria de ir para a morte com a certeza de que Marco Antônio não demoraria muito a me seguir — disse ele. — Essa é a minha ordem. Se eu for morto, ele não deverá sair vivo daquela ilha.

Avaliou as distâncias, vendo que Marco Antônio tinha escolhido um local fora do alcance dos lanceiros da legião.

— Tragam as balistas e mandem as equipes mirarem do outro lado do rio — ordenou Otaviano.

Suas legiões tinham podido montar as armas enormes no dia anterior, e ele sentiu certo alívio ao vê-las sendo arrastadas por parelhas de bois e apontadas para a ilha. Na outra margem viu a mesma coisa acontecendo e imaginou como seria estar naquela ilhota e ouvir os estalos dos arcos disparando setas de ferro por cima da água.

— Estão prontos? — perguntou aos amigos.

Agripa respondeu entrando no bote e verificando as cordas com um puxão. Mecenas deu de ombros, ainda olhando as figuras que aguardavam por eles.

— Vocês fizeram tudo que podiam. Se for um ardil, ele não sobreviverá, isso eu garanto.

— A não ser que ele nem esteja lá — comentou Agripa enquanto se acomodava. — O grandalhão com armadura pode ser apenas um oficial destinado a nos atrair para um lugar onde possa nos acertar com as catapultas e os arcos.

— Sempre otimista, Agripa! — zombou Mecenas.

Mesmo assim Mecenas entrou no barco e segurou-se na proa alta, preferindo ficar de pé. Já havia quatro remadores no bote, todos espadachins veteranos com armas aos pés que eles poderiam pegar num instante. Como se fossem um só, olharam para Otaviano, e ele fez um sinal de positivo.

— Venham — chamou ele. — Vejamos o que ele quer. — Em seguida entrou e sentou-se encostado na lateral de madeira do bote, o olhar já focalizado no destino. — Zarpar, ou remar, ou sei lá qual é o comando certo.

Agripa pareceu sentir dor, mas os remadores empurraram o barco para longe da margem e ele girou na corrente. Com quatro remos batendo na água, a embarcação acelerou rapidamente para a ilha. Otaviano ficou surpreso ao descobrir que estava gostando daquilo. Agripa viu sua expressão mudar e sorriu.

— Existe uma magia nos barcos pequenos — afirmou ele. — Mas as galeras são melhores ainda.

O sorriso de Otaviano sumiu ao se lembrar da enorme frota que havia desaparecido de Brundísio. Seu cocônsul Pédio havia proposto uma votação para retirar a autoridade de Sexto Pompeu, mas isso não trouxe os navios de volta.

— Quando terminar aqui, vou precisar de minha própria frota — declarou Otaviano.

— Você está *na* sua frota, neste momento — corrigiu Mecenas jovialmente.

Otaviano fungou.

— Estive pensando nisso. Cedo ou tarde vou precisar derrotar Sexto Pompeu. Sem o controle dos mares, nunca poderemos levar legiões contra Cássio e Brutus.

Agripa coçou o queixo, concordando.

— Vai custar fortunas — comentou ele. — Sexto tem... o quê? Duzentas galeras? Construir ao menos metade disso custaria dezenas de milhares de sestércios. E tempo para treinar legionários.

— De que adianta um acordo com Marco Antônio se não posso sair de Roma por medo de piratas? Vou arranjar o dinheiro. E os homens. Você tem carta branca, Agripa. Construa uma frota para mim.

Quando chegaram à ilha, os três passageiros desceram. Sem uma palavra os remadores começaram a colocar armaduras de legionários que antes poderiam tê-los afogado. Otaviano esperou com impaciência, os dedos esfregando o punho do gládio.

O próprio Marco Antônio caminhou até o local arenoso do desembarque, olhando os preparativos deles com certa diversão. Parecia saudável e forte, quase tão alto quanto Agripa e com um belo físico de soldado, apesar da idade.

— Bem-vindo, cônsul — saudou ele. — Você percorreu um longo caminho desde que eu usava o título que você ostenta agora. Como escrevi, minha honra garante sua segurança aqui. Nós nos encontramos sob trégua. Eu gostaria de apresentá-lo aos meus companheiros. Caminharia comigo?

O homem que Otaviano havia visto pela última vez cavalgando a toda velocidade para a Gália parecia não temer os soldados armados que ele tinha trazido. Parecia relaxado como qualquer nobre romano que desfrutasse uma tarde à beira do rio. Otaviano sorriu diante dos modos dele, entrando no jogo.

— Vou caminhar com você. Temos muito a discutir.

— Agora que ele decidiu ouvir — murmurou Mecenas.

O grupo de seis acompanhou Marco Antônio até uma tenda com mesas arrumadas na grama. Daquele lado da ilha, Otaviano podia ver as legiões da Gália na margem oposta com muito mais clareza. Era quase certo que não era obra do acaso que o rio fosse mais estreito daquele lado. Uma dúzia de balistas e duas centúrias de arqueiros o observavam de volta, prontos para a primeira insinuação de traição. Estranhamente Otaviano ficou satisfeito ao ver que também era considerado uma ameaça. Não queria ser o único que se amarrava em nós de preocupação.

Marco Antônio estava num humor fervente como anfitrião. Viu Otaviano olhar os legionários que estavam de pé.

— Estes são dias difíceis, César, não são? O Lépido aqui pensava assim, quando cheguei à Gália. Agradeço por ele não ter visto conflito em entregar o comando a um cônsul de Roma.

— Um ex-cônsul de Roma — corrigiu Otaviano automaticamente. Viu Marco Antônio franzindo a testa e continuou depressa: — Mas ainda assim é um homem que Júlio César chamava de amigo e, espero, um aliado nestes tempos.

— Como você diz. Descubro que, quanto mais legiões tenho, mais fácil é encontrar aliados — comentou Marco Antônio com um riso estrondoso. — Lépido? Deixe-me apresentar-lhe o novo César e mais recente cônsul.

O homem que ele fez avançar com uma das mãos no ombro parecia pasmo e deslocado naquela reunião. Otaviano não conhecia Lépido pessoalmente, só sabia que tinha sido prefeito da Gália, nomeado por César depois que o imperador retornara do oriente. À primeira vista Lépido não era uma figura impressionante. Era um pouco corcunda, o que o fazia parecer mais um erudito do que um alto oficial, mas seu nariz fora quebrado muitas vezes e uma das orelhas havia sido mutilada em algum conflito antigo. Ela mal passava de uma aba de cartilagem, cor-de-rosa e sem as curvas usuais. O cabelo era cheio, mas completamente branco. Junto aos dois, Otaviano sentia a própria juventude como uma força, e não uma fraqueza.

— Sinto-me honrado em conhecê-lo, César — saudou Lépido. Sua voz era grave e firme, e dava alguma ideia do homem por trás da fachada envelhecida.

Otaviano segurou a mão estendida e a apertou.

— Assim como me sinto honrado em me encontrar com os dois, senhores. Como cônsul de Roma, acho que tenho o posto mais elevado. Vamos nos sentar?

Ele indicou a mesa comprida, deliberadamente indo para ela em vez de deixar que Marco Antônio estabelecesse o ritmo. Mecenas e Agripa foram atrás, assumindo posição às suas costas enquanto ele escolhia o lugar à cabeceira.

Marco Antônio pareceu irritado, mas deu o lugar com educação e sentou-se no lado oposto a Otaviano, com Lépido ao lado. Mais quatro homens se mantiveram longe o suficiente para não representar uma ameaça óbvia, ainda que sua função fosse clara. Otaviano olhou seus remadores que haviam assumido posição automaticamente atrás dele, de frente para os outros. Formavam dois grupos nítidos, e de repente a tensão se fez presente mais uma vez enquanto Marco Antônio apoiava os braços na madeira.

— Posso começar? — perguntou Marco Antônio. E foi em frente antes que alguém pudesse responder. — Minha proposta é simples. Tenho 15 legiões sob meu comando na Gália, junto a Lépido. Você tem oito, César, além de um ano consular pela frente. Você quer que as forças derrubem os Liberatores, e eu quero um posto e poder em Roma, e não permanecer como forasteiro na Gália. Deveríamos ser capazes de chegar a um acordo, não acha?

Otaviano agradeceu mentalmente a franqueza romana. Nesse sentido, pelo menos, ele e Marco Antônio compartilhavam uma aversão semelhante aos jogos do Senado.

— Como o prefeito Lépido se posiciona nesse caso? — indagou, sem esboçar qualquer reação.

— Lépido e eu falamos como um só — respondeu Marco Antônio antes que o sujeito pudesse falar. — Roma já conheceu um triunvirato. Proponho que compartilhemos o poder com o objetivo de derrubar os

Liberatores que estão no oriente. Não creio que você possa realizar isso sem minhas legiões, César.

Otaviano sentiu a mente girar. Era uma boa oferta, se pudesse confiar nela. Com Crasso e Pompeu, o próprio César havia criado o primeiro triunvirato. Não era preciso mencionar como aquilo havia terminado mal para os três. Olhou no fundo dos olhos de Marco Antônio, vendo a tensão no ar. O ex-cônsul parecia ter uma posição forte, mas algo o incomodava, e Otaviano procurou as palavras certas que revelassem isso.

— A proposta precisaria ser reconhecida pelo Senado para ser legítima — disse ele. — Pelo menos isso eu posso oferecer. Tenho clientes suficientes lá para ganhar qualquer eleição.

Enquanto Marco Antônio começava a relaxar, Otaviano olhou para além dele, para as legiões acampadas na margem do rio.

— Mas percebo que ganho muito pouco. Sou cônsul, com um Senado que não ousa interferir comigo. Sim, há inimigos a enfrentar, mas posso criar novas legiões.

Marco Antônio balançou a cabeça.

— Tenho relatos da Síria e da Grécia dizendo que você não tem esse tempo, César. Se esperar muito, Brutus e Cássio estarão fortes demais. O que ofereço é a força para derrubá-los antes que cheguem a esse ponto.

Otaviano pensou longamente enquanto os dois homens o encaravam, esperando. Os cônsules tinham autoridade limitada, apesar de toda a aparência de poder. Como uma ditadura temporária, o que Marco Antônio propunha ia colocá-lo acima da lei, para além do alcance dela durante anos cruciais, enquanto construísse sua frota e seu exército. Mas pensava que ainda não tinha encontrado a fraqueza que havia levado Marco Antônio a negociar, e isso o incomodava. Olhou de novo para além dos que estavam à mesa, para as legiões na margem do rio.

— Como você está pagando seus homens? — perguntou preguiçosamente.

Para sua surpresa, Marco Antônio ficou vermelho, como se estivesse constrangido.

— Não estou — declarou ele, como se as palavras fossem arrancadas. — Parte do nosso acordo deve incluir verbas para pagar as legiões que comando.

Otaviano assobiou baixinho. Quinze legiões somavam 75 mil homens, com talvez mais 20 mil seguidores do exército. Otaviano se perguntou quanto tempo estariam passando sem prata. A pobreza era uma amante dura, e Marco Antônio precisava dele, ou pelo menos das verbas de Roma e do testamento de César.

Otaviano deu um sorriso mais caloroso para os dois homens à sua frente.

— Acho que entendo os argumentos principais, senhores. Mas que tipo de idiota eu seria se aceitasse uma batalha contra Cássio e Brutus e perdesse a Gália pela falta de soldados lá?

Marco Antônio descartou o argumento com um gesto.

— A Gália está pacífica há anos. César quebrou a espinha dorsal das tribos e matou os líderes. Não há um rei supremo para seguir os passos de Vercingetórix, não mais. Eles voltaram a ser milhares de famílias que discutem entre si e permanecerão assim durante gerações. Mas não levarei todos os romanos. Posso deixar duas ou três legiões para controlar os fortes durante algumas estações. Se os gauleses se rebelarem, ficarei sabendo rapidamente. Eles sabem o que esperar, se fizerem isso.

Otaviano olhou em dúvida para ele, imaginando se estava forçando demais. A última coisa que desejava era uma batalha em duas frentes. Marco Antônio fazia um jogo perigoso ao tirar as tropas da Gália, apesar dos trunfos que isso adicionava à negociação.

Após um momento longo e tenso enquanto os outros o observavam, ele acenou a cabeça em concordância.

— Muito bem, senhores. Posso ver que vocês tiveram tempo para pensar em como um triunvirato desses poderia funcionar. Digam como o veem e eu pensarei no que é melhor para Roma.

Três dias de negociações tinham deixado Marco Antônio exausto, enquanto Otaviano parecia tão revigorado quanto no instante em que havia se sentado à mesa. A cada amanhecer ele voltava ao mesmo local, depois que a ilha tinha sido examinada por Mecenas e Lépido em busca de homens escondidos. Não havia traição, e Otaviano estava com a sensação de que o acordo poderia funcionar. Mesmo assim argumentava e discutia cada ponto com grande energia enquanto os dois homens mais velhos definhavam.

Otaviano se ofereceu para aprovar uma lei tornando legítimo o arranjo. Em troca Marco Antônio lhe prometeu o controle completo da Sicília, da Sardenha e de toda a África, inclusive o Egito. Era um presente com um porém, visto que a frota de Sexto Pompeu controlava o mar ocidental, mas Otaviano aceitou. Marco Antônio manteria a Gália sob seu domínio pessoal, enquanto Lépido ganharia a região ao norte, onde Décimo Júnio havia governado por pouquíssimo tempo. A Espanha e o restante da Itália estariam sob autoridade partilhada dos três. Otaviano combinou que 3 milhões de sestércios seriam mandados para o outro lado do rio em botes, e teve o prazer de ver Marco Antônio relaxar e parecer jovem por um tempo, antes de se perderem de novo nos detalhes.

No terceiro dia o acordo foi escrito para ser selado pelos três. Juntos eles formariam "Uma comissão de três para a ordenação do Estado", um título feio e inflexível que tentava esconder o que era de fato: uma trégua temporária entre homens de poder para obter o que realmente desejavam. Otaviano não tinha falsas esperanças com relação a isso, no entanto Marco Antônio jamais havia sido seu inimigo, apesar de toda a arrogância romana do sujeito. Seus verdadeiros inimigos ficavam mais fortes a cada dia, e ele precisava de legiões e de poder para derrotá-los.

A parte final do acordo provocou mais discussões do que o restante. Quando Cornélio Sula havia sido ditador de Roma, tinha permitido o que chamou de "proscrições" — uma lista de homens condenados pelo Estado. Ser posto na lista era uma sentença de morte, considerando que qualquer cidadão poderia fazer cumprir a acusação, entregando a cabeça do citado e ganhando como recompensa uma parte de suas propriedades, enquanto o restante era vendido e o lucro ia para os cofres do Senado. Era um poder perigoso de se administrar. Otaviano sentiu a atração dele desde o início e lutou para resistir. Os únicos nomes que permitiu serem postos na lista foram os dos 19 restantes que haviam participado do assassinato de César no Teatro de Pompeu. Lépido e Marco Antônio acrescentaram suas escolhas, e Otaviano engoliu em seco, nervoso, ao ler nomes de senadores que conhecia bem. Seus colegas estavam acertando velhas contas como preço pelo acordo.

Durante mais dois dias discutiram as inclusões, vetando as escolhas uns dos outros por motivos pessoais e negociando-as de volta à lista um por um. No fim, estava feito. As proscrições criariam o caos em Roma, mas quando aqueles homens tivessem suas propriedades postas em leilões, ele teria as verbas necessárias para construir uma frota e travar uma guerra. Estremeceu pensando nisso ao ler a lista outra vez. Brutus e Cássio eram os primeiros nomes. A metade oriental das terras romanas não era mencionada em nenhum ponto dos acordos. Seria uma fantasia dividi-las enquanto elas ainda estivessem sob posse daqueles dois homens. Mesmo assim era uma marca, uma linha riscada. Cássio e Brutus seriam declarados inimigos do Estado, enquanto antes tinham sido protegidos pela lei e pela anistia. Não era uma coisa pequena vê-los no topo da lista.

Seis dias depois de ter desembarcado pela primeira vez na ilha minúscula, Otaviano estava lá outra vez. Marco Antônio e Lépido reluziam com o feito, trazidos de volta para o rebanho pelo único homem com poder para isso. Ainda havia pouca confiança entre eles, mas desenvolveram um respeito relutante uns pelos outros nos dias de discussão. Marco Antônio respirou lenta e calmamente enquanto olhava Otaviano selar o acordo do triunvirato e preparou o anel para acrescentar o símbolo de sua família.

— Cinco anos bastam para consertar os erros do passado — declarou Marco Antônio. — Que os deuses sorriam para nós pelo menos por tempo igual.

— Você voltará comigo a Roma para ver isso se tornar lei? — perguntou Otaviano, sorrindo com curiosidade.

— Eu não perderia isso de jeito nenhum — respondeu Marco Antônio.

O litoral da Sicília era um local perfeito para uma frota de raptores. As altas colinas perto do litoral permitiam que Sexto Pompeu lesse sinais feitos por bandeiras, depois mandasse suas galeras em surtidas rápidas, os remadores escravos se esforçando até que as proas cortassem o mar em espumas brancas. Franziu os olhos por causa da claridade para ler as bandeiras enquanto o sol nascia, mostrando os dentes ao ver o pano vermelho como uma gota distante de sangue contra o pico da montanha. A bandeira estava quase escondida atrás do lençol de fumaça do vulcão na ilha enorme, o monstro resmungão que sacudia a terra e fazia peixes mortos flutuarem até a superfície, onde seus homens deliciados podiam cravar-lhes lanças e encontrá-los já cozidos. À noite, às vezes podiam ver um brilho fraco no cume, enquanto a lava derretida borbulhava e era cuspida.

Era uma paisagem que combinava com seu ódio, e era uma coisa inebriante ter a autoridade e os navios para fazer cumprir sua vontade. Não precisava mais se arriscar à fúria da frota romana quando mandava as tripulações atacarem os navios mercantes. A frota romana estava sob seu comando, com ordens em um pergaminho encerado, selada com um grande disco de cera e fita. Os oficiais mais importantes só puderam saudá-lo e se colocar sob seu comando quando viram o selo. A partir daquele momento, ele possuía uma das armas mais poderosas brandidas por Roma. Mais ainda, considerando-se seu domínio no litoral. Os navios graneleiros da África e da Sicília não velejavam mais para a península. Roma estava isolada de metade da comida e dos suprimentos de que precisava, e ele ainda poderia piorar a situação.

Sexto Pompeu se virou para seu novo subcomandante, Védio. Talvez tivesse sido mais conciliador nomear um dos capitães mais antigos da legião, porém Védio estava com ele havia anos, como pirata, e Sexto confiava nele. Védio tinha 20 e poucos anos, mas não possuía os olhos afiados necessários para ler as bandeiras, de forma que esperava para ouvir a notícia, quase tremendo de empolgação. Quando Sexto o encontrara, o sujeito era um lobo de taverna, levando uma vida dura, lutando em troca de moedas, a maior parte das quais perdia no jogo ou na bebida. Os dois haviam reconhecido algo um no outro na primeira vez em que Sexto o derrubou, quebrando seu queixo. Védio o havia atacado três vezes nos meses seguintes, mas cada vez tinha sido pior do que a anterior. Por fim ele desistiu da vingança e se interessou pelo nobre romano que falava e agia como plebeu. Sexto riu do sujeito que jamais conhecera comida comum até entrar para as tripulações das galeras que caçavam os navios romanos. Pelo jeito, até um lobo poderia ser domado com refeições cozidas.

— A bandeira vermelha está içada. Há alguma alma corajosa lá fora, arriscando a vida para levar badulaques para a amante.

Nos velhos tempos uma segunda bandeira seria vital para saber o número de navios. Um ou dois seriam alvos, porém mais do que isso era um risco grande demais, e seus homens ficavam escondidos nas baías e angras ao longo do litoral.

Sexto sentiu o coração bater mais forte, um velho prazer. Estava no convés de uma bela galera romana, com legionários e escravos prontos para fazê-la partir a toda velocidade. Na pequena baía onde havia passado a noite, outras cinco galeras se abrigavam ancoradas, esperando suas ordens. Gritou para o sinaleiro, vendo a própria bandeira subir ao topo do mastro, e os remadores foram acordados com um chicote estalando junto aos ouvidos. As outras galeras reagiram com o tipo de disciplina que ele havia passado a amar, puxando as âncoras do leito marinho e preparando os remos em instantes. Quis gargalhar quando sentiu o navio se mover pelas águas escuras na direção do mar aberto. Os outros saltaram adiante, como falcões caçando. Eram seus raptores, apenas meia dúzia das embarcações mortais que tinha recebido. O litoral abrigava duzentas galeras de olhos curiosos, todas esperando suas ordens.

O movimento fez sua irmã subir da cabine minúscula, introduzindo uma nova fonte de tensão nas preocupações de Sexto. Ele não gostava de como Védio olhava para ela. A jovem tinha 18 anos e Sexto era como seu pai, além de irmão, e a mantinha por perto em vez de deixá-la em meio aos homens grosseiros em seus acampamentos de terra.

— Não há motivo para alarme, Lavínia. Estou fazendo o nobre serviço do Senado, mantendo o litoral livre. Você pode ficar, a não ser que haja luta. Nesse caso quero que fique em segurança lá embaixo, está bem?

Os olhos da garota relampejaram, irritados, mas ela concordou com um aceno de cabeça. Apesar de ter os mesmos cabelos louros que ele, os dela emolduravam um rosto que parecia anos mais jovem, praticamente uma criança. Sexto olhou com carinho enquanto Lavínia prendia os cabelos atrás e olhava para o mar, desfrutando o vento e os borrifos. Ele tinha plena consciência de que Védio seguia cada movimento dela com o próprio olhar opaco.

— Fique de olho nos navios inimigos — ordenou a Védio com a voz peremptória.

O sujeito era feio, não havia outra palavra. Védio fora tão espancado no rosto que o nariz, os lábios e as orelhas eram uma massa de cicatrizes, e as sobrancelhas não passavam de grossas linhas rosadas por terem sido rasgadas vezes demais por luvas de ferro. A primeira luta entre os dois havia começado quando Sexto disse que ele tinha o rosto parecido com um testículo, mas, se não tivesse conseguido um soco de sorte contra a boca aberta de Védio, Sexto sabia que poderia ter sido morto pelo lutador. Ninguém se sai bem depois de ter o maxilar quebrado. Nas ocasiões seguintes, ele apresentara Védio à realidade das espadas. Certamente não deixaria que o sujeito cortejasse sua irmã. Jovem, ela era de sangue nobre e Sexto deveria encontrar para Lavínia algum senador ou pretor rico muito em breve. Viu a irmã franzir os olhos para espiar as aves marinhas nas cordas do alto, e sorriu com afeto.

As galeras partiram a meia velocidade, os remadores escravos se aquecendo enquanto iam para o sol. Sexto exultou ao ver as galeras entrando em formação de ponta de flecha sem precisar de novas ordens. Antes suas tripulações simplesmente partiam para os navios alvos, atacando-os com gritos roucos. As galeras da frota eram disciplinadas e mortais, e, como fazia com frequência, ele correu até a proa para se inclinar sobre a amurada e olhar a distância enquanto seu navio cortava as ondas.

Dois navios estavam adiante, meros pontos contra a claridade do sol. Enquanto Sexto olhava, eles perceberam as galeras e começaram a se virar de volta para o continente. Já era tarde demais. A não ser que chegassem a um porto adequado, tudo que poderiam fazer era levar a embarcação para uma praia e desaparecer para salvar a vida. Sexto deu um risinho enquanto era borrifado com água salgada, segurando-se com um dos braços contra o reluzente olho de bronze que espiava por cima das ondas. Aquela parte do litoral não oferecia abrigos, somente penhascos rochosos que fariam os mercadores em pedacinhos mais rápido do que ele poderia. Gritou para os oficiais das legiões, e o som dos tambores ficou mais rápido, os grandes remos mergulhando no mar e saindo. A velocidade aumentou e os navios ao redor acompanharam a aceleração, erguendo-se sobre as águas enquanto os mercadores percebiam o erro e tentavam virar de volta para o mar aberto.

Nesse ponto Sexto estava suficientemente perto para enxergar a vela única, enquanto o outro navio era uma galera com força total nos remos, facilmente ultrapassando a embarcação que ela guardava. Ficou surpreso ao ver a galera se virar e vir direto para ele, como se o capitão achasse que tinha uma chance contra seis. Sexto havia esperado persegui-los pelo litoral oeste durante cerca de 50 quilômetros antes de conseguir abordá-los.

Védio apareceu junto a seu ombro.

— Ele quer um final rápido, talvez.

Sexto balançou a cabeça, sem se convencer. As ações do capitão da galera não faziam sentido algum, e ele podia ver os remos mergulhando e subindo como asas embranquecidas pelo vento, vindo em sua direção.

— Levantar bandeiras "um", "dois" e "atacar", com o sinal de "menor" — ordenou ele.

Sexto adorava os sistemas da legião e os havia dominado rapidamente, deliciando-se com as ordens complexas que poderia dar. Duas de suas galeras perseguiriam o navio mercante enquanto cuidava desse estranho que achava que podia correr direto para sua garganta. Ficou olhando enquanto dois navios de seu grupo se desviavam, mantendo a mesma velocidade, e mandou que os quatro restantes diminuíssem a velocidade à metade.

A galera inimiga continuava se aproximando, sem medo.

— Se nós o acertarmos pelos dois lados, ele vai afundar num instante — disse Védio, rindo com desprezo da embarcação que se aproximava.

— Existem modos mais fáceis de cometer suicídio — comentou Sexto, balançando a cabeça. — Ele arriscou tudo para nos alcançar. Nós temos os números para derrotá-lo com facilidade, não importa o que ele fizer agora.

A galera que se aproximava estava longe da costa, e os remadores deviam estar cansados. Mesmo que se virassem e fugissem na maior velocidade possível, Sexto sabia que poderia alcançá-la e abalroá-la antes que chegasse ao litoral. A distância podia ver seu par de navios ultrapassando o mercante indefeso. As velas estavam baixando em rendição, e seus homens iam tirar tudo que fosse útil antes de pôr fogo nele. Virou-se para ver os remos da galera saírem da água e encurtarem enquanto os escravos puxavam os cabos reluzentes. Privada de velocidade e em água profunda, a galera balançava como um pedaço de madeira ao sabor das ondas, subitamente impotente.

— Um quarto de velocidade! — gritou Sexto. — Lavínia, desça agora.

Arriscou um olhar de volta para ela, mas a jovem não se moveu, segurando-se ao mastro e observando com os olhos escuros, absorvendo tudo.

Deuses, às vezes ele achava que a garota era idiota. Parecia não entender nada a respeito do perigo. Ele não poderia ordenar que Védio a levasse para baixo, por isso se virou de volta, fumegando. Mais tarde teria uma conversa séria com Lavínia.

A galera foi se aproximando cada vez mais, até que ele viu os rostos de homens no convés oscilante. Estava pronto para ordenar que os remos fossem movidos ao contrário ao primeiro sinal de ardil, mas não havia catapultas no convés nem qualquer sinal de arqueiros ou lanceiros.

— Leve-me mais para perto — gritou para Védio, que repassou as ordens.

As embarcações deslizaram para perto, com o restante de suas galeras se colocando em formação ao redor. Sexto estava preparado para o surgimento súbito de arqueiros enquanto se inclinava sobre a proa e gritava para os homens que esperavam no convés da galera:

— Esse navio é um belo presente! Muito obrigado. Rendam-se agora e só vamos matar alguns de vocês.

Não houve resposta, e ele viu uma equipe de escravos manobrando um pequeno bote para a borda, puxando cordas e polias para suspendê-lo acima do convés e depois o empurrando para fora, de modo que pudesse ser baixado na água. Dois homens desceram pela lateral da galera, além das pás dos remos que pingavam, depois pegaram remos menores no barco e começaram a seguir em sua direção. Sexto levantou as sobrancelhas, olhando para Védio.

— Isso é novidade — disse Sexto, sentindo um espasmo de preocupação. César consagrara-se cônsul e não estava fora de cogitação que os homens no barquinho estivessem trazendo ordens para retirar sua autoridade. Não que isso fosse importar. Ele guardava as ordens seladas, e seus capitães não tinham tido permissão de ler o conteúdo. Para eles, Sexto estava no comando e não poderia ser retirado enquanto não permitisse.

Sexto gritou, ordenando uma parada completa, e seu estômago se revirou enquanto a galera girava e bamboleava nas ondas. Olhou os dois homens remando diretamente até ele.

— Quem são vocês, afinal? — perguntou, praticamente sem ter que levantar a voz.

— Públio e Caio Casca — respondeu um deles. Estava ofegando, desacostumado ao trabalho duro de remar entre as ondas. — Homens livres e Liberatores em busca de refúgio.

Sexto pensou um momento em deixá-los para se afogar, mas pelo menos eles teriam notícias mais atuais de Roma. Escutou Védio pegando uma adaga às costas e balançou a cabeça com relutância.

— Tragam-nos a bordo e tomem essa galera. Conheço esses nomes. Gostaria de ouvir o assassinato contado por gente que esteve lá.

A distância podia ver o navio mercante pegando fogo. Sorriu ao ver a fumaça escura erguendo-se como uma bandeira.

— Lavínia! Para baixo, agora! — ordenou ele de repente.

— Eu quero ver! E ouvir o que eles têm a dizer! — retrucou ela.

Sexto olhou ao redor. Não parecia que os dois irmãos fossem um perigo.

— Muito bem, só desta vez — concedeu com relutância. Não conseguia lhe recusar nada.

Védio sorriu para ela, revelando dentes quebrados e gengivas murchas. Lavínia o ignorou completamente, e a expressão dele azedou.

CAPÍTVLO XX

O SOL AINDA ESTAVA QUENTE NAS COSTAS DE AGRIPA, APESAR DE AS estações terem começado a mudar e cada árvore ter assumido os tons intensos de vermelho e dourado. Ele estava à beira do lago Averno, olhando por sobre 800 metros de águas profundas. O local onde antes houvera apenas uma pequena aldeia à margem havia se tornado um posto avançado de Roma, com dezenas de milhares de homens trabalhando duro do amanhecer ao anoitecer. Numa das margens, 12 cascos de galeras estavam sendo construídos em berços imensos. Mesmo do lado mais distante, ele podia ver muitos homens sobre as traves, e o som de marteladas chegava pelo ar imóvel. Três navios finalizados percorriam a superfície do lago, cruzando uns com os outros enquanto treinavam.

— Certo, estou impressionado — disse Mecenas ao seu lado. — Você fez maravilhas em apenas alguns meses. Mas posso ver um probleminha nos seus planos, Agripa.

— Não há problema algum. Otaviano me deu duas legiões e todos os carpinteiros e construtores de navios que restam na Itália. Há dois dias assinei uma ordem para derrubar a floresta na propriedade de um senador e o sujeito nem ousou questionar. Posso construir os navios, Mecenas.

Mecenas olhou por cima do lago, observando as galeras se aproximando e fintando mutuamente.

— Não duvido, amigo, se bem que nem mesmo algumas dúzias de galeras bastarão para tomar a frota. No entanto...

— Com quarenta galeras eu posso derrotá-lo — interrompeu Agripa.

— Estive naqueles navios durante anos, Mecenas! Conheço cada centímetro deles e posso melhorá-los. Venha comigo até um dos novos. Tive uma ideia para uma arma que surpreenderá Sexto Pompeu.

Os dois começaram a andar pela beira do lago. Mecenas podia ouvir as ordens gritadas para os remadores na superfície lustrosa. Seu amigo havia levado a sério a ideia das verbas ilimitadas, tanto que Otaviano mandara Mecenas para o sul com o objetivo de ver o que estava custando tantos milhões por mês. Pelo que Mecenas podia ver, a quantia só aumentaria.

— Eu encontrei uma falha no seu plano, Agripa — disse ele, rindo sozinho. — Você tem sua frota secreta e posso ver que está treinando legionários para usá-la. No entanto, haverá uma pequena dificuldade quando chegar a hora de levá-la para o mar.

Agripa olhou-o irritado.

— Não sou idiota, Mecenas. Sei que o lago não dá acesso ao mar.

— Algumas pessoas considerariam isso um problema para uma frota oceânica.

— É, vejo que isso o diverte. Mas o litoral está a apenas um quilômetro e meio, e escolhi este lago cuidadosamente. Tenho um número ilimitado de trabalhadores. Eles vão construir um canal até o mar e levaremos os navios para lá.

Mecenas olhou-o, pasmo.

— Você acha que isso pode ser feito?

— Por que não? Os egípcios construíram pirâmides com milhares de escravos. Tenho gente preparando a rota. Só um quilômetro e meio, Mecenas! Não é longe demais para homens que construíram milhares de quilômetros de estradas.

O barulho das marteladas aumentou enquanto eles se aproximavam da área de construção. Homens carregando sacos de ferramentas se moviam rapidamente em todas as direções, pingando suor enquanto trabalhavam ao sol. Mecenas assobiou baixinho olhando a galera mais próxima.

Nunca havia percebido como eram grandes. Outras 11, em vários estágios de construção, estendiam-se a distância. Esticou a mão para as traves de carvalho que sustentavam a quilha de uma galera. O ar cheirava a madeira recém-cortada, e ele podia ver centenas de carpinteiros nas escadas e plataformas que lhes permitiam alcançar qualquer parte da estrutura do navio. Enquanto olhava, uma equipe de oito homens segurou uma trave no lugar, as extremidades se encaixando de modo que um deles podia usar uma marreta enorme para bater numa grande cavilha de madeira da largura de seu braço.

— Quanto você está pagando aos homens? — perguntou Mecenas.

— O dobro do que poderiam receber em qualquer outro lugar. — Agripa bufou. — Os mestres carpinteiros estão ganhando o triplo do normal. Otaviano disse que eu tinha carta branca e que a coisa mais importante era a velocidade. Posso construir a frota dele, mas os custos são altos se ele quer rapidez.

Mecenas olhou para o amigo, vendo cansaço mas também orgulho. Agripa tinha aparas de madeira no cabelo e a bochecha estava branca com serragem, porém seus olhos brilhavam e ele estava bronzeado e saudável.

— Você está gostando do trabalho — comentou Mecenas, sorrindo.

Antes que Agripa pudesse responder, os dois ouviram uma carruagem se aproximar, chacoalhando pela estrada que levava até Neápolis, a 15 quilômetros dali.

— Quem é aquele? — perguntou Agripa, com suspeitas.

— Só um amigo. Ele queria ver os navios.

— Mecenas! Como posso manter este local em segredo se você convida seus amigos para ver o que estou fazendo? Como ele passou pelos guardas da estrada?

Mecenas ficou ligeiramente ruborizado.

— Eu lhe dei um passe. Olhe, Virgílio é poeta e sabe guardar segredos. Achei que poderia escrever alguns versos sobre este lugar.

— Você acha que tenho tempo para poetas? Você vai começar a trazer pintores e escultores para cá? Esta é uma frota secreta, Mecenas! Mande-o de volta. Ele já viu demais só por estar aqui. Vejo que ele tem um cocheiro. Bom, agora terei que manter o cocheiro aqui. Vou colocá-lo na folha de pagamentos com os outros, mas ninguém sai daqui até a primavera.

— Então eu mesmo levo Virgílio de volta.

Os dois olharam o poeta descer, observando as estruturas enormes ao redor. Havia poeira no ar, e Virgílio espirrou explosivamente, assoando o nariz com um quadrado de seda cara.

— Aqui — chamou Mecenas. Seu amigo viu os dois e acenou brevemente, indo na direção deles. — Olhe — murmurou Mecenas para Agripa. — Virgílio é bom de verdade, e Otaviano gosta dele. Já é famoso nas cidades. Não faz mal ser agradável com um homem assim. Ele vai tornar você imortal.

— Eu não *quero* ser imortal — reagiu Agripa com rispidez. — Quero construir essa frota antes que Sexto Pompeu faça o país morrer de fome.

O sujeito que se aproximou era atarracado e baixo, o rosto emoldurado por cachos pretos. Quando chegou mais perto, espirrou de novo e gemeu baixinho.

— Juro, Mecenas, achei que o ar daqui seria bom para mim, mas a poeira é muito desagradável. Você deve ser Agripa, o gênio construtor de navios. Eu... sou Virgílio. — Ele fez uma pausa, visivelmente desapontado quando Agripa apenas olhou-o inexpressivo. — Ah. Vejo que minha modesta fama não me precede aqui. Não faz mal. Mecenas disse que você tem algum tipo de projeto novo para as galeras, não é?

— Mecenas! — ralhou Agripa, incrédulo. — A quantos mais você contou? Nesse ritmo terei a frota de Pompeu me esperando quando sair.

Mecenas pareceu sem graça, mas levantou as mãos.

— Contei alguns detalhes para atrair o interesse dele, só isso. Virgílio sabe que não deve dizer uma única palavra a mais ninguém, não é?

— Claro — assentiu Virgílio de imediato. — Os poetas sabem muitos segredos. De qualquer modo, suspeito que não vou durar muito neste mundo. Estou enfraquecendo a cada dia.

Ele assoou o nariz com energia enorme, e Agripa olhou-o irritado.

— Bom, vou ficar com seu cocheiro — anunciou ele peremptoriamente. — Mecenas vai levar a parelha de cavalos de volta à cidade com você.

Virgílio piscou.

— Ele é bem como você disse, Mecenas. Sério e romano, mas com o corpo de um jovem Hércules. Gosto dele. — Em seguida se virou para

Agripa. — Então, dado que já vi sua frota sendo feita, pode confiar em mim para me mostrar tudo?

— Não — respondeu Agripa, mal contendo o mau humor. — Estou ocupado.

— César disse que eu deveria olhar os planos detalhados, Agripa — declarou Mecenas. — Escolhi ter Virgílio comigo para tomar notas. Você tem minha palavra de que ele é digno de confiança.

Agripa levantou os olhos com frustração e levou Mecenas a uma dúzia de passos de distância, longe o bastante para que Virgílio não escutasse.

— Ele não me parece... masculino, Mecenas. Ouvi dizer que esse tipo de homem não é de confiança. Eles fofocam feito mulheres.

— De que tipo de homem está falando? — perguntou Mecenas com inocência.

Agripa ficou vermelho, desviando o olhar.

— Você sabe o que estou dizendo. Pelo menos diga que ele é... Você sabe... — Sua garganta pareceu sufocar enquanto ele forçava as palavras: — ... o que coloca, e não o que recebe.

— Agora não entendi nada — disse Mecenas, apesar de seus olhos reluzirem com diversão. Agripa não queria olhá-lo.

— Uma espada, e não uma bainha! Deuses, não sei como se diz essas coisas. Você *sabe* o que quero dizer!

— É, sei — falou Mecenas, rindo. — Eu só queria ver como você ia verbalizar isso. Virgílio! Meu amigo aqui quer saber se você é uma espada ou uma bainha.

— O quê? Ah, uma espada, definitivamente. Sou feito do bom aço romano.

Agripa gemeu. Olhou irritado para os dois durante um longo tempo, mas sentia orgulho do que havia criado junto ao lago, e parte dele queria mostrar isso a eles.

— Então venham comigo — chamou ele.

Saiu andando imediatamente, pisando firme, e Virgílio compartilhou um sorriso com Mecenas enquanto eles o seguiam. Agripa chegou a uma escada e subiu, indo de uma plataforma a outra com a facilidade resultante da prática. Mecenas e Virgílio iam atrás mais devagar, até estarem olhando de cima de um convés inacabado. Partes ainda estavam sem tábuas, de modo que podiam ver diretamente os bancos dos remadores embaixo.

— A princípio tentei colocar quatro pontes corvus, em vez de uma, como é usual. O resultado está no fundo do lago; a experiência tinha deixado as galeras pesadas na parte de cima. Ainda vou adaptar algumas, pois isso me permite introduzir homens a bordo de um navio inimigo, mas, se as águas estiverem agitadas, elas não ficam suficientemente estáveis. Ainda preciso achar um modo de fazer os números estarem a meu favor.

Agripa olhou para Mecenas em busca de entendimento, mas seu nobre amigo apenas parecia perplexo.

— Os remadores não serão escravos, não nestes navios. Cada um será um espadachim, escolhido por competição entre as legiões de Otaviano. Estou oferecendo o dobro do pagamento normal para cada homem que ganhar o lugar. Em termos de guerreiros, devemos suplantar qualquer tripulação de Sexto Pompeu em pelo menos três para um.

— É uma vantagem — admitiu Mecenas. — Mas Pompeu tem duzentas galeras. Você vai precisar de algo mais do que isso.

— Eu tenho mais do que isso — retrucou Agripa azedamente, olhando para Virgílio. — Vou lhes mostrar. Quero seu juramento de que morrerão antes de falar sobre isso com alguém. Já foi bastante difícil impedir que meus trabalhadores sumissem de volta para a cidade e contassem os detalhes para quem quisesse ouvir.

— Mais uma vez, você tem a minha palavra de honra — jurou Mecenas. Virgílio repetiu as palavras, sério.

Agripa assentiu e assobiou para um dos homens que trabalhavam no convés.

— Traga a catapulta para cima — gritou ele.

— Catapultas não são nada de novo — disse Virgílio, meio nervoso. — Todas as galeras da frota têm.

— Para disparar pedras, que erram mais do que acertam — rosnou Agripa. — O problema era a precisão, por isso dei um jeito. Eles não têm nada igual a isso.

Sob as ordens do carpinteiro que Agripa havia chamado, seis outros homens trouxeram vergas e cordas de baixo. Enquanto Mecenas e Virgílio observavam, começaram a montar uma máquina no convés, martelando uma plataforma circular em buracos nas tábuas de carvalho, de modo que ficaria firme mesmo numa tempestade. Em cima dela puseram bolas de bronze fundido com cavilhas do mesmo metal, que se encaixavam em sulcos feitos para elas. Quando outro círculo de madeira foi anexado, eles tinham uma plataforma com 2 metros de largura que poderia girar facilmente, mesmo sob peso. O restante da catapulta foi construído sobre essa base com a rapidez resultante de muita prática.

— Estou vendo um arpéu ali... — começou Mecenas.

— Só olhe — pediu Agripa.

A catapulta foi puxada para trás contra vergas de ferro que se curvavam, uma versão em miniatura das balistas que as legiões usavam. Mas não havia uma estrutura que servisse como suporte para se colocar pedras pesadas. Um enorme arpéu de ferro com quatro farpas dobradas foi posto no lugar e amarrado a um rolo de corda. Os homens abaixo esperaram o sinal, e Agripa baixou a mão. Os três puxaram com força enquanto a arma saltava e o arpéu era disparado no ar, deixando atrás uma serpente de corda com um zumbido. Subiu cerca de cem passos antes de cair e acertar a terra mole embaixo.

Agripa pareceu satisfeito enquanto se virava para os dois.

— Uma pedra pode errar ou deslizar no convés e cair no oceano. Os arpéus voam por cima do navio inimigo e se cravam na madeira. Eles vão tentar cortar as cordas, claro, mas eu tenho fios de cobre entrelaçados nas fibras. Haverá três desses em cada convés, e, quando eles voarem, os homens vão puxar as galeras rapidamente para perto. As pontes corvus vão baixar, e estaremos a bordo antes que possam organizar uma defesa.

Mecenas e Virgílio estavam balançando a cabeça, mas não pareciam impressionados.

— Vocês vão ver — disse Agripa. — Os navios no lago já estão com as novas armas colocadas. Eu ia testá-las hoje, antes que vocês chegassem para estragar minha manhã.

Ele se virou e gritou uma ordem para a galera mais próxima no lago, que treinava manobras. Sua voz a alcançou facilmente, e o capitão respondeu levantando a mão. Os remadores inverteram o movimento, levando a galera para o alcance da outra que a perseguia. Mecenas e Virgílio se viraram a tempo de ver três cordas e arpéus voarem do convés, por cima da outra galera, de modo que a acertaram e ficaram presos nela. Equipes de legionários seguraram as barras de um cabrestante, enrolando as cordas de volta como uma linha de pesca, firmando os pés como apoio no convés de madeira.

— Agora vão ver — disse Agripa.

As cordas haviam apanhado a outra galera num ângulo estranho. Enquanto se retesavam, a tripulação oposta correu para o lado onde esperavam um ataque. Isso desequilibrou o navio, que se inclinou súbita e violentamente, de modo que o convés se transformou numa rampa. Mais homens escorregaram para o lado mais baixo, gritando em pânico. Os remos de um dos lados saíram da água e no outro os remadores se sacudiam desesperados enquanto o lago jorrava para dentro do navio. Antes que Agripa pudesse berrar outra ordem, a galera emborcou com um estrondo enorme, revelando a curva brilhante de seu casco.

Mecenas engoliu em seco, nervoso, sabendo que tinha acabado de testemunhar o afogamento de duzentos homens ou mais. Até os poucos que sabiam nadar teriam dificuldade para escapar enquanto a água fria invadia a embarcação. No lago, a tripulação da primeira galera ficou parada e perplexa com o que havia feito.

Ele olhou para Agripa e viu o amigo apanhado entre o horror e o deleite.

— Pelos deuses, pensei... — gritou ele para que a tripulação da galera tirasse quem estivesse na água, e enxugou o suor do rosto.

— Você sabia que isso aconteceria? — perguntou Virgílio, os olhos arregalados de choque.

Agripa balançou a cabeça.

— Não — respondeu sério. — Mas isso jamais foi um jogo. Vou usar qualquer coisa, aproveitar qualquer vantagem disponível.

No lago, a galera estava cercada por bolhas que sibilavam, e eles podiam ouvir os gritos fracos de homens se afogando, ainda presos com o que rareava ar no porão dos remadores. Contra todas as chances, alguns tinham conseguido sair. Eles chegavam à superfície, sacudindo-se e gritando, tentando desesperadamente flutuar por tempo suficiente para serem salvos.

— Preciso de mais 20 milhões de sestércios para construir o canal até o mar — anunciou Agripa. — Vou dar a César as galeras de que ele precisa e vou destruir Sexto Pompeu, não importa o que custar.

— Vou fazer com que a verba chegue até você — disse Mecenas, sem a animação usual, enquanto olhava homens se afogando.

Otaviano levantou a mão e os outros lances pararam imediatamente.

— Quatro milhões de sestércios — disse ele.

O leiloeiro acenou e pôs de lado os papéis selados de propriedade, para que ele pudesse pegar depois do fim da venda. Nenhum outro comprador se arriscaria ao desprazer de um cônsul e triúnviro, ainda que a propriedade de Suetônio fosse boa, com acesso ao rio e uma bela casa numa colina perto de Roma. Ela ficava próximo a outra propriedade que Otaviano havia herdado de César e ele não poderia deixar passar a chance de aumentar suas posses. Mesmo assim, era meio estranho dar lances para comprar propriedades que ele fizera serem postas à venda. Dez por cento do preço final ia para qualquer cidadão que tivesse entregado o dono proscrito, e estavam acontecendo situações estarrecedoras desde a publicação das listas, com turbas arrombando portas de homens citados e arrastando-os para as ruas. Em mais de uma ocasião, apenas a cabeça do sujeito fora usada para reivindicar a recompensa.

Infelizmente a propriedade de Suetônio não tinha sido uma delas. O senador havia desaparecido logo depois da eleição consular, e Otaviano tinha cada espião e cliente a seu serviço procurando notícias dele, além de outros Liberatores ainda vivos. Na ausência do dono, a propriedade de Suetônio havia sido confiscada e o grosso dos rendimentos ia para treinar e preparar novas legiões.

— O lote seguinte é uma propriedade campestre perto de Neápolis, que pertenceu originalmente a Públio Casca.

Otaviano conhecia o nome. Era um dos dois irmãos que haviam conseguido escapar de seus perseguidores. Tinha ouvido um boato de que os Casca se colocaram sob a dúbia indulgência de Sexto Pompeu, mas não tinha certeza. Não desejava dar lances para a propriedade naquele momento, mas mesmo assim esperou para ver quanta prata iria para os cofres de guerra.

Os lances começaram devagar enquanto homens ricos tentavam adivinhar se o cônsul e triúnviro ia tirá-la deles no último instante. Otaviano sentiu os olhares e balançou a cabeça, virando-se ligeiramente para o outro lado. Então os lances aumentaram num ritmo rápido, visto que a propriedade no sul era famosa por seus vinhedos e suas terras agrícolas. Ainda havia dinheiro em Roma, pensou Otaviano. Sua tarefa era juntar o máximo possível para uma campanha, que precisaria de um baú de guerra ainda maior do que o que César havia coletado para a Pártia.

Esfregou os olhos, cansado, enquanto o preço alcançava 4 milhões de sestércios e a maioria dos concorrentes desistia. A frota secreta de Agripa representava um dreno espantoso das finanças do Estado, no entanto ele não conseguia ver outra opção a não ser colocar mais prata e ouro nos navios. Sem uma frota, as legiões que controlava com Marco Antônio eram efetivamente inúteis. O preço do pão já havia triplicado, e, apesar de muitos cidadãos ainda guardarem boa parte da prata dada por César, ele sabia que não demoraria muito até que eles recomeçassem com os tumultos, só para comer. Otaviano balançou a cabeça diante daquele pensamento.

Os lances terminaram em 6 milhões e 400 mil. Ele fez um gesto para o leiloeiro, que empalideceu ao ver o movimento, pensando que era um lance tardio. Otaviano balançou a cabeça de novo e fez um gesto para o maço de papéis selados que representavam a propriedade que Otaviano comprara. Eles seriam mandados para uma de suas casas na cidade, e a verba seria desembolsada por uma das centenas de feitores e serviçais que trabalhavam diretamente para ele. Os homens na sala relaxaram visivelmente enquanto ele saía.

A casa de leilões ficava no monte Quirinal, e Otaviano mal notou os lictores que o acompanharam enquanto descia para o fórum. A nova sede do Senado estava quase pronta, e ele havia concordado em se encontrar com seu cocônsul Pédio no Templo de Vesta para supervisionar a colocação da pedra final. Roma se agitava ao redor enquanto Otaviano descia o morro, e sua boca se retorceu quando se lembrou de ocasiões em que mal conseguia se mover por causa das multidões aplaudindo. O ar em Roma estava esfriando à medida que o ano terminava. Em todos os sentidos, a nova primavera parecia muito distante.

Quando chegou ao fórum, a sensação da cidade enérgica ao redor aumentou. O espaço aberto estava cheio com milhares de homens e mulheres fazendo os negócios de Roma, desde a administração de mil casas comerciais até senadores e especialistas em lei discutindo cada tópico, muitos deles com grandes grupos assistindo. Roma fora feita e refeita sobre palavras e ideias antes das espadas, e ainda parecia jovem, como ele. Os senadores não ficavam isolados dos cidadãos, pelo menos em certas ocasiões a cada mês. Caminhavam em meio à multidão no fórum e ouviam pedidos e apelos de seus representados. Qualquer coisa, desde um problema com um vizinho até uma acusação de assassinato, podia ser levada a eles, e, enquanto andava, Otaviano viu Bíbilo, concentrado, conversando com um grupo de mercadores ricos apenas um pouco mais magros que ele. Como Otaviano, Bíbilo havia aumentado suas posses durante os leilões dos proscritos. Sem dúvida tinha homens no salão de onde Otaviano acabara de sair, fazendo lances em seu nome para as melhores propriedades.

Bíbilo viu os lictores sérios passando, e seus olhos frios buscaram o cônsul, que andava no centro deles. Apesar de seus ganhos, o jovem sabia que não havia trégua ali, não da parte de Bíbilo. Era por causa de Otaviano que Marco Antônio tinha retornado ao Senado com mais poder e menos restrições do que antes. Otaviano podia sentir a distância a aversão de Bíbilo e deixou que ela o aquecesse. O senador não gritou um cumprimento, preferindo fingir que não o vira passar.

Pédio estava parado na entrada do Templo de Vesta, conversando com Quintina Fábia. Otaviano se animou ao vê-la, pois gostava de sua companhia. Mal havia falado com ela desde que se tornara cônsul, mas era uma das pessoas que ele tinha passado a ver como aliada, pelo menos por causa de seu sobrinho Mecenas.

Para sua surpresa, Quintina Fábia veio para ele com braços abertos.

— César, ouvi dizer que deveria lhe dar os parabéns.

Otaviano olhou para Pédio, que deu de ombros. Em seguida se permitiu ser abraçado com força surpreendente.

— Por quê? — perguntou quando ela o soltou.

— Pelo seu noivado, claro.

— Ah. Não sinto muito júbilo com a perspectiva de uma esposa de 12 anos, Quintina.

Ele havia se encontrado com a filha de Marco Antônio apenas uma vez, desde o retorno a Roma, e o casamento iminente era pouco mais do que uma peça de troca nas negociações entre os dois. Sentia pena de Cláudia, no mínimo, mas em Roma os casamentos eram uma moeda e uma declaração de apoio mútuo. Não interferiria em sua popularidade atual entre as amantes nobres da cidade. Otaviano era magro, jovem e tinha poder, um coquetel poderoso que podia levar a uma parceira diferente a cada noite, se quisesse. Suspeitou que Quintina sabia disso muito bem e estava provocando-o, por isso tentou receber o comentário com elegância.

— No momento tenho outras coisas em mente, Quintina; peço desculpas.

— Claro. Os rapazes estão sempre apaixonados.

— Talvez, não sei. Eu sonho com novas legiões, treinadas e endurecidas durante o inverno.

Ele olhou para Pédio, que parecia constrangido com a conversa e um tanto perplexo com as atenções da sacerdotisa.

— Informe, Pédio. Não vim aqui falar de amor, pelo menos não hoje.

O sujeito mais velho pigarreou.

— Infelizmente, Sra. Fábia, devo deixar nossa conversa para outra ocasião.

— Ah, muito bem, mas sei de algumas viúvas romanas que ficariam animadas em conhecer um homem maduro também, Pédio. Elas são poços mais profundos do que as jovens que César prefere. Os rios delas não secaram nos anos sem um homem. De fato, o contrário é verdadeiro. Pense nisso enquanto conversa nesta bela manhã.

Ela voltou para o templo, deixando os dois a observá-la. Pédio balançou a cabeça, apanhado entre a suspeita de que estava sendo objeto de zombaria e interesse genuíno.

— Nós montamos seis legiões novas e colocamos os nomes delas nos registros do Senado. No momento os homens não passam de camponeses e moleques empregados de lojas. Estão treinando em Arrécio, mas por enquanto precisam se revezar compartilhando as espadas e os escudos.

— Então compre mais — disse Otaviano.

Pédio soltou o ar, exasperado.

— Eu compraria, se tivesse ouro para isso! Você tem alguma ideia de quanto custa fazer equipamentos para 5 mil homens, quanto mais para 30 mil? As espadas devem vir da Espanha, mas Sexto bloqueia o litoral oeste. São 1.500 quilômetros, César! Em vez de um mês pelo mar, demora cinco vezes mais, porém até lá eles devem treinar com pedaços de pau e armas com mais de um século de idade. Contudo, sempre que procuro verbas dizem que César esteve lá antes de mim e que todos os baús estão vazios.

Otaviano não precisava de mais uma lembrança de que Sexto Pompeu estava assolando o litoral. Com Cássio e Brutus ficando cada vez mais fortes na Grécia e na Macedônia, ele tinha plena consciência do estrangulamento que cortava o sangue vital do país.

— Tenho ouro vindo por terra também, de minas na Espanha, e estou trabalhando numa solução para a frota de Sexto Pompeu. Isso está drenando o tesouro, mas preciso ser capaz de proteger as legiões quando fizerem a travessia.

— Eu apreciaria se você me contasse mais sobre seus planos. Ainda que as proscrições tenham silenciado alguns de seus inimigos, o problema principal continua. Não podemos começar uma campanha sem que novas legiões mantenham Roma em segurança e, claro, navios para transportar esses homens. Até lá, estamos presos em nossa própria terra.

— Certo, cônsul. Não existe sentido em ficar repassando nossas dificuldades. Já estive em situações piores, acredite.

Para sua surpresa, Pédio sorriu, mordendo o interior dos lábios enquanto olhava para cima.

— É, já esteve, não é? E as superou. A cidade ainda espera que você conserte tudo, César, como se pudesse trazer grãos baratos de novo apenas com um gesto. — Ele se inclinou um pouco mais para perto, de modo que os lictores sempre presentes não ouvissem. — Mas tudo que você ganhou pode ser retirado, se homens como Brutus, Cássio e Sexto Pompeu encontrarem outro aliado em Roma.

Otaviano olhou-o incisivamente, observando seu maxilar se mover.

— Está querendo me dar um aviso? Marco Antônio já lançou os dados comigo, Pédio. Ele não seria idiota a ponto de arriscar uma aliança com homens como aqueles.

— Talvez — rebateu Pédio. — Espero que esteja certo. Talvez eu seja apenas um velho cheio de suspeitas, mas às vezes é bom suspeitar. Você é muito novo, César. O futuro é mais longo para você do que para mim. Pode ser uma boa ideia pensar nesses anos enquanto faz suas escolhas.

Otaviano refletiu por um momento. Sabia que César fora alertado muitas vezes a respeito de possíveis assassinos e sempre havia ignorado a ameaça.

— Estarei pronto para qualquer coisa, Pédio. Você tem minha palavra.

— Bom. — Pédio sorriu. — Passei a gostar de ser cônsul a seu lado, rapaz. Não quero que isso acabe cedo demais.

CAPÍTVLO XXI

BRUTUS CONTEVE A RAIVA, QUE SE DEVIA MAIS À SUA ENERGIA DECREScente do que ao grego que dançava ao redor dele com a espada de treino. Houvera um tempo em que poderia ter humilhado facilmente o sujeito mais novo, porém grande parte de sua velocidade havia sumido no correr dos anos. Somente a rotina diária de treinos impedia que sua forma física desaparecesse por completo.

Sabia que seu rosto e o peito nu estavam vermelhos enquanto se esquentava. Cada respiração parecia sair de um forno, e o suor escorria, ao passo que seu oponente ainda parecia à vontade. Era irritante e absolutamente sem sentido, mas ele queria que sua juventude retornasse ao menos por um momento, para obrigar o grego à submissão rápida.

Cleantes ainda estava cauteloso com o governador romano que o desafiara para um treino. Apesar da diferença de 30 anos, não pudera dar um golpe devastador, apenas marcar os braços do adversário com a tinta vermelha passada na lâmina de madeira. Mesmo assim sentia que a luta se virava a seu favor, e não era ruim ter os amigos gritando encorajamentos na lateral da área de treino. Atenas podia ser governada por Roma, mas a multidão era explícita em apoiar o jovem grego.

Impelido pelos aplausos, Cleantes bloqueou um ataque com o escudo e deu uma estocada em direção ao pescoço do romano. Era um golpe perigoso, um dos poucos que poderiam ser fatais com as armas de madeira. Brutus se retesou com raiva enquanto empurrava a espada de lado, lançando uma série de golpes que obrigaram Cleantes a recuar passo a passo. Ele já havia sido muito, muito bom, e sua forma física continuava impressionante, mas estava ofegando e o suor pingava do cabelo molhado.

Cleantes hesitou em vez de pressionar de novo. Tudo que aprendera nas aulas havia fracassado quando tentara romper a guarda do sujeito. Mas não queria ganhar exaurindo o oponente. Encarou Brutus e trouxe a espada de volta à posição de bainha, no quadril. Eles só usavam calças justas e não havia uma faixa para segurar a arma, mas a intenção era clara. Brutus repuxou o lábio, mas ele também já fora arrogante. Aceitou a ameaça e chegou perto, observando Cleantes com cuidado enquanto também levava sua espada ao quadril, pronto para um golpe único. Era o tipo de coisa que atraía os jovens, um teste de velocidade ao desembainhar. Brutus olhou nos olhos do rapaz, relaxando por completo.

O ataque veio sem aviso, um golpe que Cleantes havia treinado mil vezes em sua jovem vida. Tomou a decisão de se mover, e sua mão levantou a espada rapidamente. Para seu choque, Cleantes sentiu uma linha cortar a lateral de seu pescoço, deixando uma mancha vermelha que se misturou com o suor e pingou no peito nu. Brutus acompanhou o golpe com outros dois ataques rápidos, um na parte interna da coxa, onde um homem sangraria rapidamente até a morte, e outro no flanco do grego. Isso aconteceu num instante, e Brutus deu um riso desagradável para ele enquanto recuava.

— O segundo homem a se mover costuma ser mais rápido; não lhe ensinaram isso? — perguntou Brutus. — Se ele for treinado, a reação será mais rápida do que um golpe planejado.

Cleantes levou a mão à garganta e a mancha vermelha tocou seus dedos. Olhou para baixo e viu a tinta pingando pela perna direita. A multidão tinha ficado em silêncio, e ele fez uma reverência rígida ao governador romano.

— Vou me lembrar da lição — disse Cleantes. — Mais uma?

Cabeças se viraram rapidamente ao ouvirem palmas ecoando no pátio de treino. Brutus viu Cássio junto ao corrimão, parecendo descansado e em forma. Reconheceu Suetônio e Caio Trebônio com ele e retesou o queixo. Com um gesto rápido jogou a espada de treino para Cleantes, que foi obrigado a pegá-la.

— Hoje não — gritou por cima do ombro. — Parece que tenho visitas.

Foi até os três homens que o aguardavam.

— Querem me acompanhar aos banhos? Preciso lavar o suor.

Cássio concordou, mas Suetônio pareceu desconfortável e passou a mão pelos cabelos. Caio Trebônio olhava ao redor com interesse explícito. Os três acompanharam Brutus até a casa de banhos da área de treino e todos se despiram, entregando as roupas a escravos, para serem escovadas e limpas a vapor. Brutus ignorou os outros, sabendo que iam esperá-lo, independentemente do que desejassem. Ficou de pé, impassível, enquanto baldes de água eram esvaziados sobre ele, depois foi para a sala de vapor mais quente para livrar-se da sujeira através do suor. Cercado por estranhos, Cássio não poderia discutir os planos, e o grupo de homens sentou-se em silêncio com o vapor redemoinhando ao redor, para então seguir Brutus até a piscina fria e finalmente até as mesas, onde outros escravos passaram óleo nas peles deles e os rasparam com pedaços de marfim, limpando a gosma preta nos panos amarrados à cintura.

Uma boa hora se passou antes que fossem deixados a sós. Alguns homens preferiram cochilar um pouco, enquanto muitos outros escolheram discutir seus negócios em particular. Os escravos saíram discretamente, mas aguardariam junto à porta externa com a esperança de algumas moedas extras quando os clientes saíssem à rua.

Suetônio não tinha percebido que seus cabelos haviam se transformado em finas serpentes no vapor e no óleo, incapazes de cobrir a careca. Levantou a cabeça da mesa onde estava deitado e viu os companheiros descansando de olhos fechados.

— Por mais agradável que seja encontrar uma casa romana competente em Atenas, há muito a discutir — começou ele.

Brutus emitiu um som que era quase um gemido, mas ainda assim sentou-se. Os outros fizeram o mesmo, porém Suetônio pousou as mãos na pança frouxa e nas coxas enrugadas. Os banhos despiam a dignidade, e ele desejou que sua toga fosse devolvida.

— E o que os trouxe a mim, aqui? — perguntou Brutus. — Eu estava esperando assistir ao orador Tenes quando ele fosse falar na ágora.

— Vale a pena ouvir? — questionou Cássio.

Brutus deu de ombros, balançando a mão.

— Você conhece os gregos. Eles só veem o caos no mundo e não oferecem soluções. É tudo espuma e vento, comparado aos pensadores romanos. Pelo menos somos práticos. Quando vemos o caos, pisamos na cabeça dele.

— Sempre os achei um povo arrogante — comentou Cássio. — Lembro-me de um que me disse que eles inventaram tudo, desde os deuses até o sexo. Observei que os romanos pegaram suas ideias e as aprimoraram. Ares se tornou Marte, Zeus virou Júpiter. E, claro, apesar de não podermos melhorar o sexo, fomos nós que pensamos em experimentá-lo com as mulheres.

Brutus gargalhou, dando-lhe um tapa no ombro.

— Não quero interromper a discussão de vocês sobre filosofia — interviu Suetônio —, mas temos questões mais prementes.

Cássio e Brutus compartilharam um olhar divertido que Suetônio notou, com a boca se tornando uma fina linha de desaprovação. Caio Trebônio apenas olhava para eles, sem confiança suficiente para entrar na conversa.

— Fale, então — pediu Brutus com um suspiro. Estava sentindo-se maravilhosamente relaxado. — O que, ou quem, tirou você da Síria, Cássio?

— Quem mais, senão César? — respondeu Cássio. — Sabia que ele formou um triunvirato?

— Com Marco Antônio e um general da Gália chamado Lépido, sei. Não estou tão longe de Roma a ponto de não saber dessas novidades.

— Ele tomou para si o poder de um imperador! — falou Suetônio rispidamente, cansado do tom ameno da conversa. — Age como ditador, vendendo nossas propriedades e zombando da lei. Você sabia das proscrições?

Brutus deu um sorriso desagradável.

— Eu estou na lista, disso eu sei. E daí? No lugar dele faria a mesma coisa.

— Você não está tão resignado a ver outro César ascendendo sobre nós, não importando o quanto finja — provocou Suetônio.

Brutus encarou-o com frieza até obrigá-lo a desviar o olhar.

— Cuidado com suas palavras, Suetônio, pelo menos quando estiver perto de mim. Eu sou governador de Atenas, afinal de contas. Não sei exatamente... o que *você* é.

Suetônio olhou-o boquiaberto, e Cássio riu, virando-se, para disfarçar.

— Eu sou alguém despossuído! É isso que sou. Sou um dos Liberatores! Salvei Roma de um tirano louco que zombava da República, que destruiu séculos de civilização sendo poderoso demais para ser contido. É isso que sou, Brutus. Quem você é?

Brutus tratou a explosão como o som de um cãozinho latindo, mas seu sorriso ficou tenso. Suetônio esperou apenas um instante antes de continuar, as palavras jorrando após muito tempo contidas.

— Mas, apesar de tudo que fiz pela República, a casa de minha família me foi tirada, minha anistia legal foi revogada e minha vida, ameaçada. Mesmo aqui, na Grécia, corro perigo por parte de qualquer romano que veja uma chance de levar minha cabeça e ganhar uma fortuna. Você acha que está imune, Brutus? Chegamos longe demais para perder tudo por causa de um parente bastardo que tenta roubar um poder que não mereceu. Ele vai derrubar todos nós, a não ser que possamos impedi-lo.

— Você parece uma velha amedrontada, senador — comentou Brutus. — Tente se lembrar da sua dignidade.

— Da minha *dignidade*? — perguntou Suetônio, levantando a voz.

Brutus lhe deu as costas, deixando-o boquiaberto e atônito.

— Eu não estive parado, Cássio — afirmou Brutus. — Andei trabalhando com as legiões e os conselhos daqui, garantindo a lealdade deles. Aumentei os impostos para pagar mais duas legiões, formadas principalmente por greco-romanos, mas em boa forma. Eles treinam todo dia e são somente meus, jurados a mim. Você pode dizer o mesmo?

Cássio sorriu.

— Tenho sete legiões na Síria e mais quatro no Egito. Posso colocar no campo 11 em força total, bem-supridas e equipadas. Elas valorizam a República e, sem o veneno dos cesarianos sussurrando em seus ouvidos, são absolutamente leais aos que libertaram Roma. Não desperdicei meu tempo. Você me conhece.

Brutus ficou satisfeito com os números e inclinou a cabeça em reconhecimento, antes de olhar para Suetônio.

— Conheço. Veja bem, Suetônio, Cássio e eu estivemos trabalhando juntos. Construímos um exército enquanto você estava pavoneando e falando por meses sem fim em Roma.

Nu como Suetônio estava, todos podiam ver o rubor mosqueado que se espalhou do rosto ultrajado até a virilha.

— Fui eu que garanti o futuro de todos nós entregando a frota a Sexto Pompeu! — rebateu Suetônio. — Se Bíbilo e eu não tivéssemos conseguido isso, vocês estariam olhando para uma invasão armada *este ano*, Brutus. Foi isso que, "pavoneando", garanti a vocês: o tempo de que precisamos!

— Tenho certeza de que todos concordamos que foi uma boa decisão — aliviou Cássio, tentando diminuir a tensão entre eles. — Sexto Pompeu é jovem, mas sua inimizade pela facção de César é bem conhecida. Você está em contato com ele?

— Estou. — Brutus viu Suetônio levantar os olhos e deu de ombros. — Ele tem a única frota no ocidente e meu nome não é uma desvantagem, pelo menos para ele. Claro que mantenho contato. Sabem que os irmãos Casca estão com ele?

— Não, não sabia — respondeu Cássio. — Bom. Se bem que as propriedades deles foram vendidas e o dinheiro foi enviado para os cofres do Estado.

— Mais motivo ainda para mantê-los do nosso lado — afirmou Brutus. — Não quero nenhuma surpresa neste ponto. Podemos usar a frota para desembarcar em território romano ou esperá-los aqui. Sim, Suetônio, eu sei que eles virão. Otaviano e Marco Antônio não podem nos ignorar enquanto os grãos acabam em Roma. Eles precisam vir. Vão atravessar até a Grécia, assim como Júlio César fez contra Pompeu. Mas desta vez acho que vão perder metade dos homens quando Sexto mandá-los para o fundo do mar. Estou certo, Cássio?

— Espero que sim — replicou o senador. — É nossa *melhor* esperança de terminar com tudo isso.

Enquanto saíam do complexo dos banhos, Brutus enfiou a mão numa bolsa procurando algumas moedas de bronze para os trabalhadores. Parou enquanto tirava um sestércio de prata e o jogava no ar para Cássio. O homem o examinou franzindo a testa, depois riu.

— "Salvador da República?" Verdade, Brutus? Parece... Bem... Um tanto imodesto.

Brutus deu um sorriso irônico, jogando outra para Suetônio, que a pegou e olhou o rosto gravado no metal.

— Não dava para encaixar o nome de vocês também. Está bem parecido, não acham? Como governador, sou responsável pela casa da moeda de Atenas, logo não foi muito difícil. Não faz mal à nossa causa lembrar aos cidadãos *por que* assassinamos um homem em Roma. — Ele acenou para Suetônio. — Nesse ponto espero que possamos concordar.

Cássio havia contraído os lábios ao ouvir a palavra "assassinamos", mas devolveu a moeda com algo similar a satisfação no rosto.

— De fato. Imagem é tudo. Algo que aprendi com o passar dos anos. As pessoas sabem muito pouco, só o que é dito a elas. Descobri que elas acreditam em quase tudo que eu lhes contar.

Brutus grunhiu e jogou a moeda de prata para o atendente do banho. O escravo baixou a cabeça, deliciado com a sorte.

— Nunca neguei que tenho motivos pessoais para minha participação nisso, Cássio. Tudo que fiz, tudo que *alcancei*, não significava nada à sombra dele. Bom, lancei uma luz nos lugares escuros e o coloquei para *fora*. As moedas são verdadeiras a seu modo. Nós salvamos a República, a não ser que a percamos agora para esse garoto, Otaviano.

— Não vamos perder — sentenciou Cássio. — Ele virá a nós, e, quando fizer isso, terá que ser pelo mar.

— A não ser que eles marchem pelo norte da Itália e desçam para o sul por terra — falou Suetônio, sério. Brutus e Cássio olharam-no, mas ele não estava mais cortejando a admiração dos dois. — E daí? Não fica mais distante que a Síria. Vocês não podem simplesmente ignorar a ameaça de um ataque por terra. O que são uns 1.500 quilômetros para legiões?

— Senador — disse Brutus com desprezo —, se eles moverem tantos homens tão ao norte assim, ficaremos sabendo. Temos a frota, lembra? Se os cesarianos levarem o exército para o norte, estaremos seguros em Roma durante meses antes que eles possam voltar. Eu ficaria feliz se tentassem isso! Resolveria todos os nossos problemas de uma só vez.

Suetônio resmungou ininteligivelmente, o rosto vermelho enquanto saíam da casa de banhos. Os romanos se destacavam na multidão grega, nem que fosse pelos cabelos curtos e pela postura militar. Quando chegou à rua, Brutus fez um gesto para um grupo de soldados que o esperavam. Eles o cumprimentaram com uma saudação elegante, entrando em formação de todos os lados.

— Devo dizer que você fez bem em escolher Atenas, Brutus — observou Cássio, olhando ao redor enquanto andavam. — Aqui é agradável, é um lar longe de casa. Infelizmente a Síria é quente demais no verão e fria demais no inverno. É um lugar duro, mas afinal de contas as legiões são mais duras ainda.

— Quantos navios você tem para trazê-las? — perguntou Brutus.

— Navios? Nenhum. Os que eu tinha mandei para Sexto Pompeu. Não preciso deles, com terra por todo o caminho desde aqui até Beroea. Existem balsas para atravessar o estreito de Bósforo, por Bizâncio. Você deveria ver aquele lugar algum dia, Brutus, se não conhece a área. Em alguns sentidos é tão grego quanto Atenas, mais antigo ainda que Roma.

— É, quando meu pescoço não estiver no fio da navalha, um dia, talvez, eu perca tempo com velhos mapas e cidades. Quanto demoraria para você trazer suas legiões para a Macedônia?

— Já estão marchando. Quando chegar a primavera, você e eu teremos um exército capaz de enfrentar qualquer coisa que o triunvirato ainda tenha depois da travessia. Podemos colocar 18 legiões em batalha, Brutus, mais de 90 mil homens, e a maioria é de veteranos. Qualquer restolho meio afogado que desembarcar na Grécia quando Sexto tiver acabado com eles não durará muito contra uma hoste assim.

— Eu vou comandar, claro — declarou Brutus.

Cássio parou subitamente na rua e os outros fizeram o mesmo, de modo que a multidão foi obrigada a passar em volta, como uma pedra que divide um rio. Houve palavrões gritados para eles em grego, mas os romanos os ignoraram.

— Acho que tenho o maior número de legiões, Brutus. Não queremos perder a guerra antes mesmo de começar, brigando por causa disso.

Brutus avaliou a determinação do sujeito magro e forte que o encarava.

— Tenho mais experiência do que você ou qualquer um dos seus cinco legados — rebateu ele. — Lutei na Gália, na Espanha e no Egito, por anos sem fim. Não questiono a lealdade deles para com você, Cássio, mas já fui desperdiçado antes por César. Não o serei de novo aqui.

Por sua vez, Cássio avaliou até onde poderia resistir e desistiu.

— Comando conjunto, então. Os números são grandes demais para que um único homem dê as ordens. Isso o satisfaz? Cada qual com suas legiões?

— Terei oito e você 11, Cássio, mas sim, acho que posso fazê-los dançar quando chegar a hora. No entanto vou querer os cavaleiros sob meu comando. Sei usar os *extraordinarii*.

— Muito bem. Eu tenho oito mil. Como gesto de amizade, eles são seus.

Enquanto andavam, Suetônio balançava a cabeça, a irritação crescendo à medida que os dois discutiam o futuro sem reconhecer o papel que ele e Bíbilo haviam representado.

— Vocês acham que isso é só uma guerra? — indagou com um riso de desprezo. — Ou algumas moedas, ou palavras ostentatórias impressas nelas?

Brutus e Cássio pararam de novo enquanto ele falava. Os dois o olharam irritados, mas ele continuou, recusando-se a se acovardar.

— E qual de vocês será imperador quando isto acabar? Qual de vocês vai governar Roma como rei?

— Suetônio, não creio que você... — começou Cássio. Para sua surpresa, Suetônio levantou a palma da mão, interrompendo-o.

— Eu o conheci quando você era apenas um garoto, Brutus; não se lembra?

— Ah, lembro.

Um alerta havia se insinuado em sua voz, mas Suetônio o ignorou. A multidão continuou fluindo ao redor deles.

— Na época você e eu acreditávamos na República, não só como uma fantasia, mas como algo real, pelo qual valia a pena morrer. Júlio jamais acreditou nisso. A República vale uma vida, lembra? Também valeu uma morte. Era isso que estávamos tentando salvar, mas pelo modo como você fala é quase como se tivesse esquecido. Você se recorda de como um dia odiava homens como Pompeu e Cornélio Sula? Generais como Mário, que fariam qualquer coisa que lhes trouxesse poder? César era um desses, parte da mesma doença maldita. E seu filho adotivo é outro. Se Otaviano for morto, se for derrotado, não deve ser apenas para que outro ocupe seu lugar. A velha República depende da boa vontade dos que têm força para despedaçá-la, mas ela vale mais do que uns poucos homens. Eu dei a vida a essa causa e *vou* morrer por ela se for preciso. Depois disso teremos imperadores ou homens livres. É por isso que resistimos a Otaviano: não por vingança ou para nos proteger, mas porque *nós* acreditamos na República. E ele não.

Brutus estivera com vontade de falar durante muito tempo, mas fechou a boca. Cássio olhou-o com surpresa.

— Acho que você silenciou nosso general, senador! — Ele deu um risinho para aliviar a tensão, mas ninguém o acompanhou.

— Acho que pelo menos um de nós deveria pensar no que vai acontecer quando vencermos, não acha, Cássio? — perguntou Suetônio com frieza. — Esta é uma chance de restaurar as antigas liberdades, o pacto entre cidadãos e Estado, a grande liberdade. Ou podemos ser apenas mais um galho da trepadeira que vem estrangulando Roma há cinquenta anos.

Ele enfiou a mão na bolsa e pegou a moeda que Brutus lhe dera, levantando-a.

— "Salvador da República" — leu em voz alta. — Ora, por que não, Brutus? Por que *não*?

CAPÍTVLO XXII

O LITORAL DA ITÁLIA ESTAVA PERDIDO NA NÉVOA E NA PENUMBRA enquanto a frota de galeras lutava para contorná-lo, em mares turbulentos e acinzentados. Sexto enxugou a água salgada que espirrava nos olhos. Sabia, melhor do que ninguém, como seus tripulantes enfrentavam mal uma tempestade. Para deslizar em águas rasas, as galeras não tinham quilhas fundas, mas aquela grande velocidade trazia instabilidade, e nas ondas revoltas os remos precisavam ser usados para impedir que elas emborcassem.

Sexto podia ver a tempestade chegando rapidamente no horizonte, uma massa de nuvens escuras com fiapos distantes de chuva se derramando. Toda a nuvem relampejava e o mar parecia reagir, as ondas subindo e mostrando espumas brancas.

O capitão de legião estava vomitando pela amurada, e Sexto estremeceu enquanto sentia gotas do vômito sopradas de volta pelo vento, acertando seu rosto e pescoço.

— Por Marte, faça isso a favor do vento, está bem? — gritou com raiva.

O sujeito miserável arrastou os pés até a popa sem tirar as mãos da amurada. Sexto foi andando pelo convés oscilante até a proa, olhando para a vastidão cinzenta. Por todos os lados podia ver dezenas de galeras rasgando as ondas. Ficavam mais vulneráveis quando os remos eram trazidos para dentro, e as aberturas lacradas com pano alcatroado para que os conveses dos remadores não inundassem. Algumas de suas galeras já haviam dado a ordem e levantado uma minúscula vela de tempestade, enquanto muitas outras se esforçavam com os remos para fora e a água gélida penetrando em jorros pelas aberturas nas paredes de madeira. Os homens do lado de dentro estariam usando baldes desesperadamente, mas pelo menos as galeras podiam ser controladas. Para as outras, só um pedaço de pano, esparrelas e raros vislumbres do litoral sul as guiavam ao redor do continente.

Sexto engoliu em seco, nervoso, esperando o estrondo que diria que uma das galeras havia batido numa pedra, ou talvez uma na outra. Sempre havia perigo, mas as embarcações eram suficientemente seguras quando podiam ir para a costa e encalhar numa praia. Só quando um louco como ele ordenava que fossem para águas mais fundas elas ficavam vulneráveis.

Uma onda passou por cima da proa, encharcando Sexto e fazendo-o tremer. A chuva começou a bater no convés plano, reduzindo a visibilidade ainda mais. Ele olhou o litoral distante, apenas uma linha fraca no meio do cinza. Precisava alcançar um abrigo antes que a tempestade total chegasse, mas, pelo que parecia, seus tripulantes teriam que suportar uma surra antes de passar ao redor da ponta. Quando captava vislumbres dos outros navios, via que um número cada vez maior tinha sido obrigado a puxar os remos para dentro, para não afundar. Só as duas enormes esparrelas na popa podiam guiá-los. Através dos borrifos e da névoa podia observar galeras ao longe no mar, soldados subindo nos mastros para gritar o que viam a quem estivesse embaixo. Gemeu, sabendo que teria sorte se não perdesse algumas tripulações. Desejava que Védio estivesse ali, mas seu segundo em comando havia sido o único em quem podia confiar para comandar a outra metade da frota. Védio não ia traí-lo, tinha certeza. Também havia deixado instruções com dois outros homens para que ele fosse assassinado discretamente, caso isso acontecesse.

Sentiu uma coceira na nuca e, ao se virar, não ficou surpreso ao ver Lavínia segurando-se no mastro principal. Uma das mãos abrigava os olhos enquanto ela olhava a distância, e ele pensou que a irmã parecia um fantasma, a capa chicoteando em volta do corpo e as feições de uma palidez não natural. Deixou seu lugar na proa e voltou até ela, cambaleando ligeiramente no convés que oscilava.

— Não posso ficar me preocupando com você. Já basta o navio. O que tem de errado com sua cabine?

Lavínia levantou os olhos para ele.

— Eu precisava respirar, só isso. Não existe ar lá embaixo e o navio está balançando e pulando feito um maluco.

Apesar da preocupação, Sexto riu do tom de voz martirizado. Estendeu a mão livre para afastar um cacho do cabelo encharcado que havia caído sobre o rosto dela.

— Isso não vai durar muito mais, prometo. Vamos passar logo da ponta, e o mar vai estar mais calmo depois.

Olhou de novo para as nuvens de tempestade, e Lavínia leu a preocupação em seu rosto. O nervosismo dela aumentou.

— Vai ficar *pior*? — perguntou ela.

Ele riu para tranquilizá-la.

— Nós somos os sortudos, lembra? Vamos superar isso.

Era uma piada antiga e amarga entre os dois. Sua família havia sofrido muito mais infortúnios do que merecia. Se alguma sorte ainda se grudava ao nome Pompeu, certamente era em Sexto e Lavínia. Ela revirou os olhos diante da débil tentativa de animá-la. O irmão a viu estremecer e percebeu que sua capa estava encharcada com os borrifos do mar.

— Você vai congelar se ficar aqui fora — disse ele.

— Não mais do que você. Pelo menos estou longe do cheiro de suor e vômito. Está... desagradável lá embaixo.

— Você vai sobreviver — falou ele sem simpatia. — Não sobrevivemos sempre? Eu disse que cuidaria de você, e agora tenho uma bela frota sob meu comando.

Enquanto falava, a galera deu um salto enorme quando passou do pico de uma onda e despencou no espaço entre ela e a seguinte. Lavínia gritou e ele passou o braço em volta da irmã e do mastro, segurando-se com ela.

— Acho que eu preferia quando você era pirata. Pelo menos naquela época você me trazia joias.

— Que você vendia e investia! Eu dava as joias para o seu prazer, e não para você ser sensata.

— Um de nós tem de ser. Quando isso acabar, vou precisar de um dote. E você vai necessitar de verbas para uma casa, se quiser ter uma família.

Ele a abraçou com mais força, lembrando-se de mil conversas em tempos mais difíceis. Quando eram crianças haviam perdido tudo, a não ser o nome do pai e alguns servidores leais que ainda honravam Gneu Pompeu. Nos momentos mais sombrios falavam da vida que teriam um dia, com uma casa, serviçais e paz: apenas silêncio e paz, sem que ninguém os ameaçasse ou caçasse.

— Fico feliz em saber que você ainda está cuidando de mim — disse ele. — Mas ficaria mais feliz se você descesse e achasse uma boa capa que eu pudesse usar, além de uma seca para você.

Ela não podia resistir a esse pedido, e era verdade que ele tremia tão violentamente quanto ela.

— Muito bem — concordou Lavínia. — Mas vou voltar.

Sexto a guiou até a escotilha, que manteve aberta por tempo suficiente para Lavínia descer a escada antes de fechá-la. Ainda estava sorrindo quando voltou à proa e olhou o oceano cinza, captando tudo que havia deixado de ver.

Pelo menos os capitães da Síria sabiam o que estavam fazendo, Sexto precisava admitir, enquanto seu navio os seguia. O grupo de dez galeras castigadas pelo tempo mantinha muito bem as posições relativas, uma flotilha movendo-se com certa habilidade. Para alcançá-lo tendo vindo da Síria elas haviam atravessado o mar aberto, e o desgaste aparecia nas galeras e nos homens. Sexto disse a si mesmo que tomara a decisão correta deixando os capitães de Cássio mostrarem o caminho para o leste, passando pelo litoral ao sul.

Levou um susto ao ouvir um grande estrondo em algum lugar à esquerda. Forçou a vista através do aguaceiro, mas não conseguiu ver o que era. O litoral sul da Itália estava levemente visível, e ele se animou com isso. Não demoraria muito até que rodeassem a ponta e voltassem para águas mais abrigadas. Só desejava levar a frota mais para perto da terra, porém, mesmo que pudessem ver suas bandeiras, as rochas rasgariam o fundo das galeras.

O vento começou a uivar ao redor do mastro e a proa pareceu mergulhar sob outra onda enorme, de modo que Sexto precisou se agarrar a ela para não ser levado. Ofegou e tossiu enquanto a água gelada penetrava nos pulmões. Quando o aríete de bronze verde subiu de novo, Sexto sentiu-se exausto, mas a tempestade continuava se aproximando, e eles só estavam na borda dela. Ao olhar para trás, viu que o capitão romano continuava no mesmo lugar, dobrado ao meio. O sujeito parecia um cadáver, mas permanecia agarrado, xingando debilmente. Sexto riu ao ver a cena, lembrando-se de mencioná-la mais tarde, caso os dois sobrevivessem.

À sua frente, as galeras sírias continuavam forçando o caminho. Não havia local seguro para esperar a passagem da tempestade. Ele só podia continuar a corrida insana ao redor do calcanhar da Itália e virar de novo para Brundísio. Disse a si mesmo repetidamente que Cássio estava certo. Ele tinha navios suficientes para bloquear todo o país se os usasse em duas frotas, como as mandíbulas de uma pinça de ferreiro. Ninguém mais tinha uma centena de galeras, quanto mais as 212 sob seu comando. Ele possuía as forças para obrigar Roma a passar fome.

Seu humor ficou sombrio com a tempestade, e sentiu um frio por dentro, igual ao de sua pele meio congelada. Seu pai poderia ter governado a República. Sexto e Lavínia teriam crescido com todos os confortos. Tudo isso havia sido roubado num cais egípcio, quando o pai fora assassinado por escravos estrangeiros só para agradar a Júlio César.

Durante anos Sexto soube que não passava de um mosquito picando o flanco do poder romano. Homens leais a seu pai ainda lhe mandavam relatos da cidade, e ele vira sua chance e se arriscara a ser executado, voltando até lá para fazer um apelo pessoal. Védio havia argumentado contra isso, dizendo para jamais confiar nos velhos nobres do Senado. O lobo de taverna não tinha entendido que Sexto conhecia bem aqueles homens. Seu pai fora um deles. Mesmo assim, sentira medo de que olhassem primeiro para sua pirataria e juventude, mas, de algum modo, com a ameaça de Otaviano e suas legiões, a coisa funcionara. Sexto havia recebido uma frota sem igual naquelas águas, e o momento em que o Senado tinha votado aliviou uma dor que o acompanhara desde a morte do pai.

Agora Cássio o chamara e ele respondera. Sua frota era uma arma para trazer os cesarianos a uma batalha que não poderiam vencer. Sexto enxugou o sal dos olhos outra vez, mostrando os dentes enquanto o vento o açoitava. Tinha aprendido desde novo que não havia essa coisa chamada justiça. Não havia sido a justiça que fizera seu pai ser tirado dele. Não havia sido a justiça que fizera um homem como César receber Roma para governar como rei. Sexto tinha vivido com o desespero e a amargura durante anos, sobrevivendo ao se tornar mais implacável e disposto a matar do que qualquer um dos seus homens. O aprendizado tinha sido brutal, e ele sabia que jamais poderia voltar a ser a criança inocente que fora junto a Lavínia. Seu sorriso se alargou no vendaval, mostrando os caninos enquanto os lábios se repuxavam. Nada disso importava. Cássio e Brutus haviam matado o tirano e ele finalmente teria a chance de devastar e queimar as forças de Otaviano. Um dia Sexto restauraria cada posse que a família de César lhe tirara, e era tudo o que importava, era tudo que ele precisava saber. A sombra de seu pai o vigiava. Valia a pena cruzar uma tempestade pela honra do velho.

Impelido por algum júbilo que não entendia, Sexto começou a cantar ao vento, uma canção de trabalho de marinheiros. Cantava mal, mas muito alto, o suficiente para fazer o capitão afastar os olhos de seu sofrimento, olhando incrédulo. Outros da tripulação riram ao ver seu jovem líder rugindo e batendo os pés na proa.

Ele sentiu o peso da capa quando Lavínia retornou, olhando-o como se ele tivesse enlouquecido enquanto colocava o agasalho sobre os ombros molhados do irmão.

— Estão dizendo que um monstro marinho está berrando aqui em cima — disse ela. — Devo explicar que é só você cantando?

Sexto riu, puxando a capa em volta do corpo. A tempestade transformava o mar em espuma e borrifos malignos que ardiam no rosto enquanto a galera continuava chocando-se nas ondas.

— Segure-se à proa comigo — gritou ele de volta. — O navio precisa de um pouco da nossa sorte.

Ficaram juntos de braços dados, até que a frota rodeou a ponta e a tempestade ribombando e relampejando foi deixada para trás.

Agripa coçou uma mancha de lama na testa, que ia secando e irritava. Mal podia se lembrar de quando conseguira ter mais do que algumas horas de sono e sentia-se exausto. Estava feito. Dois mil homens com pás e carroças tinham cavado uma vala com pouco menos de 2 quilômetros de extensão, e somente a parte final esperava para ser rompida. Tinha mais de trinta supervisores trabalhando, verificando a profundidade com hastes longas enquanto os homens continuavam a escavar. O canal precisava ter 7,5 metros de largura para acomodar as galeras estreitas, mesmo com os remos puxados para dentro e empilhados nos conveses. Agripa havia passado o dia mandando os supervisores repassarem os números várias vezes, mas as galeras rasas precisariam flutuar livres, caso contrário todo o empreendimento seria inútil. Olhou as comportas enormes que retinham as águas do lago. Somente elas haviam rendido uma tremenda história, com construtores hábeis cravando peças de madeira no barro com pesos enormes suspensos acima. Os pesos eram levantados e largados uma centena de vezes por equipes de trabalhadores suados. Haviam escavado alicerces a pouca distância do lago, afundando uma vala de volta até a água. Seus carpinteiros tinham trabalhado dia e noite, e, quando o primeiro trecho curto foi rompido e se encheu, a enorme comporta se sustentou, formando um esporão curto. Nenhum dos homens na vala havia gostado de ficar perto daquilo enquanto ia cavando para longe do portão, em direção ao mar. A madeira gemia ocasionalmente e a água espirrava de buracos minúsculos, pingando ao longo da vala e deixando a terra pegajosa e molhada. Tinha sido difícil, mas, como os responsáveis pelos cálculos haviam prometido, dois mil homens podiam construir praticamente qualquer coisa, e finalmente o trabalho estava feito.

No lago as galeras ainda deslizavam e atacavam umas às outras, cada nova tripulação criando a energia de que precisavam, treinando abordagem. Ele havia posto alvos ao longo de toda a margem do lago para serem usados, e um dos navios com as pontes corvus pesados demais na parte de cima estava ancorado na água, parecendo um porco-espinho devido ao número de setas que se projetavam das tábuas. Agripa fez uma careta ao vê-lo, imaginando quem deixara de dar a ordem para recolher as flechas. Cada uma delas era preciosa, embora indústrias inteiras houvessem crescido ao redor de Neápolis para supri-lo. Ele mandara todas as carroças para o norte, do modo mais óbvio possível durante 150 quilômetros, antes de virarem para o oeste e de volta para o sul, mas mesmo assim Agripa suspeitava de que seu segredo fosse uma farsa total. Quase todo dia seus homens precisavam expulsar garotos da região, que se esgueiravam pela margem e roubavam ferramentas ou simplesmente ficavam olhando as galeras treinar. Um número de homens equivalente a toda uma cidade havia baixado sobre o lago Averno, e Agripa fora obrigado a enforcar dois carpinteiros que haviam assassinado um morador da região durante um roubo malsucedido. Tinha posto guardas na única estrada para o leste, no entanto as autoridades de Neápolis tentavam constantemente vir e exigir coisas dele, como justiça ou compensação por algo que seu pessoal havia feito. Se não fosse a visão das novas galeras aumentando dia a dia, Agripa achava que teria entrado em desespero, mas a prata de Otaviano jorrava e os navios eram feitos e descansavam. A madeira verde ia empenar e se torcer durante o inverno, precisando de cuidados e reparos constantes, mas ele tinha equipes para isso, também.

Os homens responsáveis pelos cálculos estavam esperando que ele desse o sinal, e Agripa apenas olhou cansado, verificando uma centena de coisas na mente para ter certeza de que não deixara escapar algum aspecto crucial do canal que não pudesse ser refeito depois que ele fosse aberto. Olhou por toda a extensão, vendo o liso concreto de calcário que cobria o barro embaixo. Tinham garantido a ele que seguraria a água tão bem quanto qualquer coluna de ponte, mas mesmo assim Agripa se preocupava com a hipótese de toda a extensão do canal ser drenada, deixando-o com um lago baixo demais para trazer as galeras para fora.

Respirou fundo e rezou a Minerva. A deusa dos artesãos certamente seria gentil com um projeto como um canal até o mar. Esse pensamento o levou a outra oração a Netuno, até que, por fim, Agripa fez o sinal da mão com chifre para afastar a má sorte. Não podia pensar em outro deus ou deusa a quem valesse a pena pedir ajuda, por isso levantou o braço e o baixou.

— Vamos lá — murmurou ele. — Funcione.

As comportas tinham sido feitas com imensas traves de madeira que se projetavam dos dois lados e eram fixas com barras de ferro engastadas em pedra. Enquanto as barras eram puxadas, ele tinha uma dúzia de homens em cada, mas a pressão de trás estaria com eles. Ficou olhando enquanto um operário corajoso descia até a vala e usava uma marreta para arrancar a escora principal. As equipes fizeram força, contendo a água enquanto o operário corria para fora de novo. Assim que ele saiu da frente os outros reverteram o puxão e a água começou a rugir através, com barulho indescritível. As equipes foram forçadas para trás, passo a passo, apesar do esforço. A linha de água correndo virou uma catarata espirrando no ar.

As comportas recuaram até as fendas de encontro às paredes do canal, e as equipes ficaram paradas ofegando, tendo realizado o trabalho. Agripa começou a correr ao longo de toda a extensão, o mais depressa que podia. As águas o ultrapassavam em velocidade, e ele viu uma grande onda subir acima da comporta final, erguendo-se mais de 6 metros no ar, de modo que todos os homens que se encontravam lá estavam encharcados e gargalhando. Chegou enquanto a água se assentava de volta numa superfície plácida, com lama e plantas arrancadas girando. O mar estava à sua esquerda, e ele só desejava ter levado o canal até lá de uma vez. Restavam apenas 15 metros de solo arenoso, mas os responsáveis pelos cálculos haviam insistido em outra comporta antes do rompimento final, para o caso de algo dar errado com os níveis ou, pior ainda, eles serem vistos do mar e atacados antes de estarem prontos. Sexto Pompeu tinha navios em algum lugar lá fora, na água escura, e poderia desembarcar 10 mil homens se visse algo interessante na costa.

Uma grande comemoração soou enquanto os trabalhadores viam o canal se encher e se sustentar, o nível se igualando ao do lago. Agripa riu finalmente, desejando que Mecenas e Otaviano estivessem ali para ver aquilo. O orgulho inflou em seu peito e ele gargalhou, desfrutando o cheiro forte do mar e de algas. Quando terminassem o último trecho, precisariam fazer a mesma rotina de novo, mas ele teria as novas galeras esperando em fila por quase 2 quilômetros, até o lago. Elas sairiam num jorro de água marrom e Otaviano teria sua frota para caçar as galeras de Sexto Pompeu.

❖

Marco Antônio estava andando pelos penhascos com Lépido, olhando a cidade portuária abaixo. Quando estivera pela última vez em Brundísio, seis legiões amotinadas o esperavam para assumir o comando e declarar um castigo. Agora aquela vasta reunião de homens parecia pequena na lembrança. Doze legiões haviam acampado em cada trecho de terreno livre por quilômetros ao redor da cidade central, um grupo suficiente para arruinar a economia durante anos enquanto requisitavam tudo que fosse útil na região, desde cavalos e comida até ferro, bronze e couro.

— Vou jantar esta noite com Búcio e Libúrnio — anunciou Marco Antônio com um sorriso torto. — Acho que os legados gostarão de compensar a pequena questão do motim sob meu comando.

Riu do pensamento, divertindo-se ao ver como o destino os havia separado e reunido outra vez. Os movimentos da República zombavam de todos os seus planos. Um ano antes ele não poderia se imaginar naqueles penhascos marítimos com o Senado na mão e uma aliança com um rapaz de quem mal se lembrava. Seu humor ficou sombrio ao perceber que, naquela época, Júlio estava vivo. Ninguém poderia ter previsto o que aconteceria depois do assassinato. Marco Antônio só se considerava com sorte por ter sobrevivido e ascendido, independentemente de quem mais tivesse ascendido com ele.

— Parece que eles são ouvidos por César — disse Lépido. — Talvez você devesse questioná-los sobre a travessia do mar para a Grécia. Quanto tempo podemos ficar aqui sem navios?

— O quanto for necessário para impedir uma invasão a Roma — respondeu Marco Antônio, desconfortável. Não gostava de ouvir o nome de César sendo usado para se referir a Otaviano, mas isso estava se tornando uma dura realidade, e ele presumia que se tornaria menos incômoda com o passar do tempo. — Mas concordo que não basta ficar aqui e esperar. Posso desejar uma nova frota, mas também querer que os homens ganhem asas. Eu não conheço todos os planos dele, Lépido. Do modo como está, somos o bloqueio para impedir que Brutus ou Cássio desembarquem neste litoral. Enquanto permanecermos numa força tão grande eles não podem atravessar por mar. Quem imaginaria que as galeras seriam tão importantes? O futuro de Roma está nas frotas enquanto as legiões permanecem à toa.

— Então deveríamos construir novos navios — afirmou Lépido, irritado. — Mas sempre que pergunto, aquele amigo dele, Mecenas, diz que eu não deveria me preocupar. Você abordou esse assunto com César? Eu ficaria mais feliz se soubesse que pelo menos estamos começando a tarefa. Não quero passar anos neste litoral, esperando para ser atacado.

Marco Antônio riu sozinho, virando-se para esconder seu divertimento. Havia chegado de Roma no dia anterior, enquanto Lépido estivera postado em Brundísio durante quase três meses. Marco Antônio estava satisfeito com o modo como o triunvirato funcionava, mas podia avaliar que Lépido não sentia o mesmo. Não seria bom lembrar ao sujeito que ele só fora incluído para dar a Marco Antônio um voto a mais em qualquer discordância. Fora isso, não estava preocupado com o que Lépido pensasse.

O vento soprava forte ao redor enquanto caminhavam pelo penhasco, olhando o mar azul-escuro. Os dois sentiam a energia do oceano levantando seu ânimo enquanto as togas chicoteavam e adejavam. Mesmo de uma altura como aquela, Marco Antônio não podia ver a Grécia a distância, mas imaginava Brutus e Cássio lá. Os caprichos do destino o haviam lançado naquele litoral, e, quando tudo acabasse, Roma só se lembraria dos vitoriosos.

Enquanto olhava a vastidão do oceano com cristas brancas, Marco Antônio sentiu a atenção ser arrastada para um movimento à direita. Virou a cabeça e se imobilizou, o bom humor azedando feito leite velho no estômago.

— Pelos deuses, está vendo aquilo? — perguntou Lépido, um instante depois.

Marco Antônio confirmou. Ao redor da baía uma hoste de galeras surgiu remando, esguias, rápidas e perigosas. Muitas tinham cotocos quebrados onde antes havia remos excelentes, e, para seu olho experiente, os navios pareciam espancados. Mas continuavam chegando, e seu coração se apertou mais um pouco.

— Sessenta... Não, oitenta... — murmurava Lépido.

Havia pelo menos cem galeras, metade da frota comandada por Sexto Pompeu. Marco Antônio se pegou fazendo instintivamente o sinal da mão chifruda. Aquilo mais do que bastava para bloquear o litoral leste da Itália, impedindo até os barcos pequenos que levavam mensagens e mantinham o comércio vivo.

— Parece que Sexto Pompeu ouviu falar de nossas legiões se reunindo aqui — comentou Marco Antônio. — Por Júpiter, o que eu não daria por uma frota! Vou mandar um cavaleiro a Roma, mas não podemos atravessar agora, nem se Otaviano me arranjasse uma dúzia de navios amanhã.

CAPÍTVLO XXIII

NÃO HAVIA LUA ENQUANTO AS GALERAS DE AGRIPA DESLIZAVAM PARA o mar negro. Durante três noites, após terminar o canal, ele havia esperado as condições perfeitas para abrir a última comporta, incapaz de novas movimentações enquanto uma tempestade chicoteava as ondas, deixando-as altas demais para suas galeras reprojetadas. A estabilidade havia se mostrado a maior fonte de perigo, com cada uma de suas inovações aumentando o peso na parte de cima. Repetidamente precisara abandonar algum esquema ao ver que ele tornava os navios mais lentos ou os transformava numa armadilha mortal para quem estava dentro. Os meses de construção ao redor do lago Averno tinham sido os mais frustrantes e fascinantes de sua vida, mas ele estava preparado; e, mesmo se não estivesse, Otaviano havia mandado Mecenas para ordenar que ele saísse.

Pela primeira vez seu amigo ficou em silêncio enquanto os navios deslizavam para longe da costa. Agripa sentiu que Mecenas queria estar em qualquer lugar que não fosse ali, mas seu orgulho não lhe permitira recusar. Enfrentariam juntos a frota inimiga, com apenas 48 galeras. Tudo dependia da noção de tempo e do fator surpresa — e da sorte, o que incomodava Agripa, considerando que os riscos eram tão altos.

No escuro a pequena frota se comunicava com lâmpadas protegidas, mandando fachos fracos pela escuridão para marcar as posições enquanto os navios entravam em formação. Haviam demorado a maior parte da tarde e da noite para se esgueirar pelo canal, os remos puxados para dentro e silenciosos enquanto homens em terra os impulsionavam com cordas. O momento em que todos estavam em águas profundas trouxe uma enorme empolgação.

Agripa não conseguia esconder o orgulho pelo feito romano. Seus homens haviam criado um caminho para o oceano onde antes não existia nada. Tinham construído navios enormes, e, quando as ideias falhavam ou se mostravam difíceis demais, desmontavam-nos e recomeçavam sem reclamar. Agripa disse a si mesmo que se certificaria de que as tripulações e equipes fossem recompensadas, se alguma sobrevivesse.

As ondas escuras se estendiam em todas as direções, facilmente capazes de esconder uma vasta hoste de galeras raptoras que os esperassem. Agripa engoliu em seco, nervoso, abrindo e fechando os grandes punhos enquanto andava pelo convés. Ao sul, a ilha da Sicília estava no seu caminho, uma massa de terra e angras minúsculas que supostamente abrigariam a frota inimiga. Sua esperança era somente chegar o mais perto possível antes do amanhecer. Depois disso as novas armas e táticas seriam bem-sucedidas ou fracassariam. Seus homens haviam treinado continuamente, mas Agripa sabia que eles ainda não podiam manobrar tão facilmente quanto tripulações veteranas. Enxugou o suor da testa enquanto os novos navios içavam as velas na brisa. Sua galera avançou com as outras, o sibilo da água passando sob a proa produzindo o único ruído. A Sicília abrigava a ponta do pé da Itália no extremo sul e eles tinham quase 300 quilômetros pela frente. Agripa continuou a caminhar pelo convés, visualizando os mapas em sua mente. No fundo, estava tentado a recusar a batalha e a levar sua frota para a costa leste, onde Otaviano clamava por navios. Com apenas um pouco de sorte, sabia que poderia encalhar a frota mais ao sul durante um dia, depois passar pelo calcanhar da Itália na noite seguinte, talvez antes de Sexto Pompeu sequer saber que ele estava naquelas águas. Seria a decisão correta, se Pompeu não tivesse dividido a frota e levado cem galeras ao redor do calcanhar. A notícia trazida por Mecenas mudava tudo.

Sob dois bloqueios, os dois maiores litorais da Itália se encontravam fechados ao comércio. Roma já estava quase passando fome e o cerco não poderia ser mais suportado. Precisava ser rompido. Agripa sentiu a responsabilidade pesando sobre ele. Se fracassasse, Otaviano ficaria travado em Roma durante anos, obrigado a negociar ou mesmo se render às forças dos Liberatores. Não haveria segunda chance, Agripa sabia. Tudo se resumia à fé de Otaviano nele.

Quarenta e oito galeras içaram velas ao vento da noite, mas Agripa mal conseguia vê-las. O perigo de velas brancas sendo vistas tinha levado seus homens a tingir os panos com garança, mergulhando-os repetidamente em tonéis enormes até ficarem de um marrom enferrujado que não revelaria a posição a qualquer pessoa com meio olho no mar. As velas eram da cor de sangue seco, mas serviam ao propósito.

— Tenho uma boa jarra aqui — disse Mecenas, batendo-a numa taça de barro para mostrar seu objetivo.

Agripa balançou a cabeça, depois percebeu que Mecenas não podia ver o gesto.

— Para mim, não. Preciso estar afiado, agora que saímos.

— Você deveria ser espartano, Agripa. O bom vinho tinto meramente me relaxa. — Ele serviu uma taça, xingando baixinho quando um pouco se derramou no convés. — Isso é para dar sorte, acho — declarou enquanto bebia. — Você deveria dormir um pouco, se é importante estar afiado. Pelo menos o mar está calmo esta noite. Prefiro não encarar uma sepultura aquática enquanto coloco minhas tripas para fora pela amurada.

Agripa não respondeu, os pensamentos nas galeras ao redor. Mecenas não parecia entender o quanto aquele empreendimento repousava em seus ombros. Cada modificação que havia feito, cada tática nova era sua. Se fracassasse, teria perdido meio ano de trabalho duro e uma fortuna inacreditável — além da própria vida. Seus navios estavam bem escondidos na noite, mas o alvorecer ia revelá-los a olhos hostis. Não sabia se deveria temer ou dar as boas-vindas ao momento em que vissem a primeira galera inimiga vindo em sua direção.

❖

Védio foi acordado por Menas, seu segundo em comando. Despertou com um grunhido, tentando rolar na cama e dando um tapa na mão do sujeito, apoiada em seu ombro.

— O que é? — perguntou ele com olhos remelentos.

Tinha passado tanto tempo dormindo no convés que a cabine minúscula reservada para o capitão parecia um luxo incrível. O colchão podia ser encalombado e fino, mas era muito melhor do que se esticar embaixo de uma lona ao vento e à chuva.

— Luz de sinal, senhor — anunciou Menas, ainda sacudindo-o.

O sujeito era um oficial de legião, e Védio percebeu desprezo por trás dos modos calculadamente neutros. No entanto estava sob o comando de Védio, a despeito de todas as suas pretensões e de sua honra de legionário. Védio afastou a mão com um tapa. Sentou-se com pressa e bateu a cabeça numa trave, xingando.

— Certo, acordei — falou ele, esfregando o cocuruto enquanto saía da alcova minúscula.

Na escuridão, acompanhou Menas, subindo uma escada curta até o convés iluminado por uma lâmpada fraca. Védio olhou a distância, para onde o subordinado estava apontando. Longe, no pico de uma montanha, viu um brilho. O sistema funcionava com vigias acendendo uma fogueira à noite quando vissem algo se movendo no mar.

— Alguém está fazendo uma viagem noturna — disse Védio com prazer sinistro.

Devia ser uma carga valiosa, se os capitães e donos se dispunham a correr o risco de perder os navios contra alguma rocha invisível. Esfregou as mãos calejadas pensando nisso e soltou um sussurro. Visões de baús de ouro ou prata de legiões encheram sua imaginação, ou, melhor ainda, as jovens filhas de algum senador gordo. Com Lavínia a bordo, Sexto só mantinha mulheres por pouco tempo, em troca de um resgate, mas ele não estava ali. Védio ficara sem companhia feminina por muito tempo e riu para a brisa. Querendo ou não, as prostitutas da Sicília não eram nem de longe tão excitantes quanto a ideia de uma virgem romana em sua cabine durante alguns dias.

— Leve-nos para fora, Menas. Vamos pegar alguns pássaros romanos gordos para a panela.

Menas sorriu desconfortável. O rude brigão de taverna lhe causava repulsa, mas o Senado dera a frota — a verdadeira águia de Roma — a homens como Védio, e ele só podia obedecer e esconder o nojo.

Não havia necessidade de cautela, com a costa oeste garantida. Menas pegou uma trombeta no cinto e tocou uma nota longa por cima das águas. Oito galeras formavam seu pequeno grupo e entraram em movimento praticamente ao ouvir o aviso, os capitães preparados assim que a luz da fogueira aparecera no pico. Por sua vez eles tocaram suas trombetas, um coro sonoro que chegaria à próxima angra e alertaria as tripulações para segui-los.

Védio sentiu o vento mais fresco no rosto enquanto os remadores abaixo mergulhavam os remos e a galera começava a acelerar. Não havia nada como a sensação de velocidade e poder, e ele só podia abençoar Sexto Pompeu por tê-lo apresentado àquilo. Coçou o queixo, sentindo uma dor antiga. Devia tudo a Sexto Pompeu, desde que o jovem o havia resgatado e lhe dado um objetivo na vida quando Védio mal passava de um brigão bêbado. Disse a si mesmo que o outro jamais o teria derrotado se ele estivesse sóbrio, mas o queixo partido nunca havia se recuperado direito e Védio vivia com dor desde então; cada refeição era um sofrimento enquanto o maxilar rangia e estalava. O nobre romano o rondava há anos, mas nesta noite Védio estava sozinho e no comando. Era uma sensação inebriante, e ele adorava.

— Meia velocidade! — ordenou, depois pediu uma bebida para ajudá-lo a afastar o restante do sono. Um dos legionários romanos ofereceu água, e Védio riu dele. — Nunca toco em água. O vinho alimenta o sangue, garoto. Traga-me um odre!

Abaixo de seus pés, o mestre de remos ouviu isso e os tambores soaram mais rápidos. Os remadores que pouco antes dormiam nos bancos colocaram as costas no serviço com facilidade experiente. As galeras partiram para o mar em formação cerrada, indo cada vez mais rápido para serem as primeiras contra as presas nas águas fundas. Deixaram a ilha de Capri para trás, 150 quilômetros ao norte da Sicília.

Agripa estava forçando a vista na escuridão, vendo e perdendo de novo o ponto de luz que aparecera a distância. O céu noturno havia girado ao redor da estrela Polar, mas ainda faltavam horas para o amanhecer, e ele não entendia quem poderia estar acendendo fogueiras nos morros de Capri enquanto sua frota navegava no escuro.

— Preciso de informação, Mecenas! — disse ele. Pensou que o amigo tinha dado de ombros, mas no escuro não podia ter certeza.

— Ninguém sabe onde está a frota inimiga — declarou Mecenas. — Temos clientes na Sicília e em todas as ilhas ao longo do litoral, mas eles não podem nos manter informados sem uma ligação com o continente. Você está navegando às cegas, amigo, mas acho que deve presumir que aquela fogueira não é somente de algum pastor se protegendo do frio.

Agripa não respondeu, a frustração deixando-o mudo. A ilha de Capri era uma grande massa sombria à direita enquanto ele ia para o sul, com apenas um ponto de lua no pico mais alto. Forçou a vista para a escuridão distante, em busca de algum sinal de galeras vindo atacá-los.

— Eu não planejei um ataque noturno — murmurou Agripa. — Minhas tripulações não podem usar os arpéus se não virem o inimigo.

— Às vezes os deuses fazem jogos — comentou Mecenas em tom tranquilo.

Ele parecia extremamente despreocupado, e sua confiança ajudou Agripa a encontrar a calma. Teria respondido, mas avistou algo sobre a água profunda e se inclinou para a direita por cima da amurada, virando a cabeça para trás e para a frente enquanto tentava entender as sombras turvas.

— Não caia — disse Mecenas, estendendo a mão para agarrar seu ombro. — Não quero acabar como comandante esta noite. É você que entende como isso tudo funciona.

— Pelos infernos, estou *vendo-as*! — falou Agripa. Tinha certeza: as formas vagas de cascos compridos de galeras. — *Cornicen!* Três toques curtos!

Era o sinal para entrarem em formação junto à capitânia, e ele precisava confiar que as tripulações das galeras sabiam que isso significava segui-los. Agripa deu meia dúzia de novas ordens. O mar parecia vidro, mas precisava de luz para tudo que havia planejado fazer.

Mecenas observou-o com calma calculada enquanto as velas desciam e os grandes remos eram baixados na água. A galera de Agripa diminuiu a velocidade e oscilou, depois acelerou de novo à medida que os remos batiam na água e começavam o movimento rítmico que ia empurrá-los muito mais rápido através das ondas. Sentiu a aceleração e sorriu, mesmo contra a vontade. Ao redor a pequena frota fazia o mesmo, tendo esquecido todo o fingimento de subterfúgio enquanto os capitães gritavam as ordens.

Esse intervalo havia trazido as galeras inimigas para mais perto, embora Mecenas pudesse ver a espuma branca das remadas com mais nitidez que os navios propriamente ditos. Sua garganta parecia ter secado, e ele encheu outra taça e bebeu.

— Vamos correr para o sul ao longo do litoral até o amanhecer — avisou Agripa. — Deuses, onde está o sol? Preciso de luz.

A distância podiam-se ouvir tambores tocando enquanto as galeras se aproximavam cada vez mais rapidamente. Suas próprias tripulações se moviam a meia velocidade, e então o capitão ordenou que ela fosse aumentando, pouco a pouco, enquanto tentavam se manter afastados.

— Eles não podem continuar assim, não por muito tempo — disse Mecenas, embora isso fosse de certo modo uma pergunta.

Agripa balançou a cabeça no escuro, sem ser visto, esperando que fosse verdade. Tinha feito seus tripulantes percorrerem quilômetros no lago durante meses. Estavam esguios e em forma como cães de caça, mas o trabalho de puxar os remos era exaustivo até mesmo para homens no auge da forma. Não fazia ideia se as legiões endurecidas que Sexto Pompeu comandava poderiam simplesmente alcançar sua frota e abalroá-la.

— E por que você está aqui? — perguntou Agripa. Falava para quebrar a tensão antes que ela o sufocasse. — Quero dizer, aqui com os navios.

— Você sabe por quê. Não confio em você sozinho.

Mesmo na escuridão os dois puderam ver os dentes um do outro enquanto riam juntos. O som dos remos e tambores parecia crescer a cada minuto, e Agripa descobriu que seu coração estava disparado como uma presa fugindo de uma matilha de lobos. O vento rugia em seus ouvidos, fazendo-o virar a cabeça para trás e para a frente para ouvir o inimigo.

— Diga-me o porquê *de verdade* — indagou mais alto, quase gritando.

Pelo que podia ver, as galeras inimigas estavam quase em cima deles, e se retesou para o primeiro estrondo de aríetes de bronze batendo em madeira. Não havia mais qualquer fingimento de navegação orientada. Os remadores embaixo simplesmente se inclinavam para a frente e puxavam, colocando todo grama de força em cada movimento.

— O mesmo motivo pelo qual você está arriscando o seu pescoço na escuridão completa! — gritou Mecenas de volta. — Por ele. É *sempre* por ele.

— Eu sei — falou Agripa em resposta. — Acha que ele sabe o que você sente?

— O *quê*? — gritou Mecenas, incrédulo. — O que eu *sinto*? Você está mesmo escolhendo esse momento, com nossa vida em jogo, para me dizer que acha que eu estou apaixonado por Otaviano? Seu *desgraçado* pomposo! Não *acredito* nisso!

— Eu só pensei...

— Então pensou errado, seu macacão ignorante! Deuses, eu venho aqui enfrentar inimigos brutais com você, e, ainda por cima no mar, e é *isso* que recebo? Otaviano e eu somos amigos, seu grande pote de merda peludo. *Amigos.*

Mecenas parou quando um estalo trovejante soou em algum lugar próximo. Homens gritaram seguidos pelo som de coisas caindo na água, mas a noite parecia tinta preta, e eles mal podiam dizer de onde os sons vinham ou se era uma de suas tripulações que estava se afogando no escuro.

— Você e eu vamos falar sobre isso quando essa coisa acabar! — avisou Mecenas rispidamente. — Chamaria você para um duelo agora mesmo se pudesse vê-lo e se você não fosse o único que soubesse como essas galeras lutam.

Diante de sua indignação pasma, Mecenas ouviu Agripa rir. Quase lhe deu um soco.

— Você é um bom homem, Mecenas — falou Agripa, os dentes brancos ainda visíveis na escuridão.

Se Mecenas pudesse tê-lo visto, teria ficado preocupado com as grandes veias se destacando no pescoço e no peito do amigo, cada músculo e tendão retesados com medo e fúria contra o inimigo. Agripa estava transtornado, incapaz de agir com inimigos a toda volta e sem ter como saber se ia se afogar a qualquer momento. Conversar com Mecenas havia ajudado um pouco.

— Eu *sou* um homem bom, seu macaco. E você também é. Agora, por favor, diga que podemos ir mais rápido do que aquelas galeras.

Agripa olhou para o leste, rezando para que a primeira luz do sol aparecesse. Podia sentir a galera estalando e se esticando sob ele, algo vivo. Gotas salgadas espirravam no convés, fazendo seu rosto arder em frio.

— Não sei — murmurou ele.

Védio recuou da proa da galera, tentando enxergar naquele breu. Quem quer que estivesse ali tinha um monte de navios. Por um momento havia pensado que caíra em algum tipo de armadilha, mas então os desconhecidos fugiram, os remos cortando o mar, transformando-o em espuma branca. Tinha ordenado velocidade total de ataque e diminuído rapidamente a distância que o separava das estranhas embarcações escuras que corriam à sua frente. Durante um breve tempo pediu velocidade de abalroamento. As galeras deslizavam na água calma, impelidas o mais rápido possível. Sabia que os remadores não podiam manter aquele ritmo brutal por muito tempo. A velocidade de abalroamento era o pico final de aceleração antes de acertar um inimigo, no máximo cem batimentos cardíacos antes que tivessem que ficar para trás. Sua cabeça girou bruscamente ao ouvir um estrondo, mas não podia ver nada, e os homens abaixo já estavam se exaurindo.

— Diminuir para metade! — rugiu Védio. Escutou a nota descendente da trombeta, mas ainda houve um berro de medo atrás dele quando um dos navios chegou perto de arrancar os remos de outro.

Védio se virou para um dos seus arqueiros.

— Você tem flechas de piche? — gritou ele.

— Sim, senhor — respondeu o sujeito.

No mar, o fogo não tinha a mesma utilidade que em terra. Os bolos de piche e pano alcatroado nas pontas roubavam o alcance decente das flechas. Védio já as havia usado numa batalha a curta distância, contra navios mercantes, mas principalmente quando a luta acabara e ele tinha ordem de queimá-los por completo. As galeras de madeira movendo-se em velocidade ficavam encharcadas com os borrifos do mar de uma ponta à outra e as flechas costumavam se apagar durante o voo ou eram logo apagadas quando batiam no convés inimigo. Mesmo assim ele deu a ordem e viu dois homens trazerem um pequeno braseiro cheio de carvão quente. Eles o tratavam como uma criança preciosa, aterrorizados com a possibilidade de derramar o carvão num navio de madeira. A flecha tremeluziu amarela na ponta quando o arqueiro a encostou no braseiro. No brilho avermelhado Védio observou, com fascínio, o homem curvar o arco e dispará-la para o alto e para a frente.

Todos olharam a trajetória da flecha. Por um instante Védio pensou ter visto remos movendo-se no escuro como os membros de um caranguejo ou uma aranha antes que a flecha sibilasse, caindo no mar negro.

— Outra. Usem uma dúzia mais ou menos, uma de cada vez. E variem a direção. Preciso enxergar.

As pontas brilhantes subiram e caíram de novo e de novo, fornecendo luz suficiente apenas para Védio formar uma imagem mental. Havia dezenas de galeras ali, mas ainda não podia contá-las. Elas também diminuíram o ritmo para meia velocidade, o bastante para mantê-las fora do alcance de qualquer coisa que ele pudesse mandar em sua direção. Védio olhou para o leste, procurando a luz cinzenta que vinha antes do amanhecer. Durante um tempo havia desejado que Sexto estivesse ali para ver seu grande prêmio, mas na ausência dele sua confiança tinha crescido e agora estava contente em se ver no comando. Quando Sexto recebesse a notícia, saberia que seu amigo não o havia deixado em maus lençóis numa hora importante. Suas galeras tinham se espalhado numa grande rede de navios, perseguindo a presa em velocidade.

Védio sentiu seu navio se sacudir e xingou alto quando perdeu a direção. Ouviu gritos ansiosos embaixo e resmungou sozinho. Ou o coração de um marinheiro não havia aguentado ou ele apenas tinha desmaiado, atrapalhando o movimento do remo e tirando os outros da sequência. Isso acontecia de vez em quando, e ele sabia que o mestre de remos estaria rapidamente no meio deles, tirando o corpo enquanto o remo tombava e empurrando um dos soldados para ocupar o lugar do sujeito.

A galera diminuiu a velocidade enquanto os outros remadores aproveitavam a chance para descansar, satisfeitos por ter ao menos um instante de alívio. Védio soltou uma gargalhada curta quando sentiu os remos baterem de novo na água e a velocidade aumentar. Nunca havia montado um cavalo em batalha, mas presumia que a sensação devia ser praticamente a mesma, com o inimigo fugindo adiante e o sol prestes a nascer. Sua frota rasgava o mar cor de vinho tinto, e Védio sentia a empolgação crescer enquanto percebia que podia enxergar a proa sob a mão. O sol estava nascendo e ele estava pronto.

CAPÍTVLO XXIV

O AMANHECER CHEGAVA RÁPIDO NO MAR, SEM MONTANHAS OU morros para bloquear os primeiros raios. O sol despontou como um fio ardendo no horizonte, dourando as ondas e revelando as duas frotas uma para a outra. Nenhuma delas viu algo que lhe agradasse. Agripa engoliu em seco, nervoso, ao ver como estava em número inferior, enquanto Védio não tinha esperado nem de longe aquele número de navios.

Assim que a luz do sol afastou a escuridão, Agripa estava rugindo novas ordens para seus navios e içando bandeiras. Seus capitães tinham sido obrigados a memorizar um novo sistema, de modo que as galeras inimigas não pudessem ler seus sinais. Foi com uma satisfação séria que ele franziu os olhos para o norte e viu o comandante inimigo içar bandeiras que ele conhecia muito bem. O fato de poder ver o que os inimigos pretendiam e reagir tão rapidamente quanto eles era outra vantagem. Contra tantas galeras, precisava de cada vantagem que conseguisse obter.

A frota maior reagiu com toda a disciplina de legiões que Agripa havia esperado, alargando a linha e formando uma grande curva no mar enquanto avançavam remando. Eles tinham os números. Ele só podia ver as sessenta galeras mais próximas, porém havia muitas outras atrás, bloqueadas da visão pelos navios da frota de Sexto. Agripa respirou fundo, obrigando-se a ficar calmo. Tinha planejado e perdido o sono para isso. Não podia afastar o sentimento de pavor frio que o agarrava, mas tinha feito todo o possível para obter uma chance contra uma hoste daquelas.

— Sinaleiro, prepare a bandeira de "ataque". Coloque "preparar" no mastro.

Agripa olhou o grande arco de navios se aproximando. Não estavam a mais de 2 quilômetros de distância e dava para ler as bandeiras que sinalizavam entre eles. Assentiu quando a ordem de "velocidade de ataque" foi içada no que devia ser a nau capitânia. Lá. Quem quer que os comandasse estava bem no centro.

— Aquela é nossa — gritou ele. — Sinalize "remos atrás", "virar" e "atacar"!

Demorou até a mensagem ser mandada, mas as galeras de Agripa tinham visto o sinal para que se preparassem e reagiram com grande velocidade. Em apenas alguns instantes deixaram de fugir à frente do inimigo até parar na água e então começar o giro lento, ocasião em que ficavam mais vulneráveis. Se o inimigo pudesse alcançá-los enquanto apresentassem os flancos, estariam quase impotentes. Agripa viu as galeras inimigas acelerando como pássaros levantando voo, espumando o mar. Estavam muito atrasadas. As galeras de Agripa as encaravam de frente, saltando adiante enquanto os remos voltavam a descer e se mover para trás.

As duas frotas se aproximavam num ritmo terrível.

— Deuses, são *tantas*! — exclamou Mecenas, segurando a amurada com os nós dos dedos ficando brancos.

Agripa não respondeu, os olhos captando cada detalhe contra a claridade do sol. Não era uma coisa simples, visto que cada um dos seus navios enfrentaria dois do inimigo. Sabia que, se pudesse destruir o navio comandante e espalhar os outros, se pudesse sobreviver ao primeiro choque, teria uma chance.

Gritou para um dos timoneiros, que passou o controle da galera a outro enquanto Agripa apontava para o navio que queria. O homem franziu os olhos ao sol e se orientou, depois voltou correndo à popa para guiá-los. Agripa poderia ter gritado as ordens da proa — as galeras eram bem curtas —, mas queria ser preciso.

Sua pequena frota atacaria o centro; não tinha opção. O inimigo iria primeiro flanqueá-los, mas as galeras não eram tão rápidas em reagir quanto as manobras das legiões. Para afundar seus navios elas precisavam abalroar em velocidade ou unir as embarcações com uma ponte corvus e abordar.

As frotas se aproximavam rapidamente, e Agripa só podia esperar que tivesse preparado seus homens o suficiente. O primeiro teste no mar era de coragem, com capitães opostos gritando ordens à esquerda e à direita para guiá-los e tentando ser mais espertos que os outros. Agripa engoliu em seco. A primeira arma era o próprio navio, que podia arrancar os remos de um inimigo ao passar, matando metade dos remadores de um dos lados — se calculasse direito. Se errasse, uma colisão de cabeça, proa com proa, poderia afundar os dois antes que uma única espada fosse desembainhada.

Pegou-se ofegando de medo e empolgação ao ver o capitão inimigo com um braço em volta da proa. Podia ver os remos mergulhando para trás e para a frente. Sabia que os comandantes das legiões preferiam ir pela esquerda por instinto, apresentando o lado direito e o braço mais forte ao inimigo. No entanto ele não sabia se a galera era comandada por um homem de legião ou por um dos piratas de Sexto Pompeu.

— Preparar a ponte corvus! — berrou Agripa. — Preparar os harpax! — As equipes dos arpéus exultaram com o nome que haviam escolhido para a nova arma. Os "ladrões" roubariam navios inteiros se pudessem fazê-los funcionar durante o caos da batalha.

Sua frota encontrava inimigos por todos os lados, mas Agripa tinha que se concentrar em apenas uma galera que crescia em sua direção. Se sua coragem sumisse e ele se virasse cedo demais, o outro capitão teria um alvo fácil em seu costado e o aríete rasgaria as tábuas, furando-o abaixo da linha d'água. Agripa contou a distância mentalmente enquanto os navios continuavam avançando sem diminuir a velocidade. Quando estavam a cinquenta passos e a outra galera não havia se desviado 1 centímetro sequer, Agripa soube, de repente, que o homem no comando não sairia do rumo, com a certeza arrogante de que seu oponente iria se virar e fugir. Não poderia dizer como sabia disso, a não ser pelo rumo fixo que ele seguia.

— Agripa? — chamou Mecenas baixinho, olhando com fascínio doentio a galera que se aproximava.

— Ainda não — murmurou Agripa.

Tomou a decisão no último instante, adiando-a o máximo possível.

— Remos de bombordo! Agora! Levantar remos no lado livre!

Do lado esquerdo, onde os navios descarregavam nos portos, os remos foram puxados para dentro com habilidade, apoiados nos joelhos dos remadores. Do lado livre, oposto, os remos saíram da água de modo que a galera permanecesse no rumo. O timoneiro empurrou as esparrelas contra os anteparos de madeira, fazendo a embarcação começar a virar para a direita, praticamente sem diminuir a velocidade.

Agripa se retesou, segurando a amurada enquanto a galera tosquiava a lateral do navio inimigo, com a proa afiada arrebentando dezenas de remos. Ouviu gritos passando por ele enquanto as grandes hastes de madeira esmagavam homens nos bancos dos remadores, partindo suas costas e atravessando-os. Lascas voavam numa chuva enlouquecida abaixo do convés enquanto as duas galeras passavam uma pela outra, deixando o navio inimigo aberto, rasgado.

A tripulação de Agripa deu um rugido de triunfo enquanto baixavam os remos de volta para o mar dos dois lados. Queriam acabar com a embarcação danificada, mas outra vinha para eles, portanto virar e apresentar o flanco seria suicídio.

Agripa viu uma galera à frente e outra um pouco atrás, do seu lado direito.

— Preparar harpax! Alvo do lado livre.

Por todos os lados os navios travavam batalha. Muitos haviam perdido os remos dos dois lados, ficando completamente impotentes. Mais de um tinha sido rasgado pelo impacto, de modo que vários estavam adernando, já começando a afundar. Enquanto arriscava um olhar ao redor, viu dois cascos emborcando e sumindo sob a superfície, os corpos surgindo nas ondas e se agitando num fluxo de bolhas prateadas.

A galera oposta estava aumentando a velocidade para se vingar de seu primeiro ataque, mas, enquanto a segunda começava a passar, Agripa gritou uma ordem para as equipes dos harpax. Os arpéus voaram e as tripulações inimigas ficaram olhando boquiabertas enquanto eles as alcançavam e se prendiam. Os legionários fizeram os cabrestantes girar e o restante de seus homens correu para bombordo, para impedir que seu navio emborcasse enquanto era arrastado de lado em meio às ondas.

A galera que ele estivera olhando de frente pareceu deslizar à esquerda. A tripulação de Agripa cambaleou enquanto a galera que haviam agarrado tombava e emborcava. Ela começou a afundar enquanto o casco se enchia de água, e Agripa sentiu a própria galera tombando, pois os arpéus continuavam presos.

— Machados! Por Marte, cortem as cordas! — berrou ele, com uma nota de pânico na voz.

Amaldiçoou os fios de cobre trançados nas cordas. Eles resistiram aos primeiros golpes enquanto seu navio continuava a se inclinar, arrastado pela galera desaparecida. A primeira corda se partiu com um estalo que pôde ser ouvido por todos ao redor. A segunda das três se foi com o trabalho de dois homens golpeando-a freneticamente, e depois foi a terceira, que chicoteou no rosto de um soldado e o jogou girando na água, o rosto transformado em uma massa de sangue.

A galera de Agripa se ajeitou com um estrondo, levantando uma onda de borrifos que encharcou metade dos homens no convés escorregadio.

— Equipes de harpax! — gritou, já rouco. — Preparem mais cordas e arpéus.

Tinham um segundo jogo, mas, enquanto as duas galeras estavam unidas, outra havia chegado ao seu lado a toda velocidade. Agripa mal teve tempo de ordenar que os remos de bombordo fossem puxados para dentro de novo antes que os navios se juntassem raspando, produzindo um som longo como um gemido. Mostrou os dentes ao ver a ponte corvus do inimigo ser levantada por soldados suados.

— Equipes das pontes corvus! Içar e atravessar! Repelir abordagem!

Ele não abandonaria seu posto na proa, mas viu Mecenas desembainhar um gládio e pegar um escudo dos que estavam empilhados num suporte de madeira. Com a primeira onda de soldados, Mecenas correu ao ponto por onde o inimigo deveria chegar, enquanto suas próprias pontes corvus eram erguidas. O navio inimigo viera em um ângulo específico, de modo que a ponte mais próxima da popa não poderia alcançá-lo. Ela se estendeu na brisa como uma língua de madeira, com homens parados inutilmente atrás. A mais próxima da proa bateu no convés inimigo, a grande ponta de ferro na extremidade se alojando de forma fixa na madeira.

Os soldados de Agripa jorraram pela ponte estreita, enquanto outros ainda se defendiam dos que tentavam invadir seu convés. Agripa viu uma centúria de legionários na galera inimiga, mas sua segunda vantagem apareceu de imediato. Cada um dos seus remadores havia ganhado o posto em um torneio de espadas. Saíram dos bancos e correram para o convés, um número três vezes maior de guerreiros que de legionários inimigos, e cada um deles era um espadachim veterano e hábil. Mecenas foi com eles por cima da ponte corvus, empurrando homens com o escudo enquanto seu grupo lutava para abrir espaço de modo que os outros pudessem atravessar.

Foi uma chacina. Por um breve momento os dois lados lutaram para chegar ao navio oponente, mas os que alcançavam a galera de Agripa eram mortos em instantes, e os corpos eram jogados no mar. Seus soldados cortaram e mataram, abrindo caminho pela tripulação inimiga, e desceram ao porão para ameaçar os remadores.

Um grito soou quando eles arrastaram o capitão para o convés, um homem com capacete emplumado que tentara se esconder abaixo do convés ao ver que seu navio tinha sido tomado. Ainda vivo, foi jogado na água para se afogar com sua armadura — e os homens de Agripa tinham outro navio. Sentiu-se tentado a tomá-lo para si, mas a frota inimiga ainda era um enxame ao redor.

— Ponham fogo e voltem depressa — ordenou, olhando o mar em todas as direções em busca de uma nova ameaça, até que a fumaça preta subiu acima dos remadores que gritavam. Agripa fechou os ouvidos para aquele som. Não havia justiça numa batalha assim. Sabia que aqueles homens não tinham escolhido atacá-lo, mas não havia opção e não podia demonstrar misericórdia. Seus soldados voltaram a bordo e as pontes corvus foram levantadas do convés com espadas caídas.

As galeras se afastaram e a coluna de fumaça se adensou rapidamente, rugindo em amarelo no porão. Agripa gritou encorajamentos a seus homens, que assumiam posição de novo nos bancos, largando as espadas vermelhas aos seus pés e pondo as mãos cheias de bolhas nos cabos de madeira dos remos. A toda volta sua pequena frota continuava lutando.

Era uma calmaria estranha. A batalha havia se espalhado por uma distância enorme enquanto as galeras afundavam umas às outras. A água estava coberta com uma camada de óleo, lascas de madeira e corpos flutuando, alguns ainda se movendo. Agripa viu vários cascos emborcados e não tinha como saber se eram seus ou do inimigo. Dentre os que ainda lutavam, conhecia cada navio que construíra apenas com um olhar. Ficou satisfeito com o número. Virou-se ao ouvir os estalos de catapultas e viu cordas saltarem de novo de um de seus navios, arrastando outra galera inimiga para perto para matar a tripulação. Fosse por sorte ou porque tinham aprendido a não irem todos para o mesmo lado, ela permaneceu de pé, então seus espadachins correram por cima de duas pontes corvus e aquele navio também foi tomado.

Mecenas voltou para perto dele, ofegando com o esforço. Olhou ao redor espantado, jamais tendo visto uma batalha no mar.

— Estamos vencendo? — perguntou ele, apoiando a espada na amurada.

Agripa balançou a cabeça.

— Ainda não. Metade dos navios que você vê está inutilizada. Poderíamos tomá-los, mas não há sentido nisso.

Sinalizou um quarto de velocidade para o mestre de remos e a galera deslizou entre embarcações em chamas. Todos podiam ouvir homens gritando nos infernos por onde passavam, e a fumaça preta os sufocava. A brisa tinha começado a aumentar, levando a fumaça para o leste. Para surpresa de Mecenas, o sol continuava baixo no céu matinal, apesar de ter pensado que estavam lutando havia muitas horas.

Enquanto se moviam pela devastação da batalha, Agripa viu o primeiro navio que golpearam. O capitão havia trabalhado duro para transferir remos para o lado partido e restaurar algum movimento para o navio abalado. Agripa viu novos sinais balançando no mastro e tentou ver quantas embarcações ainda podiam responder a eles. Pareceu demorar uma eternidade para reagirem, mas viu bandeiras subindo em galeras a distância, começando a voltar.

Mandou seu próprio sinal para a frota se reagrupar ao redor de sua bandeira, e depois não havia nada a fazer além de esperar.

— Agora veremos — anunciou Agripa, sério. Procurou a galera mais próxima que parecia sem danos, porém levava no mastro a bandeira da frota romana. Levantou a voz para alcançar toda a tripulação. — Aquela. Não há por que esperar que venha até nós.

Seus homens estavam exaustos após remar durante toda a noite e depois lutar, mas Mecenas podia ver o deleite selvagem na tripulação responsável pelos harpax enquanto eles enrolavam cordas e preparavam as catapultas. Não estavam com clima para perder, depois de ter chegado tão longe.

Védio sentia uma fúria rubra enquanto olhava a nau capitânia inimiga içar novos sinais. Eles não faziam sentido, nem mesmo para os experientes legionários sinaleiros sob seu comando. Quem quer que fosse o sujeito, era um desgraçado esperto, pensou. Aqueles arpéus voadores haviam devastado suas galeras. Tinha visto três delas emborcarem diante de seus olhos enquanto lutava para restaurar parte da ordem na tripulação de remadores sob seus pés.

Estremeceu brevemente enquanto imagens relampejavam em sua mente. Houvera um tempo em que Védio acreditara que nada poderia revirar seu estômago. Tinha testemunhado assassinatos e estupros com calma absoluta. Mas, no porão, corpos e membros estavam amontoados de forma obscena, esmagados pelos remos e pelo impacto com o outro navio. Não queria voltar para baixo, para o fedor de tripas abertas e mais sangue do que daria para acreditar, uma poça aglutinada devido ao balanço do navio. Mais de sessenta homens haviam morrido despedaçados por seus próprios remos. Então ele havia ficado impotente, esperando que o impacto de um aríete mandasse o resto para o fundo. No entanto não tinha entrado em pânico, e sua tripulação legionária passou a trabalhar com rostos duros e disciplina romana, tirando os corpos escorregadios e transferindo remos com grande velocidade. Um ou dois haviam vomitado enquanto trabalhavam, porém apenas limparam a boca e foram em frente. Menas tinha sido um desses, e Védio havia formado uma espécie de respeito pelo oficial romano. Ele não tinha fugido do trabalho, juntando-se aos demais e saindo tão coberto de sangue que parecia trabalhar num matadouro.

Durante um tempo, tudo que podia fazer era assistir e mandar sinais para manter a frota unida enquanto o inimigo a rasgava. Cada um daqueles malditos estava armado com os estarrecedores arpéus, e, quando os navios se juntavam, eles cortavam os bons legionários como foice no trigo. Tinha visto quando quatro navios inimigos foram abalroados e afundaram, e seus homens aplaudiram cada ocasião, mas Védio sabia que tinha perdido muito mais. Mesmo agora, de novo com algum controle sobre a galera, podia ver grande parte de sua frota parada ou pegando fogo, ou simplesmente à deriva, impotente, com remos despedaçados e homens mortos no convés.

Com os olhos semicerrados, viu a galera do comandante inimigo voltar, a proa empurrando de lado lascas e corpos. Enquanto olhava, ela acelerou numa nova direção, como uma vespa atacando um dos navios que ele havia chamado de volta. Védio xingou, sem poder interferir. Com metade de seus remadores mortos, não podia alcançá-los, muito menos fazer uma ação de abalroamento que causasse danos sérios. Pela primeira vez pensou em salvar o maior número de navios possível e simplesmente ir embora. Sexto gostaria de saber sobre aquelas novas armas e táticas.

Conteve-se antes de dar a ordem, querendo ver primeiro quantos navios restavam. Pelo que sabia, ainda estava em maior número que o inimigo e poderia transformar o desastre em vitória, não importando o custo.

De todos os lados, navios começaram a remar em sua direção assim que viram as bandeiras. A cada um que retornava, o coração de Védio se apertava mais ainda. Eles estavam golpeados e partidos, as laterais com sangue escorrendo ou abertas de modo que podia ver os remadores sentados a pouco mais de 1 metro acima da água. Muitos teriam sorte se voltassem à terra. Só podia ver três que haviam saído incólumes, as tripulações olhando umas às outras em choque enquanto percebiam o grau da destruição. Védio balançou a cabeça. Sabia que eles não estavam acostumados a perder, mas isso não mudava a realidade da situação. Aquela pequena frota de quarenta ou cinquenta navios os havia despedaçado.

Vinte e nove galeras voltaram claudicando para sua posição, e nesse ponto o comandante inimigo estava engajado numa batalha com uma delas usando pontes corvus. Védio olhou com esperança até que viu fumaça subir dos bancos dos remadores e o inimigo ir em frente, procurando novos alvos. Ele também havia içado um novo sinal, mas Védio não sabia lê-lo. Viu outros navios se aproximarem, formarem-se junto à galera de comando ordenadamente. Olhando contra o sol, Védio se esforçou ao máximo para contar os navios inimigos e não gostou do resultado.

— Menas! Conte-os de novo! O sol está jogando sombras nos meus olhos.

Seu segundo em comando contou em voz alta, mas os navios mudavam de posição o tempo todo enquanto se reuniam.

— Vinte e três... Vinte e cinco... Vinte... e oito. Acho que é isso. Devo ordenar um ataque, senhor?

Védio fechou os olhos por um momento, esfregando o cansaço com os polegares. Não podia dizer que tivera uma boa vida, não de fato. Ele tivera alguns bons dias, no máximo.

— Pare de pensar como legionário, Menas. É hora de fugir para as enseadas que conhecemos.

Menas concordou.

— Muito bem, senhor — disse ele.

Deu as ordens, e as galeras sofridas começaram a remar na direção da Sicília.

Mecenas estava olhando a distância enquanto as duas frotas entravam em formação. Nesse ponto, Agripa sabia que haviam perdido só vinte galeras, mas isso ainda lhe pesava como um fracasso. Suas harpax tinham se mostrado mortais e eficazes na batalha, e as pontes corvus duplas e as hábeis tripulações de espadachins tinham feito o resto.

— Eles estão recuando... para lá — indicou Mecenas.

Agripa se aproximou dele.

— Sul, é para o sul. — Sua voz estava sem qualquer orgulho, e Agripa se sentia quase cansado demais para falar.

— Você vai persegui-los?

— É preciso. Eles estão indo na direção para onde quero ir. Não me importo de perder mais um dia para persegui-los e queimar o resto deles. Agora não podem ir mais depressa do que nós.

— Você acha que podemos fazer isso de novo contra Sexto Pompeu? — quis saber Mecenas.

Agripa olhou ao redor. Uma dúzia de navios próximos estava queimando, evitados por suas galeras que temiam as fagulhas acesas e as cinzas que poderiam incendiar suas próprias embarcações. Outros tinham emborcado e não podiam ser recuperados, mas havia muitos ainda esperando para serem tomados, e as tripulações fossem trucidadas.

— Com um mês para fazer reparos e juntar novas tripulações para os navios que não queimamos, sim, Mecenas, acho que podemos fazer isso de novo. Precisamos fazer.

CAPÍTVLO XXV

Brutus sorriu. Havia descoberto que esse era um dos muitos benefícios de ter uma esposa jovem. Não somente sentia uma ânsia maior de se manter magro e em forma e não se render à idade, mas Pórcia não tinha o cinismo que fora imposto a ele pelos anos de vida. Ela ria com mais facilidade do que ele e, ao fazer isso, contagiava-o, de modo que, quando pensava nela, seu mau humor se aliviava.

— Você está zombando de mim — disse Pórcia. E fez beicinho, sabendo que ele adorava isso. Nas noites que passavam juntos, às vezes ele mordia suavemente seu lábio inferior, deliciando-se ao senti-lo tão volumoso.

— Eu não ousaria — replicou ele. — Saúdo seu espírito romano ao querer cuidar do marido em campanha. Só digo que já provei sua comida, e esta é uma tarefa que deveria ser deixada para os serviçais.

Ela ofegou, fingindo ultraje, fazendo um gesto com a chaleira que segurava, como se fosse jogá-la contra ele. Tinha se vestido à maneira das gregas rústicas, com uma túnica branca simples amarrada por uma faixa larga e uma capa vermelha escura por cima. Enquanto falava, enrolava as mãos no tecido rico de modo que ele parecia quase vivo e parte dela, sempre em movimento. Brutus olhou com carinho para a esposa, diante dele com sandálias repletas de joias que valiam mais do que as casas de camponeses pelas quais passavam todos os dias. Os pés eram pequenos, e ela remexia os dedos, parada ali. Os cabelos escuros estavam presos com fios de prata, e a moda que Pórcia havia iniciado já estava sendo copiada pelas romanas do acampamento, usando maquiagem e roupas mais simples, como se pudessem parecer tão lindas quanto ela.

— *Eu* vou cuidar do meu marido! — anunciou ela.

Ele se aproximou e passou seu braço ao redor da cintura de Pórcia.

— Você sabe que isso é tudo de que eu gostaria, mas talvez o sangue de seu marido já tenha carvão suficiente por enquanto.

Pórcia ofegou e o empurrou para longe.

— Você nunca provou minha galinha com ervas, marido. Se tivesse provado não zombaria assim.

— Acredito — assentiu ele em dúvida. — Se quiser, não vou reclamar. Cada bocado será um néctar para mim, e vou sorrir enquanto mastigo cada pedaço duro feito couro.

— Ah! Você vai ver! Vai lamentar ter dito isso quando dormir sozinho à noite!

Ela saiu pisando firme, brandindo a chaleira e chamando serviçais. Brutus a olhou com afeto, o olhar captando o vasto acampamento ao redor. Notou alguns legionários sorrirem ao vê-la, olhando com desejo para a jovem esposa do comandante. Brutus os observou com atenção durante um momento, a expressão ficando sombria. Essa era a desvantagem, claro. Jamais teria certeza de que algum potro novo não arriscaria o pescoço para cortejá-la, tomado pela luxúria ou pelo romance até que o bom senso estivesse afogado como um filhote de cachorro no vinho.

Brutus respirou fundo, deixando o ar quente encher os pulmões e sair sibilando pelo nariz. Amava a Grécia. Quando era um jovem soldado, viajara pelo mesmo território onde suas legiões estavam reunidas. Seu companheiro tinha sido um soldado velho e grisalho chamado Rênio, um mal-humorado e implacável filho de Roma que estava na sepultura havia muitos anos. Por um momento, Brutus visualizou os dois indo até seu primeiro posto numa legião. Pegou-se balançando a cabeça com uma lembrança feliz. Era tão novo na época! Todos os que amava ainda estavam vivos, e ele e Júlio eram amigos, decididos a deixar uma marca no mundo.

Brutus olhou para o passado, praticamente incapaz de reconhecer o jovem que tinha sido ao cruzar a Grécia pela primeira vez. Na época, Júlio vinha crescendo em Roma, mas precisava de poder militar. Brutus estava decidido a ser seu general, seu maior aliado. Era impossível imaginar então que haveria um dia em que daria um golpe mortal no amigo.

Com o sol quente, sentou-se numa árvore caída que indicava o limite de um jardim da fazenda que ele havia ocupado para passar a noite. Podia ver toda a sua juventude, e estava perdido nela. Lembrou-se de Tubruk, o administrador da propriedade de Júlio perto de Roma. Brutus não gostaria de ver o desapontamento nos olhos do homem se ainda vivesse. Tubruk jamais entenderia como haviam acabado se afastando. Para algumas pessoas, era melhor que estivessem mortas, para não terem o coração partido por tudo que vinha em seguida.

Sua mãe, Servília, ainda estava viva, uma velha de cabelos brancos que continuava com as costas rígidas e a postura ereta que negava a idade. Júlio a havia amado, Brutus precisava admitir, mas ver a própria mãe adular o amigo durante anos o havia consumido por dentro. No fim, Júlio a havia trocado por sua rainha egípcia, a única mulher que pudera lhe dar um filho.

Brutus suspirou. Tinha visto a mãe envelhecer quase da noite para o dia enquanto abandonava os últimos fingimentos de juventude. Tinha pensado que ela até poderia definhar e morrer, mas nunca houvera fraqueza em Servília. Os anos apenas a endureceram, como a madeira de teca ou o couro. Prometeu visitá-la quando voltasse a Roma, talvez de braço dado com sua jovem esposa, mas sabia que as duas brigariam como gatas.

— O que você está pensando? — perguntou Pórcia subitamente, atrás dele.

Brutus não a ouvira retornar e levou um susto, irritado porque alguém podia chegar tão perto sem que ele percebesse. A idade roubava tudo que o tornava quem era, pensou. Mesmo assim sorriu.

— Nada. Nada importante.

Pórcia deu um sorriso bonito.

— Devo mostrar minha cicatriz? A prova de que sou de confiança?

Antes que ele pudesse responder, ela jogou a capa para trás, revelando uma coxa longa, bronzeada pelo sol. Com uma das mãos levantou a bainha da túnica grega, mostrando um lanho fundo quase do tamanho da mão dele. Brutus olhou ao redor, mas não havia ninguém espiando. Inclinou-se e beijou a marca, fazendo Pórcia suspirar e passar as mãos por seus cabelos.

— Você não deveria ter feito isso consigo mesma — repreendeu ele, a voz um pouco rouca. — Vi homens morrerem de febre depois de ferimentos menos sérios.

— Eu mostrei a você que não era uma cortesã de cabeça oca que deveria ser ignorada. Sou uma dama romana, esposo, com força romana; e cozinho maravilhosamente. Por isso você pode me confiar seus pensamentos, pode me confiar tudo. Agora mesmo você estava distante.

— Estava pensando em Júlio — admitiu ele.

Pórcia fez que sim, sentando-se ao seu lado no tronco.

— Foi o que imaginei. Você sempre fica com essa expressão quando pensa nele. Tristeza, na maior parte.

— Bom, eu já vi coisas tristes. E dediquei uma parte muito grande da minha vida a procurar o caminho certo para seguir. — Ele indicou as legiões acampadas ao redor, espalhando-se por quilômetros numa ordem formal. — Só espero ter descoberto agora. Gostaria de voltar a Roma, Pórcia. Apesar de amar esta terra, ela não é o meu lar. Quero andar pelo fórum de novo, talvez para servir por um tempo como cônsul.

— Eu gostaria disso; por você, mas não por mim, esposo, entende? Fico feliz onde você estiver. Você tem riqueza suficiente para oferecer conforto e é respeitado e amado. — Ela hesitou, sem saber até onde poderia prosseguir com uma discussão que os dois já haviam tido muitas vezes. — Não quero perdê-lo. Você sabe que eu morreria no mesmo dia.

Brutus se virou para ela e abraçou-a. Pórcia parecia pequena ao seu lado, e ele sentia o calor da pele da esposa através do tecido fino enquanto aspirava o cheiro de seus cabelos.

— Você é um pouquinho louca, sabe? — murmurou ele. — Mas eu a amo mesmo assim. Eu derrubei um tirano, um rei. Será que agora devo dobrar o joelho para um garoto que usa o mesmo nome? Eu conheci o *verdadeiro* César. Otaviano não tem direito a esse nome. Nenhum direito.

Pórcia segurou seu rosto, um toque surpreendentemente frio em sua pele.

— Você não pode emendar tudo que está quebrado, meu amor. Não pode consertar o mundo inteiro. Acho que, de todos eles, você fez o bastante e se feriu o bastante por toda uma existência. Seria uma coisa tão terrível aproveitar os frutos de sua vida, agora? Ter escravos esperando-o solícitos enquanto desfruta os verões? Passar esses anos comigo em uma bela propriedade junto ao mar? Meu pai tem um lugar lindo em Herculano. Ele escreve cartas todos os dias e administra as propriedades. Existe vergonha nisso? Não acho.

Ele a olhou. Dizer que Pórcia não entendia o que o impulsionava não era correto. Ele lhe contava tudo de seu passado, tanto os fracassos quanto os triunfos. Ela havia se casado com ele tendo pleno conhecimento de quem ele havia sido e de quem ainda queria ser, mas isso não a impedia de argumentar pela paz e pela aposentadoria. Brutus só lamentava que o filho dos dois tivesse morrido na infância. Criar um menino poderia ter afastado as atenções dela do marido. Mas desde então ela não tinha engravidado de novo, como se o útero tivesse morrido com a criança. Esse pensamento o perturbava, então ele balançou a cabeça.

— Não sou um velho como seu pai, Pórcia, pelo menos não este ano. Tenho mais uma batalha dentro de mim. Se não a travar, ou se perdermos, eles só dirão que eu fui um assassino, não que libertei Roma. Falarão de Marco Brutus como um traidor mesquinho e vão escrever histórias que lhes sirvam. Eu já vi essas coisas serem feitas, Pórcia. Não deixarei que façam isso comigo. *Não posso* deixar que façam isso comigo! — Segurou os pulsos dela e puxou suas mãos para o peito, sobre o coração.

— Eu sei que você é um homem bom, Marco — disse ela baixinho. — Sei que você é o melhor de todos eles, melhor do que aquele magricelo do Cássio, ou do que Suetônio, ou do que qualquer um deles. Sei que dói em você fazer parte das tramas deles, assim como dói ainda estar lutando. Acho que você se importa demais com o modo como os outros o veem, meu amor. O que importa se homens pequenos vivem na ignorância de quem você foi, de quem ainda é? Sua dignidade é tão frágil que o pior mendigo da rua não pode rir feito idiota quando você passa? Você vai reagir a todos os insultos, mesmo por parte de homens que não são dignos de amarrar suas sandálias? Você *de fato* libertou Roma, esposo. Restaurou a República, ou pelo menos ofereceu um caminho sem ditadores e reis os governando como se fossem escravos. Foi o que você disse uma dúzia de vezes. Isso não basta? Você fez mais do que a maioria dos homens conseguiria em uma dúzia de vidas, e eu o amo por isso, mas as estações mudam e deve chegar o momento de largar a espada.

— Vou largar, juro, depois disso. Só depois disso, Pórcia. Os deuses me deram todos os leões de Roma como inimigos. Se puderem ser derrotados, não existirá mais ninguém que possa criar um império a partir das cinzas. A República continuará, e haverá paz durante mil anos. Isso está ao meu alcance, assim como você.

Brutus acompanhou as últimas palavras com as mãos deslizando para baixo e fazendo cócegas nela, de modo que Pórcia guinchou e se retorceu. Ele continuou, mesmo assim, ignorando seus protestos e lutas até surgirem lágrimas nos olhos dela.

— Você é um monstro! — exclamou Pórcia, rindo. — E não me escuta.

Ele balançou a cabeça.

— Escuto, você sabe. Há uma parte de mim que não deseja nada mais do que andar como homem livre, com a liberdade comprada e conquistada por Roma. Quero isso, mas não serei governado por reis; de novo, não. Não por Marco Antônio e certamente não por Otaviano. Vou enfrentá-los uma última vez, e, se os deuses sorrirem para mim, andarei de braço dado com você em Roma enquanto todos os rapazes olham sua beleza. E vou ficar contente.

Havia tristeza nos olhos de Pórcia quando respondeu, mas ela tentou sorrir.

— Espero que sim, meu amor. Vou rezar por isso.

Ela encostou a cabeça no peito dele, apoiando-se, de modo que durante um tempo os dois ficaram sentados em silêncio, olhando a planície onde as legiões preparavam a refeição da tarde.

— Eu o amava também, você sabe — continuou Brutus. — Ele era meu melhor amigo.

— Eu sei — respondeu ela, sonolenta.

— Lutei uma vez contra ele, Pórcia. Aqui na Grécia, em Farsalo. Gostaria que você tivesse visto. Ele foi incrível. — Brutus soltou o ar lentamente, as lembranças nítidas diante dos olhos. — Ele derrotou as forças de Gneu Pompeu e depois da batalha foi me procurar no campo. Abraçou-me, como estou abraçando você. E perdoou minha traição.

Sua voz ficou embargada, a lembrança trazendo de volta antigos sofrimentos e uma raiva meio enterrada. A partir daquele momento Brutus tinha sido o homem cuja traição fora perdoada pelo nobre César. Seu lugar tinha sido colocado em histórias e poemas de Roma: o fraco traidor abençoado por um homem melhor. Brutus estremeceu ligeiramente, sentindo arrepios nos braços enquanto segurava a esposa. Não tinha admitido a Pórcia como havia se sentido naquele dia na Grécia, anos antes. Tinha dito que temia pela República quando César trouxe Cleópatra e o filho deles para Roma. Tinha contado sua crença de que haviam começado uma dinastia para governar o mundo.

Tudo era verdade, embora fosse só uma parte dela. O destino de César fora escrito naquele dia em Farsalo, quando havia derrotado e torturado o amigo perdoando-o na frente de todos.

Pórcia parecia estar cochilando em seus braços e ele a levantou, beijando sua testa.

— Venha, meu amor. Deixe-me experimentar essa sua galinha com ervas.

Ela estremeceu, bocejando e se espreguiçando feito um gato enquanto Brutus a observava com carinho.

— O dia está muito quente — disse ela. — Falta muito, ainda?

— Não muito, mas vou mandar você de volta a Atenas quando encontrar as legiões de Cássio.

— Eu preferiria ficar com o acampamento.

— Foi o que você me disse cem vezes, mas um acampamento de legião não é lugar para você, disso eu sei. Vou deixá-la em segurança antes de marcharmos para o litoral.

— Não sei por que você precisa marchar para encontrar os homens dele quando o litoral fica na direção oposta.

— Ele está trazendo mais de metade do exército, Pórcia. Faz sentido deixar que os homens vejam uns aos outros antes que as trombetas comecem a tocar. E não há muitas planícies onde 90 mil homens possam entrar em formação nessas colinas.

— Qual é o nome do lugar para onde vamos?

— Filipos — respondeu ele, dando de ombros. — É só uma cidade, como qualquer outra.

❖

Otaviano deixou a brisa encher os pulmões. De pé nos penhascos de Brundísio podia ver quilômetros mar adentro. O sol estava forte às suas costas e no entanto ele não conseguia relaxar, especialmente na companhia de Marco Antônio. Separados por um abismo de mais de trinta anos, precisava se esforçar para não ser intimidado por um homem que conhecera uma Roma muito diferente, antes que César ascendesse para comandar a cidade e o mundo.

Mesmo de cima do caminho pedregoso ele não conseguia ver o litoral da Grécia, em algum lugar atrás da névoa. Sua atenção estava no trecho de mar azul fora do porto, onde duas frotas de galeras batalhavam. Pareciam navios de brinquedo, longe demais para ele ouvir as ordens berradas e os estalos das catapultas lançando arpéus e pedras pelo ar.

Agripa havia rodeado o calcanhar da Itália na noite anterior, aproveitando o mar calmo com pouco vento. Só naquela manhã Otaviano ficara sabendo que estavam chegando, quando um mensageiro exausto o alcançou depois de atravessar a península numa velocidade alucinada. Otaviano e Marco Antônio tiveram que subir ao ponto mais alto do litoral para que pudessem ver as galeras de Agripa, mas desde os primeiros instantes ficara claro que Sexto Pompeu também tinha sido alertado. Sua frota já estava em formação quando os navios de Agripa surgiram às primeiras luzes. Bem descansadas, as galeras de Pompeu partiram imediatamente para o ataque, sabendo que os remadores de Agripa estariam exaustos após uma noite remando ao longo da costa.

— Deuses, você viu aquilo? — gritou Marco Antônio.

Ele havia descido mais um pouco pelo caminho, acompanhando o movimento da batalha das frotas com fascínio sinistro. Sabia tanto quanto Otaviano que Agripa tinha o futuro dos dois nas mãos. Se o amigo de Otaviano fracassasse, as legiões não poderiam atravessar o mar cheio de galeras inimigas e sobreviver. Marco Antônio continuava irritado porque não ficara sabendo da frota secreta em Averno.

— Onde? — indagou Otaviano, levantando os olhos.

— Perto da mais próxima que está pegando fogo, junto à rocha ali, dois navios à esquerda. O que se virou agora mesmo. Seu amigo está se saindo bem, apesar da desvantagem numérica.

Otaviano trincou o maxilar ao ser lembrado disso. A frota de Agripa ainda estava em número esmagadoramente menor, apesar de ter rodeado a costa com quase cinquenta galeras. Suspeitava que algumas eram só para fazer figura, ou para enganar as forças sob o comando de Sexto Pompeu. Com certeza alguns navios lutavam com tripulações completas, enquanto outros apenas tentavam abalroar, desviando-se e correndo a toda velocidade em meio às outras. Otaviano viu um navio chocar a proa contra outro, cravando-se na lateral e fazendo-o começar a afundar. No entanto o atacante não conseguia se soltar e as duas galeras permaneceram travadas juntas. As tripulações estavam lutando nos conveses, não somente para vencer, mas para decidir quem ficaria no navio que não estava afundando. Otaviano viu remos movendo-se para trás e soube que o atacante era um dos capitães de Pompeu. Os remadores de Agripa jorravam para fora de seus navios assim que atacavam, os remos puxados para dentro ou pendurados em correntes. Era uma tática perigosa, pois na mesma hora tornavam-se vulneráveis a qualquer outro navio que viesse rapidamente, mas o número de homens a mais fazia uma diferença vital, pelo que Otaviano podia ver.

Mesmo sabendo que os navios de Agripa tinham velas vermelhas, era quase impossível ter certeza de quem estava vencendo. Alguns navios de Agripa bamboleavam como velhas gordas à menor brisa, e Otaviano só podia imaginar o terror constante dos homens dentro deles enquanto esperavam pelo balanço brusco que os lançaria no mar frio. As embarcações ficavam bastante seguras quando os remadores as moviam, mas assim que eles saíam para lutar tornavam-se perigosamente instáveis. Pelo menos uma já fora afundada com um simples impacto leve de aríete.

— Você consegue ver quem está com vantagem? — perguntou Marco Antônio.

Sua voz soava tensa, e Otaviano olhou-o antes de balançar a cabeça. Marco Antônio estava sentindo a tensão, e não era para menos, dados os riscos e a incapacidade de influenciar o resultado.

— Daqui, não — respondeu Otaviano, alto. Sua voz baixou para um murmúrio enquanto continuava: — Daqui não posso fazer nada.

Olhou para o sol e viu que estivera parado ali durante toda a manhã. O ponto do meio-dia havia passado e as duas frotas ainda lutavam, com mais e mais navios pegando fogo, afundados ou emborcados para se transformar num perigo para os outros. Milhares de homens já haviam sido mortos por fogo, espada ou água. A ação em massa do início havia se transformado numa pancadaria cansada, num teste de resistência e força de vontade enquanto cada capitão se arriscava com mais um inimigo ou simplesmente se mantinha afastado para que os remadores se recuperassem. Não havia nada de belo naquilo, percebeu Otaviano. De algum modo ele esperara que houvesse. A realidade era como dois lutadores de rua socando um ao outro através dos olhos cegados, já ensanguentados e incapazes de cair, agarrados um ao outro. Seu futuro estava na balança, e ele fez uma oração a Júlio e a Marte para que Agripa vencesse.

Otaviano não era ingênuo. Sabia que alguns crimes ficavam sem punição. Às vezes ladrões e assassinos prosseguiam com a vida e ficavam bem, morrendo felizes e velhos em seus lares. Júlio lhe contara uma vez sobre um homem que havia roubado de um amigo, depois usado o dinheiro para começar um negócio bem-sucedido. O amigo tinha morrido na pobreza enquanto o ladrão prosperava e se destacava como senador. No entanto, um homem podia buscar a própria justiça, mesmo que ela não viesse por si própria ou pela vontade dos deuses. Ela não era dada; era preciso tomá-la. Otaviano não poderia descansar enquanto os Liberatores vivessem, enquanto continuassem a exibir seus crimes como se fossem boas obras.

Tinha visto uma moeda com a cabeça de Brutus e o título no verso, proclamando-o "Salvador da República". Trincou o maxilar ao pensar na imagem. Não deixaria que eles roubassem a história de homens mais merecedores. Não deixaria que transformassem o que haviam feito em algo nobre.

Sexto Pompeu via apenas desespero ao redor. Seus tripulantes estavam lutando havia horas. Tinham sobrevivido a três abordagens, mal conseguindo separar os navios em cada ocasião antes que fossem dominados. Poucos de seus homens não estavam feridos, e muitos apenas ofegavam pedindo água ou um momento de descanso. A vida que levavam os havia deixado em forma, mas não tinham o poço interminável de energia que a juventude oferecia a ele. Seu 19º aniversário havia acontecido nos meses anteriores, com uma comemoração feita por seus capitães de legiões. Eles haviam brindado com vinho, e os que se lembravam de seu pai tinham feito belos discursos. Os irmãos Casca declamaram um novo poema que percorria as cidades, escrito por Horácio, elogiando a República como uma joia entre as obras dos homens.

Era uma lembrança feliz e distante enquanto ele olhava os detritos e os corpos flutuando ao redor. Ninguém em Roma sabia que ele tinha um cordão de cavalos espalhado pelo ponto mais estreito do continente para se comunicar com Védio. Fizera *tudo* certo, mas isso não havia bastado. A mensagem havia chegado a tempo de ele se organizar e esperar a frota inimiga, e ao amanhecer estivera confiante. No entanto as poucas linhas rabiscadas em pergaminho não o haviam preparado para as táticas suicidas das galeras que enfrentava, nem para o terror dos arpéus que estalavam e zumbiam, voando acima de sua cabeça. Por duas vezes sua tripulação havia escapado cortando as cordas que puxavam o navio. Os cabos ainda estavam ali no convés, os fios de cobre brilhando. Não houvera um momento de paz para soltá-los e jogá-los no mar.

Ele só pudera ficar olhando enquanto as galeras inimigas esmagavam e afundavam metade de sua frota. Seus navios tinham começado bem, abalroando e partindo remos com disciplina, mas ele perdia três navios ou mais para cada um que afundava. As galeras inimigas se moviam como vespas, picando com flechas incendiárias a curta distância, depois abordando enquanto as tripulações eram obrigadas a apagar as chamas antes que o fogo se alastrasse. Sexto havia demorado muito para descobrir que metade dos navios que enfrentava estava ocupada apenas por remadores e não era uma ameaça de fato. Todos tinham velas vermelhas, estivessem enroladas ou cheias de vento. Os realmente perigosos se escondiam em meio ao número maior, derramando homens pelas duas pontes corvus e trucidando suas tripulações antes de atear fogo e seguir em frente.

O mar estava coberto por uma fumaça densa, e ele podia ouvir os remos rangendo e espirrando água ao redor. Não sabia se estava cercado pelo inimigo ou se poderia arriscar enviar um sinal para seus navios. Deu uma ordem ríspida para os remadores avançarem a meia velocidade, apesar de eles também estarem falhando e mais de um corpo ter sido jogado ao mar desde o amanhecer. Os avanços e os golpes de uma galera de guerra haviam se reduzido a um progresso lento e arrastado.

O vento soprou forte, afastando parte da fumaça, de modo que pôde enxergar mais longe sobre as ondas. Isso não lhe trouxe conforto, visto que o horizonte em expansão revelava dezenas de cascos emborcados, à deriva como peixes pálidos na superfície e corpos por todos os lados. Muitos outros navios ainda queimavam, e, à medida que o ar clareava, viu três galeras seguindo em formação cerrada, caçando em meio aos destroços. Uma delas tinha arpéus preparados no convés, e Sexto soube que tinha sido apanhado assim que elas o viram e começaram a fazer a volta. Pensou em sua irmã, Lavínia, protegida no porão. Não podia deixar que a capturassem.

— Virar para a costa e encalhar! — gritou para seu mestre de remos. — Dê-me velocidade de aríete nos últimos 400 metros. Uma última vez e estaremos em terra para nos espalharmos.

Os remadores exaustos escutaram sua voz e aumentaram o ritmo de novo, perdidos num mundo de sofrimento e músculos rasgados. Sua galera saltou adiante e ele ouviu gritos atrás, enquanto os capitães inimigos aumentavam a velocidade, em resposta.

A batalha o havia levado a quilômetros de Brundísio, ao longo da costa. Podia ver uma enseada arenosa não muito longe, e apontou para ela, o timoneiro mantendo o navio no curso final com determinação teimosa.

Lavínia veio do porão, parecendo verde devido às horas que passara na escuridão fétida. Viu as galeras perseguindo-os e a costa adiante, e seu coração se partiu pelo irmão. Era uma bela figura de pé na proa, olhando os baixios com concentração desesperada. Mesmo então ele sorriu quando ela tocou seu braço.

— Segure-se em mim — mandou ele. — Se batermos numa pedra vai ser um golpe violento a essa velocidade. Não conheço o litoral aqui.

Ela segurou em seu braço enquanto o navio estremecia de repente, o casco longo e raso arranhando na costa ondulada. Sexto xingou baixinho, aterrorizado com a hipótese de a galera parar num banco de areia, deixando-o preso com a terra tão perto. Seu mestre de remos berrou ordens e os remadores gritaram em agonia, mas os tremores pararam e a galera se sacudiu e caiu em águas mais fundas.

— Estamos quase lá! — gritou Sexto em resposta.

No mesmo instante um dos remadores caiu morto e o remo do sujeito atrapalhou os que estavam ao redor, fazendo a galera começar a girar nas ondas.

— Está perto — disse Sexto a Lavínia.

Ele havia esperado um desembarque que colocasse a galera em cima da praia, mas em vez disso ela balançava e se sacudia na arrebentação, os remos se partindo num dos lados. Estendeu a mão para a irmã.

— Venha, você vai ter que molhar a saia.

Juntos os dois desceram, pulando a última parte e caindo em ondas com espumas brancas. Havia areia sob seus pés, e ele sentiu parte do medo sumir ao ver as galeras inimigas se balançando para trás e para a frente no mar. Eles o tinham visto quase encalhar no banco de areia e só podiam ficar olhando e disparar flechas que caíam muito antes do alvo.

A galera balançava numa arrebentação que acabara despedaçando-a. No entanto Sexto havia trazido a tripulação em segurança para a terra e todos desceram, pulando em águas mais fundas enquanto o navio oscilava para trás e para a frente. No convés inferior os remadores estavam sentados como mortos, estavam ofegando e frouxos. Lentamente largaram os remos e saíram, de olhos vermelhos e exaustos. Mais de um entrou no mar e simplesmente desapareceu, cansado demais até mesmo para dar os poucos passos até a praia. Outros ajudavam os colegas, arrastando-os até desmoronarem na areia quente.

Enquanto eles se juntavam num silêncio exaurido, Sexto e Lavínia olharam para o mar que ficava agitado e salpicado de branco. Cascos incendiados e emborcados se estendiam a distância, as cinzas de todas as suas esperanças.

Seu capitão, Quinto, havia sobrevivido. O oficial de legião caíra na arrebentação ao desembarcar e estava encharcado e exausto.

— Tem mais alguma ordem, senhor? — perguntou ele.

Sexto quase riu do absurdo daquilo.

— Você poderia cumpri-las, Quinto, se eu tivesse? A frota se foi. Somos homens de terra outra vez. — Ele pensou por um momento e continuou: — Mas pode haver outros sobreviventes. Leve os homens até um ponto elevado e examine o litoral. Minha irmã e eu vamos para a cidade mais próxima.

Quinto fez uma saudação rígida, convocando os homens para o seguirem. Foram cambaleando procurar um caminho para subir os penhascos, e por um tempo Sexto se contentou em simplesmente ficar sentado na areia amarela e quente e olhar para o mar. Lavínia observava-o, incapaz de encontrar palavras que pudessem consolá-lo. Gaivotas gritavam acima e a galera estalava, rolando e estremecendo na arrebentação. Após um longo tempo ele sorriu para ela.

— Venha — chamou ele, pegando sua mão. Guiou Lavínia até as dunas na base dos penhascos, procurando algum caminho que os levasse para longe do oceano amargo.

— O que vai acontecer agora? — perguntou Lavínia.

Sexto deu de ombros, balançando a cabeça.

— César e Marco Antônio vão atravessar. Não posso impedi-los.

— Não, Sexto. Perguntei o que vai acontecer conosco.

Em resposta ele mostrou a ela uma bolsa pequena presa ao cinto.

— Não vou deixar que nada aconteça com você. Tenho algumas pedras preciosas e moedas de ouro. Se pudermos chegar a uma cidade estaremos em segurança. De lá vamos para a Espanha. Lá ainda há homens que se lembram de nosso pai, Lavínia. Eles vão nos manter em segurança.

Apesar de existirem trilhas de cabras, a subida era muito íngreme. Ele e a irmã precisavam seguir com firmeza, lutando para se agarrar a arbustos mirrados. As sombras se moviam enquanto continuavam, e, por um tempo, os dois se lembraram de ter escalado morros na infância. Estavam ofegantes quando chegaram ao alto dos penhascos, e Sexto correu, alcançando o topo antes de Lavínia. Então parou, chocado com o que viu adiante, soltando um gemido que era um meio caminho entre a raiva e o desespero absoluto. Atrás dele, ela levantou os olhos, temerosa, ao ouvir aquele som.

Quinto estava lá com os tripulantes que haviam subido com ele. Suas mãos estavam amarradas, e eles não tinham mais ânimo para lutar. Uma fila de legionários olhava com interesse, mantendo-se em formação.

Um centurião emplumado se adiantou. Tinha visto a nau capitânia encalhar e olhou para o rapaz e a irmã que se aproximavam, espanando areia e terra das mãos.

— Sexto Pompeu? Tenho ordem dos triúnviros César e Antônio para a sua prisão. Seu nome está na lista de proscrições.

Sexto se virou para a irmã, passando-lhe a bolsa fora das vistas dos homens às suas costas.

— Obrigado por ter me mostrado o caminho — disse ele, afastando-se dela.

O olhar do centurião saltou de Lavínia a Sexto, vendo os mesmos cabelos louros nos dois. A garota estava obviamente aterrorizada. O centurião pigarreou, tomando uma decisão rápida. Tinha filhas, e as ordens que recebera não diziam nada sobre uma irmã.

— Se o senhor vier sem resistir, mandarei um dos meus homens acompanhar a... jovem da região de volta à cidade.

Sexto afrouxou o corpo ligeiramente, lutando para esconder o medo que o havia esmagado desde que vira os homens. Sabia o que significava a lista de proscrição. Podia ver na expressão deliciada dos soldados que o esperavam, imaginando como gastariam o prêmio pela sua cabeça.

— Obrigado, centurião — disse ele, fechando os olhos por um momento e oscilando enquanto o cansaço por fim o dominava. — Eu agradeceria se o senhor escolhesse um... homem de confiança como acompanhante.

— Não se preocupe com isso, senhor. Não fazemos guerra contra mulheres.

Sexto viu Lavínia espiá-lo de volta com olhos arregalados e horrorizados enquanto um legionário corpulento a pegava gentilmente pelo braço e a conduzia para longe.

CAPÍTVLO XXVI

OTAVIANO NÃO ESTAVA EXAUSTO. SUSPEITAVA DE QUE PRECISARIA DE uma nova palavra para descrever como se sentia, e com certeza havia ultrapassado o nível de "exausto" semanas antes. Não que não dormisse ou comesse. Fazia as duas coisas e às vezes dormia como um defunto antes de se levantar de novo poucas horas depois. Comia com precisão desatenta, sem sentir o gosto de nada e obrigando o corpo a ir em frente. Mas cada dia trazia tantas tarefas e exigências que ele se pegava suando sem parar, desde o instante em que acordava antes do amanhecer até o desmoronamento final na cama, geralmente ainda vestido. A pura complexidade de movimentar e suprir vinte legiões e todos os seus auxiliares exigia milhares de pessoas, toda uma legião de escribas e feitores. Eles trabalhavam sob seu comando, mas às vezes pareciam incapazes de fazer qualquer coisa sem que ele tivesse assinado a ordem.

Esta era uma área em que Marco Antônio não demonstrava talento especial, mas Otaviano tinha suspeitas de que ele se contentava em deixá-lo assumir o fardo. Sempre que a responsabilidade era deixada com o ex-cônsul, Otaviano descobria que o serviço permanecia sem ser feito até sentir-se obrigado a assumi-lo. Não conseguia afastar a suspeita de que estava sendo sutilmente manipulado, mas milhares de tarefas ficariam inacabadas se ele as ignorasse também — e as legiões ainda estariam esperando para fazer a travessia até a Grécia.

Manter Roma segura contra um ataque enquanto ele estivesse longe durante uma campanha havia se tornado um pesadelo de logística. Seu cocônsul Pédio estava contente em comandar o Senado, que não oferecia resistência na cidade, mas o resto! Só mover dezenas de milhares de homens pelo território, e ao mesmo tempo garantir comida e água para eles, tinha sido uma escalada montanha acima. Após meses de bloqueios, desviar um terço dos estoques de grãos que restavam em Roma para alimentar soldados famintos não havia reduzido a tensão na capital. Mas Otaviano sabia que os suprimentos teriam um papel fundamental na campanha contra Brutus e Cássio na Grécia. Homens com fome não lutavam bem.

Duvidava que Cássio e Brutus tivessem esse tipo de preocupação. Eles podiam pegar toda a comida e os guerreiros do oriente e enfrentar as consequências mais tarde. Havia ocasiões em que Otaviano se perguntava se poderia triunfar na Grécia apenas para passar 12 anos sufocando levantes em terras romanas.

As legiões que tinha deixado para trás pareciam bastante apresentáveis, mas, para qualquer um que entendesse do assunto, o treinamento delas mal começara. De novo, Marco Antônio parecia totalmente desinteressado. Tinha sido Otaviano quem havia montado três legiões novas no continente, pagando uma fortuna a uma geração de rapazes para se alistar, depois os levando para cidades de alojamentos enquanto ainda estavam meio bêbados e atordoados com a mudança de sorte.

Podia sentir a galera movendo-se sob seus pés numa ondulação suave, esperando o sol nascer antes que desembarcassem. Era a quinta travessia de Otaviano em um mês. Cada hora de luz do dia fora usada para lançar galeras apinhadas de soldados, mas havia perdido dois navios e quase seiscentos homens nos primeiros desembarques. As galeras haviam batido umas nas outras, emborcando tão longe da praia a ponto de tornar a sobrevivência quase impossível para os que estavam a bordo. Depois disso os capitães ficaram mais cautelosos, porém a travessia tornara-se mais lenta ainda e toda a operação havia tomado mais uma semana dos planos originais.

Olhou para o leste enquanto o céu ia clareando. O sol da manhã lançava uma claridade pálida no litoral grego, onde o exército se organizava e marchava para o interior. Balançou a cabeça, pasmo com o pensamento. Vinte legiões eram uma força maior do que qualquer outra já reunida num só lugar. Além de 100 mil soldados, havia mais 40 mil seguidores e funcionários, além de 13 mil cavaleiros ocupando espaço nas galeras que Agripa conseguira salvar após as batalhas. O litoral da Grécia fora devastado por quilômetros, com novas estradas abertas para o interior só para acomodar a massa de equipamentos e homens que chegavam a cada dia.

Otaviano gemeu pensando nos custos. Os cofres de Roma estavam vazios; ele próprio garantira isso enquanto percorria as casas dos tesouros dos argentários e dos senadores. Tinha mandado ordens para cada mina e casa da moeda de propriedade romana aumentar a produção, mas sem novos trabalhadores iam se passar anos até que elas tivessem o bastante até mesmo para os altos e baixos da produção normal. Sabia que ainda existia riqueza em Roma — alguns senadores tinham feito fortunas com as propriedades dos proscritos e emprestando ouro a taxas elevadas durante a crise. Otaviano carregava anotações de mais de uma dúzia deles, num montante de dezenas de milhões de áureos. As dívidas seriam um fardo para o Estado durante uma geração, mas não tivera escolha e havia selado seu nome em todas elas à medida que as necessidades aumentavam. Durante um tempo havia segurado as fortunas que herdara, mas depois as mergulhou também no baú de guerra para a campanha. Tentava não pensar na rapidez com que haviam sumido.

À medida que a luz do sol aumentava, o capitão da galera escolheu o lugar no cais novo construído para o desembarque, levando o navio em segurança. Otaviano esperou que a ponte corvus fosse içada e baixada a bombordo, então desceu.

Uma dúzia de homens o esperava, e ele forçou um sorriso que se tornou sincero ao ver que Mecenas e Agripa estavam presentes. Sentia-se como se tivesse sido engolido no grupo assim que se afastou da galera. A pequena multidão o cercou, e, enquanto cada homem tentava reivindicar sua atenção, Otaviano sentiu uma letargia nauseante embotar suas reações. Balançou a cabeça e tentou esmagar de novo a sensação ruim, obrigar-se a pensar e trabalhar rápido só mais uma vez.

Não conseguia entender o que estava acontecendo. Era jovem e estava em forma, mas o sono e a comida não pareciam mais restaurar seu espírito e suas forças. A cada manhã levantava confuso, tentando espantar horrores não vistos, antes de perceber que estava acordado de novo. Assim que havia se lavado e vestido, voltava a trabalhar obrigando o cérebro a pensar em respostas e soluções inteligentes.

— Deem um pouco de espaço ao cônsul, está bem? — pediu Agripa de repente.

Otaviano balançou a cabeça, com os sentidos se aguçando. Estivera se afastando do cais, com homens por todos os lados gritando perguntas e tentando mostrar maços de documentos. Sabia que estivera respondendo a eles, mas de modo algum conseguia se lembrar do que tinha dito. Agripa sentira algo errado nos olhos vazios do amigo e usara seu tamanho para empurrar alguns homens de lado, apesar do ultraje que eles sentiram.

— Não, Pentias, nada é tão importante assim. — Otaviano ouviu quando Mecenas retorquiu à exigência de outro homem. — Agora por que não nos dá um momento e para com esse barulho? O exército não vai desmoronar porque você teve que esperar, vai?

Otaviano não tinha ideia de quem era o outro homem que estava falando, mas o que quer que tivesse dito em resposta foi um erro, porque Mecenas confrontou o sujeito e os dois ficaram para trás por um momento, numa discussão furiosa.

No mês anterior o porto de Dirráquio havia mudado a ponto de ficar irreconhecível. Se algo podia ser dito sobre as legiões, é que elas podiam construir qualquer coisa, refletiu Otaviano, com o pensamento atordoado. Levantou os olhos ao chegar a uma estrada principal que levava ao que agora era uma grande cidade. Armazéns enormes se erguiam dos dois lados, com um bom sistema de vigilância devido à quantidade de comida e equipamentos que continham. As legiões tinham derrubado árvores e serrado pranchas para serem presas com cavilhas até formar ruas inteiras. Lojas e oficinas funcionavam dia e noite, e o fedor dos tonéis dos curtidores era denso no ar. Tudo isso seria deixado para trás quando os homens marchassem, mas eles iriam com pregos novos nas sandálias e os arreios certos para os *extraordinarii*, remendados ou substituídos. Ele vira mil pedidos de confiscos e cargas e os detalhes flutuavam diante de seus olhos enquanto andava.

Teoricamente não havia motivo para os escribas e os feitores não o acompanharem a qualquer ponto do enorme acampamento litorâneo. No entanto, à medida que o grupo começava a passar pelas tendas dos soldados, Mecenas e Agripa conseguiram convencer os outros a não clamar tão alto por sua atenção. Na viagem anterior, Otaviano havia impedido que Agripa jogasse no mar um homem que pressionava demasiadamente perto, no cais, mas dessa vez a estranha letargia que o dominou tornava difícil censurar, fazendo-o olhar apenas o grandalhão segurar outro sujeito e dizer em palavras ríspidas e curtas o que ele poderia fazer com suas requisições.

Os três seguiram sozinhos após isso, com Agripa olhando para trás para garantir que ninguém os seguia.

— Graças aos deuses esta é a última vez — anunciou Agripa.

O sol ainda estava nascendo e a estrada adiante se enchia com a claridade e a promessa de outro dia quente sob um céu azul e vazio. Passaram pelos acampamentos mais antigos, reivindicados pelos primeiros homens desembarcados seis semanas antes. Os legionários acordavam cedo por instinto e ordem, por isso já havia milhares de homens movendo-se, raspando tigelas de aveia quente ou tomando tisanas. Muitos outros treinavam lutas, mantendo-se ágeis e alongando os músculos tensos por dormir no chão pedregoso. Havia um ar de amizade no acampamento, e um bom número de homens gritava ao ver Agripa, reconhecendo o grandalhão e apontando-o para seus colegas de tenda. Ele desfrutava de uma fama momentânea: era o homem que tinha esmagado a frota romana e garantido a chance da travessia.

Otaviano sentiu um peso atrás dos olhos quando chegou ao topo das colinas litorâneas e olhou para a planície mais além. À luz da manhã, ele não podia ver o fim do vasto acampamento que se estendia em todas as direções. Era preciso um olho melhor do que o seu para ver a linha de demarcação entre as duas forças, mas ela estava ali. Marco Antônio tinha o comando exclusivo das próprias legiões, e Otaviano sentiu uma raiva carrancuda lembrando-se de outra irritação. O colega insistira em atravessar primeiro. Por causa disso suas legiões haviam ocupado os melhores locais perto de água e sombra. Depois disso o ex-cônsul teve a audácia de reclamar de cada dia perdido enquanto Otaviano trazia suas legiões para a Grécia. Longe de Roma, Marco Antônio tinha podido ignorar a enorme quantidade de problemas em casa e se concentrar apenas em organizar suas forças e reconhecer o território adiante. Na ocasião parecera uma coisa pequena, mas permitir que Marco Antônio desembarcasse primeiro estabelecera as legiões do sujeito como a vanguarda, sem qualquer decisão formal. Otaviano se pegou mordendo a parte interna do lábio e deu um sorriso cansado ao pensar em Pédio, em Roma, sem dúvida fazendo o mesmo.

— Você já comeu? — perguntou Mecenas.

Otaviano levantou a cabeça, os olhos vazios enquanto tentava pensar. Lembrava-se de uma tigela de aveia e mel, mas isso podia ter sido no dia anterior. Pequenos detalhes como as refeições afundaram na massa de coisas que ele estava cansado demais para considerar ou se lembrar.

— Não estou com fome — respondeu ele, mas mudou de ideia ao falar e percebeu que estava. Algum brilho de energia retornou, e seu olhar ficou mais afiado. — Os últimos cavalos terão atravessado ao meio-dia. Tenho o juramento pessoal do mestre do porto de Brundísio, se é que isso vale alguma coisa. Finalmente está feito, Mecenas. Vamos marchar hoje.

Mecenas viu que as mãos de Otaviano estavam tremendo e ficou preocupado enquanto seu olhar ia de novo até Agripa e então baixava outra vez, atraindo a atenção do grandalhão.

— Acho que você deveria tentar comer — sugeriu ele. — Ainda que Marco Antônio se mova nesse momento, faltariam horas para nós marcharmos. Coma alguma coisa quente e tire um cochilo, ou algo assim. Deuses, Otaviano, você está exausto. Já fez o suficiente por enquanto.

— Não estou exausto — murmurou Otaviano. — Preciso de uma palavra nova. — Com um esforço, juntou a vontade e se empertigou um pouco mais, forçando os pensamentos turvos a se clarear. — É, vou comer alguma coisa. Mas, Agripa, pode voltar lá e chamar aqueles escribas para mim? Não posso ignorá-los.

— Pode sim; vivo dizendo isso — rebateu Agripa. — Vou trocar uma palavra com eles e ver se há algo que realmente não possa ficar para depois. Duvido que exista muita coisa a esta altura.

— Certo.

Otaviano mal conseguiu esconder o alívio. Estava farto de detalhes. Como os soldados no acampamento ao redor, queria se mover e lutar.

Colocar seu selo num documento para comprar mil selas de algum mercador grego não estava mais em sua lista de prioridades.

Os três se aproximaram da tenda de comando, e o coração de Otaviano se apertou ao ver outra dúzia de homens esperando-o, os rostos se iluminando ao vê-lo.

Marco Antônio estava de excelente humor enquanto apeava. Seu posto de comando ficava na borda dianteira da hoste de legiões que desembarcara na Grécia. Ele havia desenvolvido o hábito de cavalgar ao longo do perímetro externo todas as manhãs enquanto o sol nascia, sabendo que os homens iam vê-lo em sua armadura polida e sua capa, e se animariam com isso. Gostava de ser visto diariamente pelo maior número possível de homens, para que se lembrassem de que lutavam mais por um indivíduo do que por um Senado sem rosto. Há muito acreditava que essas coisas importavam para o moral de cada legião, e os homens que ele comandava lhe eram estranhos, na maior parte. Alguns se lembravam dele, das campanhas com Júlio, e quando o cumprimentavam ele fazia questão de parar e passar um momento com esses homens que ele sabia que recordariam pelo resto da vida. Não era muita coisa a pedir de um comandante, e eles ficavam empolgados ao ver que Marco Antônio se interessava em falar com soldados comuns, em especial quando se lembrava realmente de um nome ou de um lugar do passado distante. Homens que eram jovens ao lutar contra Vercingetórix tornaram-se soldados veteranos, muitos tendo obtido um posto mais elevado no correr dos anos. Quando sua lembrança trazia uma cena daqueles dias, Marco Antônio mal conseguia acreditar que tanto tempo havia se passado. Isso o fazia sentir-se velho.

— Legados — chamou ele, cumprimentando os homens que o esperavam. — Que linda manhã! Têm notícias do litoral?

Fazia a mesma pergunta todo dia e com toda a honestidade não conseguia acreditar que Otaviano estivesse demorando tanto para desembarcar suas forças. Houvera ocasiões em que havia se sentido tentado a levar suas legiões para o interior e deixar que Otaviano o alcançasse, mas o bom senso suplantara todos os impulsos. Tinha espiões e informantes suficientes entre a população para saber que Brutus e Cássio reuniram um exército gigantesco. Ele precisaria de cada legião que tinha — e talvez mais do que isso.

O pensamento de Roma nas mãos de homens como o cônsul Pédio o preocupara a ponto de deixar Lépido para trás, na cidade. Seu cotriúnviro ficaria de fora do conflito, em relativa segurança, mas pelo menos Marco Antônio não voltaria para casa descobrindo que havia perdido Roma enquanto lutava contra seus inimigos. Houvera surpresas demais desde o assassinato, e ele confiava que Lépido carecia da ambição necessária para tentar conseguir mais do que o devido.

Como resultado, Marco Antônio fora obrigado a nomear outro homem para comandar seu flanco esquerdo. Não tinha certeza se Pôncio Fábio era seu general mais hábil, porém era o mais antigo, com quase 25 anos de serviço em todo tipo de posto, desde senador até tribuno de legião. Marco Antônio notou que, como seu novo subcomandante, o sujeito ficava sutilmente à parte, e não se surpreendeu quando foi Pôncio quem falou em nome dos outros legados.

— A novidade é que os últimos navios chegaram, triúnviro — avisou Pôncio. — Esperamos partir hoje. — Ele sorriu enquanto falava, sabendo que a notícia havia demorado muito para chegar.

Marco Antônio levantou os olhos brevemente para o céu.

— Eu poderia me perguntar por que esta notícia não foi trazida ontem à noite, para que eu já pudesse estar a caminho. Mesmo assim é bom saber.

Com um nobre esforço ele se conteve para não criticar Otaviano, sem perceber que já fazia isso com muita regularidade. Como resultado, quase todos os homens ali se consideravam parte do exército principal, com uma força subsidiária ficando para trás.

— As legiões estão prontas para marchar? — perguntou ele ao grupo reunido.

Os comandantes reagiram com cortesia rígida. O triúnviro era uma cabeça mais alto do que todos eles e parecia ter o dobro da vida no corpo, uma figura de energia interminável. Ele deu um tapa no ombro de Pôncio enquanto passava, pedindo o desjejum e fazendo seus serviçais correrem para trazê-lo.

— Então é hoje, senhores. Venham comer o desjejum comigo. Tenho um pouco de pão fresco, mas não perguntem onde consegui. Meu feitor é um gênio ou um ladrão; não decidi qual dos dois.

Eles sorriram com isso, ocupando seus lugares no posto de comando e aceitando taças de água trazida de um riacho ali perto. Enquanto os outros legados já iam se sentando, Pôncio ficou do lado de fora por tempo suficiente para passar as ordens. Ao redor daquele ponto único, 12 legiões começaram a juntar os equipamentos para deixar o litoral.

— Mande um mensageiro a César quando terminarmos aqui — gritou Marco Antônio para o subordinado. — Estou indo para o leste esta manhã. Vou vê-lo no primeiro acampamento. — Ele tomou uma taça de água para ajudar o pão a descer e remexeu preguiçosamente um prato de legumes cozidos, procurando algo que valesse a pena comer. — Se ele puder nos alcançar, claro.

Os homens ao redor da mesa deram risinhos obedientes, mas já estavam pensando na campanha adiante. O problema não estava em encontrar as forças inimigas. Todos os relatos traziam a mesma informação: o exército de Brutus e Cássio havia encontrado uma boa posição e estivera fortificando-a durante meses. Era o pior cenário possível para qualquer comandante de legião: enfrentar soldados qualificados em terreno que o próprio inimigo havia preparado e escolhido muito antes. Nenhum deles via um significado especial nos nomes que os batedores informavam. A cidade de Filipos podia ter recebido esse nome por causa de Felipe da Macedônia, pai de Alexandre, mas para os romanos imperturbáveis sentados e mastigando naquela manhã era apenas outra cidade grega. Ficava cerca de 400 quilômetros a leste e eles iam alcançá-la em 12 dias ou menos. Como cães de caça, a marcha endureceria as pernas e melhoraria a forma física dos homens. Eles chegariam prontos para quebrar a espinha de qualquer um que ousasse se opor à vontade de Roma.

As palavras de Marco Antônio foram repassadas às legiões de César, reunidas no litoral. Ainda que Pôncio Fábio não fosse primo de Mecenas, haveria meia dúzia de outros relatos antes do fim do dia, mantendo Otaviano informado de cada detalhe dos movimentos e das intenções do colega. Otaviano havia considerado útil ter alguns homens de confiança ao redor dos outros dois membros do triunvirato, seguindo um conselho de Pédio, meses antes. Não era uma questão de confiança ou da falta dela. Ele aceitara a observação de Agripa muito antes, de que um comandante precisava acima de tudo de informações. Um homem jamais poderia ser cego tendo mil olhos prestando contas a cada dia.

Quando as legiões de Marco Antônio se moveram ao meio-dia, trombetas soaram e os homens gritaram, sentindo a empolgação de finalmente se moverem após meses de preparativos. Marco Antônio estremeceu de surpresa quando aquele toque e o grito foram respondidos atrás dele e as legiões de César partiram ao mesmo tempo, em perfeita sincronia.

CAPÍTVLO XXVII

A CIDADE DE FILIPOS TINHA SIDO CONSTRUÍDA COMO UMA SIMPLES fortaleza nas montanhas, mas trezentos anos são um longo tempo para vigiar o norte de tribos agressivas. Além da muralha de pedra e do espaço aberto de uma ágora, a fortaleza original continuava lá, engolida numa centena de outras construções que haviam brotado formando ruas estreitas ao longo da crista do morro. Cássio tinha gostado de ver um pequeno templo dedicado a Filipe da Macedônia escondido numa rua de mercadores. Ele havia conhecido outro homem que reivindicara a divindade, e isso o fez sorrir. Se não fosse uma boa estrada levando ao litoral, a cidadezinha teria definhado muito antes, junto às glórias de seu fundador, ou talvez do filho.

Cássio não tinha pretendido que ela fosse nada mais do que um ponto de reunião para suas legiões com as de Brutus enquanto esperavam que Sexto Pompeu esmagasse as forças que tentassem desembarcar na Grécia. Quando chegaram as notícias do desastre no mar eles haviam mudado os planos e começado a olhar ao redor, procurando o melhor lugar para se instalar e lutar. Sob essa luz, Brutus foi o primeiro a enxergar as possibilidades de tornar Filipos o centro de sua formação. Eles tinham acesso ao mar através da Via Egnatia, uma estrada romana construída sobre outra muito mais antiga e capaz de suportar qualquer quantidade de homens e equipamentos. A própria Filipos ficava num morro alto quase inacessível pelo oeste, como pretendera o pai de Alexandre, o Grande. Melhor ainda, segundo o ponto de vista de Cássio, a chegada pelo sul era protegida por um morro íngreme e um vasto pântano repleto de juncos e água parada. As chuvas haviam sido pesadas no inverno anterior e certamente o pântano era um obstáculo que nenhuma legião poderia atravessar.

Quando Cássio e Brutus concordaram em tornar a cidade seu posto de comando, seus soldados tinham começado a construir uma enorme paliçada de madeira ao longo de toda a borda do pântano. A geografia natural e a habilidade romana fizeram com que a cidade não pudesse ser atacada por essa direção, enquanto montanhas protegiam o norte e o mar ficava a leste. O inimigo só poderia se aproximar pelo oeste e ser afunilado contra máquinas de guerra de vinte legiões romanas. Tudo, desde estacas afiadas até balistas e catapultas pesadas, os esperava.

Mais de um mês havia se passado desde os primeiros relatos do desembarque em Dirráquio. Os dois comandantes tinham se ocupado caçando um número cada vez maior de *extraordinarii* que faziam reconhecimento na área. Cássio trouxera arqueiros partos da Síria, brutalmente eficazes e precisos mesmo a galope em terreno irregular. Ainda assim os embates pequenos e constantes eram prova de que as legiões vinham chegando, com seus comandantes querendo saber tudo que pudessem sobre as forças e o terreno que enfrentariam.

Cássio arrotou baixinho contra o punho enquanto olhava sobre o pântano. Comia as mesmas rações dos soldados e não gostava particularmente delas. Pelo menos as semanas de espera lhes permitiram juntar suprimentos. Sabia que havia muita chance de as galeras tomadas de Sexto estarem bloqueando o litoral grego em pouco tempo. Não houvera notícias dos irmãos Casca. Cássio presumiu que tivessem se afogado ou sido trucidados com a frota derrotada.

Cássio suspeitou de que passava tempo demais pensando em seu cocomandante, e não nos homens que enfrentaria. No entanto, Brutus tinha uma mistura de qualidades tão estranha que ele jamais sabia como seria recebido ao se encontrarem. O sujeito ficava animado, como uma lembrança de sua juventude, quando estava treinando a cavalaria dos *ex-*

traordinarii. O oficial encarregado de comandar os arqueiros partos seguia Brutus como um cachorrinho perdido, adorando os elogios do romano. Cássio sentiu o humor ficar mais sombrio ao pensar nisso. De algum modo Brutus inspirava respeito em quem estava ao redor, sem parecer se esforçar. Cássio jamais tivera esse dom, e se irritava ao conversar com oficiais cujos olhos ficavam seguindo Brutus. Eles procuravam apenas uma palavra ou um gesto de aprovação da parte dele, enquanto Cássio era esquecido. Arrotando de novo, pensou azedamente em como as legiões aplaudiram a mulher de Brutus quando ela havia partido para o litoral.

Imaginou se deveria ter feito mais questão de comandar o flanco direito. As legiões tendiam a aceitar o comandante dessa posição como o homem que dava as ordens, e Brutus espalhara suas legiões na crista ampla sem se importar em consultar o colega. Ali enfrentariam o pior da luta, Cássio não tinha dúvida, mas mesmo assim os homens pareciam satisfeitos e honrados com isso.

Afastou qualquer sinal de inquietação enquanto montava e cavalgava ao longo da crista de Filipos, projetando, pelo menos na própria mente, um ar de boa vontade e confiança para qualquer um que o visse. À sua esquerda pássaros piavam e mergulhavam atrás de insetos sobre os pântanos, enquanto adiante a enorme ondulação do terreno descia até a planície ocidental. Era lá que ele e Brutus posicionaram suas legiões para esperar o inimigo. Cássio só pôde balançar a cabeça enquanto trotava por entre as legiões sírias que comandava. Os soldados estavam comendo, e ele viu homens se enrijecer e saudá-lo quando o viam. Outras centenas derramaram os pratos de madeira enquanto se levantavam atabalhoadamente. Ele acenou mandando-os de volta à comida com apenas metade da atenção, tentando pensar em qualquer coisa que pudesse ser aprimorada.

— Este é um bom local para permanecer — murmurou consigo mesmo. Sabia que Filipe da Macedônia havia escolhido aquele lugar para conter hordas tribais da Trácia, mas, pelo que Cássio sabia, a cidade murada nunca sofrera um ataque. Nenhum sangue tinha sido derramado nos pântanos de Filipos nem no terreno seco acima deles. Isso mudaria, pensou com uma mistura de satisfação e pavor. Os melhores de Roma sangrariam e morreriam na terra que ele via ao redor. Não havia mais como evitar.

Foi cavalgando até um grupo de legionários sentados à sombra de uma oliveira com idade suficiente para ter sido plantada pelo próprio Filipe. Eles o viram se aproximar e se levantaram antes que Cássio pudesse fazer um gesto contendo-os.

— Estamos prontos, senhor — gritou um deles enquanto ele passava.

Cássio inclinou a cabeça em resposta. Sabia que estavam prontos. Todos estavam. Tinham feito todo o possível, e agora só precisava que homens como Marco Antônio e César se superestimassem, que acreditassem só um pouquinho demais em suas próprias capacidades, e depois fracassassem na investida contra a posição mais bem fortificada que ele já havia conhecido.

Otaviano franziu os olhos contra o sol, a cabeça doendo com pancadas constantes que pareciam imitar os batimentos cardíacos. Tinha se acostumado à sede nos oito dias anteriores, aceitando que estava em melhor situação, a cavalo, do que as legiões que marchavam para o leste. Os homens precisavam esperar uma parada formal antes de fazer fila para encher os cantis de chumbo. Os mais experientes bebiam pouco, calculando o tempo entre as paradas de modo a restar só um pouquinho de água em cada uma.

Tinham marchado 32 quilômetros no primeiro dia e quase 38 no segundo. Este passou a ser o ritmo médio, à medida que as legiões encontravam o passo e os músculos se fortaleciam.

Quando pararam ao meio-dia, Otaviano encontrou um local à sombra de uma árvore perto da estrada e enxugou o suor do rosto. Pensou em seu cantil de ferro polido, soldado com estanho e preso numa tira de latão. Sabia que deveria mandar que fosse enchido, mas ainda podia sentir o gosto do metal na boca, e a ideia de beber mais daquela água quente como sangue o deixou nauseado. Levariam horas até a próxima parada, e ou ele precisaria se levantar e enchê-lo nos barris que eram transportados atrás das legiões ou precisaria chamar alguém para fazer isso. Nenhuma das ideias o atraía. Os carregadores de água chegariam a qualquer momento, disse a si mesmo. No entanto o sol parecia ter se intensificado, batendo em sua pele como um martelo de ferreiro.

Balançou a cabeça, grogue, tentando afastar dos olhos o suor que ardia. Nenhum dos homens ao redor parecia estar sofrendo tanto. Mecenas e Agripa ainda pareciam revigorados e relaxados, conversando ali perto, tão em forma quanto os cavalos que montavam.

Otaviano abriu a boca o máximo que pôde, sentindo o maxilar estalar e tentando clarear os sentidos. Ultimamente não tinha feito muitos treinos de luta ou corrida com Mecenas e Agripa. Talvez fosse isso. Estava fora de forma e sentindo os efeitos. Não era nada que trabalho duro e água fria não curassem. O gosto de metal na boca se intensificou, fazendo-o sentir ânsias de vômito.

— César? — Ouviu uma voz chamar.

Mecenas, pensou. Abriu a boca de novo para responder e a dor de cabeça o golpeou, fazendo-o gemer. Afrouxou o corpo, escorregou junto ao tronco de árvore e caiu de lado no terreno seco. Seu suor bateu no chão, sendo absorvido instantaneamente depois de cair da pele em gotas gordas.

— Merda! César?

Ouviu mais palavras, porém pôde sentir uma onda de vômito crescendo na garganta. Não conseguia impedi-la. Teve a sensação de mãos fortes segurando-o enquanto escorregava de uma beirada, caindo numa escuridão estrondosa.

❖

Mecenas fez sombra sobre os olhos observando as legiões que estavam com Marco Antônio subirem as colinas a distância. Tinha mandado mensagens dizendo que César ficara doente. Não havia como manter segredo. Independentemente de quaisquer declarações públicas de fraternidade que os triúnviros fizessem um ao outro, um homem como Marco Antônio suspeitaria caso seu aliado pedisse uma parada enquanto marchava em direção a forças hostis.

As legiões não deram sinal de parar, e Mecenas respirou aliviado. A última coisa que desejava era que a voz estrondeante do triúnviro oferecesse ajuda. Os melhores médicos das legiões já estavam cuidando de Otaviano, mas Mecenas não se permitia ter esperanças. Eles eram perfeitamente capazes de amputar um membro mutilado, estancando o sangue com ferros quentes. Às vezes os soldados feridos sobreviviam a essas operações e alguns até sobreviviam às febres que vinham em seguida. No entanto, não havia ferimento a ser tratado no corpo de Otaviano, a não ser as numerosas picadas vermelhas que todos haviam levado nas dunas de areia. Mecenas coçou preguiçosamente as suas, imaginando quanto tempo ia se passaria até que recebessem a ordem de prosseguir, com ou sem o comandante.

Cada um dos oito legados tinha ido à tenda dos médicos à medida que o dia passava, enquanto os homens acampavam onde pudessem encontrar um fiapo de sombra. Foi um alívio quando o sol começou a descer no oeste, atrás deles, ainda que isso só os lembrasse do tempo perdido.

Agripa saiu da tenda, parecendo desanimado.

— Como ele está? — perguntou Mecenas.

— Ainda ardendo de febre. Começou a falar há pouco tempo, mas nada fazia sentido. Ainda não acordou.

Mecenas olhou ao redor, para ver se podiam ser ouvidos. Os legados Búcio, Silva e Libúrnio estavam parados num pequeno grupo próximo, por isso ele inclinou a cabeça para perto do amigo.

— Você acha que é a doença da queda? A mesma coisa que vimos antes?

Agripa deu de ombros.

— O que eu sei de medicina? A bexiga não se esvaziou, graças aos deuses. Foi uma boa ideia colocar aquele cobertor de cavalo em cima dele, por sinal. Eu... contei aos médicos sobre a primeira vez.

Mecenas olhou-o incisivamente.

— Era preciso? Ele nunca disse que queria que mais alguém soubesse.

— Achei que poderiam ter mais chance de curá-lo se soubessem. Nós precisamos explicar isso, Mecenas, a não ser que você ache que podemos ficar aqui alguns dias sem que ninguém faça perguntas. De qualquer modo, já está feito. Acho que isso não vai prejudicá-lo com os homens. Eles sabem que César tinha a mesma coisa. E Alexandre.

Mecenas pensou durante um momento.

— Isso funciona — declarou ele. — Vou espalhar a notícia esta noite, talvez me embebedar um pouco com alguns oficiais. Vou dizer que isso foi provocado por ele estar na terra de Alexandre.

— Isso é ridículo — reagiu Agripa, fungando.

— Mas acreditável. A nobre doença de César. Quer dizer que ele é César no sangue, não só no nome. Falar isso não vai causar mal algum a ele.

O silêncio baixou entre os dois ali parados, esperando impotentes alguma notícia ou mudança no estado de Otaviano.

— Precisamos dele, Agripa. Ele é o único que mantém tudo isso reunido.

— O nome de César... — começou Agripa.

— Não é o nome! Nem a linhagem sanguínea. É ele. Os homens olham para *ele*. Deuses, ele assumiu tudo como se tivesse nascido para isso. Nunca houve um exército desse tamanho. Se ficasse sob responsabilidade de Marco Antônio, ainda estaríamos em Roma, e você sabe.

Mecenas chutou uma pedra, preguiçosamente.

— Ele assumiu o comando das legiões no Campo e elas aceitaram. Se estivesse disposto a trucidar os senadores, poderia tê-lo feito, naquela hora. Seu senso de honra foi a única coisa que o impediu de se tornar imperador em uma noite. Pelos deuses, Agripa, pense nisso! Ele encarou legados de Roma que *se juntaram* a ele e depois que os cônsules morreram. Otaviano escolheu você para montar uma frota. Quem mais teria feito isso? Talvez haja mesmo alguma coisa no sangue! Mas precisamos dele agora, caso contrário esse exército se torna de Marco Antônio e tudo que Otaviano fez terminará nas mãos dele.

— Ele se recuperou depressa na última vez — comentou Agripa finalmente.

Mecenas só pareceu cansado.

— Na época ele não teve febre. Isso agora parece pior. Rezo para que acorde bem amanhã, mas, se não for o caso, teremos que marchar de qualquer modo. Marco Antônio vai insistir.

— Posso fazer uma liteira facilmente. Talvez prendê-la entre dois cavalos... — Ele deixou o resto da frase no ar enquanto pensava no problema. — É possível.

Ao alvorecer do dia seguinte Marco Antônio já havia mandado cavaleiros para descobrir onde estava sua retaguarda. Como se já soubesse que Otaviano continuava sem sentidos, mandou ordens para que o alcançassem na maior velocidade possível.

Agripa trabalhou com agilidade utilizando as tábuas de uma carroça de água e as próprias ferramentas. O sol mal havia passado do horizonte quando ele ficou satisfeito. Era um trabalho grosseiro, mas havia montado um toldo sobre a liteira e o corpo frouxo de Otaviano foi amarrado lá, com instruções para pingarem água entre seus lábios durante o caminho.

Não havia sinal de vida no amigo enquanto as hastes da liteira eram amarradas a uma sela. Agripa trouxe o próprio cavalo para segurar a outra ponta, mas a liteira oscilava tão perigosamente entre os animais que ele desistiu e organizou um revezamento entre legionários para carregá-la. Ele e Mecenas seguraram as hastes durante as primeiras horas, capazes de cuidar do amigo enquanto marchavam para o leste junto dos outros.

Foi um dia longo e duro sob um sol impiedoso. Agripa e Mecenas estavam prontos para entregar a liteira a outra dupla na hora do descanso do meio-dia. Não ficaram surpresos ao ver dois legados correrem pela frente das legiões para se posicionar. Búcio fora um dos que haviam se amotinado para não atacar um César no fórum. Havia jogado todo o futuro a favor de Otaviano, e a preocupação aparecia em cada ruga de seu rosto. Flávio Silva tinha entregado a honra nas mãos do rapaz quando fez um juramento a ele no Campo de Marte. Nenhum dos dois queria vê-lo fracassar, tendo chegado tão longe.

Mecenas viu uma oportunidade quando os dois pararam junto de Agripa, bloqueando a visão de muitos que estavam ao redor.

— Fiquem aí só um momento — pediu ele.

Com cuidado desamarrou as faixas que prendiam Otaviano à liteira e enfiou a mão embaixo do fino lençol de linho, tirando um odre pela metade. Búcio pareceu confuso por um instante, antes que seu rosto clareasse.

— Isso é inteligente — elogiou ele.

— Foi Agripa quem pensou no sistema — respondeu Mecenas. Em seguida foi esvaziar a urina num arbusto, depois voltou. — A parte complicada é colocar de volta no lugar. Quer fazer uma tentativa?

— Não... Não, obrigado. Algumas coisas devem ser feitas por amigos íntimos.

Mecenas suspirou.

— Eu nunca pensei que iria... Ah, bem. Ele *é* mesmo meu amigo. Sugiro que vocês bloqueiem a visão dos homens como puderem. Ah, e eu nunca mencionaria isso a ele, se fosse vocês.

Enfiou o odre vazio de volta sob a coberta e remexeu com expressão tensa antes de tirar as mãos e amarrar de novo as faixas.

— Isso deve segurá-lo pelo menos até o fim da tarde. Estou meio tentado a dar o odre a Marco Antônio na próxima vez que pedir vinho.

Búcio riu fungando, mas quando olhou para os outros três viu apenas preocupação pelo homem deitado sem sentidos. Tomou uma decisão.

— Acho que vou fazer um turno com a liteira. Quer me acompanhar, legado Silva?

Seu colega concordou, cuspindo nas mãos e segurando a haste mais próxima.

— Mande alguém puxar meu cavalo, está bem? — pediu Silva a Mecenas.

Mecenas ficou surpreso ao ver como ficava tocado por aquele gesto simples. Os dois legados ergueram a liteira e, enquanto os legionários ao redor viam o que eles estavam fazendo, sorriram com apreciação genuína.

— Avante, então — ordenou Búcio. — De um modo ou de outro ele chegará a Filipos.

Estalou a língua para instigar o cavalo e eles partiram novamente, movendo-se pelas legiões que entravam em formação para marchar. Para o prazer de Mecenas e Agripa, um grande grito de comemoração soou quando os soldados viram seus legados carregando César para a batalha.

Marco Antônio estava de mau humor enquanto avaliava os mapas. Eles não haviam sido corretamente pesquisados, em vez disso tinham sido montados na semana anterior a partir dos esforços de centenas de batedores e *extraordinarii*. Ainda que os arqueiros partos tivessem causado baixas terríveis, um número suficiente de homens sobreviveu para se arrastar ou cavalgar de volta e descrever a terra aos escribas. Os melhores deles até haviam feito desenhos rápidos com carvão, riscando linhas em pergaminhos enquanto se escondiam nos pântanos ou olhavam de cima de montanhas.

O resultado havia custado 37 vidas, além de cerca de meia dúzia de outros homens que estavam sendo tratados de flechadas que receberam. Marco Antônio olhou para aquela falta de detalhes e se perguntou se os melhores batedores não seriam os que estavam mortos. Não havia qualquer fraqueza óbvia no lugar que Brutus e Cássio escolheram.

— O que acha, Pôncio? — perguntou ele. — Olhe isso e diga se está vendo alguma coisa que não vejo.

Seu segundo em comando se aproximou da mesa, onde a grande folha estava segura por pesos de chumbo. Podia ver a montanha enorme acima do pântano, além de uma linha serrilhada indicando as paliçadas de madeira que protegiam o lado sul da cidade murada. Na montanha propriamente dita, blocos foram marcados indicando as posições das forças inimigas. Os números eram difíceis de avaliar, mesmo nas melhores condições, mas Marco Antônio tinha esperado estar em maior número do que o inimigo, de forma que ficou desapontado.

Quando Pôncio não respondeu de pronto, Marco Antônio continuou com a voz dura:

— Mostre um lugar onde eu possa atacar e que não seja pelo oeste. Deuses, onde foi que eles encontraram esse lugar? O mar e as montanhas de dois lados, um pântano do outro? Pode ter certeza de que prepararam o único ponto de aproximação, Pôncio. Se formos a partir do oeste, vai ser sangrento e sem garantia de vitória, absolutamente nenhuma.

Ele tinha começado a achar que a campanha sofria de um excesso de azar. Primeiro César contraíra alguma doença — estava sendo carregado para a batalha numa liteira! Marco Antônio tinha ido ver quando Otaviano havia chegado ao acampamento, mas isso não o animou. Mais que todos os homens, ele conhecera o poder de ter César ao lado. Não havia perdido duas legiões para ele? Deveria ter sido uma vantagem gigantesca, mas se o rapaz morresse antes mesmo do início da batalha os homens considerariam isso um presságio terrível. Marco Antônio contraiu o maxilar. Seria mais fácil se pudesse ver um modo de romper as legiões na colina de Filipos.

Cássio era um velho ardiloso, reconheceu ele. Sabia que Brutus era bastante capaz no campo de batalha, especialmente com os *extraordinarii*, mas isso! Isso tinha as marcas de Cássio, por completo. Com boas legiões romanas não *haveria* qualquer erro nos preparativos. Cássio e Brutus ficariam felizes em defender uma posição forte enquanto Marco Antônio sangrava a cabeça batendo nas muralhas.

— O senhor mandou fazer reconhecimento no pântano, imagino — comentou Pôncio de repente.

Marco Antônio voltou do transe de pensamentos sombrios com um susto.

— Claro. A água chega à altura do pescoço em alguns lugares e a lama é grossa, lama preta capaz de engolir um cavalo. Não tem como passar. Sinceramente, estou surpreso por eles terem perdido tempo construindo a barreira de madeira encostada no morro. O pântano é obstáculo suficiente... — Ele parou. Júlio César havia atravessado rios largos na Gália. Marco Antônio tinha visto. O que era um pântano comparado àquilo? Não era mais fundo do que um rio e ele só precisava achar um caminho que o atravessasse.

— Acho... — disse Pôncio.

Marco Antônio levantou a mão, silenciando-o.

— Espere. Só... espere. Se eu *pudesse* criar um caminho por esse pântano, talvez uma passagem estreita, os juncos impediriam que meus homens fossem vistos, certo? — Ele mal hesitou por tempo suficiente para Pôncio concordar, antes de continuar com empolgação crescente: — Eles *sabem* que precisamos subir aquela colina maldita, por isso preciso ir pelo sul. Meus homens podem derrubar a paliçada; qualquer coisa que um homem constrói outro pode derrubar. Só preciso pensar em como cruzar esse pântano. Eles não vão me ver chegando.

Deu um tapa nas costas de Pôncio e saiu da tenda, enquanto o outro ficava olhando-o.

CAPÍTVLO XXVIII

Brutus ficou observando sério, abrigando os olhos para enxergar a distância enquanto os *extraordinarii* de Antônio subiam a encosta até o mais perto que ousavam e atiravam lanças e bolas de chumbo no ar. As bolas voavam mais longe e podiam causar danos terríveis, porém as lanças provocavam um medo maior nas fileiras apinhadas. Mergulhavam em meio aos homens que estavam de pé ou agachados na encosta e Brutus não podia ver se alguém tinha sido ferido ou morto. Sabia que a intenção era irritar uma força defensiva a ponto de ela sair de sua posição segura. Seus homens tinham disciplina suficiente para resistir, mas ficavam irritados por não poder esboçar uma reação. Uma ou duas lanças e setas de balistas tinham sido mandadas de volta no primeiro dia, mas contra os cavaleiros muito espaçados isso era um desperdício. Essas armas funcionavam melhor contra uma carga em massa. Até lá Brutus sabia que seus homens precisavam suportar a chuva de projéteis e se lembrar de que teriam a oportunidade de se vingar.

Os cavaleiros de Marco Antônio mantiveram os ataques incômodos durante quase dois dias, deliciando-se com cada grito de dor que provocavam. Brutus se irritava ao pensar no sujeito se orgulhando da tática. Em última análise as legiões de Roma teriam que atacar ou voltar para casa com o rabo entre as pernas. Brutus sabia muito bem o quanto os homens estavam comendo a cada dia, pois a mesma quantidade era consumida dos depósitos em Filipos.

Enquanto o sol se punha, Brutus havia subido a muralha da cidade e olhado suas legiões em formação de batalha, chegando até a metade da encosta oeste. Se Marco Antônio e Otaviano atacassem, precisariam subir o morro enfrentando lanças, bolas de chumbo, setas de ferro e algumas outras ameaças que ele havia preparado. Isso deveria lhe trazer uma sensação de contentamento, mas a desvantagem de uma posição forte assim era que os outros estavam livres para manobrar e ele não. Podiam percorrer as terras ao redor procurando pontos fracos, enquanto Brutus só podia ficar parado esperando o início da matança para valer.

De cima da muralha e com o terreno se estendendo a distância, podia ver quilômetros a oeste, a visão chegando facilmente até o enorme acampamento criado por Otaviano e Marco Antônio. Era uma coisa estranha de ver, para um homem com sua experiência: os altos barrancos de terra repletos de estacas, os portões e as sentinelas; sinais de Roma no campo — mas agora ele era encarado como inimigo. Sentia-se estranho por estar numa posição que tantas outras nações conheceram desde que seu povo saíra das sete colinas armado com ferro.

Quando vira que Marco Antônio havia se posicionado no flanco direito oposto, Brutus ficou obscuramente desapontado. Cada lado tinha dois comandantes e dois exércitos, mas Cássio enfrentaria Marco Antônio enquanto Brutus veria o garoto de novo. Pigarreou e cuspiu na pedra seca aos pés. Lembrava-se muito bem de Otaviano. Tinha-lhe ensinado a cavalgar, ou pelo menos a montar com a cavalaria. Sua boca se repuxou ao perceber que sentia que era uma espécie de traição enfrentar aquele jovem numa batalha. Talvez Otaviano sentisse a mesma coisa quando chegasse a hora.

Todas as suas lembranças eram de um garoto, mas Brutus sabia que encontraria um homem quando a matança começasse. Disse a si mesmo para não subestimar o novo César. Ainda podia se lembrar de ter sido jovem assim, sem as juntas doloridas ou a lentidão terrível que parecia ter baixado sobre ele nos anos recentes. Lembrava-se de quando seu corpo funcionava como devia, de como seus machucados se curavam rápido, como se fosse um cão novo. Alongou as costas pensando nisso, estremecendo quando ela estalou e doeu.

— Se você se lembra de mim, garoto, vai estar com medo de me enfrentar.

Murmurou as palavras olhando a distância, como se Otaviano pudesse escutá-lo. Um de seus guardas levantou os olhos, mas Brutus ignorou a pergunta não verbalizada. Ainda não tinha visto os homens de Otaviano em nenhum tipo de ação. Os *extraordinarii* que galopavam através de suas linhas carregavam os estandartes de legiões da Gália, certificando-se de que os defensores soubessem quem os estava incomodando. Brutus sentiu a raiva borbulhando por seus homens, obrigados a ficar parados e esperar enquanto os inimigos uivavam, zombavam e tentavam deixar alguns mortos a cada ataque.

Os maiores exércitos já mandados por Roma ao campo de batalha estavam separados por menos de 2 quilômetros. O sol baixava para o horizonte, e até mesmo o longo dia de verão terminaria em algumas horas. Ele pigarreou e cuspiu de novo, cansado de esperar o anoitecer.

Cássio levantou os olhos quando o mensageiro desceu correndo o morro até onde ele estava. Viu o rosto vermelho do sujeito e se preparou com uma pontada de preocupação.

— O que foi? — perguntou, impaciente demais para esperar todas as formalidades.

— O senhor precisa vir. Os homens na cidade pensam ter visto movimento no pântano.

Cássio xingou enquanto montava no cavalo e batia os calcanhares para subir o morro. Olhou por cima do ombro enquanto ia, vendo os *extraordinarii* de Marco Antônio galopar de volta pela linha de frente, para fazer mais uma passagem pela própria poeira que levantavam. Podia ver pontos de chumbo preto subindo das fundas que zumbiam e se abaixou numa reação inconsciente. Os homens que estavam no caminho dos projéteis levantaram de novo os escudos acima da cabeça.

Cássio fez sua montaria trotar atrás do mensageiro. Passavam o tempo todo por legionários que esperavam ao longo do caminho, o chão totalmente escondido por soldados sentados ou de pé à toa, como estiveram o dia inteiro e o anterior também.

Ao chegar à cidade propriamente dita, Cássio viu um dos tribunos indicando a ele uma escada que levava ao alto da muralha. Sério, subiu correndo e o acompanhou até o topo. Viu Brutus mais adiante, já se movendo em sua direção. Cássio levantou a mão para cumprimentá-lo.

O tribuno descobriu o ponto que desejava e apontou para o pântano que se estendia ao longe. Ao seu lado, Cássio e Brutus olhavam por cima da vastidão de água e juncos mais altos do que um homem.

— Lá, senhor. Consegue ver? Depois daquela árvore torta.

Cássio se inclinou adiante para forçar a vista, mas seus olhos não eram tão afiados quanto antigamente e para ele o pântano não passava de um borrão marrom e verde.

— Não consigo ver *nada* a essa distância — reagiu frustrado. — Descreva para mim.

— Eu estou vendo — anunciou Brutus. — Há movimento, esperem... Sim. Lá.

— Disseram-me que esse pântano não podia ser atravessado — observou Cássio.

Brutus deu de ombros.

— Mandei homens tentarem e eles quase se afogaram antes de chegar à metade do caminho. Tiveram de voltar. Mas qualquer coisa pode ser atravessada, com tempo e madeira suficientes. Ocorre-me que Marco Antônio vem nos mantendo ocupados vigiando seus *extraordinarii* enquanto se esgueira para nos flanquear.

— Flanquear-nos ou vir por trás — disse Cássio, com azedume. — Terei que trazer homens de volta para vigiar a muralha aqui e a Via Egnatia. Esta cidade é como uma ilha. Posso sustentá-la para sempre com as legiões que temos.

— Então dê suas ordens — incentivou Brutus. — Eu posso sustentar a encosta.

Os dois levantaram os olhos de repente ao ouvir um enorme rugido e viraram a cabeça.

— O que foi aquilo? — perguntou Cássio.

Falou para o ar vazio. Brutus já estava correndo de volta pela muralha e sumindo nos degraus que descem à cidade. Cássio se virou para o tribuno, visualizando na mente as forças que estavam no morro.

— Legiões 36 e 27 para este ponto, para defender a paliçada. Quero...

Hesitou, incapaz de se lembrar de quais de suas legiões estavam mais perto, antes de perder a paciência.

— Escolha mais três para marchar pela cidade e guardar a estrada leste. Não podemos permitir que eles desembarquem soldados pelo mar.

Isso bastaria, disse a si mesmo. Não importava o que Marco Antônio estivesse planejando, encontraria legiões romanas esperando-o. Cássio estalou os nós dos dedos, mostrando a preocupação enquanto o tribuno corria para dar as ordens. Um homem em sua posição não deveria ter que correr pelas muralhas feito um garoto, mas estava desesperado para saber o que havia causado o grande rugido que surgia da frente.

O barulho continuou, ficando cada vez mais alto. Cássio empalideceu. Obrigou-se a ficar calmo e desceu de novo a escada para a rua, montando no cavalo e trotando em direção à crista do morro.

O verão tinha sido quente e não chovera durante semanas ao redor de Filipos. Enquanto os *extraordinarii* de Marco Antônio corriam ao longo da frente, uma grande nuvem de poeira havia se levantado atrás, pairando no ar sem vento e se adensando enquanto eles iam para lá e para cá, atirando suas lanças e bolas de chumbo. Para chegar ao alcance, galopavam rapidamente até estarem a apenas trinta passos das primeiras fileiras, perto o suficiente para ver os rostos olhando-os furiosos. Os legionários de Cássio e Brutus estavam eretos, os escudos apoiados no chão seco e as espadas e lanças a postos. Eles *odiavam* aqueles cavaleiros, e havia muitos homens que ficavam apertando o cabo dos gládios, ansiosos, desejando a ordem de correr adiante e estripar os inimigos metidos a besta que gritavam e zombavam deles.

Quase duzentos cavaleiros iam para um lado e para o outro diante das fileiras, disfarçando o grande cuidado que tomavam com a distância e demonstrando coragem para os homens de pé. Mesmo quando suas lanças e bolas de chumbo acabaram, eles permaneceram, fazendo avanços súbitos contra as fileiras impassíveis para ver se alguém se encolheria ou tentaria um golpe de lança do qual poderiam zombar. A poeira continuou a subir até que eles cavalgavam em meio a uma névoa amarelo-alaranjada e as partículas secas cobriam cada centímetro de pele exposta.

Uma nova centúria de cavaleiros veio do acampamento principal, cada um carregando uma lança na mão direita e uma funda com um saco de projéteis pendurado junto ao joelho. Os oficiais gritavam comandos de ordem unida para os cavaleiros, fazendo as montarias cabriolarem para trás e para a frente em padrões complicados que só podiam contrastar com os soldados carrancudos que os observavam. Toda a centúria voltou ao mesmo tempo após atirar as lanças, seguindo o voo com os olhos. A pleno galope os cavaleiros giraram juntos para seguir ao longo da linha. Ao mesmo tempo os que já estavam lá se viraram para correr de volta pela poeira.

Quando o choque aconteceu, foi trovejante. Na névoa de poeira os dois grupos haviam se perdido de vista mutuamente por alguns instantes vitais e atravessaram o caminho um do outro. Cavalos tropeçaram embolando-se em velocidade terrível, derrubando os cavaleiros. Alguns bateram no chão e rolaram, levantando-se tontos, enquanto outros ficaram caídos e atordoados.

Os legionários viram trinta ou quarenta cavaleiros caídos impotentes, vítimas do próprio excesso de confiança. Era demais, depois de outro dia de golpes e insultos incômodos. Os centuriões e os óptios sentiram o perigo e rugiram ordens, mas as filas da frente já estavam em movimento, desembainhando espadas e partindo para os feridos com expressões violentas. Nada podia contê-los, e eles começaram a correr. Milhares de homens cruzaram a linha invisível que haviam respeitado durante dois dias, uma horda de soldados deliciados berrando um desafio enquanto seguiam em frente.

Os homens de trás reagiram, pulando e correndo enquanto os oficiais hesitavam. Será que um ataque tinha sido ordenado? Não tinham ouvido trombetas nem a palavra de ordem: liberdade. Os mais cautelosos gritaram para suas unidades ficarem paradas enquanto outros pensavam que tinham deixado de ouvir o sinal e ajudavam a linha a avançar. Enfim moviam-se. Tinham esperado semanas para lutar, e a batalha estava acontecendo.

Como uma avalanche de homens rugindo, todo o flanco direito das legiões de Brutus desceu a encosta, passando sobre a cavalaria caída nos primeiros cem passos enquanto os homens cravavam as espadas em qualquer coisa que estivesse no chão e seguiam adiante. Podiam ver as legiões de César à frente, embolando-se em pânico.

Os oficiais mais acima na encosta desperdiçaram momentos preciosos tentando conseguir uma parada geral, as ordens fluindo pelas linhas de comando. Nesse ponto as duas primeiras legiões tinham visto que o inimigo não estava preparado e não esperara qualquer tipo de ataque. Os legados à frente deram ordem para não pararem, pois existia a oportunidade de um dano real. Podiam ver uma chance e aproveitaram-na com autoridade própria, sabendo que os de trás não tinham todos os fatos. Ordenaram um ataque enquanto as legiões de César ainda estavam correndo para entrar em formação gritando ordens no caos completo.

O momento se manteve suspenso. As legiões que se derramavam da encosta começaram a correr, preparando as lanças. As forças atrás viram que estavam comprometidas e não tinham mais escolha.

Brutus ainda estava no alto, bem acima de suas fileiras em movimento, quando deduziu o que estava acontecendo. Podia ver suas legiões se derramando para o terreno mais plano, impelidas mais depressa pela encosta. A princípio ficou com o rosto sombrio de fúria. Tinha 17 mil cavalos nas laterais da encosta e o súbito jorro de homens os havia praticamente inutilizado, incapazes de chegar a um terreno livre e acelerar. Ficou olhando frustrado suas duas primeiras legiões atravessarem o espaço vazio de mais de 1 quilômetro, por cima dos corpos de homens e cavalos, engolindo-os numa maré vermelha e cinza.

Brutus sentiu o coração martelando no peito. Num instante entendeu que suas legiões tinham ido longe demais para serem chamadas de volta. Precisava mandar o restante em apoio, para que não fossem todas trucidadas pelo inimigo em superioridade numérica. Respirou fundo e rugiu novas ordens para avançar. Oficiais furiosos levantaram os olhos para ver quem estava interferindo. Quando perceberam que era Brutus, acrescentaram suas vozes às outras. Trombetas soaram na colina de Filipos.

Havia confusão no meio da encosta enquanto ordens opostas se encontravam, mas Brutus continuou berrando seu comando, e gradual e lentamente as legiões em massa se viraram e se colocaram em formação, marchando contra o inimigo.

Na esquerda, as legiões de Cássio marcharam de volta para se defender do ataque vindo do pântano, e Brutus teve uma visão de duas cobras se retorcendo uma contra a outra. Ficou de pé na sela, o cavalo imóvel na confusão de homens, como havia sido treinado. A distância, através da poeira que subia com cada passo e cada sandália, podia ver suas legiões se chocando contra o flanco de César.

Brutus mostrou os dentes numa expressão que não exibia diversão nem piedade. Queria estar lá embaixo na planície, então se acomodou de novo na sela, batendo os calcanhares e instigando o animal para seguir entre os soldados que suavam e xingavam.

Marco Antônio podia ver muito pouco do caos na colina, mas os sons da batalha chegavam até ele por cima do pântano fétido. Durante dois dias pusera uma legião inteira trabalhando na imundície preta que atolava cada passo, enquanto outras centenas de seus homens derrubavam árvores bem longe de Filipos e as serravam para fazer tábuas grossas como um punho fechado, para as carroças trazerem.

Tinha sido um trabalho brutal, importunado por mosquitos e cobras que espreitavam na água rasa, além do fedor do gás liberado a cada passo na lama que afundava. No entanto, haviam feito um caminho suficientemente largo para dois homens andarem lado a lado. Ele se estendia da beira do terreno pantanoso até o centro, depois se virava na direção da paliçada. Naquele dia sua tarefa havia sido trazer as legiões o mais perto possível, contando com os juncos para mantê-las escondidas.

Tinham se esgueirado, encolhidos, até haver milhares de legionários nas tábuas e outros milhares esperando para vir atrás. Ele próprio tinha ido até o final do caminho, para ver os últimos 15 metros e a paliçada construída pelos homens de Cássio.

Qualquer coisa que um homem construísse outro poderia derrubar, lembrou Marco Antônio. Sob a sombra da colina havia posto homens a noite inteira serrando discretamente as traves principais, abafando o barulho com grandes montes de pano. A cidade havia dormido com tranquilidade acima deles e não houvera gritos de alarme.

Quando estavam prontos, mandara ordens para seu *extraordinarii* manter a atenção do inimigo concentrada na frente e apenas esperou o sol se pôr. Seus homens estariam vulneráveis a disparos feitos da cidade. Ele precisava de pouca luz para estragar a mira dos defensores, mas ainda assim o suficiente para seus homens subirem o barranco de terra e pedras e romper a paliçada.

Antes que o momento chegasse, e que o sol ao menos tivesse tocado o horizonte, ouviu um grande rugido e se imobilizou, certo de que tinham sido vistos. Se seus homens tivessem sido identificados, os reforços estariam correndo até a muralha acima de sua cabeça. Precisava ir em frente ou recuar, e tinha que fazer isso logo. Marco Antônio decidiu e se levantou, sentindo os joelhos rígidos protestarem.

— Avançar e atacar! — gritou.

Seus homens saltaram adiante, e os que estavam mais perto da barricada puxaram cordas da lama, pretas e fedendo na luz. Durante alguns instantes sem fôlego as traves gemeram e depois estalaram, derrubando metade da construção. As estacas de madeira deslizaram e caíram ao redor dos homens mais próximos, que correram por cima delas, subindo a encosta na direção da muralha.

Marco Antônio olhou a fortaleza. Os muros de Filipos tinham séculos de idade, mas seus homens não eram de tribos selvagens. Centenas deles carregavam cordas com arpéus; outros, marretas com cabos compridos que usavam para ajudá-los a subir. Foram morro acima, num jorro, e logo ele viu os primeiros homens sobre as muralhas, subindo por uma centena de apoios para os pés ou criando-os com golpes violentos para que os outros pudessem subir também.

Enquanto começava a ir atrás de seus homens ouviu sons de batalha acima. Com apenas um pouco de sorte veria Cássio e Brutus mortos antes do pôr do sol. Respirou com força enquanto subia, enfiando as mãos na terra mole e cuspindo por causa da poeira que vinha de todas as direções. Seu coração martelava, o corpo encharcado de suor antes que chegasse à metade do caminho para a muralha. Não importava, disse a si mesmo. A dor era apenas algo a ser ignorado.

❖

Os homens da Sétima Victrix foram os primeiros a ser atacados quando as legiões de Brutus desceram a encosta num enxame. Foram apanhados totalmente de surpresa e não puderam formar uma linha de defesa antes que as forças se encontrassem e a matança começasse .

Centenas morreram no contato inicial, com a máquina de Roma em marcha, rasgando as forças de Otaviano. Mais e mais homens desciam correndo, porém o flanco de Marco Antônio estava com apenas metade da força ou menos, pois um número muito grande se encontrava no pântano. Tudo que podiam fazer era sustentar a posição numa linha sólida de escudos, firmando as tábuas no chão e se agachando atrás. Para não serem flanqueados, também começaram um recuo lento, indo passo a passo para a planície ao norte.

Em sua tenda de comando no acampamento duplo, Otaviano se remexia tonto, sem saber do desastre que se desdobrava sobre suas legiões. Não viu a debandada inicial quando o legado Silva foi derrubado do cavalo por uma lança e depois despedaçado. Os homens que estavam com Silva correram para sair do caminho e contagiaram os outros, movimentando-se de repente e sem aviso. No tempo que levou para o legado morrer, sua legião foi obrigada a recuar de encontro à outra, que também sentiu a impossibilidade de suportar uma onda de legionários romanos com o sangue esquentado e a vitória ao alcance. A Oitava Gemina lutou para realizar um recuo sólido enquanto a Sétima Victrix se rompia, incapaz de qualquer coisa a não ser sustentar as linhas e recuar com os escudos travados.

Chegaram à borda do enorme acampamento duplo e tentaram posicionar os homens lá, mas nesse ponto todas as legiões de Brutus tinham sido viradas naquela direção, e podiam ver a linha mais larga e mais profunda de guerreiros que qualquer um deles já testemunhara, caminhando para despedaçá-los numa fúria violenta. Eles recuaram para longe do acampamento, abandonando equipamentos e suprimentos de 100 mil homens — e o comandante que estava inconsciente lá dentro.

Os homens de Brutus invadiram o acampamento, ansiosos para saquear. Em algum ponto daquele perímetro havia um baú de guerra cheio de ouro e prata, e até os que estavam cobertos de sangue procuravam-no enquanto perseguiam e matavam qualquer um que ficasse no caminho.

As tendas de comando ficavam no centro do acampamento, arrumadas segundo as regras que os legionários invasores conheciam melhor do que ninguém. Eles gritaram empolgados ao vê-las, correndo à frente, saltando feito lobos.

CAPÍTVLO XXIX

MECENAS XINGOU ENQUANTO AFUNDAVA ATÉ O JOELHO NA LAMA preta. Cada passo no pântano era um esforço. Tinha que fazer força para puxar o pé para fora, e o movimento não natural fazia os joelhos doerem. Enquanto se virava para falar com Agripa, escorregou num tronco enterrado e caiu, agarrando os juncos altos e se encolhendo quando a gosma fria bateu na lateral de seu corpo.

O homem que eles carregavam caiu junto, e com isso o corpo de Otaviano ficou sujo.

— Levante-se, Mecenas! — exclamou Agripa, ríspido. — Precisamos ir mais para dentro.

Podiam ouvir o barulho da batalha atrás, além das vozes dos homens de Marco Antônio em algum lugar à esquerda. O pântano se estendia por uma distância e profundidade suficientes para escondê-los, de modo que ele e Mecenas entraram num mundo de silêncio. Coisas deslizavam afastando-se, e eles podiam ver ondulações na água parada enquanto se abaixavam o máximo possível e arrastavam o amigo sem sentidos mais para o interior do lamaçal, esperando constantemente o grito que revelaria que tinham sido vistos.

Afastando-se da cidade, chegaram a um poço grande, e os dois tiveram que desistir da ideia de se manter fora da lama preta. Agripa e Mecenas entraram nela, xingando em voz baixa enquanto seguravam Otaviano entre si. Podiam sentir a pele quente do amigo, um calor desagradável de febre. Às vezes ele murmurava algo, parecendo quase acordar enquanto os dois lutavam com seu peso e seu corpo pendia frouxo.

— Acho que já estamos bem longe — declarou Mecenas. — Por Marte, o que vamos fazer agora? Não podemos ficar aqui.

Tinham posto Otaviano numa pequena elevação dos juncos, deixando-o de rosto para cima ao sol poente, as pernas ainda na água. Pelo menos não corria o risco de se afogar. Agripa sondou outro trecho denso e decidiu se arriscar a sentar-se, baixando o peso com cuidado e gemendo quando a água o alcançou, mesmo através das plantas mortas. Pousou as mãos nos joelhos enquanto Mecenas encontrava um local semelhante.

— Se você tinha uma ideia melhor, deveria ter dito — reagiu Agripa com severidade. Seus olhos captaram um movimento sinuoso e ele logo puxou a perna quando algo deslizou pela água. — Espero que não seja uma cobra. Acho que até mesmo um arranhão pode causar febre neste lugar, quanto mais uma picada.

Os dois ficaram em silêncio pensando na perspectiva de passar a noite no pântano. Não poderiam dormir enquanto coisas se arrastassem entre os pés e as pernas deles. Mecenas deu um tapa no pescoço, onde algo o havia picado.

— Você é que deve entender de estratégia — respondeu ele. — Então, se tem alguma ideia, é hora de contar.

— Um de nós precisa sair e ver como as coisas estão. Se as legiões foram trucidadas, o melhor que podemos fazer é ficar aqui alguns dias e depois tentar ir para o litoral.

— A pé? Carregando Otaviano? Teríamos mais chance se nos rendêssemos agora. Pelos deuses, Brutus teve um pouco de sorte hoje. Não creio que tenha ordenado o ataque. Não ouvi nenhuma trombeta quando começou, você ouviu?

Agripa balançou a cabeça. Com oito legiões, ele e Mecenas tinham assistido horrorizados os soldados na encosta avançarem sem qualquer aviso. Os dois olharam um para o outro e chegaram à mesma conclusão num instante, correndo para a tenda de comando onde Otaviano estava deitado impotente e carregando-o para fora, enquanto as legiões de Brutus continuavam sua corrida louca encosta abaixo. Durante um tempo haviam encontrado abrigo no meio das forças remanescentes de Marco Antônio, porém essas legiões também tinham começado a recuar, então Agripa viu o pântano próximo. Ainda não sabia se tinha tomado a decisão certa.

Otaviano se torceu de repente e começou a afundar na água preta. Mecenas se levantou primeiro para agarrá-lo por baixo das axilas e puxá-lo de volta para os juncos amassados. Seu amigo abriu os olhos por um momento e disse algo que Mecenas não entendeu, antes que os olhos dele se revirassem para cima.

— Ele está fervendo — avisou Mecenas.

A água era gélida, intocada pelo sol no mundo escuro de sombras e juncos. Imaginou se Otaviano podia sentir o frio penetrando e se isso ajudaria a aliviar a febre.

— Por que ele não acordou? Antes não foi assim — disse Agripa.

— Antes ele não teve febre. Acho que se esforçou demais no último mês. Precisei obrigá-lo a comer algumas vezes, e não resta muita carne nele. — Algo zumbiu no ouvido de Mecenas e ele deu um tapa, subitamente furioso. — Deuses, se algum dia Brutus ou Cássio estiverem ao alcance da minha espada, vou aproveitar a chance, juro.

O sol estava se pondo e a escuridão se esgueirava sobre o pântano, parecendo erguer-se do chão como uma névoa. Mecenas e Agripa eram torturados por mosquitos que pousavam nos membros expostos, atraídos para a lama preta que formava crostas na pele. Com expressão séria, os dois tentavam ficar o mais confortáveis que podiam. Dormir era impossível num lugar assim, pelo menos enquanto houvesse a possibilidade de Otaviano escorregar para a água e se afogar. Seria uma noite muito, muito longa.

Cássio cuspiu numa taça de água para limpar a boca quando mais bile amarela chegou à garganta. Era uma coisa grossa, brilhante, empoçando-se feito sopa sob a superfície do líquido claro e pendendo de um longo fio enquanto tossia. Enxugou os lábios com um pano, irritado com a traição do corpo num momento como aquele. Seu estômago se revirava e doía, e ele disse a si mesmo que não era de medo.

Os homens de Marco Antônio haviam rompido sua paliçada como se aquilo não fosse obstáculo. Tinham passado por cima da muralha de Filipos e trucidado centenas de seus homens, empurrando-os para trás enquanto mais e mais subiam e escalavam.

Para salvar a própria vida ele havia recuado para a borda norte da cidade, onde tinha seu posto de comando, mas ao fazer isso perdera contato com seus oficiais. Não fazia ideia de onde estavam suas legiões, nem se ainda seguiam suas últimas ordens de defender o lado do pântano. Tinha mandado 15 mil homens para o leste para guardar a Via Egnatia, mas agora achava que tinha sido um erro. Tudo que fizera fora enfraquecer as fileiras de defensores onde eram mais necessários.

Entregou a taça ao serviçal, Píndaro, que a fez desaparecer discretamente. O único outro homem ainda com ele era um legado, Tínito, mas era evidente que o sujeito se encontrava desconfortável por estar longe de sua legião. Tínito andava de um lado para o outro na pequena construção de pedra, as mãos cruzadas às costas.

— Eu preciso ver, Tínito — disse Cássio, irritado com a agitação do outro. — Há algum modo de subir ao telhado?

— Sim, senhor. Pelos fundos. Vou mostrar.

Saíram da construção e encontraram um curto lance de escada junto à parede externa. Cássio subiu depressa, saindo na superfície plana e olhando ao redor. Seus olhos não eram bons, e a frustração só aumentou. Podia ver enxames de legionários na encosta, desaparecendo a distância como nuvens de tempestade.

— Diga o que consegue ver, Tínito — ordenou ele.

— Parece que as legiões de Brutus tomaram o acampamento inimigo — respondeu o legado, franzindo os olhos. — Acho que o inimigo recuou e se formou atrás dele, mas está muito longe para enxergar detalhes.

— E aqui na colina? Quem você vê se movendo?

Tínito engoliu em seco, desconfortável. A cidade tinha quase 2 quilômetros de largura, e ele podia ver um número gigantesco de soldados e *extraordinarii* no lado da colina voltado para o pântano. Mesmo quando estavam lutando, ficava difícil ver quem eram ou que lado estava em vantagem. Abrigou os olhos para espiar o sol que tocava o horizonte oeste. A escuridão chegaria logo e a noite estaria cheia de estrépitos e alarmes. Balançou a cabeça.

— Não sei ainda se dominamos a cidade, senhor, mas... — Sua atenção foi atraída por uma centúria de *extraordinarii* cavalgando pelas ruas em direção a eles. — Cavaleiros estão vindo, senhor. Sem bandeiras nem estandartes.

— São meus? — perguntou Cássio, estreitando os olhos. Podia ver para onde Tínito apontava, mas para ele os cavaleiros distantes eram apenas um borrão. Sentiu gosto de bile outra vez ao pensar na possibilidade de ser preso. Se Marco Antônio tivesse controlado a cidade, não daria uma morte fácil ao inimigo. — Eles são *meus*, Tínito? Preciso saber.

Sua voz havia subido até quase um grito, fazendo o legado se encolher.

— Vou até eles, senhor, encontrá-los antes que cheguem a nós.

Cássio o encarou, sabendo que o homem estava oferecendo a vida caso a cavalaria que se aproximava estivesse sob o comando de Marco Antônio. Quase recusou. Ainda havia tempo para fugir, mas, se os cavaleiros fossem seus e tivessem repelido o ataque que começara no pântano, ele estaria de novo no controle. Segurou o ombro do outro.

— Muito bem, Tínito. Obrigado.

O legado fez uma saudação rígida, descendo para a rua a passos rápidos enquanto Cássio olhava.

— Duvido que eu mereça esse tipo de lealdade — murmurou ele.

— Senhor? — perguntou o serviçal Píndaro.

O rapaz parecia preocupado com ele, e Cássio balançou a cabeça. Ele era um leão de Roma. Não precisava da piedade de ninguém, não importando o que acontecesse.

— Nada, garoto. Agora você pode ser meus olhos.

Virou-se para o sol, franzindo a testa ao ver que ele havia se posto, até restar apenas uma linha de ouro no oeste. Respirou fundo, tentando demonstrar a força romana enquanto esperava para saber qual seria seu destino.

Tínito bateu com os calcanhares, fazendo o cavalo partir a meio galope nas ruas de pedra, com o barulho dos cascos ecoando nas casas dos dois lados. O animal fungou com desconforto ao escorregar nas pedras, mas o legado o instigou por uma rua que sabia que o levaria aos cavaleiros que trotavam pela cidade. Pôde ouvi-los chegando muito antes de conseguir ver qualquer coisa, e seu estômago se encolheu de medo. Se fossem inimigos, adorariam matar um legado. Assim que reconhecessem seu posto, pela armadura, iam despedaçá-lo. Olhou brevemente para trás, captando um vislumbre das figuras distantes de Cássio e seu serviçal esperando em cima da casa. Contraiu o maxilar. Era um servidor de Roma e não fugiria do dever.

Entrou numa pracinha que captava o resto de luz do sol e viu as primeiras linhas de cavaleiros do outro lado. Fez força com as rédeas, puxando a cabeça da montaria para perto do pescoço. O animal relinchou e bateu as patas enquanto Tínito olhava os recém-chegados. Eles tinham visto o cavaleiro solitário, e cerca de uma dúzia deles instigou as montarias a meio galope, desembainhando espadas por instinto para enfrentar qualquer ameaça possível.

O coração de Tínito saltou ao reconhecer um dos cavaleiros. Pegou-se ofegando e soltando o ar com alívio, de súbito cônscio do aperto de terror no peito ao mesmo tempo que a sensação começava a passar.

— Graças aos deuses, Mácio — disse Tínito quando eles o alcançaram. — Achei que eram homens de Marco Antônio.

— Pensei o mesmo quando o vi esperando por nós — replicou o amigo. — É bom vê-lo vivo depois de tudo isso, seu cachorro velho. Eu deveria saber que você encontraria um lugar seguro.

Os dois apearam e apertaram as mãos no cumprimento dos legionários.

— Vim por ordem de Cássio — anunciou Tínito. — Ele vai querer saber das novidades. Como estão as coisas por lá?

— Uma confusão, se quer saber. A última notícia que tive foi que tomamos o acampamento, mas eles recuaram em ordem razoável e vamos lutar de novo amanhã.

— E o ataque aqui? — perguntou Tínito. Os cavaleiros não pareciam ter lutado e ele sentiu esperança com isso. A expressão do amigo avisou que a notícia não era boa antes mesmo de ele falar.

— Não pudemos contê-los. Eles vieram pela lateral da cidade junto ao pântano e à encosta. Vai ser um trabalho terrível expulsá-los de novo, mas há novas legiões polindo seus belos capacetes na estrada do mar. Quando voltarem amanhã, vamos retomar a posição, não duvido.

Tínito deu um tapa no ombro de Mácio, animando-se com o relatório ambíguo.

— Vou levar a notícia ao velho. Esta parte da cidade esteve calma até agora. Não vi mais ninguém antes de vocês. — Depois do medo crescente com o qual havia cavalgado, Tínito estava suando muito, e enxugou o rosto. — Pensei mesmo que estava perdido quando vi vocês.

— Dá para notar — comentou Mácio, rindo. — Acho que você me deve umas bebidas esta noite.

No terraço da casa, a tonalidade ouro escuro e alaranjada do sol poente tocava as construções ao redor. O serviçal Píndaro contava tudo que conseguia ver quando Tínito alcançou os cavaleiros.

— Ele parou, senhor — repassou ele, forçando a vista. — Deuses, ele... desceu do cavalo. Eles o cercaram. Sinto muito, senhor.

Cássio fechou os olhos por um momento, deixando a tensão se esvair.

— Venha comigo então, Píndaro. Tenho uma última tarefa antes de você achar um local seguro. Não vou mantê-lo aqui, agora.

— Vou ficar com o senhor. Não me importo.

Cássio parou no topo da escada, emocionado com a oferta. Balançou a cabeça.

— Obrigado, garoto, mas não será necessário. Venha.

Desceram juntos, a penumbra combinando com o humor de Cássio. Ele sempre havia amado a luz cinzenta antes do anoitecer, em especial no verão, quando ela se demorava e a noite penetrava no que restava do dia.

No cômodo principal, embaixo, Cássio foi até uma mesa onde havia um gládio. A bainha era uma obra de arte em couro rígido com um emblema de ouro. Desembainhou a espada, pondo a bainha de volta na mesa enquanto testava o gume com o polegar.

Píndaro observou seu senhor numa consternação crescente enquanto Cássio se virava para encará-lo. O velho viu a dor nos olhos do serviçal e deu um sorriso cansado.

— Se vierem me pegar, vão transformar minha morte em um espetáculo, Píndaro. Entende? Não tenho desejo de ser empalado, nem rasgado ao meio para a diversão deles. Não se preocupe, não tenho medo do que virá depois. Só faça com que seja limpo.

Entregou o punho da espada a Píndaro. O rapaz a segurou com a mão trêmula.

— Senhor, não quero fazer isso...

— Prefere me ver sendo levado diante de soldados comuns? Humilhado? Não se preocupe, garoto. Estou em paz. Vivi bem e derrubei um *César*. Acho que isso basta. O resto não passa... de gritos de crianças.

— Por favor, senhor...

— Eu dei minha vida pela República, Píndaro. Diga isso a eles, se perguntarem. Há uma bolsa de moedas junto a minha capa. Quando terminar, pegue-a e fuja para o mais para longe que puder.

Ele se empertigou diante do rapaz com a espada. Os dois olharam para cima ao ouvirem o som dos cascos se aproximando.

— Agora — ordenou Cássio. — Eles não devem me pegar.

— Quer se virar, senhor? Não posso... — hesitou Píndaro, a voz embargada. Estava com a respiração ofegante quando Cássio concordou, sorrindo de novo.

— Claro. Depressa, então. Não me faça esperar.

Virou-se para uma janela que dava para o crepúsculo na cidade e respirou lenta e longamente, sentindo o cheiro da lavanda selvagem no ar. Levantou a cabeça, fechando os olhos. O primeiro golpe o derrubou de joelhos, e um gemido saiu de sua garganta cortada. Píndaro soluçou e girou a espada de novo, decepando a cabeça.

Tínito estava animado quando passou a perna sobre o cavalo e apeou. Não pudera ver ninguém em cima da casa enquanto cavalgava de volta com Mácio e os *extraordinarii*.

— Venha comigo — gritou por cima do ombro. — Ele gostará de ouvir tudo que vocês viram.

Passou pela porta e parou, congelado. Mácio, que vinha atrás dele, perguntou:

— O que foi?

Tínito balançou a cabeça, boquiaberto. Podia ver o corpo magro do comandante numa poça de sangue e a cabeça decepada ao lado.

— Píndaro? Onde você está? — gritou Tínito de repente, entrando.

Não houve resposta e ele empalideceu mais ainda, parando junto ao corpo, tentando entender o que havia acontecido. Seria o serviçal um traidor? Nada fazia sentido! Ouviu Mácio ofegar olhando da porta. Tínito olhou de volta para ele, compreendendo subitamente.

— Ele acreditou que vocês eram o inimigo. — Tínito reuniu seus pensamentos antes que pudessem se desenrolar em inutilidades. — Vou cuidar das coisas aqui. Você precisa encontrar Marco Brutus. Conte o que aconteceu.

— Eu não entendo — começou Mácio.

Tínito ruborizou-se.

— O velho achou que ia ser capturado, Mácio. Mandou o serviçal tirar sua vida para não cair nas mãos de Marco Antônio e César. Procure Brutus. Ele é o único comandante agora. Não há mais ninguém.

No escuro, Otaviano acordou e se remexeu. Não conseguia entender por que suas pernas estavam tão frias ou por que o ar fedia e coisas farfalhavam em volta de sua cabeça sempre que se mexia. Ficou imóvel por um tempo, olhando um céu limpo e um bilhão de estrelas cintilando na escuridão. Lembrou-se de ter parado durante a marcha e do gosto pavoroso de metal na boca, mas depois disso havia apenas confusão. Momentos surgiam em sua mente, lembranças de ter sido carregado, de homens aplaudindo não sabia o quê, dos sons de ferro se chocando, chegando mais perto, e de pânico a toda volta.

Lutou para sentar-se, as pernas escorregando na gosma que havia se assentado ao redor deles. Para seu choque, sentiu um braço firmá-lo, e então recuar bruscamente quando Agripa o encontrou movendo-se e não apenas escorregando no pântano.

— Otaviano? — sibilou Agripa.

— *César* — murmurou Otaviano. Sua cabeça doía, e ele não entendia onde estava. — Preciso dizer outra vez?

— Mecenas? Acorde.

— Não estou dormindo! — respondeu a voz de Mecenas, ali perto. — Você estava *dormindo*? Como pôde dormir neste lugar? É impossível!

— Eu estava cochilando, e não dormindo. Fale baixo. Não sabemos quem está aqui conosco.

— Quanto tempo fiquei doente? — perguntou Otaviano, tentando sentar-se. — E onde estou, exatamente?

— Você ficou inconsciente durante dias, César — respondeu Agripa. — Está em Filipos, mas a coisa não vai bem.

Entregou um cantil a Otaviano, que tirou a tampa e agradecido tomou a água quente.

— Contem tudo — pediu Otaviano. Sentia como se o corpo tivesse levado uma surra pesada. Cada junta doía, e fiapos de dor se espalhavam da barriga até os membros, mas estava acordado e a febre tinha passado.

CAPÍTVLO XXX

Durante a noite Brutus havia dormido por alguns breves instantes antes que uma unidade de *extraordinarii* o encontrasse com a notícia de que Cássio havia tirado a própria vida. Sua primeira reação fora de raiva pela perda de fé do velho, perda de fé na causa e nele. A coisa não estava terminada. Eles *não* tinham perdido.

Na escuridão fria, ele tinha bebido água e mastigado um pedaço de carne-seca enquanto o oficial da cavalaria o observava à luz fraca de uma lâmpada a óleo. Finalmente decidiu:

— Mande seus homens para cada legião sob o comando de Cássio. Minhas ordens são para entrarem em formação na planície abaixo.

O homem foi correndo para o cavalo, desaparecendo na noite enquanto repassava a ordem e seus homens se espalhavam.

Brutus estava parado na base da encosta. Sabia que não poderia comandar dois exércitos separados daquele tamanho, sobretudo sem Cássio. As ordens demoravam demais em frentes diferentes, chegando depois de a situação ter mudado e provocando o caos. Sua única opção era juntá-los numa frente única, para não os ver serem despedaçados separadamente.

Sob as estrelas, grandes forças passavam marchando uma pela outra na encosta e ao redor do pântano. Moviam-se em silêncio deliberado, sem saber se haviam cruzado com amigos ou inimigos no escuro e sem desejo especial de descobrir. Era verdade que Brutus deixara Marco Antônio controlar Filipos, mas achou que ele não teria benefício com a cidade murada. Marco Antônio e Otaviano tinham vindo à Grécia para atacar, não para ficar atrás de defesas. Com Cássio morto, Brutus sabia que eles desejariam uma vitória completa e se vingar das perdas do dia anterior. Sorriu sério ao pensar nisso. Que viessem. Havia esperado por isso durante a vida inteira.

Enquanto o sol nascia, suas legiões se juntaram na grande planície ao pé de Filipos. Brutus falou com cada um dos legados, individualmente ou em grupos, conforme eles o procuravam. Estava pronto para lutar de novo, legião contra legião, pesando sua capacidade de liderança contra os talentos de Marco Antônio e César.

Quando houve luz suficiente para enxergar, Brutus cavalgou ao longo de suas fileiras, avaliando o número de homens que lhe restavam. Seu exército tinha perdido milhares, mas eles haviam tomado o acampamento principal de Marco Antônio e César e empurrado as legiões inimigas para trás, causando um número muito maior de mortos. Corpos ainda cobriam a grande encosta, brilhando como vespas mortas no amanhecer.

Em Filipos, Marco Antônio tinha visto o grande arranjo na planície e começou a descer marchando com suas legiões. Brutus podia vê-las chegando, aceitando o desafio. Marco Antônio sempre havia sido arrogante, lembrou-se. Duvidava que o sujeito tivesse muita opção, mesmo assim. Seus legados iam pressioná-lo mesmo se tentasse se conter.

Brutus tinha visto o enorme acampamento deserto na planície. Tudo de valioso já fora tomado, mas lamentou porque nenhum de seus homens havia informado a morte de César. Seria adequado se Otaviano e Cássio morressem no mesmo dia, deixando os dois velhos leões de Roma para decidir a batalha. Brutus ainda não conseguia acreditar que estava sozinho no comando, mas o pensamento não foi desagradável. Estava à frente de um exército romano. Não havia Gneu Pompeu nem Júlio César para reverter suas ordens. Esta batalha seria somente dele. Exultou pensando em como a situação estava certa. Para isso havia matado César no Teatro de Pompeu. Finalmente havia saído da sombra dos outros.

Levantou os olhos quando um alto som de comemoração veio das legiões de Otaviano, a menos de 2 quilômetros de suas fileiras. Pôde ver uma figura distante cavalgando para um lado e para o outro diante das linhas. Segurou com força o punho da espada, entendendo que só podia ser Otaviano, que o rapaz havia sobrevivido para lutar de novo. Disse a si mesmo que isso não importava. Ver a queda do embusteiro só aumentaria a doçura do dia à frente. Era estranho saber que lhe restavam apenas dois inimigos no mundo e que ambos o enfrentariam naquele dia, na planície de Filipos. Marco Antônio estaria confiante, pensou. Seus homens haviam se saído bem, mas Cássio lhes negara a chance de capturá-lo. Brutus agradeceu mentalmente a coragem do velho. Pelo menos o dia não começaria com o espetáculo de uma execução pública.

Otaviano ainda precisava se provar. Suas legiões haviam fugido na véspera e estariam fumegando com a humilhação, decididas a restaurar a honra. Deu um sorriso frio ao pensar nisso. Seus homens lutavam pela liberdade. Isso serviria muito bem.

Otaviano estava suando, o corpo molhado, embora não houvesse cavalgado nem 2 quilômetros para um lado e para o outro das fileiras. Sabia que precisava deixar que os homens o vissem, para lembrá-los de que lutavam por César, porém sentia como se apenas a armadura o sustentasse, com o corpo fraco como o de uma criança.

Viu um mensageiro galopando velozmente pelas fileiras, um rapaz se deliciando com a própria velocidade. Quando o cavaleiro puxou as rédeas, estava ofegando e vermelho.

— Discens Artório apresentando-se, cônsul.

— *Diga* que Marco Antônio não encontrou outro motivo para se atrasar — demandou Otaviano.

O cavaleiro *extraordinarii* piscou e balançou a cabeça.

— Não, senhor. Ele me mandou com a notícia de que o senador Cássio está morto. Encontraram o corpo dele ontem à noite, na cidade.

Otaviano olhou por cima do ombro, para as legiões que se opunham a ele. Não havia sinal dos estandartes de Cássio no agrupamento em volta da posição de comando. Enxugou o suor dos olhos.

— Obrigado. Isso é... muito bem-vindo.

Os que estavam ao redor tinham ouvido o cavaleiro, e a notícia se espalhou logo. Uma ondulação de gritos fracos veio em seguida, mas em geral os homens ficaram indiferentes. Praticamente não conheciam Cássio, além de seu nome. Mas Brutus ainda vivia e suas legiões eram as que haviam forçado a debandada na véspera. Eram suas legiões que eles queriam derrotar. Otaviano podia ver a determinação em cada rosto enquanto olhava as fileiras. Eles com certeza sabiam que a luta seria difícil, no entanto estavam mais do que prontos para que ela começasse.

Os dois exércitos romanos se encaravam separados por quase 2 quilômetros enquanto as legiões restantes desciam de Filipos. Como Marco Antônio vinha do leste, Otaviano precisava dar-lhe o flanco direito. Sabia que o sujeito esperaria isso e não poderia fazê-lo marchar através de suas fileiras para se posicionar à esquerda. Otaviano sentou-se e tomou água de um cantil, sentindo a brisa secar o suor do rosto. Marco Antônio parecia estar protelando, como se soubesse que os exércitos ficariam parados o dia inteiro até que ele chegasse.

Enquanto aguardava, Otaviano de certa forma esperava por um ataque súbito das legiões sob o comando de Brutus. Seus homens certamente estavam tensos, aguardando isso, mas pelo jeito o rival preferia não deixar um flanco aberto a novas legiões que viessem da encosta no meio da batalha.

A manhã prosseguiu, o sol subindo lentamente até o meio-dia. Otaviano jogou o cantil vazio de volta para Agripa e aceitou outro enquanto o flanco direito entrava em formação aos poucos e os poderes militares de Roma se encaravam num campo estrangeiro. A coisa seria brutal quando começasse, percebeu Otaviano. Não importando o resultado, Roma perderia boa parte de suas forças por anos vindouros. Uma geração seria cortada na planície de Filipos.

Dos dois lados os *extraordinarii* se reuniam nos pontos mais distantes dos flancos. Seus papéis em tempos de paz, de mensageiros e batedores, serviam apenas para mantê-los ocupados quando não estavam lutando. Otaviano olhou os cavaleiros com capas desembainharem longas espadas e pegarem escudos para seu verdadeiro propósito, os cavalos se remexendo e bufando ao sentir a empolgação crescente dos cavaleiros. Olhou à direita, onde Marco Antônio havia se posicionado finalmente na terceira fileira. A cidade e a encosta estavam sem homens. Todos estavam prontos.

Otaviano fez a montaria trotar de volta para sua posição atrás da primeira e da segunda linha de combate. O sol se esgueirou pelo ponto do meio-dia enquanto os dois lados se preparavam, esvaziando as bexigas sem sair do lugar e tomando água de odres e cantis que os homens tentariam racionar durante o calor do dia. Contra tantos, uma batalha não poderia terminar muito cedo, de forma que precisavam se preparar para uma luta que durasse o dia inteiro. No fim, tudo dependeria de energia e força de vontade.

Otaviano verificou uma última vez suas linhas de comando até os legados, pedindo confirmação de que estavam prontos. Sete ainda viviam, e o corpo de Silva estava em algum lugar em meio aos restos da carnificina do dia anterior. Não conhecia o sujeito que o havia substituído, mas conhecia os outros. Conhecia seus pontos fortes e fracos; os imprudentes e os cautelosos. Brutus não devia ter um conhecimento tão pessoal das legiões que comandava, especialmente as que ganhara de Cássio. Era uma vantagem que pretendia usar.

As respostas não demoraram a voltar e Otaviano fez os planos que pôde para depois do primeiro choque. O flanco esquerdo estava sob seu comando.

Os homens o olhavam esperando a ordem. Agripa e Mecenas permaneciam ao seu lado, firmes e solenes. Tinham salvado sua vida quando ele estava sem sentidos e febril. Parecia ter sido em outra existência, e ele sentia as preocupações e tribulações dos meses afastando-se enquanto permanecia montado, olhando a planície. Seu corpo estava fraco, mas era apenas uma ferramenta. Ele ainda era forte onde importava.

Respirou fundo, e a menos de 2 quilômetros as legiões de Brutus começaram a se mover. Levantou e baixou a mão, e suas próprias fileiras começaram a marchar, liberando palpavelmente a tensão enquanto iam na direção do inimigo. À sua direita Marco Antônio deu a mesma ordem. Nos flancos dos dois exércitos os *extraordinarii* bateram os calcanhares, contendo as montarias enquanto avançavam devagar, formando ligeiros chifres para além dos legionários a pé. *Cornicens* tocavam notas longas junto às linhas, mandando avançar.

Os dois exércitos andaram em terreno seco, levantando grandes nuvens atrás das primeiras filas à medida que a distância entre eles se reduzia até um fio que subitamente ficou preto, preenchido por milhares de lanças no ar. Flechas vinham dos cavaleiros partos, abrindo buracos em meio aos *extraordinarii*. O fio oscilou enquanto os dois lados engoliam mortos e feridos, passando por cima e ao redor e começando a correr. Chocaram-se com um barulho que pareceu um trovão na planície.

Brutus sentiu uma calma brutal assentar-se, um frio no centro do peito enquanto os exércitos se juntavam. Não era um jovem para ser carregado numa maré de empolgação e medo e dava ordens com um distanciamento frio. Franziu um pouco a testa ao ver quanto tempo elas demoravam para serem cumpridas, mas não permitira liberdade completa aos seus legados. Aquela batalha era *sua*, mas ele começou a descobrir como era difícil comandar quase 90 mil homens em campo. Era um exército maior do que Pompeu jamais havia comandado, ou Sula, Mário ou César.

Viu seus arqueiros partos se saindo bem no flanco direito, avançando a mais de 1 quilômetro de sua posição no centro. Mandou um comando ao longo das linhas que marchavam, dizendo para se afastarem para os lados e esvaziarem as aljavas contra os *extraordinarii* dos inimigos a uma distância segura antes de se aproximarem com espadas. Era a ordem certa, mas quando os alcançou eles já haviam recuado e o momento estava perdido.

A princípio suas legiões pressionavam contra os dois flancos do inimigo, e ele sentiu um prazer reluzente à medida que seus homens abriam caminho, através de milhares de homens de Marco Antônio. A sombra de Cássio estaria olhando, e ele queria que o velho visse.

Isso não durou muito. Nos pontos em que suas linhas enfraqueciam, as legiões inimigas avançavam antes que ele pudesse firmá-las com reforços. Quando seus homens obtinham uma vantagem temporária e penetravam nas forças de Otaviano, encontravam legiões que se moviam rapidamente, engrossando as fileiras contra eles, e as efêmeras chances sumiam como geada ao sol. O fato de os inimigos terem dois comandantes reduzia à metade o tempo necessário para controlarem as cadeias de comando, e, apesar de a diferença ser sutil, ela começou a ficar mais e mais evidente à medida que a tarde passava se esgueirando em sangue e dor.

Brutus sentia tudo acontecendo. Podia ver o campo de batalha na mente como se estivesse olhando de cima, um truque de perspectiva que havia aprendido com seus tutores anos antes. Quando viu que as linhas de comando pesadas atrapalhavam suas legiões, teve medo. Mandou novas ordens para liberar seus legados do controle geral durante um tempo, na esperança de que reagissem mais depressa sozinhos. Isso não fez diferença. Um dos legados sírios de Cássio montou um ataque ensandecido, formando uma enorme cunha que passou pela primeira fileira de Otaviano. Dez mil homens se viraram à direita posicionados em formação de serra contra eles, reforçando as linhas e trucidando os legionários sírios dos dois lados. Nenhum dos seus legados havia se movido suficientemente rápido para apoiar o ataque, e o número de mortos foi terrível. A cunha se desfez dentro das fileiras de Otaviano, engolfada numa enchente.

Brutus ordenou que a própria linha de frente rotacionasse. Por toda a extensão de uma legião, duas fileiras ofegantes se moveram para trás em formação cerrada com os escudos erguidos, permitindo que homens descansados fossem à frente. Para além dessa distância as duas primeiras fileiras continuaram lutando, com a ordem se perdendo em algum ponto do caminho. Era de se enfurecer, mas Brutus precisou berrar pedindo mensageiros *extraordinarii* e mandá-los para os legados pela segunda vez.

Assumiu o comando pleno de novo e toda a linha de frente recuou e depois avançou enquanto soldados descansados passavam gritando com vozes ásperas. Pressionaram durante alguns breves instantes, matando homens que ofegavam e estavam cansados. Então as ordens foram espelhadas e eles enfrentavam homens descansados também, por toda a frente de combate.

Brutus descobriu que precisava recuar seu cavalo um passo porque os homens à sua frente estavam sendo empurrados para trás. Xingou, gritando encorajamentos. Viu que seus arqueiros partos tinham sido feitos em pedaços, apanhados por espadachins enquanto ainda seguravam seus arcos. Todo o seu flanco direito estava correndo o perigo de ser flanqueado enquanto as legiões de Otaviano começavam a se derramar ao redor.

Com calma, Brutus ordenou que duas de suas legiões seguissem em formação de serra até eles, depois esperou com o coração martelando que as ordens tivessem efeito a quase 2 quilômetros de distância. Ao mesmo tempo Marco Antônio estava pressionando à frente no outro flanco. Brutus reagiu a isso, gritando novas ordens e mandando cavaleiros e mensageiros a pé. Quando olhou de volta, o flanco direito havia desmoronado, e pôde ver suas legiões recuando, escudos erguidos enquanto os soldados tropeçavam contra as próprias forças para ir embora.

— Onde estão vocês? — perguntou em voz alta. —*Andem! Onde* estão vocês?

Só então viu as legiões que tinha mandado para apoiar a ala começando a se mover de lado através das próprias fileiras. Era uma manobra difícil numa linha em marcha, e ele sentiu uma onda de nojo e pavor, vendo que já era tarde demais. O flanco estava desmoronando e os homens que recuavam só atrapalhavam a tentativa de apoiá-los, formando um bolo de soldados que pressionavam. O inimigo veio com intensidade, usando bem os *extraordinarii* que giravam para fora e voltavam a galope. Era uma chacina, e Brutus começou a sentir um desespero sombrio. Precisava de Cássio, e ele estava morto. Saber que não podia comandar tantos homens sozinho era como ácido na garganta.

Com o coração na boca, mandou novas ordens para romper o contato, recuar cem passos e entrar em formação outra vez. Era o único modo de salvar o flanco direito antes que o inimigo pusesse em debandada meia dúzia de suas legiões sírias. Agradeceu aos deuses porque aquela era uma ordem que ele poderia dar com toque de trombeta, e as notas fortes ressoaram pela planície.

As legiões de Otaviano também sabiam o que significava aquele sinal. Pressionaram para aproveitar, ao mesmo tempo que os centuriões de Brutus tentavam recuar em ordem. Brutus sentiu sua linha de frente oscilando enquanto as trombetas soavam. Para homens cansados aquela era uma distração perigosa. Centenas morreram enquanto Brutus fazia seu cavalo recuar, não querendo dar as costas para o inimigo. Por um instante viu um espaço entre os exércitos, que logo foi preenchido pelas legiões de Otaviano que avançavam rugindo, batendo as espadas nos escudos e avançando outra vez.

Passo a passo seu exército voltou com ele, furioso por ter recebido a ordem de se afastar. Brutus viu o flanco direito se consertar um pouco enquanto recuava, de modo que o perigo de uma debandada completa daquele lado começou a passar. Na pressão, descobriu-se por um momento na fileira da frente. Golpeou um capacete e grunhiu com o impacto e a satisfação quando o sujeito caiu. Suas fileiras se reorganizaram à frente e ele gritou para os *cornicens* darem o toque para interromper o recuo lento.

As trombetas gemeram outra vez no campo de batalha, mas seu flanco direito continuou a recuar. Brutus xingou ao ver a posição em que se encontrava. Precisava mandar novas legiões para sustentá-la, mas Marco Antônio escolheu esse momento para começar a rasgar de novo seu flanco esquerdo.

Otaviano xingou enquanto as legiões inimigas recuavam antes que ele pudesse envolvê-las a partir da lateral. Os *extraordinarii* estavam reduzidos a poucos milhares de cavalos, e suas lanças e bolas de chumbo haviam acabado. Tudo que podiam fazer era seguir a retirada da lateral e depois voltar em ataques loucos, cortando gargantas. Mais cavalos caíram, as patas se sacudindo e animais agonizantes relinchando. Otaviano trincou o maxilar, deixando que a raiva lhe desse a força para suportar tudo aquilo.

Sua boca estava seca, a língua e os lábios eram uma massa pegajosa. Gritou para Agripa pedindo água, e o amigo lhe entregou outro cantil. Bebeu, liberando a boca e limpando a garganta. O suor jorrava, e foi necessário todo o controle para devolver o cantil enquanto ainda havia um pouquinho de água no fundo.

Tinha visto que as legiões sob o comando de Brutus eram lentas em reagir a qualquer situação nova, e havia trabalhado feito um louco para fazer com que essa fraqueza fosse explorada. Suas legiões pareciam enxames, movendo-se à esquerda e à direita enquanto avançavam, ameaçando um ponto para testar a reação do inimigo, depois avançando em outro quando as linhas se afinavam. Otaviano teve a primeira sensação da vitória quando a lateral desmoronou sem apoio, mas então Brutus recuou em ordem e a batalha foi retomada com ferocidade renovada.

Quando avançava, pisoteava mortos e feridos, alguns gritando numa agonia tão digna de pena que os próprios amigos acabavam com eles, dando golpes rápidos na garganta. Otaviano passou por um soldado com a barriga aberta, a armadura rasgada e quebrada. O sujeito estava sentado encolhido, segurando as tripas nas mãos ensanguentadas e chorando, até que um estranho despreocupado o acertou nas costas. Otaviano perdeu o sujeito de vista em meio à confusão, mas ainda podia ver seu terror.

A luta havia prosseguido por horas e eles mal tinham se movido duzentos passos de onde haviam começado, mesmo com a retirada feita por Brutus quando estava nos dentes do inimigo. Otaviano ofegava de novo, enjoado de um inimigo que jamais parecia se encolher ou hesitar. Não estava com clima para apreciar a coragem romana enquanto mandava duas legiões praticamente descansadas pelo centro, usando os escudos para empurrar para trás as linhas que as enfrentavam.

Brutus mandou homens bloquearem o avanço, e Otaviano gritou imediatamente ordens para lançar a Sétima Victrix e a Oitava Gemina pelas laterais, chamando seus *extraordinarii* de volta à formação. Enquanto andavam, as duas legiões entoavam "César!", o nome que havia criado pânico nos inimigos durante uma geração.

Brutus foi apanhado de surpresa pelo movimento súbito, com um número grande demais de suas forças comprometidas no centro. Otaviano pensou ter escutado o sujeito gritar ordens, mas o barulho da batalha martelava seus ouvidos de todos os lados e ele não podia ter certeza. A lateral desmoronou de novo e a carnificina continuou, antes que houvesse qualquer sinal de novos homens correndo para aquela posição.

A legião à direita de Brutus havia quase se partido uma vez, salva apenas pela retirada firme. Os homens estavam exaustos devido ao ataque constante dos *extraordinarii*. Enquanto a Victrix e a Gemina avançavam, berrando o nome de César, eles se viraram e tentaram recuar de novo. Isso tinha dado certo uma vez.

Otaviano olhou enquanto a retirada espasmódica se transformava numa debandada súbita, com milhares de soldados dando as costas para a luta e começando a correr. Mandou novas ordens para seus *extraordinarii* e eles voltaram enquanto a lateral se desintegrava e a debandada começava a se espalhar.

Mais de 50 mil soldados ainda estavam com Brutus, ofegando e sangrando. Quando o flanco direito foi trucidado diante de seus olhos, a vontade de lutar os abandonou. Brutus não podia fazer nada para impedir que recuassem, apesar de gritar até enrouquecer. Seus mensageiros correram de novo em todas as direções, tão exaustos quanto os homens que lutavam. Tinham cavalgado 80 quilômetros em montarias cobertas de suor, de modo que as ordens ficavam cada vez mais lentas.

Otaviano podia ver o pânico nas legiões que o enfrentavam quando sentiram a lateral se desfazer. Sabiam que seu movimento seguinte seria ir atrás e cortar sua retirada. Era o medo definitivo para um soldado de infantaria, ser atacado pela frente e por trás e não ter para onde fugir. Eles recuaram mais e mais. Um rugido enorme brotou das legiões sob o comando de Otaviano e Marco Antônio enquanto avançavam, sentindo que sobreviveriam àquilo tudo, vendo o triunfo em cada passo contra um inimigo que fugia.

Brutus olhou desesperadamente ao redor, procurando algum ardil, algum fator que não tivesse visto e que mesmo assim pudesse influenciar o resultado. Não havia nada. Suas legiões estavam fugindo em debandada completa no flanco direito, e o esquerdo ia recuando. Não podia fazer nada a não ser recuar junto ao centro abalado; as fileiras da frente se defendiam de golpes enquanto tentavam se salvar de um inimigo que recebera força renovada por causa da perspectiva da vitória.

Seus legados estavam enviando mensageiros a todo instante, pedindo novas ordens. Durante um tempo ele não tinha nada para responder, e o desespero corroía sua força de vontade. Não suportava pensar no prazer presunçoso de Marco Antônio ou na humilhação de ser apanhado por Otaviano.

Respirou fundo várias vezes, tentando forçar a vida de volta aos membros que subitamente pareciam chumbo. As legiões mais próximas ainda olhavam para ele, milhares de homens sabendo que suas vidas estavam nas mãos de Brutus. Ordenou que recuassem, cada vez mais para longe da área sangrenta com soldados mortos que marcava onde os exércitos haviam se encontrado. Quando virou o cavalo para abandonar o campo de batalha, tudo havia acabado. Viu a confusão e o medo nos homens que recuavam com ele.

Olhou mais para longe. As colinas atrás de Filipos não estavam tão distantes. O sol ia se pondo, e muitos de seus homens sobreviveriam à matança se ele pudesse ao menos chegar às encostas. Disse a si mesmo que espalharia as legiões pelas montanhas e talvez até visse a esposa de novo em Atenas.

O exército de Otaviano e Marco Antônio continuava pressionando enquanto eles recuavam, mas a luz ia diminuindo e o crepúsculo fresco e cinza estava sobre seus homens quando Brutus chegou à base da montanha. Subiu com suas legiões pelo terreno difícil, deixando uma trilha de mortos pelo caminho enquanto seus soldados eram derrubados.

Virou-se junto à linha das árvores, vendo com raiva surda que apenas quatro legiões tinham seguido com ele. Muitas outras haviam se rendido na planície ou sido chacinadas. Até as que estavam com ele tinham números reduzidos, por isso duvidou que mais de 12 mil homens tivessem chegado à encosta.

As legiões de Otaviano e Marco Antônio soltaram um rugido de vitória a ponto de ficarem roucas e as vozes falharem. Então bateram as espadas nos escudos, espirrando sangue no próprio corpo enquanto agradeciam por ter sobrevivido à batalha.

Brutus continuou subindo até que seu cavalo não podia mais carregá-lo. Soltou o animal, caminhando com os outros homens enquanto a escuridão baixava sobre a planície. Ainda podia enxergar por quilômetros quando olhava para trás. As linhas brilhantes de tudo que havia sonhado estavam abandonadas em montes sangrentos no solo seco de Filipos.

No escuro, Otaviano e Marco Antônio se encontraram. Os dois estavam cansados e sujos de sangue e poeira, mas apertaram as mãos, punho com punho, cada um sabendo bem demais como havia sido por pouco. Naquela noite os triúnviros obtiveram a vitória, e tudo que haviam arriscado tinha gerado frutos.

— Ele não vai fugir, não agora — disse Marco Antônio. Suas legiões tinham estado mais perto da encosta, e ele as mandara para permanecer perto dos soldados derrotados que se afastavam com dificuldade do campo de batalha. — Quando parar, será cercado.

— Bom. Não vim de tão longe para deixá-lo escapar. — Os olhos de Otaviano estavam frios enquanto olhava o colega triúnviro, e o sorriso de Marco Antônio ficou tenso.

— Encontrei alguns Liberatores escondidos na cidade ontem à noite. — Era uma oferta de paz entre aliados, e ficou satisfeito ao ver a vida retornar à expressão de Otaviano, ali parado.

— Mande que sejam trazidos a mim.

Marco Antônio hesitou, não gostando do tom que parecia demais com uma ordem. Mas Otaviano era cônsul, além de triúnviro. Mais importante, tinha o sangue de César e era seu herdeiro. Marco Antônio balançou a cabeça rigidamente, concedendo-lhe o direito.

CAPÍTVLO XXXI

BRUTUS NÃO CONSEGUIA DORMIR. TINHA SE IMPELIDO ATÉ O LIMITE da resistência durante dois dias e sua mente ficava se remexendo como um rato preso numa caixa. No alto dos morros sentou-se num tufo de capim com as mãos no colo e a espada solta do cinto e largada aos pés. Olhou a lua subir e sentiu prazer no ar tão límpido que quase poderia estender a mão e agarrar o disco branco.

Sentia o azedume do próprio suor e o corpo doía em cada junta e músculo. Alguma parte dele sabia que ainda deveria estar procurando uma fuga, mas a noite roubava suas forças e ele reconhecia isso como o entorpecimento da aceitação, forte demais para resistir. Estava muito cansado para fugir, mesmo se houvesse um caminho através das montanhas às suas costas. Talvez Cássio tivesse sentido o mesmo no final: nem raiva nem amargura, apenas a paz baixando como uma capa. Esperava que sim.

Ao luar, Brutus olhou as massas escuras de homens se movendo para cercar os restos esfarrapados de seu exército. Não tinha como retornar à planície, nem voltar a ser o homem que fora um dia. Podia ver as luzes na colina de Filipos e tentou afastar a imagem mental de Otaviano e Marco Antônio brindando ao seu fracasso e ao sucesso deles. Naquela manhã tinha se regozijado por estar sozinho no comando enquanto o sol nascia, mas no fim das contas isso não havia sido uma coisa boa. Teria sentido conforto no humor seco de Cássio ou de um de seus antigos amigos que estivesse com ele pela última vez. Teria sentido conforto no abraço da esposa.

Enquanto permanecia sob as estrelas, seus homens estavam sentados em grupos na colina, conversando em voz baixa. Tinha ouvido o medo deles e entendia sua falta de esperança. Sabia que não ficariam com ele quando o sol nascesse. Por que deveriam, quando poderiam se render ao nobre César e ser salvos? Não haveria uma última resistência grandiosa nas montanhas próximas de Filipos, não para Brutus. Tudo que ele podia fazer era morrer. Sabia que o frio nos ossos era sua mente se preparando para o fim, e não se importou. Estava acabado. Tinha matado o primeiro homem em Roma e o jorro escuro de sangue o havia carregado pelo mar até aquele local, com uma brisa agitando sua capa e os pulmões cheios do ar frio e perfumado.

Não sabia se as sombras dos mortos podiam mesmo ver os vivos. Se pudessem, imaginou que Júlio estaria ali com ele. Olhou para a imobilidade da noite e fechou os olhos, tentando sentir alguma presença. A escuridão pressionou na mesma hora, perto demais para ser suportada. Abriu-os de novo, tremendo por causa do negrume suave que se parecia tanto com a morte. Por um tempo muito curto tivera o destino de Roma nas mãos. Tinha acreditado que possuía a força para alterar o rumo de um povo e de uma cidade se movendo para os séculos à frente. Este havia sido um sonho de tolo; agora sabia. Um homem só podia fazer uma pequena parte, e os outros seguiriam sem ele e jamais saberiam que ele vivera. Deu um sorriso irônico. Tinha sido o melhor de uma geração, mas isso não havia bastado.

Uma lembrança lhe veio em fragmentos, uma conversa de muitos anos antes. Estivera sentado na oficina de um joalheiro chamado Tabic, falando sobre deixar sua marca no mundo. Tinha dito ao velho que só desejava ser lembrado, que nada mais importava. Era tão jovem! Balançou a cabeça. Não havia sentido em pensar nos fracassos. Trabalhara por algo maior do que si próprio, e a idade havia se esgueirado enquanto ele se ofuscava com o sol.

Sozinho no morro, Brutus riu alto dos erros que havia cometido, dos sonhos e dos grandes homens que conhecera. Eram cinzas e ossos, todos eles.

❖

Na cidade de Filipos, Otaviano olhava com frieza os quatro homens que foram arrastados até a sala e jogados no chão diante dele. Viu que tinham sido muito espancados. Suetônio baixou a cabeça e olhou, pensativo, para o sangue brilhante que pingava de seu couro cabeludo para o chão. Caio Trebônio estava lívido de terror, tremendo visivelmente, esparramado no chão, e não tentou se levantar. Otaviano não conhecia os outros dois. Para ele, Ligário e Galba eram somente nomes na lista de proscritos. No entanto tinham feito parte do grupo de assassinos, cravando facas em César a apenas um ano e uma vida atrás. Eles espiavam ao redor com olhos inchados, e, com as mãos amarradas, Galba só conseguia fungar por causa do sangue que pingava do nariz.

O homem que se levantou para olhá-los de cima para baixo era jovem e forte, não demonstrando qualquer sinal de que havia travado uma batalha naquele dia. Suetônio levantou a cabeça sob aquele olhar interessado, virando-se de lado por um momento para cuspir sangue no chão de madeira.

— Então você vai ser imperador agora, César? — perguntou Suetônio. — Imagino o que Marco Antônio dirá sobre isso. — Ele deu um sorriso amargo, mostrando os dentes ensanguentados. — Ou será que ele também cairá diante de sua ambição?

Otaviano inclinou a cabeça, assumindo uma expressão intrigada.

— Sou o defensor do povo de Roma, senador. Você não vê imperador algum aqui, não em mim. Você *vê* César e a vingança que você fez cair sobre sua própria cabeça.

Suetônio gargalhou, um chiado que saía de seu corpo espancado. Seus lábios sangraram de novo quando as cascas das feridas se racharam, de modo que ele se encolheu de dor ao mesmo tempo que ria.

— Já vi Césares mentirem antes — acusou ele. — Você *nunca* entendeu a República, essa coisa frágil. Não passa de um homem com um tição em brasa, Otaviano, olhando para os pergaminhos de homens maiores. Só vê o calor e a luz, e não entenderá o que queimou até que tudo se acabe.

Otaviano sorriu, os olhos brilhando.

— Mesmo assim estarei lá para ver — retrucou ele baixinho. — Você, não.

Fez um gesto para um soldado que estava atrás de Suetônio e o homem avançou com a faca na mão. Suetônio tentou se afastar bruscamente, mas tinha as mãos amarradas e não pôde escapar da lâmina que cortou sua garganta. O som que ele fez foi terrível, olhando para Otaviano com ódio e incredulidade. Otaviano observou até que o homem caísse para a frente e só desviou o olhar quando Caio Trebônio soltou um grito partido de sofrimento.

— Vai pedir misericórdia? — perguntou Otaviano. — Vai invocar os deuses? Você não usou uma faca nos Idos de Março. Talvez eu possa oferecer uma comutação de pena a alguém como você.

— *Sim*, eu peço misericórdia! — declarou Trebônio, os olhos arregalados de medo. — Eu não estava lá nos Idos. Conceda-me minha vida; ela está em seu poder.

Otaviano balançou a cabeça, lamentando.

— Você fez parte daquilo. Lutou ao lado de meus inimigos, e descobri que não sou um homem misericordioso.

De novo ele acenou para o carrasco, e Caio Trebônio soltou um forte grito de angústia que virou um gorgolejo quando sua garganta foi aberta. Tombou se retorcendo e raspando o chão ao lado de Suetônio. O cheiro de urina e tripas soltas encheu a sala, amargo e pungente.

Os dois que restavam souberam que era melhor não implorar. Ligário e Galba olharam para Otaviano com fascínio enfraquecido, mas não falaram e se prepararam para morrer.

— Nada? — perguntou Otaviano. — Vocês são praticamente os últimos daqueles homens corajosos, aqueles Liberatores que assassinaram o Pai de Roma. Não têm nada a me dizer?

Galba olhou para Ligário e deu de ombros, cuspindo um último xingamento antes de se ajoelhar ereto e esperar a faca. Otaviano fez um gesto com raiva feroz, e a faca foi passada por mais duas gargantas, deixando o ar pesado com o cheiro de sangue e morte.

Otaviano respirou fundo, cansado mas satisfeito. Sabia que dormiria bem e acordaria antes do amanhecer. Só restava Brutus. Só restava mais um dia.

❖

O céu estava límpido quando o sol nasceu e Brutus continuava acordado após uma noite que parecera durar uma eternidade. Viu as cores do alvorecer se espalhando em paz, e quando finalmente se levantou sentiu-se de algum modo revigorado, como se as longas horas tivessem sido anos e ele tivesse dormido, no fim das contas. Com cuidado retirou o peitoral da armadura, desamarrando as tiras e o deixando cair para poder alcançar a pele. Tremeu, sentindo prazer nas pequenas sensações de estar vivo naquela manhã. Cada respiração era mais doce que a anterior.

Quando conseguiu ver o rosto de seus homens, soube o que diriam, antes mesmo que dissessem. Os legados vieram assim que havia luz suficiente e não queriam encará-lo, mas ele sorriu e disse que tinham feito tudo que podiam, que não fracassaram.

— Não resta lugar algum aonde ir — murmurou um deles. — Os homens gostariam de se render, antes que venham atrás de nós.

Brutus balançou a cabeça. Descobriu que estava respirando mais profundamente quando desembainhou a espada. Os outros ficaram olhando enquanto ele verificava a lâmina em busca de imperfeições, e quando levantou os olhos gargalhou ao ver a tristeza deles.

— Vivi uma vida longa — disse ele. — E tenho amigos que quero ver de novo. Para mim isto é apenas mais um passo.

Encostou a ponta da lâmina no peito, segurando o cabo com ambas as mãos. Respirou uma última vez e depois se jogou para a frente, de modo que a espada penetrou entre as costelas, chegando até o coração. Os homens que estavam com ele se encolheram quando o metal se projetou às costas e a vida escapou como um suspiro.

Os soldados de Marco Antônio começaram a subir a colina em direção a eles, e os legados se prepararam para oferecer a rendição formal. Dois foram até os que subiam, e logo se espalhou a notícia de que eles não resistiriam, que Brutus já estava morto por suas próprias mãos.

Enquanto o sol subia, Marco Antônio veio andando entre os arbustos mirrados com uma centúria de homens. Os legados baixaram as espadas e se ajoelharam, mas ele olhava para além deles, para o cadáver de Brutus.

Aproximou-se do corpo, depois soltou o broche que prendia sua capa, colocando o pano sobre a forma imóvel.

— Carreguem-no gentilmente, homens — ordenou ele aos legados ajoelhados. — Ele era um filho de Roma, apesar de todos os erros.

Levaram o corpo para baixo do morro, onde Otaviano esperava. A notícia de que não precisariam lutar havia se espalhado por seus homens como fogo no mato seco e o humor estava sombrio enquanto olhavam a figura coberta de vermelho, trazida de volta à planície de Filipos.

Otaviano foi até os legados enquanto eles punham o corpo no chão. Haviam tirado a espada da carne imóvel, e Otaviano olhou o rosto que ainda era forte, mesmo depois de morto.

— Você era amigo dele — murmurou Otaviano. — Ele o amava mais que aos outros.

Quando levantou a cabeça, seus olhos estavam vermelhos por causa das lágrimas. Agripa e Mecenas tinham ido para seu lado.

— É o fim — comentou Agripa, quase com espanto.

— Não é o fim — replicou Otaviano, enxugando os olhos. — É o começo. — Antes que seus amigos pudessem responder, fez um gesto para um dos homens de Marco Antônio. — Tire a cabeça para mim — pediu com a voz endurecendo enquanto falava. — Ponha junto à cabeça de Cássio e às dos Liberatores que caíram aqui. Mandarei que sejam enviadas a Roma para serem jogadas aos pés da estátua de Júlio César. Quero que o povo saiba que cumpro minhas promessas.

Ficou olhando os legados decapitarem Brutus e colocarem a cabeça num saco, para ser levada a Roma. Otaviano havia esperado uma alegria quando o último deles caísse — e ela estava lá, uma luminosidade interior que crescia enquanto ele respirava o ar quente.

Marco Antônio sentia-se velho e cansado enquanto olhava as lâminas baixarem, cortando o pescoço. Haveria desfiles triunfais e ele sabia que deveria sentir satisfação. Mas tinha visto os corpos dos últimos Liberatores, deixados para apodrecer numa sala em Filipos. O fedor da morte estava em seu cabelo e suas roupas, e ele não conseguia escapar daquilo.

Viu que os corvos já estavam se juntando, pousando nos rostos de homens que haviam andado e gargalhado apenas alguns dias antes.

Não podia explicar a tristeza que o dominava. Olhou para o sol que nascia e pensou no oriente e na rainha egípcia que estava criando o filho de César. Marco Antônio se perguntou se o menino se pareceria com seu velho amigo e mostraria algum sinal da grandeza herdada com o sangue. Balançou a cabeça. Talvez na primavera deixasse Lépido cuidar das coisas em Roma durante um tempo. Quando Roma estivesse acomodada, visitaria Cleópatra e veria o Nilo e o filho que um dia seria dono do mundo. Era uma bela promessa para fazer a si mesmo, e sentiu o cansaço diminuir com essa perspectiva. Filipos seria um local de mortos durante anos, porém Marco Antônio estava vivo e sabia que um bom vinho tinto e uma carne vermelha iam ajudá-lo a recuperar as forças. Percebeu que era o último general de sua geração. Certamente merecia a paz vindoura.

EPÍLOGO

MARCO ANTÔNIO VERIFICOU A PRÓPRIA APARÊNCIA UMA ÚLTIMA vez enquanto esperava no cais em Tarso. Uma brisa vinha da água e ele estava refrescado, com o uniforme polido. Quase podia rir de seu sentimento de ansiedade enquanto olhava o rio junto a uma centena de autoridades da cidade romana. Nenhum deles previra que a própria rainha egípcia viria, mas sua barca tinha sido avistada perto do litoral de Damasco dias antes.

Inclinou-se para a frente de novo, olhando rio abaixo para a barca enorme que subia lentamente em direção ao porto. Viu que a descrição não fora exagerada. Os remos brilhavam ofuscantes ao sol, cada pá coberta de prata polida. Velas roxas adejavam acima da embarcação, captando a brisa e aliviando o esforço dos escravos que trabalhavam embaixo. Marco Antônio riu. Ou talvez fosse apenas por causa de seu efeito, um glorioso borrão de cor que já fazia o porto romano parecer sem graça, em comparação.

Olhou o espetáculo com prazer à medida que a embarcação gigantesca chegava ao cais e a tripulação gritava ordens numa língua que ele não conhecia, diminuindo a velocidade enquanto os remos eram puxados para dentro e cordas voavam para os trabalhadores do cais que esperavam para amarrá-las junto à proa e à popa. Marco Antônio viu uma figura no convés, reclinada sob um toldo em um mar de almofadas coloridas. Sua respiração ficou presa na garganta quando ela se levantou como uma dançarina, o olhar passando levemente sobre os homens que esperavam e pousando nele. Sem dúvida não era um acaso ela estar usando o traje formal de Afrodite, com os ombros nus. O tecido de um tom claro de cor-de-rosa era bonito contra a pele bronzeada, e Marco Antônio se lembrou dos antepassados gregos da mulher, visíveis no cabelo negro encaracolado preso em minúsculas conchas douradas. Por um momento sentiu inveja de Júlio.

Disse a si mesmo para não se esquecer de que ela era a governante do Egito, junto ao filho. Tinha sido Cleópatra quem havia comandado as negociações com sua corte descontente quando César chegara às suas terras. Por causa dela o Chipre era egípcio de novo e não mais uma ilha pertencente a Roma. A barca teria passado por lá, na viagem ao redor do litoral, e ele se perguntou se ela teria pensado em Júlio naquele momento, ou se teria apontado, mostrando a posse ao filho.

Uma rampa de madeira foi posta ligando o navio ao cais, e, para surpresa de Marco Antônio, um grupo de mulheres lindas subiu do convés, cantando. Uma dúzia de soldados negros assumiu posição como uma guarda de honra no cais, talvez cônscios de como pareciam esplêndidos com a pele escura contrastando com a armadura de bronze polido.

Em meio a todos eles andava a rainha do Egito, a mão no ombro de um menino. Marco Antônio ficou olhando em transe enquanto se aproximavam. As mulheres andavam junto, de modo que ela se movia no meio da canção.

Marco Antônio pigarreou, deliberadamente pasmo e contido. Era um triúnviro de Roma!, disse a si mesmo para conter o espanto enquanto ela parava à sua frente, olhando-o no rosto.

— Ouvi falar de você, Marco Antônio — disse ela, sorrindo. — Disseram-me que é um homem bom.

Marco Antônio se pegou ruborizado e balançou a cabeça, tentando juntar os pensamentos que pareciam tê-lo abandonado.

— A senhora é... bem-vinda a Tarso, majestade. É um prazer que eu não esperava.

Ela nem pareceu piscar enquanto ouvia, mas seu sorriso se alargou. Pelos deuses, ela era linda, pensou Marco Antônio. Seus olhos a bebiam e ele não queria desviar o olhar.

— Deixe-me apresentar meu filho, Ptolomeu César.

O menino avançou com a mão dela ainda no ombro. Tinha cabelos escuros e era sério, um menino de apenas 6 anos. Olhou compenetrado para Marco Antônio, sem qualquer sinal de ter se impressionado.

— Nós o chamamos de Cesarion, pequeno César — explicou Cleópatra. Marco Antônio podia ouvir o afeto na voz dela. — Creio que você tenha conhecido o pai dele.

— Sim, conheci — respondeu Marco Antônio, examinando fascinado as feições do menino. — Foi o maior homem que já conheci.

Cleópatra inclinou a cabeça ligeiramente enquanto ouvia, toda a atenção focalizada no grande romano que lhe dava boas-vindas às suas terras. Sorriu um pouco mais, vendo honestidade na resposta dele.

— Sei que Cesarion gostaria de ouvir falar sobre o pai, Marco Antônio, se você estiver disposto a isso.

Ela estendeu a mão e Marco Antônio a segurou com formalidade, levando-a para longe das docas e quebrando o transe que caíra sobre ele desde que Cleópatra havia posto os pés em terra.

— Seria um prazer. É uma bela história.

NOTA HISTÓRICA

Nenhum escritor pode criar algo equivalente ao discurso fúnebre de Marco Antônio escrito por William Shakespeare, ainda que o dramaturgo não tenha usado o detalhe de uma efígie de cera, algo que tem registro histórico. É verdade que as multidões enfurecidas queimaram a sede do Senado pela segunda vez, junto a uma cremação improvisada do corpo de César. Nicolau de Damasco dá como oitenta o número de assassinos, enquanto o historiador Suetônio, do século I, menciona sessenta. Plutarco fala de 23 ferimentos, o que sugere um grupo central, com muitos outros que não golpearam de fato. Desses conspiradores centrais são conhecidos os nomes de 19: Caio Cássio Longino, Marco Brutus, Público Casca (que deu o primeiro golpe), Caio Casca, Tílio Címber, Caio Trebônio (que distraiu Marco Antônio durante o assassinato), Lúcio Minúcio Basilo, Rúbrio Ruga, Marco Favônio, Marco Spúrio, Décimo Júnio Brutus Albino, Sérvio Sulpício Galba, Quinto Ligário, Lúcio Pella, Sextio Naso, Pôncio Aquila, Turúlio, Hortênsio, Bucoliano.

Para os que se interessam pelos detalhes, Público Casca teve suas propriedades e posses vendidas num leilão de proscrição, que incluiu uma mesa comprada por um romano rico e depois transportada até uma cidade provincial no sul: Pompeia. Preservadas nas cinzas da erupção do Vesúvio, as pernas da mesa em forma de cabeças de leão podem ser vistas lá hoje, ainda marcadas com seu nome.

Apesar de tê-lo feito um pouco mais velho para se encaixar na cronologia dos livros anteriores, Otaviano tinha cerca de 19 anos quando César foi assassinado em 44 a.C. Ele estava na Grécia/Albânia quando a notícia chegou e voltou a Brundísio de navio. Quando retornou a Roma e soube que tinha sido adotado por César, mudou o nome para Gaius Julius Cæsar Octavianus, mas pouco depois abandonou a parte final e nunca a usava.

O testamento de César fora escrito num estágio anterior de sua vida, mas não se sabe exatamente quando. É verdade que ele deixou 300 sestércios a cada cidadão — um total de cerca de 150 milhões de moedas de prata, além de um jardim gigantesco às margens do Tibre. Mesmo assim Otaviano recebeu por volta de três quartos do total da herança, depois das doações e dos legados. Apesar de ter sido guardado no Templo de Vesta, como eu coloquei, na verdade o testamento foi lido em público pelo último sogro de César: Lúcio Calpúrnio.

A parte mais importante do testamento foi a que citava Otaviano como filho de César, catapultando-o instantaneamente a um status e uma influência que a mera riqueza jamais poderia ter trazido. Com a adoção veio a "clientela" — dezenas de milhares de cidadãos, soldados e famílias nobres juradas a César. Não há equivalente moderno para esse tipo de ligação, que é mais próxima de um laço feudal familiar do que de um relacionamento profissional. Pode-se dizer que, sem essa herança, é improvável que Otaviano sobrevivesse ao batismo de fogo na política romana.

Marco Antônio teve vários filhos antes de conhecer Cleópatra, a maioria dos quais se perdeu para a história. Com Fúlvia teve dois filhos: Marco Antônio Antilo e Julo Antônio. Mudei o nome do segundo filho para Paulo porque Julo era muito semelhante a Júlio. Antilo era um apelido. Mais tarde ele foi enviado a Otaviano com uma vasta quantia oferecendo paz, mas Otaviano ficou com o ouro e o mandou de volta ao pai.

De modo semelhante a Julo Antônio, mudei o nome de Décimo Brutus para Décimo Júnio, pois não queria mais um Brutus para causar confusão. Esse assassino de César era de fato um parente distante de Marco Brutus. É verdade que recebeu uma área no norte da Itália como recompensa por sua participação no assassinato. Também é verdade que Marco Antônio decidiu tomá-la com as legiões de Brundísio e que Otaviano recebeu a tarefa de impedir. Que ironia deve ter sido para Otaviano receber de seus inimigos a ordem de ir para o norte impedir o único homem que havia apoiado César!

Uma nota sobre covardia. Em tempos recentes virou moda considerar Otaviano uma espécie de fraco. Ele não era fraco nem covarde. Há relatos históricos bem-atestados que contam sua entrada desarmado num acampamento hostil para se dirigir a uma legião amotinada — com o corpo do último homem a ser julgado ainda no chão diante dele. É verdade que ele tinha tendência a sofrer um colapso peculiar em momentos de tensão. Alguns escritores modernos sugeriram asma ou hidropisia, mas o historiador romano Suetônio descreveu o problema como um sono profundo e sem sentidos, o que não se encaixa com essas doenças. Como existia epilepsia na sua família, é provável que ele sofresse ataques do tipo grande mal, que o deixavam impotente sempre que aconteciam. Os inimigos certamente falavam de suas ausências, mas ele demonstrou coragem em todos os outros aspectos de sua vida. Após um dia desperdiçado no qual esteve ausente e doente, ele liderou da frente em Filipos. Em outras ocasiões ele se manteve firme durante tumultos, com projéteis voando por todos os lados. Uma vez foi o primeiro a passar sobre uma passarela bamba e se feriu muito quando ela desmoronou. Resumindo, as acusações de covardia se apoiam em alicerces ruins.

A morte dos cônsules Hírcio e Pansa na mesma campanha contra Marco Antônio foi uma sorte incrível para Otaviano. Eu simplifiquei os eventos, que na verdade aconteceram em duas grandes batalhas travadas com uma semana de diferença. Pansa caiu na primeira e Hírcio na segunda, deixando Otaviano sozinho no comando. Não há evidência de que Otaviano tenha entrado em conluio com Marco Antônio, embora isso não signifique que não tenha havido. É um daqueles momentos históricos em que o resultado extraordinário deve ser considerado um pouco feliz *demais*, sem que alguém tenha dado um empurrãozinho. Otaviano não estava presente na primeira batalha e lutou pessoalmente na segunda, protegendo sozinho uma águia romana enquanto recuava.

Tendo aceitado a autoridade do Senado e a posição de propretor — equivalente ao governo de uma província —, Otaviano se viu sozinho no comando de oito legiões. Há um ou dois boatos interessantes que se espalharam após a batalha. Pansa sobreviveu aos ferimentos por um tempo, antes de morrer, o que levou a boatos de que seu próprio médico o havia envenenado por ordem de Otaviano. Até mesmo foi dito que o próprio Otaviano havia golpeado Hírcio, mas isso quase certamente não é verdade.

Enquanto estava no exílio em Atenas, Brutus foi patrono regular de debates e discussões filosóficas, como muitos outros romanos na Grécia antes. A pequena cena de treinamento é fictícia, mas ele estava em forma na época de Filipos e devia treinar regularmente. Os detalhes do segundo homem se movendo mais rápido são uma verdade pouco conhecida, a partir de estudos de pistoleiros no oeste americano que não pude resistir a acrescentar. O homem que saca primeiro provoca uma resposta inconsciente por parte de um oponente treinado, que tende a sacar com mais facilidade e mais velocidade. Isso é contraintuitivo, mas, como afirmarão os lutadores de kendo japoneses, a reação instintiva depois de milhares de horas de treinamento costuma ser mais rápida do que um golpe resultante de uma decisão controlada.

Com relação às moedas: tanto Brutus quanto Cássio mandaram cunhar moedas depois do assassinato de César. A mais famosa tem a cabeça de Brutus de um lado e as palavras "Eid Mar" do outro, com duas adagas em volta do gorro de um homem recém-liberto. Outras associavam Brutus às palavras "liberdade" e "vitória" — um antigo exemplo de propaganda numa era anterior à comunicação de massa.

Nota sobre a construção da frota: a frota secreta de Agripa ficava baseada perto da Nápoles atual, no lago Averno. O lago tem a vantagem de ficar a menos de 2 quilômetros do mar, praticamente no mesmo nível. Exploradores romanos devem ter confirmado isso para ele, mas ainda assim era um projeto relativamente menor comparado com, digamos, trazer um aqueduto por 150 quilômetros ou fazer uma estrada com milhares de quilômetros. Tendo em mente que 25 mil homens trabalhando com pás no canal do Panamá podiam movimentar 1 milhão de metros cúbicos por dia, o canal de Averno pode ter sido cavado em apenas três ou quatro dias por mil homens. Acrescentem-se complicações como comportas para segurar o lago, o número de um mês desde o início até o final é razoável.

O arpéu de catapulta de Agripa, chamado de harpax, ou "ladrão", faz parte dos registros históricos, apesar de não ser bem conhecido. A descrição de mancais de bronze vem de um projeto semelhante num lago perto de Genzano, próximo a Roma, onde navios romanos foram tirados do fundo na década de 1930. Em Genzano os romanos construíram um túnel ligando o lago ao mar. Eu não sabia que os antigos romanos tinham mancais de esferas antes daquela viagem, e vale a pena fazer uma visita.

Com essas inovações, e apesar de estarem em número extremamente menor, Agripa conseguiu destruir a frota romana sob o comando de Sexto Pompeu. Trata-se de um daqueles momentos-chave na história, quando um único homem influencia todo o futuro de uma nação, e no entanto isso é praticamente desconhecido hoje em dia.

Ocasionalmente é necessário, por questões de enredo, alterar a linha principal da história. Segui a história verdadeira pela maior parte deste livro, mas os acontecimentos relativos a Sexto Pompeu aconteceram *depois* da batalha de Filipos, e não antes, como pus aqui. Otaviano concordou em se encontrar com ele no mar para um acordo de paz que fracassou, quando Menas, o almirante de Sexto, se ofereceu para deixar o navio à deriva e efetivamente entregar Roma a Sexto. Sexto havia feito um juramento de trégua. Ficou furioso com Menas, não por ele se oferecer, mas por não ter simplesmente agido e acabar permitindo que Sexto honrasse seu juramento.

A segunda esposa de Brutus era um personagem interessante. Seu nome era Pórcia Catonis, uma beldade esguia. Segundo as histórias, ela fez perguntas ao marido quando ele estava pensando no assassinato de Júlio César. Pórcia era muito nova e famosa pela beleza. Ele disse que não poderia contar esse segredo a uma mulher, e, para provar a lealdade, ela feriu a coxa com uma faca, depois suportou a dor e a febre durante um dia inteiro antes de mostrar o que tinha feito. Depois disso ele confiou nela, mas quando foi para Atenas deixou-a em Roma em vez de levá-la, como coloquei aqui. Em vez de mostrar o relacionamento através de cartas, preferi colocá-la nas cenas passadas na Grécia. Ainda que o modo exato seja objeto de discussão, ela cometeu suicídio após a morte de Brutus em Filipos.

Com relação aos poetas: é uma estranha coincidência que os dois poetas mais conhecidos do mundo romano, Quinto Horácio Flaco (Horácio) e Públio Virgílio Maro (Virgílio), tenham se conhecido. Às vezes a história lança um bocado de grandes nomes na mesma geração, assim como Michelangelo e Da Vinci se conheciam e se desprezavam mutuamente séculos depois.

Mecenas, o amigo nobre de Otaviano, tinha o hábito de colecionar poetas entre seu grande círculo de amizades. Conhecia Virgílio bem, quando ambos tinham 20 e poucos anos. Horácio conheceu Brutus quando ele estava em Atenas e esteve presente na batalha de Filipos, mas foi obrigado a fugir no caos geral.

Filipos foi de fato criada pelo rei Filipe da Macedônia como uma cidade cercada de muralhas para se defender contra as tribos violentas da Trácia. Hoje em dia está em ruínas e foi reconstruída pelo menos duas vezes, ainda na época de Augusto. Na ocasião das batalhas ela era uma fortaleza construída numa colina ampla, acima de um pântano que Cássio realmente achava impossível de ser transposto, ainda mais depois de seus homens terem construído paliçadas na base.

Quando Otaviano adoeceu, permaneceu suficientemente lúcido para dar ordens de ser carregado de liteira até Filipos. Ele estava no acampamento duplo quando o ataque não planejado começou. As legiões de Brutus avançaram sem aviso, após dias sendo espicaçadas por escaramuças e ataques contra suas linhas. Aqui comprimi a linha temporal, visto que as batalhas ocorreram depois de muitos dias em que pouca coisa aconteceu.

Enquanto Marco Antônio comandava suas legiões num ataque através do pântano, tomando o acampamento de Cássio, as legiões de Brutus capturaram o acampamento dele — porém Otaviano havia sumido. Não podemos ter certeza de para onde foi, mas dizem que se escondeu num pântano e só havia um nas imediações de Filipos. Agripa e Mecenas quase certamente estavam com ele.

O primeiro dia de batalha foi absolutamente caótico, com um enorme número de homens passando uns pelos outros na luz fraca e sem saber se estavam cercados por amigos ou inimigos. É verdade que Cássio achou que tinha sido derrotado e pediu para seu serviçal Píndaro matá-lo. Quando Tínito retornou com a notícia de que os cavaleiros que se aproximavam estavam do seu lado, Cássio já havia morrido e Brutus era o único comandante das legiões contra Marco Antônio e César.

Otaviano havia se recuperado o suficiente para participar da batalha em 23 de outubro de 42 a.C., quando Brutus comandou suas forças sozinho na segunda batalha de Filipos. As forças de César lutaram corajosamente, talvez com a motivação de se vingar da debandada no primeiro embate. Otaviano e Marco Antônio trabalharam bem juntos. Derrotaram as legiões de Brutus e Marco Antônio comandou a perseguição enquanto Brutus recuava para as colinas cobertas de floresta acima de Filipos, levando quatro legiões castigadas.

Foi Marco Antônio quem cercou essa força exaurida. Brutus ficou sabendo que seus homens estavam pensando em se render, então na manhã seguinte se despediu dos companheiros e se jogou sobre uma espada.

Marco Antônio tratou o corpo com respeito, cobrindo-o com sua capa. Quando Otaviano foi vê-lo, mandou que a cabeça fosse retirada e enviada para Roma, para ser lançada aos pés da estátua de César.

É verdade que Otaviano executou muitos dos homens capturados depois de Filipos, inclusive quase todos os Liberatores ainda vivos. No fim ele teve sua vingança, sobrevivendo à doença e aos desastres, aos reveses e às traições, até se tornar cônsul e triúnviro no comando de Roma.

Marco Antônio viajou para o oriente com o objetivo de supervisionar e restaurar o governo romano em Estados levados quase à falência por Cássio durante os preparativos para a guerra. Foi Marco Antônio quem instalou o rei Herodes como governante da Judeia, um homem mais conhecido pela matança de inocentes enquanto tentava derrotar uma profecia sobre o nascimento de Cristo.

Numa história famosa, Marco Antônio conheceu Cleópatra quando ela foi até ele em Tarso, em sua barca real com remos de prata e velas púrpura. Cleópatra estava com 30 e poucos anos e ainda era conhecida pela beleza e inteligência. Dizem que se vestiu como Afrodite para encontrar o romano. O relacionamento que se seguiu seria o grande amor da vida dele. Quando anos de discussões e tensão entre Marco Antônio e Otaviano finalmente levaram ao conflito em 31 a.C., Marco Antônio perdeu a batalha marítima de Áctio e outra em Alexandria. Ele e Cleópatra cometeram suicídio quando ficou claro que tinham perdido. O filho que ela teve com Júlio César, Ptolomeu Cesário, foi morto em Alexandria por ordem de Otaviano. Tinha apenas 17 anos.

Otaviano governou durante décadas com o título de Augusto César, que significa "nobre" ou "ilustre". Foi o homem mais importante de Roma durante uma era de ouro de expansão, até sua morte em 14 d.C. Mas em sua longa vida jamais se chamou de imperador. Os historiadores se referem a ele como o primeiro imperador, mas esse título só seria usado por seu sucessor, Tibério. O longo reinado de Otaviano foi justamente o necessário para Roma se consolidar depois de décadas de guerras internas. Pode-se dizer com sinceridade que seu legado *foi* o império romano, e seu período de governo estável salvou Roma da destruição e do caos. É por causa de Augusto, além de Júlio, que Roma sobreviveu mais do que qualquer outro império na história, e o nome de César passou a significar rei.

Como escritor de ficção histórica, sempre que possível gosto de viajar às terras em questão, mas também preciso das melhores histórias para os detalhes. Além de fontes antigas como Plutarco e Cássio Dio, tenho dívidas para com Anthony Everitt, por seu maravilhoso livro: *Augustus: The Life of Rome's First Emperor*. Recomendo-o a quem se interessar pelo período. Também devo agradecer a Shelagh Broughton, que moveu céus e terras para pesquisar para mim a lista dos assassinos de César.

Seria possível escrever mais dois ou três livros sobre o reino de Augusto César e os homens que o seguiram como imperadores. Ainda há muita história para contar. Mas eu sempre quis que este volume narrasse os acontecimentos logo após o assassinato e o destino dos homens que esfaquearam Júlio César na escadaria do Teatro de Pompeu, nos Idos de Março de 44 a.C. Nenhum deles teve morte natural.

Conn Iggulden

Este livro foi composto na tipologia Lapidary 333 BT,
em corpo 13/15, e impresso em papel off-white
no Sistema Digital Instant Duplex da Divisão Gráfica
da Distribuidora Record.